Frei wie der Wind – Kaya scheut kein Riskio

Paar aus ihnen geworden war. Mit dreizehn hatte sie sich in Chris verliebt. Und jetzt endlich, nach drei Jahren, hatte er ihre Liebe erwidert.

»Aha, jetzt ist der Opa aufgewacht!«, sagte Simone.

Kaya warf einen Blick in den Außenspiegel. Tatsächlich, der silberfarbene Wagen folgte ihnen. Sie spähte zum Tacho hinüber. 160 Stundenkilometer. Das hätte sie dem alten Herrn ja gar nicht zugetraut.

»Vielleicht braucht er einfach jemanden, der ihm vorausfährt.« Das kannte sie von ihrem eigenen Vater. Wenn es draußen diesig war oder er bei Dunkelheit fahren musste, hängte der sich auch gern mal an einen anderen Fahrer dran.

»Möglich. Jedenfalls zieht der hier ganz schön ab!«

Simones eigener Geländewagen war in der Inspektion. Weil sie für den Pferdehänger einen Wagen mit Anhängerkupplung brauchte, hatte die Werkstatt ihr diesen Ersatzwagen gestellt.

»Und er scheint nicht mal Sprit zu schlucken!«

Simone tippte auf die Tankanzeige.

»Selbst wenn ich mal so richtig Gas gebe!«

Sie trat das Gaspedal durch, und Kaya wunderte sich. Dass sie sich überhaupt Gedanken über den Spritverbrauch machte? Die Familie hatte so viel Geld, da fiel ein Liter mehr oder weniger doch gar nicht ins Gewicht. Vielleicht ging es ihr ja wirklich eher um den Umweltaspekt.

Simone warf einen Blick in den Rückspiegel. »Jetzt ist der Graue weg.«

»Haben wir es eilig?«, wollte Kaya wissen.

»Na ja, bis wir fertig sind – Hänger angehängt, mit dem Trainer gesprochen, Rechnung bezahlt, Charlotte und das Pony eingesammelt, nach verlegten Halftern, Gerten und Kleidungsstücken gefahndet –, geht noch mal gut Zeit drauf. Besser, wir sind etwas früher da. Außerdem mag ich nicht die Letzte sein …«

Das sah ihr ähnlich, dachte Kaya. In ihrem Beruf als Steueranwältin hatte sie auch immer die Nase vorn. Kaya kannte sie gar nicht anders als stets pünktlich, überaus korrekt, dabei aber auch immer ausgelassen fröhlich. Außerdem wirkte sie mit ihrer sportlichen Figur und den blonden, schulterlangen Haaren jünger, als sie tatsächlich war. Eine wirklich patente Frau, das hatte sogar Kayas kritische Mutter spontan festgestellt.

»Erzähl mir doch ein bisschen was von Südafrika«, schlug Simone vor. »Und vor allem von dieser Pferderanch ›Wait-a-little‹. Sollten wir da auch mal hin, mein Mann und ich?«

Kaya musste lachen. Simone konnte überhaupt nicht reiten, und ihr Mann ebenso wenig. Sie hatten ganz einfach ihren Kindern den Wunsch nach eigenen Pferden erfüllt und förderten Chris und Charlotte, indem sie ihnen das beste Training ermöglichten.

»Da geht es mehr ums Reiten …«, versuchte Kaya, ihr die Idee charmant auszureden.

»Und mit einer Kutsche? Dazu braucht man doch auch Pferde!«

JANE COSTELLO | Bleib für immer!

Jane Costello im Gespräch

Warum haben Sie aus Ihrer Heldin Evie eine Journalistin gemacht?

Ich war selbst mehr als zehn Jahre lang Journalistin und weiß von daher aus erster Hand, wie aufregend und lohnend dieser Beruf sein kann. Auch schien es mir klug, mich bei meinem ersten Buch an die alte Regel zu halten: »Schreib über das, was du kennst.« Die Zeitung, für die Evie arbeitet, ist allerdings rein fiktiv, und nichts von dem, was ihr so alles zustößt, ist je passiert.

Basiert Ihr Roman »Bleib für immer!« auf Tatsachen?

Ich habe mich durch alle Hochzeiten, auf denen ich im Lauf der Jahre eingeladen war, inspirieren lassen, um die Atmosphäre, die dabei herrscht, richtig einzufangen. Außerdem gibt es eine Szene, ziemlich am Ende des Romans, wo der Wagen mit der Braut auf dem Weg zur Kirche liegen bleibt. Diese wurde durch die Hochzeit meiner Freundin Nina inspiriert, bei der wir gezwungen waren, den wundervollen, aber leider defekten Oldtimer gegen einen ziemlich verdreckten Land Rover zu tauschen.

Über die Autorin

Jane Costello, 1974 geboren, ist eine erfolgreiche Journalistin. Mit nur 28 Jahren wurde sie zur Chefredakteurin der *Liverpool Daily Post* ernannt, einer der wichtigsten englischen Tageszeitungen. Jane Costello lebt mit ihrem Ehemann Jon und ihrem Sohn Otis in West Lancashire. »Bleib für immer!« ist ihr erster Roman.

JANE COSTELLO

Bleib für immer!

Roman

Aus dem Englischen von Astrid Finke

Diana Verlag

Die Originalausgabe erschien 2008 unter dem Titel
Bridesmaids bei Pocket Books, an imprint of Simon & Schuster UK Ltd.

FSC
Mix
Produktgruppe aus vorbildlich bewirtschafteten Wäldern und anderen kontrollierten Herkünften
Zert.-Nr. SGS-COC-1940
www.fsc.org
© 1996 Forest Stewardship Council

Verlagsgruppe Random House FSC-DEU-0100
Das für dieses Buch verwendete
FSC-zertifizierte Papier *Holmen Book Cream*
liefert Holmen Paper, Hallstavik, Schweden.

Deutsche Erstausgabe 12/2008

Redaktion | Frauke Brodd/www.writeandread.lu
Umschlagmotiv | Mango Productions/Corbis
Umschlaggestaltung | Hauptmann & Kompanie Werbeagentur,
München – Zürich, Teresa Mutzenbach
Herstellung | Helga Schörnig
Satz | Christine Roithner Verlagsservice, Breitenaich
Druck und Bindung | GGP Media GmbH, Pößneck
Printed in Germany 2008

978-3-453-35227-8

http://www.diana-verlag.de

Für Otis, in Liebe

1

Forest of Bowland, Lancashire, England
Samstag, 24. Februar 2007

MEINE BESTE FREUNDIN soll in zweiundfünfzig Minuten heiraten, und die Hotelsuite sieht aus wie das Festivalgelände von Glastonbury am Ende des dritten Tages.

Der Raum ist übersät mit Hochzeitsutensilien aller Art – und zu dieser Kategorie zähle ich auch die Braut selbst. Grace ist noch im Bademantel, nur halb geschminkt. Ich hingegen habe die letzten zehn Minuten damit verbracht, verzweifelt die Blumen in ihrem Haar wiederzubeleben, nachdem sie sie auf dem Rückweg vom Friseur in der Autotür eingeklemmt hatte.

Zum Abschluss verpasse ich ihren Löckchen noch einmal eine großzügige Ladung Haarspray und werfe die leere Dose auf das Himmelbett.

»Bist du sicher, dass jetzt alles sitzt, Evie?«, fragt sie, während sie eilig ihre Wimpern vor einem riesigen antiken Spiegel tuscht.

Ich habe genug Spray verbraucht, um die Arbeitsplätze

bei L'Oreal über Generationen hinweg zu sichern, daher bin ich einigermaßen zuversichtlich. »Auf jeden Fall.«

»Aber es sieht doch nicht unnatürlich aus, oder?«, fährt sie fort und nimmt ein Töpfchen Bronzepuder zur Hand.

Zaghaft berühre ich die Locken. Sie fühlen sich an, als wären sie aus Glasfaser.

»Selbstverständlich nicht«, lüge ich und drapiere geschickt ein paar grüne Blätter über einige der gut dreißig Haarklemmen. »Deine Blumen sind perfekt. Deine Haare sind perfekt. Alles ist perfekt.«

Ihr Blick wirkt alles andere als überzeugt.

Wir befinden uns in der Hochzeitssuite des *Inn at Whitewell* im Forest of Bowland, einer Landschaft von solch märchenhafter Schönheit, dass sie die Inspiration für Tolkiens Auenland im *Herrn der Ringe* bildete, und von solcher Beschaulichkeit, dass die Queen persönlich erklärt hat, hier ihren Ruhestand verbringen zu wollen. Was völlig in Ordnung ist, da sie wahrscheinlich zu den 0,001 Prozent der Bevölkerung zählt, die sich das leisten können.

Auf alle Fälle haben wir noch keinen einzigen Blick auf die malerische Gegend geworfen; es war schlichtweg keine Zeit dazu. Und die herrliche Suite mit dem breiten Fenster und dem antiken Schick wissen wir im Augenblick nicht annähernd zu würdigen.

»Super! Großartig. Wunderbar! Danke«, jubelt Grace atemlos. »Genau. Und was jetzt?«

Warum sie ausgerechnet mich das fragt, weiß ich auch nicht. Denn niemand könnte bei einem solchen Anlass weniger qualifiziert für gute Ratschläge sein.

Zum einen habe ich wenig Erfahrung mit diesem Hochzeitshokuspokus. Die letzte Eheschließung, auf der ich war, fand Mitte der Achtziger statt, als die Cousine meiner Mutter, Carol, die schlaksige Liebe ihres Lebens, Brian, heiratete. Vor Ablauf von drei Jahren war er mit einer über hundert Kilo schweren Malerin und Lackiererin durchgebrannt. Carol war am Boden zerstört, trotz der unbestreitbar professionellen Arbeit, die ihre Rivalin in Flur und Treppenhaus geleistet hatte.

Bei dieser Feierlichkeit trug ich einen Ballonrock und ließ die Hand des kleinen Ringträgers den ganzen Tag nicht mehr los. Hätte ich damals schon gewusst, dass das eine der bedeutendsten Beziehungen meines Lebens bleiben sollte, hätte ich mir seinen Namen gemerkt.

Was mich zu dem zweiten Grund führt, warum Grace besser die Standuhr in der Ecke um Rat fragen sollte: Ich bezweifle stark, dass ich selbst jemals heiraten werde.

Bevor hier jetzt ein falscher Eindruck entsteht, sollte ich etwas Wichtiges aufklären. Es ist nicht so, als wollte ich nicht heiraten – das würde ich liebend gern. Ich glaube nur nicht, dass es jemals so weit kommt.

Denn Tatsache ist – die sehr *besorgniserregende* Tatsache ist –, dass ich inzwischen das greise Alter von siebenundzwanzig Jahren erreicht habe und ganz ehrlich von mir sagen kann, noch nie verliebt gewesen zu sein. Ich war niemals mal auch nur andeutungsweise verliebt. Womit ich meine, dass ich noch nie geschafft habe, mit jemandem länger als drei Monate zusammen zu sein. Kurz gesagt, mein Verhältnis zu Beziehungen ist wie das von Pamela

Anderson zu Körbchengröße 70 A: Wir passen einfach nicht zusammen.

Das Komische daran ist, dass ich jeder Menge Leuten begegne, die das für einen Grund zum Feiern halten. Sie nehmen an, dass meine Bindungsunfähigkeit mich jung, frei und durch und durch emanzipiert macht.

Aber so fühle ich mich gar nicht. Wie jeder andere habe ich in der sechsten Klasse *Der weibliche Eunuch* gelesen und mir drei Wochen lang nicht die Achseln rasiert, aber ich *weiß* einfach, dass das nichts mit Emanzipation zu tun hat.

Ein typischer Fall ist Gareth, von dem ich mich letzte Woche getrennt habe. Gareth war – *ist* – wundervoll. Nettes Lächeln. Gutes Herz. Anständiger Job. Wundervoll. Und wie üblich fing alles gut an, mit angenehmen Abenden bei einer Flasche Chianti im *Penny Lane* – nicht weit von meiner Wohnung in Liverpool – und faulen Sonntagnachmittagen im Kino.

Doch wir waren kaum vier Wochen zusammen – er schlug einen dreitägigen Campingurlaub mit seinen Eltern in Nord-Wales vor –, als ich wusste, es war einfach vorbei. Ich dachte nicht mehr an das niedliche Grübchen in seinem Kinn, sondern nur noch an den Dreck unter seinen Zehennägeln. Und daran, dass das intellektuellste Druckerzeugnis in seinem Bücherregal ein Exemplar von *auto, motor und sport* war. Und – ach, ich hör schon auf.

Natürlich ist mir völlig klar, dass nichts von dem, was er tat oder sagte, so furchtbar schrecklich war. Und sicherlich ist das kein Vergleich mit dem, was manch andere Frauen auszuhalten haben. Doch während ich mir noch einredete, dass ein Mann Schlimmeres anstellen konnte, als George Eliot für den Kerl aus *Der Aufpasser* zu halten, wusste ich ganz tief drinnen, dass er einfach nicht für mich geschaffen war.

Was in Ordnung ist. Nur, dass sie offenbar nie für mich geschaffen sind.

Wie dem auch sei, jedenfalls stehen nun nach einer Pause von zweiundzwanzig Jahren drei Hochzeiten innerhalb eines Jahres an, und ich bin bei jeder davon Brautjungfer. Obwohl ich mir den heutigen Dramen nach zu urteilen nicht sicher bin, ob meine Nerven dieser Herausforderung standhalten.

»Schuhe!«, verkündet Grace, während sie durch das Schlafzimmer stapft und Gegenstände aus dem Weg schleudert.

Ein Blick auf die Uhr: noch einunddreißig Minuten. Grace tigert jetzt auf und ab wie ein Teenager, der auf das Ergebnis eines Schwangerschaftstests wartet. Sie nimmt ihren Lippenpinsel in die Hand, zögert aber noch.

»Vielleicht sollte ich jetzt mein Kleid anziehen«, überlegt sie. »Nein, warte, ich brauche meine Strümpfe. Oder Moment, soll ich lieber zuerst noch mal kurz mit dem Lockenstab an die Haare? Was meinst du?«

Woher soll ich denn das wissen?

»Ähm, Strümpfe?«, schlage ich vor.

»Du hast recht. Genau. Strümpfe. Himmel, wo sind die denn bloß?«

2

Ich würde gerne behaupten, dass nur die Hochzeit an dem heutigen Tohuwabohu schuld ist; aber diese Szene ist wie ein Mikrokosmos von Graces Leben in den vergangenen fünf Jahren. Während dieser Zeit hat ihr Stresslevel nicht nur die Decke durchschlagen, sondern drei ganze Stockwerke, einen gut isolierten Speicher und ein Dach noch dazu.

Der Anfangspunkt dieser Hysterie fällt mit ihrer Rückkehr zur Vollzeitarbeit nach der Geburt ihrer Tochter Polly vor vier Jahren zusammen. Sie steigerte sich ins Hoffnungslose, als Baby Nummer zwei, Scarlett, im letzten November eintraf.

Jetzt landet der Inhalt von Graces Tasche nacheinander auf dem Fußboden, bis sie endlich ihre Seidenstrümpfe aufstöbert.

»Mit denen muss ich vorsichtig sein«, sagt sie.

Auf der Bettkante sitzend reißt sie die Packung auf, holt einen Strumpf heraus und steckt ihre Zehen mit der Behutsamkeit eines Maurers, der sich ein Paar Doc-Martens-Schuhe überzieht, in die Spitze. Wie nicht anders zu erwarten, bohrt sich ihr Fuß ungehemmt mit einem Reißen, das mir die Haare zu Berge stehen lässt, durch das Material.

»Ach du Sch…«, fängt sie an, doch da die vierjährige Polly in diesem Augenblick aus dem Badezimmer hereinkommt, kann sie sich gerade noch davon abhalten, etwas zu sagen, was sie später bereuen würde. »O mein Gott!

O mein Gott!«, jammert sie. »Das waren meine einzigen. Und die haben achtzehn Pfund gekostet!«

»Wie bitte?« Ich bin fassungslos. »Für achtzehn Kröten sollten die aber nicht nur zehenfest sein, sondern eine Atombombenexplosion überstehen.«

Noch sechsundzwanzig Minuten.

Ich mag ja eine Anfängerin sein, aber mir ist sonnenklar, dass wir inzwischen viel weiter fortgeschritten sein sollten. Der gesamte Schauplatz nimmt langsam Züge einer Folge von *Emergency Room* an.

»Also«, sage ich. »Wie kann ich helfen?«

»Ähm, Pollys Haare«, ruft Grace und sprintet auf der Suche nach ihrer Kette ins Bad.

»Komm mit, Polly«, zwitschere ich fröhlich. Doch die Aussicht, Molton-Brown-Feuchtigkeitscreme in den Teppich zu schmieren, scheint der Kleinen attraktiver.

»Komm schon, Süße.« Ich bemühe mich, bestimmt und freundlich zu klingen, auf keinen Fall verzweifelt. »Wir müssen uns um deine Frisur kümmern. *Jetzt sofort.*«

Sie nimmt mich kaum zur Kenntnis und wendet sich dem Handwaschgel zu.

»Also gut, wer möchte wie ein Model aussehen?«, frage ich, um sie nur irgendwie gefällig zu stimmen.

»Ich!«, schreit sie und springt auf. »Ich will Model werden, wenn ich groß bin.«

Ich kann mein Glück kaum fassen. Letzte Woche war es noch Meeresbiologin.

Ich binde Pollys weiche blonde Locken zu zwei Zöpfen, füge eine Auswahl an Glitzerspangen hinzu und sehe auf die Uhr. Noch dreiundzwanzig Minuten. Mein eigenes Kleid hängt noch an der Zimmertür, und das Einzige, was ich bisher an Schminke im Gesicht habe, ist Abdeckstift, um den Pickel auf meinem Kinn zu übermalen.

Ich komme zu dem Schluss, dass die beste Taktik sein wird, mich selbst in Windeseile zurechtzumachen, um danach der Braut in ihr Kleid helfen zu können.

Also gehe ich ins Bad, hocke mich auf den Rand der Luxuswanne und widme mich mit der Präzision einer Dreijährigen in einem expressionistischen Malwettbewerb meinem Make-up.

Als ich fertig bin, schnappe ich mir mein Kleid und ziehe es sehr vorsichtig über den Kopf, um bloß keine weißen Deo-Spuren zu hinterlassen. Dann nehme ich das Ergebnis im Spiegel in Augenschein.

Nicht schlecht. Nicht unbedingt J-Lo, aber nicht schlecht.

Das Kleid schmeichelt meiner Figur, und das ist immer ein Pluspunkt, wenn einen die Natur mit einem klassisch englischen Körperbau ausgestattet hat. Nicht, dass ich dick wäre. Insgesamt gesehen ist mein Gewicht sogar nahezu im Durchschnitt. Nur sehen meine obere Hälfte (flache Brust) und die untere (großer Hintern) so aus, als gehörten sie zu zwei unterschiedlichen Menschen.

Mein schulterlanges, von Natur aus aschfarbenes Haar ist dank exzessiven Einsatzes von *Blonde Spray* beinahe blond, seit geraumer Zeit noch gesteigert von professionellen Strähnchen.

Heute wurde es umständlich zu einem »natürlichen«

Look gekringelt – Verzeihung: *verwuschelt* –, wozu exakt zwei Stunden fünfzehn Minuten und genügend kostspielige Haarpflegeprodukte erforderlich waren, um eine Vogelscheuche zu toupieren. Und trotz der planlos aufgetragenen Schminke und dieses blühenden Pickels bekomme ich allmählich das Gefühl, dass ich mich heute durchaus sehen lassen kann.

Als ich das Bad schon wieder verlassen und mich um Grace kümmern will, fällt mein Blick auf meine Handtasche neben dem Waschbecken und ich stelle fest, dass ich etwas vergessen habe. Etwas Entscheidendes. Etwas, das meinem Look definitiv den letzten Schliff geben wird. Meine Silikon-BH-Einlagen Typ »Hühnerfilet«.

Wirkungsvoller als ein Wonderbra und mit 49,99 Pfund deutlich günstiger als eine Operation. Sehnlichst habe ich auf eine Gelegenheit gewartet, sie auszuprobieren. Ich schiebe sie mir vorne ins Kleid und drapiere sie an die richtige Stelle. Dann drehe ich mich zum Spiegel um.

Ich kann mir ein Lächeln nicht verkneifen.

Auf das Cover der *Praline* würde ich es immer noch nicht schaffen, aber es ist eine eindeutige Verbesserung gegenüber dem, was Mutter Natur mir geschenkt (oder besser gesagt: nicht geschenkt) hat. Gerade will ich Grace meine neuen Aktivposten vorführen, als ein Schrei aus dem Nebenraum ertönt.

Die Braut steht kurz vor dem Explodieren.

3

»Die Schokoladentäfelchen sind was?«, kreischt Grace, den Telefonhörer panisch umklammert.

»Geschmolzen?« Ihr Gesicht wird noch röter. »Wie können sie denn schmelzen?« Sie legt sich eine Hand an die Stirn.

»Okay, wie schlimm ist es? Ich meine, sind sie noch in Herzform?« Pause.

»Mistmistmist!« Sie knallt den Hörer auf. Aua.

»Angeblich sehen sie jetzt aus wie aus dem Katzenklo gefischt«, berichtet sie trostlos. »Ich habe nicht den blassesten Schimmer, wo mein Diadem ist. Hat jemand mein Diadem gesehen? O mein Gott, jetzt hab ich das auch noch verloren.«

»Nein, hast du nicht«, versuche ich zu beschwichtigen. »Es muss hier irgendwo sein.«

Wobei wir ein Satellitennavigationssystem brauchen werden, um es aufzuspüren.

»Mami«, verkündet Polly, »ich hab keine Unterhose an.«

Grace lässt sich aufs Bett plumpsen. »Das ist ja super. Ich heirate in ungefähr fünfzehn Minuten. Ich habe ein Loch im Strumpf, finde mein Diadem nicht, habe gerade einen Streifen von der Bräunungscreme auf meinem Knie entdeckt, und jetzt bin ich offenbar auch noch unfähig, meine Tochter vernünftig anzuziehen. Nicht nur laufe ich Gefahr, vom Jugendamt einkassiert zu werden, ich bin auch offiziell die schlimmste Braut der Welt.«

Ich setze mich aufs Bett und lege den Arm um sie. »Kopf hoch, Grace. Du musst die Dinge nur in die richtige Perspektive rücken. Es ist ja nur der wichtigste Tag deines Lebens«, sage ich scherzhaft.

Sie heult los. Ist ja gut, ich gebe mir doch alle Mühe.

»Eigentlich sollte ich so elegant wie Audrey Hepburn zum Altar schreiten«, jammert sie. »Im Moment fühle ich mich ungefähr so elegant wie ... wie ... *Mrs Doubtfire.*«

Ich breche in Gelächter aus. »Sei nicht albern«, tröste ich. »Du bist mindestens acht Zentimeter größer als Robin Williams.«

Ich erkenne den leisen Anflug eines Lächelns.

»Jetzt hör mal, Panik bringt doch nichts«, fahre ich fort. »Patrick wird dir schon nicht weglaufen. Dann kommst du eben ein bisschen zu spät, na und? Abgesehen davon siehst du absolut *hinreißend* aus, egal was du glauben magst.«

»Wirklich?« Sie klingt skeptisch.

»Na ja, zumindest wirst du das bald«, ergänze ich mit Blick auf den Bademantel. »Jetzt komm schon, es wird Zeit, einen Gang höher zu schalten.«

Und dann lege ich den Brautjungfernturbo ein, attackiere Grace mit Nagellack, Bronzepuder, Lipgloss, Bräunungscreme (noch mal), und schließlich zwängen wir sie mit vereinten Kräften – inklusive Polly – in ihr Brautkleid.

Schon wähnen wir uns vor Ablauf der Deadline fertig, da wird klar, dass das Drama noch nicht vorbei ist.

»Ach Mist!«, entfährt es Grace plötzlich. »Ich habe meine Ohrringe unten bei Mum vergessen. Evie, tut mir leid, aber du wirst sie suchen gehen müssen.«

Wieder sehe ich auf die Uhr. Ich bin erschöpft.

Nachdem ich endlich Graces Mum gefunden, die Ohrringe erhalten und den Rückweg angetreten habe, bleiben noch viereinhalb Minuten. Doch gerade als ich die Treppe hinaufstürmen will, stellt sich mir etwas – oder sollte ich sagen *jemand* – in den Weg.

Er ist schlicht und ergreifend einer der bestaussehenden Männer, die mir je begegnet sind. »Markant« ist der Begriff, der mir durch den Kopf schießt – im Sinne von umwerfend attraktiv, aber nicht so perfekt, dass er langweilig oder hübsch aussähe. Er hat glatte, gebräunte Haut, scharf geschnittene Gesichtszüge und Augen in der Farbe von warmem Sirup. Seine Nase ist leicht krumm, aber das macht gar nichts. Sein Körper ist so straff, dass Action Man neben ihm aussähe, als hätte er sich gehen lassen.

Mein Schritt verlangsamt sich, als ich die Stufen hinaufgehe, und mein Herzschlag beschleunigt sich, als mir bewusst wird, dass er mich direkt ansieht. Schamlos erwidere ich seinen Blick, während wir einander näher kommen. Dann, als wir fast auf einer Höhe sind, passiert etwas Unglaubliches.

Er sieht auf meine Brüste.

Nur den Bruchteil einer Sekunde lang, aber es gibt keinen Zweifel daran. Um genau zu sein, ist sein Blick so unverhohlen, dass ich es fast als Gaffen bezeichnen möchte. Seine Augen weiten sich merklich, und ich nehme sogar ein schwaches Lufteinsaugen wahr. Dann wendet er widerstrebend die Augen ab und setzt seinen Weg nach unten fort. Ich schüttle ungläubig den Kopf.

Ein Teil von mir ist entsetzt, als was für ein Neandertaler sich diese ansonsten gottgleiche Kreatur entpuppt hat – und ich erinnere mich an meinen Schwur, niemals einen Menschen nach seinem Äußeren zu beurteilen. Der andere Teil von mir ist insgeheim hochzufrieden, wie wirkungsvoll sich meine jüngste Erwerbung erweist.

Daher ist mein Schritt leicht beschwingt, als ich die Tür zur Hochzeitssuite aufstoße.

»Ta-ta!«, mache ich. »Ein Paar Ohrringe, bitte schön.«

Grace dreht sich um und schnappt nach Luft – bevor sie hysterisch kichernd zusammenbricht.

»Was ist denn?«, frage ich verblüfft.

»So kommst du mir nicht aufs Hochzeitsfoto«, gackert sie mühsam beherrscht.

»Wie denn?«, will ich wissen. Schön, dass ich endlich geschafft habe, sie etwas aufzulockern. Doch als ich den Blick senke, wird die Ursache ihrer Heiterkeit auf schreckliche Art und Weise offensichtlich.

4

Mein dekolleté wird von zwei verirrten Quallen angegriffen. Zumindest sieht es so aus. Meinen Hühnerfilets, die mich so begeistert hatten, war es eindeutig in meinem Kleid zu eng geworden. Weshalb sie nach oben gekrochen sind und einen Ausbruchsversuch unternommen haben.

Was ihnen übrigens auch fast gelungen ist: Meine beiden »absolut 100-prozentig natürlich wirkenden« BH-Einlagen stehen jetzt gut sichtbar für jedermann oben aus meinem Kleid heraus. Besser gesagt, gut sichtbar für ihn, Action Man. Was noch viel schlimmer ist als nur für *jedermann.*

»Das fasse ich nicht«, murmle ich und zerre wütend die zwei Filets aus meinem Ausschnitt. In Ermangelung eines Grills stopfe ich sie in den Mülleimer.

»Sieh es einfach als Fingerzeig Gottes, dass du nicht grundlos flachbrüstig auf die Welt kamst«, erklärt Grace mir freundlich.

»Schön, dass du das amüsant findest.«

»Entschuldige.« Grace muss sich mühsam ein Kichern verbeißen. »Aber du musst zugeben, dass es *ziemlich* amüsant ist.«

In der anderen Ecke des Zimmers entdecke ich Charlotte, Graces zweite erwachsene Brautjungfer, die den größten Teil des Vormittags damit zugebracht hat, die Blumengestecke in Ordnung zu bringen. Selbst sie muss sich ein Lächeln verkneifen. Was bedeutet, dass mein Anblick wirklich schlimm sein muss, denn Charlotte ist wahrscheinlich der netteste Mensch im bekannten Universum.

»Mach dir keine Sorgen, Evie«, tröstet sie mich. »Das hat bestimmt niemand gemerkt. Sie haben vielleicht gedacht, das gehört zum Kleid.«

Ich widerstehe der Versuchung, Charlotte zu erzählen, dass sie dem Einzigen, der sie tatsächlich gesehen hat, nicht deutlicher hätten auffallen können, wenn sie herausgesprungen wären und ihn auf beide Wangen geohrfeigt hätten.

»Du hast recht«, sage ich. »Danke, Charlotte.«

Ich verspüre einen Stich von schlechtem Gewissen, weil ich mir nicht die Zeit genommen habe, ihr heute beim Zurechtmachen zu helfen. Nicht, dass Charlotte nicht hübsch wäre, ganz im Gegenteil. Sie hat eine Haut, für die ich töten würde – glatt und rein wie die eines Babys, mit zauberhaften rosigen Wangen. Und ihre Augen sind so groß und sanft wie die von Bambi. Ich weiß noch, dass sie mich bei unserer ersten Begegnung vor vielen Jahren an eine Milchmagd aus dem achtzehnten Jahrhundert erinnerte: herrlich weich und rund und gesund.

Doch während Charlotte natürliche Vorzüge hat, kann man wohl behaupten, dass sie nicht viel daraus macht. Um es gänzlich unverblümt auszudrücken: Es gibt Kandidaten bei der Crufts-Hundeschau, die sich mehr Mühe mit ihren Haaren gegeben haben als sie heute. Und obwohl Charlotte nicht Charlotte wäre ohne ihre üppigen Rundungen, zieht sie sich nie vorteilhaft an. Ihr Brautjungfernkleid sitzt so eng, dass man befürchtet, es könnte ihr die Blutzufuhr abschnüren.

»Gleich geht's los«, sage ich, halte Charlottes Hand und drücke sie.

»Ja«, entgegnet sie mit völlig verängstigter Miene.

Grace drückt mir einen Strauß in die Hand.

»Also dann, ihr beiden«, erklärt sie, »wir können hier nicht den ganzen Tag rumstehen und über Evies Dekolleté debattieren. Wir müssen vor den Altar – und zwar schnell.«

5

Es ist schwer, sich vom Zauber eines Tages wie heute nicht überwältigen zu lassen.

Selbst jemand mit einem so starken Hang zum Zynismus wie ich kann in solchen Momenten nicht anders, als über alles Unzynische zu sinnieren. Zum Beispiel darüber, wie fantastisch es sein muss, jemanden so sehr zu lieben, dass man mit ihm zusammen alt und inkontinent werden will.

Denn es ist nicht nur der Bronzepuder, der Grace heute ein solches Leuchten verleiht. Es liegt an Patrick, dem Mann, den sie im Begriff ist zu heiraten. Und an der Tatsache, dass für sie zweifelsfrei feststeht, dass er der Richtige für sie ist, für immer.

»Was ist los?«, flüstert Charlotte mir zu, während wir vor der Tür auf den Beginn der Zeremonie warten.

»Nichts«, antworte ich. »Warum?«

»Du hast nur geseufzt, deshalb.«

»Hab ich das?«, flüstere ich etwas überrascht zurück.

Sie lächelt. »Keine Sorge, Evie. Eines Tages wirst du jemand ganz Besonderen kennenlernen.«

Da bist du optimistischer als ich, Charlotte.

Während ich Grace auf dem Weg durch die Bankreihen

zu den Klängen von Louis Armstrongs »What a Wonderful World« folge, entdecke ich Gareth unter den Gästen, und meine Gedanken wandern zurück zu unserem letzten Treffen. Er schniefte in seine Serviette, als ich ihm erklärte, unsere Beziehung sei vorbei.

Also setze ich ein entschuldigendes Lächeln auf, aber er wendet sich betont ab und studiert seinen Programmzettel. Kurz beiße ich mir auf die Lippen. Was ist eigentlich mit mir los? So schlimm war Gareth gar nicht. Keiner von ihnen war so schlimm.

Ich schiele nach links und ein weiterer Ex, Joe der Fernsehproduzent, fängt meinen Blick auf und zwinkert. Okay, er vielleicht doch. Selbstgefällig wie eh und je sitzt er da in seinem Paul-Smith-Anzug und der Sonnenbankbräune; ich kann die vier Liter Aramis, in denen er vermutlich gebadet hat, bis hierher riechen.

Peter, den Musiker, habe ich heute noch nicht entdeckt. Aber ich weiß, dass er irgendwo ist, mit seinem Zungenpiercing spielt und der allgegenwärtigen Schlüsselkette rasselt, die an ihm festgeschweißt sein muss.

Grace und Patrick treffen sich vorne und tauschen nervöse Blicke. Ich vermute mal, selbst wenn man die letzten sieben Jahre miteinander verbracht hat, vollführt der Magen ein paar Flickflacks, wenn man sich für weitere siebzig Jahre verpflichtet.

Die beiden haben sich während ihres Referendariats in derselben Rechtsanwaltskanzlei kennengelernt, und obwohl das jetzt Jahre her ist, wussten Graces Freunde auf den ersten Blick, dass Patrick der Richtige für sie war. Zwischen ihnen bestand sofort eine Verbindung – und zwei Kinder und drei Hypotheken später ist es immer noch für jeden offensichtlich, der den beiden begegnet.

Die Standesbeamtin ist eine exzentrisch aussehende Frau in einem A-Linien-Rock, der wahrscheinlich bereits 1982, als sie ihn meiner Einschätzung nach gekauft hat, nicht besonders modisch war. Er sieht aus wie die Sorte Kleidungsstück, die Trinny und Susannah in ihrer Stylingsendung bespucken und danach in Brand setzen würden. Als sie die erste Lesung ankündigt, fällt mir plötzlich auf, dass ich eine Person auf dem Weg nach vorn nicht erspäht habe.

Ihn mit den tiefbraunen Augen und dem gemeißelten Kiefer. *Action Man.*

Nein, das sind gute Nachrichten. Das bedeutet, dass ich an einen der katastrophal blamabelsten Augenblicke meines Lebens keinen weiteren Gedanken verschwenden muss. Denn der einzige Mensch, der Zeuge davon wurde, ist nicht mal Gast auf dieser Hochzeit. Ich kann es jetzt abhaken. Ein für alle Mal.

Ich denke an seine Gesichtszüge und die glatte Haut, die von Nahem immer noch schöner wurde.

Und als ich mich an seinen Geruch erinnere – eine betörende Mischung aus sinnlichem Aftershave und sauberer Haut –, sacke ich auf meinem Sitz zusammen. Von wegen gute Nachrichten.

Action Man, wo bist du nur?

6

UNSERE FREUNDIN VALENTINA trägt die Lesung vor. Eigentlich soll das Ganze nur eineinhalb Minuten dauern, aber man könnte mit Fug und Recht glauben, sie würde sich gleich ihren Oscar abholen. Graziös gleitet sie nach vorn, und als sie aufs Podium tritt, hebt sie den Saum ihres blutroten Chiffonkleides gut sichtbar etwas an, um noch mehr von ihren endlosen gebräunten Beinen zu enthüllen, als ohnehin schon zu sehen ist.

Valentina gehört zu unserem Freundeskreis, seit sie sich während der Erstsemesterwoche an der Uni Liverpool an Charlotte gehängt hatte. Sie gaben damals ein so merkwürdiges Paar ab wie heute. Die arme Charlotte war das irrsinnig schüchterne Mädchen, das kaum je aus ihrem Heimatstädtchen Widnes herausgekommen war. Valentina war die exotisch aussehende Amazone, die schon die halbe Welt bereist, alles erlebt hatte und generell ungefähr so gehemmt und zurückhaltend war wie das durchschnittliche *Penthouse*-Covergirl.

Nach der Uni versuchte sich Valentina in verschiedenen Berufen; als persönliche Einkäuferin, Komparsin bei Daily Soaps, Empfangsdame in Nobelrestaurants. Bis sie sich für eine der Tätigkeiten entschied, die sie wahrhaftig ausgezeichnet beherrscht. Jetzt ist sie professionelle Tennislehrerin und macht sich offenbar gerade einen Namen. Wobei ich hörte, das läge zumindest teilweise an ihren Röcken, die so kurz sind, dass sie einen Gynäkologen erröten lassen würden.

Meiner persönlichen Ansicht nach ist Valentina tief drinnen ein anständiger Kerl. Leider sind nicht alle dieser Meinung, da Valentina sich unter einer guten Unterhaltung vorstellt, endlose Monologe darüber zu halten, wie oft sie mit Angelina Jolie verwechselt wird.

Als Valentina ihre Notizen auf das Pult legt, vergewissert sie sich durch einen knappen Blick, dass der Trauzeuge sie auch bemerkt hat. Daran kann ihrem befriedigten Gesichtsausdruck nach kein Zweifel bestehen. Mit Schmollmund und Zurückwerfen ihres dunklen, glänzenden Haars macht sie sich bereit, ihr Publikum anzusprechen.

»Meine Damen und Herren, bevor ich anfange, möchte ich zum Ausdruck bringen, wie überwältigt ich bin, dass zwei meiner engsten Freunde sich heute das Jawort geben«, schwärmt sie.

»Als die beiden mich überredeten, eine Lesung vorzutragen, war ich entzückt, eine solch *bedeutsame* Rolle am wichtigsten Tag ihres Lebens zu spielen.«

Grace und Patrick tauschen einen Blick. Mitnichten musste Valentina zu irgendetwas überredet werden. Als Grace ihr erklärte, sie wolle die Anzahl der Brautjungfern so gering wie möglich halten, hatte Valentina so lange geschmollt, bis Grace in die Lesung eingewilligt hatte. Nur damit sie endlich still war.

»Der Segen, den ich gleich lesen werde, wird bei indianischen Eheschließungen seit Jahrhunderten verwendet«, fährt sie fort. »Es wird Sie allerdings vielleicht interessieren, dass der Urheber bis heute unbekannt ist. Es ist ein wunderschöner Text, und ich hoffe, Sie werden mir zustimmen, dass er wahrhaft passend ist für einen Tag wie den heutigen.«

Sie hält theatralisch inne, während die Standesbeamtin auf die Uhr sieht.

»Jetzt wirst du den Regen nicht mehr fühlen, da ihr Schutz füreinander sein werdet.«

Wieder macht sie eine effektvolle Pause.

»Jetzt wirst du die Kälte nicht mehr fühlen, da ihr Wärme füreinander sein werdet …« Und so weiter.

Nach Valentinas Auftritt (denn ein Auftritt ist es) scheint die Zeremonie Fahrt aufzunehmen, und in null Komma nichts schreiten Grace und Patrick zum lauten Beifall ihrer Gäste als Mann und Frau wieder durch die Bankreihen zurück. Polly und ich folgen ihnen Händchen haltend und hüpfend (Polly), Charlotte schleicht hinter uns her.

Ich versuche, die Gäste nicht anzulächeln, da überall unter ihnen Exfreunde zu lauern scheinen. Aber gerade als ich die Augen starr geradeaus gerichtet halte, erregt etwas in der hinteren Ecke des Raumes meine Aufmerksamkeit. *Er* steht an einem Fenster, das Ausblick auf eine der schönsten Landschaften von ganz England bietet. Dabei bietet er selbst einen unübertrefflichen Anblick.

Mein Puls fängt an zu rasen, und ich drücke Pollys Hand fester. Es ist Action Man. Und er sieht mich direkt an.

7

Ich werde rot, als unsere Blicke sich treffen, und wende mich verlegen ab. In meinem Kopf wirbeln Erinnerungen an diese verdammten Hühnerfilets herum. Ich beuge mich zu Polly herunter.

»Du warst so brav während der Trauung«, flüstere ich ihr zu, nur um den Eindruck zu erwecken, wahnsinnig beschäftigt zu sein.

Sie schaut mich an, als wollte sie sagen: »Wovon redest du überhaupt?«

Immer noch spüre ich seine Augen auf mir brennen, als wir schon beinahe die Tür erreicht haben. Scheiß auf diese Hühnerfilets, Evie, denke ich, *sieh ihn einfach an.* Der Applaus klingelt in meinen Ohren, während ich mich langsam zu ihm umdrehe. Er klatscht begeistert, und als er mein Gesicht entdeckt, lächelt er. Es ist ein sanftes, freundliches Lächeln – eines voller Selbstvertrauen.

Was mir im Augenblick völlig abgeht.

Albernerweise sehe ich wieder weg, ohne auch nur zurückzulächeln, ohne seinen Blick zu erwidern, ohne irgendwas.

Meine Augen sind auf Graces Kleid gerichtet, und ich möchte mich am liebsten treten. Dass ich bei der Gelegenheit bemerke, zwei ihrer Elfenbeinknöpfe falsch zugeknöpft zu haben, ist dabei meine geringste Sorge.

Als wir im Salon ankommen, küssen sich Grace und Patrick zu knallenden Champagnerkorken, und die Gäste strömen herbei, um dem glücklichen Paar zu gratulieren.

Ich schnappe mir im Vorbeigehen ein Glas Blubberwasser vom Tablett eines Kellners und kann mich gerade noch bremsen, es in einem Zug herunterzukippen. Die Tür lasse ich dabei nicht aus den Augen, früher oder später muss er da durchkommen.

Nicht, dass ich wüsste, was ich dann machen werde.

Im Salon herrscht bald ein Riesengedränge und es ist schwer, den Überblick über die Eintretenden zu behalten. Es sind so viele. Aber als ich jemanden neben mir spüre, macht mein Herz einen Satz.

8

GRACE SIEHT KEIN BISSCHEN weniger gestresst aus als vor der Trauung.

»Evie, hör mal«, sagt sie, »ich brauche noch mal deine Hilfe. Könntest du die Leute allmählich nach draußen lotsen? Wir müssen mit dem Fotografieren anfangen.«

Ich sehe mich unter den Gästen um, die sich auf einem fürstlichen Sektempfang in einem gemütlichen Salon voller prasselnder Kaminfeuer eingenistet haben. Meine Aufgabe, sollte ich mich dazu breitschlagen lassen, bestünde darin, sie alle – selbst die in den hochhackigen Riemchensandalen – im Februar auf eine windgepeitschte Terrasse zu scheuchen.

»Du gibst mir immer die tollsten Aufträge, Grace«, sage ich. »Das könnte gut bis nächstes Wochenende dauern.«

Ohne zu wissen, wo ich anfangen soll, steuere ich das Grüppchen neben mir an. »Äh, hallo«, stottere ich. »Ähm, dürfte ich euch alle bitten, für die Fotos in den Garten zu gehen? Danke. Vielen Dank.«

Ich stapfe von Gruppe zu Gruppe und sage mein Sprüchlein auf.

Fünf Grüppchen später wird mir klar, dass mich diese ach-so-höfliche Technik keinen Schritt weiterbringt. Ich bekäme mehr Reaktion, wenn ich die Hochzeitstorte anspräche. Also gehe ich dazu über, den Leuten zusätzlich auf die Schulter zu tippen.

»Ähm, ja, also, hallo«, sage ich. »Tut mir echt leid, euch zu unterbrechen, aber könntet ihr vielleicht jetzt mal in den Garten gehen? Der Fotograf wäre dann so weit.«

Nichts. Ich hüstele – in dem Bemühen, gleichzeitig höflich und bestimmt zu wirken. Mit anderen Worten, die Leute dazu zu bringen, dass sie tun, was man ihnen verflucht noch mal sagt.

»Es werden jetzt Fotos gemacht.« Inzwischen hat mein Tonfall eine deutliche Strenge angenommen. »Könntet ihr dann mal in den Garten gehen … *bitte?*«

Langsam geht mir das auf die Nerven. Entweder bin ich unsichtbar, oder die Leute geben dem Schampus und den Blinis mit geräuchertem Lachs den Vorzug vor einer zugigen halben Stunde auf der Terrasse, während der sie unablässig »Schokoladenkekse« sagen müssen.

Hmmmm. Gut, ich wusste ja, das würde eine Herausforderung. Ich muss also autoritär werden.

Bitte schön – kein Problem.

Ich widerstehe der Versuchung, mich auf einen Stuhl zu stellen, gebe aber trotzdem alles.

»MEINE DAMEN UND HERREN«, brülle ich. »BITTE BEGEBEN SIE SICH IN DEN GARTEN, DA GLEICH DIE FOTOS GEMACHT WERDEN.«

Der gesamte Raum verstummt, und alle drehen sich zu mir um, als wäre ich eine Stripperin, die als Hauptattraktion bei einem Treffen des örtlichen Frauenvereins gebucht wurde. Offenbar war ich doch lauter, als ich dachte.

Plötzlich wird mir bewusst, dass ich dem armen Kerl unmittelbar neben mir womöglich das Trommelfell perforiert habe. Er schrickt deutlich sichtbar vor mir zurück, und bis jetzt eben hatte ich nicht gewusst, wie das aussieht. Dann dreht er sich langsam um, in der eindeutigen Absicht, die Quelle dieses Höllenlärms auszumachen. Ich stelle fest, dass ich nicht weglaufen kann.

Sobald ich sein Gesicht erkenne, rutscht mir das Herz in die Hose. Wenigstens kann mir niemand vorwerfen, ich wüsste nicht, wie man Eindruck hinterlässt.

9

Es GIBT NUR EINEN WEG, um diese Situation zu retten. Und das ist, etwas Lustiges zu sagen. Damit Action Man denkt: Okay, diese Frau hat sich zwar schon zweimal benommen, als wäre sie soeben aus der örtlichen Irrenanstalt entflohen, aber du meine Güte, ist sie nicht einfach der witzigste, amüsanteste Mensch, den ich jemals getroffen habe? Das wäre zumindest ein Anfang, um dieses Fiasko etwas abzumildern.

Ich zermartere mir das Hirn nach meinem besten, zwerchfellerschütterndsten Spruch, um die Atmosphäre aufzuheitern und ihn im Idealfall dazu zu veranlassen, mich ohne weitere Verzögerung mit nach Hause zu nehmen.

»Äh, ah! Äh, also …«, stammle ich. »Tut mir total leid.«

Rutsch rüber, *Monty Python.*

Er lächelt. »Nicht so schlimm«, meint er. »Aber du hast ein beeindruckendes Lungenvolumen, so viel ist sicher. Wobei du das bitte nicht in den falschen Hals kriegen solltest.«

Ich entspanne mich – ganz leicht – und starte einen neuen Versuch. »Das sagst du doch sicher zu jeder«, bemühe ich mich, meine Peinlichkeit zu überspielen. So geschämt habe ich mich nicht mehr, seit … also seit ich ihm vor einer Stunde auf der Treppe begegnet bin, um genau zu sein.

»Nicht unbedingt«, sagt er lachend. »Obwohl ich einräumen muss, dass nicht alle Frauen deine Methode wählen.«

Mein Gesicht wird noch heißer. »Also gut, ich gebe es zu«, gestehe ich. »Es ist mir peinlich.« Ich weiß nicht, warum ich ihm das erzähle, wo doch meine Wangen längst nach Sonnenbrand dritten Grades aussehen.

»Das muss es nicht.« Er deutet mit dem Kopf zur Terrassentür. »Immerhin hat es funktioniert.«

»Gott sei Dank, wenigstens das«, seufze ich.

»Gehört so was heutzutage zu den Pflichten einer Brautjungfer?«, fragt er. »Ich dachte immer, man müsste nur herumstehen und hübsch aussehen.«

»Hübsch aussehen ist tatsächlich meine Hauptaufgabe heute«, stimme ich zu. »Das und den Gästen die Trommelfelle zerreißen.«

»Tja«, meint er, »beides machst du ganz ausgezeichnet.«

Ich versuche, mir ein Grinsen zu verkneifen. »Danke«, sage ich stattdessen. »Ich bin Evie. Freut mich sehr.«

Ich halte ihm die Hand hin, und er ergreift sie fest. Doch bevor er seinen Namen sagen kann, werden wir unterbrochen.

»Evie, du kleines Biest. Ich will doch hoffen, dass du mir nicht meinen Kavalier stehlen willst!«

Valentina tut so, als würde sie scherzen, aber jetzt hat sie Action Mans Arm in einem Griff, der ihr einen Job als Gefängniswärterin sichern würde.

»Ich wollte mich deiner Freundin gerade vorstellen«, sagt er und wendet sich wieder mir zu. »Ich heiße Jack. Ich freue mich sehr, deine Bekanntschaft zu machen. Und die deiner Stimme.«

Noch bevor ich ein weiteres Wort herauskriege, kommt Valentina mir zuvor.

»Jack, da ist jemand, den du unbedingt kennenlernen musst.« Sie zerrt an seinem Arm und lässt ihm in der Angelegenheit keine Wahl.

Da gehen sie also. Action Man und die Amazone.

Blöder, blöder, blöder Bockmist.

10

WAS FÜR EINE KATASTROPHE. Das ist so ungefähr der schlimmste Ausgang, den ich mir hätte träumen lassen. Lieber hätte ich herausgefunden, dass Action Man – Verzeihung, Jack – gerade ins Kloster eingetreten ist und einen strikten Zölibatsschwur abgelegt hat. Oder dass er schwul ist. Ja, schwul wäre nett gewesen. Mit schwul hätte ich leben können. Denn mal abgesehen von dem ganz offensichtlichen Problem, dass er mit einer anderen Frau hier ist, besteht die eigentliche Katastrophe darin, dass diese andere Frau Valentina ist. Weil es – schlicht gesagt – für einen Mann nicht gerade eine gute Referenz ist, Valentinas Freund zu sein. Bisher haben alle, mit denen sie zusammen war, jedes Einzelne der folgenden Kriterien erfüllt:

- Muss bis zu einem zutiefst ungesunden Grad besessen von gutem Aussehen sein – sowohl seinem als auch ihrem.
- Muss an ihren Lippen hängen.
- Muss darauf achten, so oft wie nur möglich einen schmeichelhaften Kommentar über ihre Ähnlichkeit mit dem ein oder anderen Filmsternchen abzugeben.

Und schließlich und ausschlaggebend:

- Muss geistig so anspruchsvoll sein wie eine durchschnittliche Folge der *Teletubbies.*

Action Man, Jack, wie auch immer du heißen magst: Du kannst ein so markantes Gesicht haben, wie du nur willst; leider ist das jetzt so ungefähr das einzige Positive, was ich über dich sagen kann.

Ich werfe einen Blick zur Bar und stelle zu meinem Entsetzen fest, dass Joe, Gareth und Peter die Köpfe zusammenstecken. Offenbar haben sie einen Klub der Exfreunde gegründet. O welche Freude, ich kann mir lebhaft vorstellen, worum sich ihre Unterhaltung dreht. Wahrscheinlich fachsimpeln sie über Voodoo-Puppen.

»Hast du zufällig Grace gesehen?«, reißt mich Charlotte mit ihrer sanften Stimme aus meiner Trance. »Der Fotograf wartet auf sie.«

»Ich geh sie suchen«, biete ich froh über die Ablenkung an.

Schließlich finde ich Grace in dem Festzelt, in dem das Hochzeitsfrühstück stattfinden soll.

»Warum kann nicht einfach mal was glattgehen?«, schimpft sie. »Ich müsste inzwischen die weltweit führende Hochzeitsexpertin sein, so viele Brautmagazine habe ich gelesen. Und trotzdem läuft alles schief.«

Meine Freundin hält ein Champagnerglas in der einen Hand und schaukelt Scarlett mit der anderen.

»Was ist denn jetzt wieder?«, erkundige ich mich.

»Es gab eine Panne mit der Sitzordnung.« Sie bläst sich eine verirrte Haarsträhne aus dem Gesicht. »Als ich sie letzte Woche ins Hotel gefaxt habe, hat der Apparat offensichtlich den Rand des Plans für die Ehrentafel abgeschnitten. Einschließlich des Teils, an dem Patricks Eltern sitzen sollten. Jetzt haben sie einen zu kleinen Tisch aufgebaut und können es nicht mehr ändern, ohne alles umzuschmeißen.«

»Haben sie sich nicht gewundert, was mit den Eltern des Bräutigams ist?«

»Sie meinten, sie hätten angenommen, sie wären tot«, berichtet sie.

Keiner von uns beiden kann sich das Lachen verbeißen.

»Wie wäre es, wenn Charlotte und ich einfach von der Ehrentafel zurücktreten?«, schlage ich vor. »Man kann uns doch leicht noch an anderen Tischen unterbringen. Dann könnte Polly trotzdem bei euch sitzen, und du hast genug Platz für Patricks Mutter und Vater.«

»Macht dir das nichts aus?« Sie wirkt erleichtert.

»Aber natürlich nicht. Besser, als einen diplomatischen Zwischenfall mit deinen frischgebackenen Schwiegereltern zu riskieren.«

Sie drückt mir einen Kuss auf die Wange.

»Du bist der Hit, Evie«, erklärt sie. »Erinnere mich daran, dass du bei all meinen künftigen Hochzeiten Brautjungfer sein musst!«

Erst nach dem Fototermin kann ich einen Blick auf die ausgebesserte Sitzordnung erhaschen und sehen, auf was ich mich da eingelassen habe.

Sie haben mich neben Jack und Valentina platziert.

11

WIE KANN ES SEIN, dass hier und heute neunzig Gäste anwesend sind und es mir gelingt, neben Valentina und ihre Trophäe gesetzt zu werden?«, frage ich. »Habe ich in meinem letzten Leben Katzenbabys gequält oder was?«

Charlotte versucht, nicht zu lächeln. »So schlimm ist sie auch wieder nicht. Ich glaube, sie ist eher unsicher.«

Beide drehen wir den Kopf in Valentinas Richtung.

»Kelly Brook?«, hört man sie gerade laut einen der Kellner fragen. »Ach, das ist ja lustig, normalerweise sagen die Leute mir immer, ich sähe aus wie Angelina Jolie …«

»Ich *weiß*, dass sie nicht so schlimm ist«, sage ich. »Aber unsicher? Sie könnte nicht sicherer sein, wenn sie ein Vorhängeschloss umhängen hätte und vom Geheimdienst bewacht würde.«

Charlotte kichert.

»Egal, mal sehen, wer bei dir am Tisch sitzt. Oh, du Glückliche!« Ich stupse sie.

Charlotte wurde neben Jim gesetzt, Graces Lieblingscousin. Er macht eine Ausbildung als Kameramann bei der BBC und wurde heute eingespannt, um das Hochzeitsvideo zu drehen. Zwar ist er ein oder zwei Jahre jünger als wir, aber dafür einer der nettesten Menschen, die man jemals zu treffen hoffen könnte. Insgeheim fand ich schon immer, er wäre der perfekte Mann für Charlotte.

»Jim ist großartig, weißt du«, sage ich wenig subtil zu ihr.

Charlotte errötet und dreht den Kopf weg. Das passiert ihr ständig – oft auch aus wenig ersichtlichen Gründen –, und ich weiß, dass dieser Reflex sie zur Verzweiflung treibt. Jedes Mal, wenn ihr das Blut in den Kopf schießt, liegen ihre gesamten Gedanken und Gefühle offen vor der Welt ausgebreitet. In diesem Fall müsste ich mich schon sehr täuschen, wenn sie nicht ein bisschen verknallt ist.

»Was ist denn?«, sage ich behutsam. »Du kennst Jim doch, oder?«

»Ähm, ja. Ich habe ihn schon ein oder zwei Mal getroffen.«

»Findest du ihn nicht nett?«, ergänze ich.

»Hmm.« Ihre Wangen haben jetzt die Farbe eines besonders vollmundigen Valpolicella.

»Du könntest es weit schlimmer treffen«, sage ich.

»Ich weiß gar nicht, was du meinst.« Jetzt nestelt sie an den Schnüren ihrer Handtasche.

»Charlotte, so was musst du mir doch nicht verheimlichen.« Ich nehme ihre Hand. Aber trotzdem sieht sie noch aus wie eine Halbwüchsige bei einem elterlichen Plausch über Empfängnisverhütung.

»Ich kann ja ein paar Andeutungen machen, wenn du willst«, erbiete ich mich, als sie nicht reagiert.

»Nein!«, kommt es wie aus der Pistole geschossen. »Bitte nicht, Evie.«

»Ist ja gut.« Ich lasse sie in Ruhe. Fürs Erste.

Ich weiß nur zu gut, dass Charlotte, wenn sie sich zu sehr aufregt, imstande ist, nie wieder mit Jim auch nur zu sprechen. Das arme Mädchen ist definitiv auf mein Eingreifen angewiesen, daran hege ich keinen Zweifel. Bisher hatte Charlotte erst einen einzigen Freund, Gordon, einen Spezialisten für Dämmtechnik, der tatsächlich nicht ein einziges interessantes Merkmal aufzuweisen hatte. Sein alleiniges Talent bestand darin, dass er einem ungefragt jeden nur erdenklichen Unterschied zwischen Trocken- und Nassfäule aufzählen konnte. Und deren gibt es vielfältige, so viel sei gesagt. Das ist allerdings schon Jahre her, und Charlotte ist mehr als überfällig für eine Romanze.

Bevor wir uns zum Essen setzen, gehe ich mir noch die Nase pudern und mich vergewissern, dass in meinem Ausschnitt keine verirrte BH-Einlage, in meinen Schneidezähnen kein Spinat und mein Rock nicht versehentlich in der Unterhose hängt. Dann atme ich tief durch und mache mich auf den Weg ins Festzelt und auf die Suche nach Tisch fünf. Jack sitzt schon dort.

Ich spiele mit dem Gedanken an einen kleinen Umweg, um mich nicht mit ihm allein unterhalten zu müssen, aber er sieht mich und hebt lässig eine Augenbraue zum Zeichen des Erkennens.

O nein – hilf mir doch jemand. Jetzt habe ich Valentinas Augenschmaus am Hals.

12

»Da ist ja die Brautjungfer mit der imposanten Stimme«, begrüßt mich Jack aufgeräumt, als ich zum Tisch komme.

Ich sollte froh sein, dass er diesen und nicht den früheren Vorfall zu erwähnen beliebt. Trotzdem kann ich eine leichte Verärgerung in der Stimme nicht unterdrücken.

»Darf ich das jetzt nie wieder vergessen?«, frage ich.

»Ich werde es nicht mehr erwähnen, versprochen«, grinst er. »Also, woher kennst du die Braut?«

Über die Jahre habe ich mit genügend von Valentinas Beaus geplaudert, um zu wissen, dass die nächsten Stunden ungefähr so qualvoll werden wie ein unprofessionelles Intimwaxing. Aber ich ermahne mich zur Höflichkeit. Es ist vermutlich nicht seine Schuld, dass er ungefähr so helle ist wie eine 5-Watt-Minibirne.

»Wir waren zusammen auf der Uni Liverpool«, erkläre ich. Erst mit Verzögerung wird mir bewusst, dass er offenbar auf eine ausführlichere Antwort wartet. »Und die letzten beiden Jahre haben wir zusammengewohnt.«

»Aber du kommst nicht aus Liverpool?« Er versucht, meinen Akzent einzuordnen.

»Aus der Nähe«, sage ich, »ungefähr fünfundvierzig Minuten nördlich.«

»Es ist eine tolle Stadt. Ich liebe Liverpool.«

»Wohnst du nicht dort?«, frage ich ärgerlich auf mich selbst, weil ich es wissen möchte.

»Ich bin gerade erst hingezogen«, erzählt er, »meiner Arbeit wegen.«

Unter anderen Umständen hätte ich diesen Gesprächsstrang weiterverfolgt, aber er soll bloß nicht glauben, dass ich Interesse hätte.

»Ich wusste gar nicht, dass Valentina einen neuen Freund hat«, verkünde ich stattdessen und frage mich im selben Moment, warum ich das anspreche.

»Eigentlich ist das erst unsere zweite Verabredung«, sagt Jack. »Ich bin Mitglied in ihrem Tennisklub.«

Als ich aufsehe, stolziert Valentina auf uns zu wie auf der Pariser Modewoche, dann setzt sie sich hin und legt gut sichtbar ihre Hand auf Jacks Knie. Unsere Unterhaltung nimmt ein abruptes Ende.

»Ich bin mir wirklich etwas unsicher wegen dieses Kleides«, grübelt sie und zupft den Saum etwas höher. »Jack, was meinst du? Zeigt es zu viel Bein?«

Langsam schlägt sie die Beine übereinander – um zu präsentieren, wie viel Bein da genau ist. Jacks Augen werden einen Augenblick davon angezogen, dann wendet er den Blick ab. Wüsste ich es nicht besser, hätte ich mir eingebildet, einen Hauch von Verlegenheit darin zu entdecken.

Jetzt treffen die anderen Tischnachbarn allmählich ein, beginnend mit zwei von Graces Tanten. Tante Sylvia und Tante Anne sind beide zauberhafte, winzige Frauen, die sich heute in Altrosa respektive Himmelblau gekleidet haben. Beide tragen riesige Hüte, Zuckerwattedauerwellen und sorgfältig aufeinander abgestimmte Outfits, die aussehen wie aus einem der Kataloge, die immer der Sonntagszeitung beiliegen.

Ihre Gatten Onkel Giles und Onkel Tom haben sich genauso in Schale geworfen wie ihre Frauen, wenn auch etwas weniger extravagant. Onkel Tom hat einen kühnen Versuch gestartet, sich seine wenigen verbliebenen, struppigen Haare quer über den Schädel zu kämmen, wo sie sich jetzt verzweifelt festklammern. Es fällt mir ausgesprochen schwer, mich von seinem Anblick loszureißen.

»Ahoi, Schatz«, ertönt eine Stimme, die ich sofort erkenne.

Ich springe auf und umarme Georgia, eine weitere alte

Freundin aus Unitagen, die mit ihrem neuen Verlobten Pete gekommen ist.

Georgia ist mit Abstand der reichste Mensch, den ich kenne. Aber für das ungeschulte Ohr ist das nicht zu erkennen; ihr Akzent gleicht mehr dem der Daphne Moon aus *Frasier* als Princess Di.

Georgias Vater wuchs auf den knallharten Straßen von Blackburn auf und ist ein Selfmademan, dessen Unternehmen inzwischen der größte Hersteller von Plastiktüten in ganz Europa ist. Vielleicht liegt es an diesem Hintergrund, dass Georgia und ihre Familie die bodenständigsten Millionäre sind, die man sich nur vorstellen kann. Sie würde selbst als Erste zugeben, dass sie gerne Geld ausgibt. Aber darüber hinaus ist sie außerordentlich großzügig und vermittelt manchmal den Eindruck, sich mit ihrem Reichtum nicht ganz wohlzufühlen.

»Na, wie läuft der Probelauf als Brautjungfer, Evie?«, erkundigt sie sich.

»Gut«, behaupte ich. »Möglicherweise habe ich sogar bis zu deiner Hochzeit schon raus, was ich eigentlich machen muss.«

Nach der Uni war Georgia als eine der wenigen nicht in Liverpool geblieben, und wenn wir auch weiter Kontakt hielten, trafen wir sie doch nicht annähernd so oft, wie uns lieb gewesen wäre. All das hat sich in den vergangenen Monaten geändert, seit die Vorbereitungen für ihre Hochzeit so richtig in Gang gekommen sind. Wir mussten zu derart vielen Anproben erscheinen, dass ich mir allmählich vorstellen kann, wie sich eine Schaufensterpuppe fühlt.

»Du siehst übrigens fantastisch aus«, sage ich zu ihr.

Georgia sieht immer großartig aus. Heute trägt sie ein cremefarbenes Kostüm, vermutlich von ihrer Lieblingsmarke YSL, und dazu eine schlichte, aber wunderschöne Diamantkette.

»Oh, danke, Liebes. Das ist von Top Shop.«

Ich lächle. Wenn das Kostüm von Top Shop ist, dann bin ich die Weltmeisterin im Sumoringen.

Nachdem der erste Gang serviert wurde, bittet mich Jack um den Pfeffer. Doch als ich danach greifen will, unterbricht Valentina mich.

»Mach dir keine Umstände, Evie. Ich habe hier auch einen«, sagt sie und berührt Jacks Arm, als sie ihn weiterreicht. »Weißt du«, sie senkt die Stimme und rückt näher an ihn heran. »Irgendwo habe ich mal gelesen, dass Pfeffer ein Aphrodisiakum sein soll.«

Ich weiß nicht, warum, aber plötzlich verspüre ich eine leichte Übelkeit.

13

Sag mal, Pete«, spricht Valentina Georgias Verlobten an. »Interessierst du dich eigentlich für Tennis?«

»Ich bin wohl eher der Theoretiker, könnte man sagen«, erwidert Pete mit einem Grinsen an die Adresse seiner künftigen Frau. Georgia verschluckt sich an ihrem Getränk.

»Was in Wirklichkeit bedeutet, dass er beim letzten Mal, als er gespielt hat, reif fürs Sauerstoffzelt war.«

»Danke für deine liebevolle Unterstützung, Schatz, das ist ganz rührend«, flachst er. »Als Nächstes erzählst du noch rum, dass ich eine Null im Bett bin.«

»Ich würde dir mit größtem Vergnügen Nachhilfe geben«, sagt Valentina und drückt ihm eine ihrer roten Visitenkarten in die Hand. »Bei Jacks Vorhand habe ich wahre Wunder bewirkt, wie er sicher bestätigen wird. Nicht, dass Jacks Vorhand nicht ohnehin schon überdurchschnittlich gut war«, ergänzt sie und wirft ihm ein anzügliches Lächeln zu.

Wir sind bereits beim Dessert, als mir auffällt, dass Jack und ich seit dem Beginn des Essens praktisch kein Wort miteinander gewechselt haben.

Was selbstverständlich aus meiner Sicht nicht tragisch ist, wenngleich ich allmählich an Valentinas geistiger Gesundheit zweifle.

Mehrmals hat er sich an mich gewandt, nur um postwendend zurückgerissen zu werden, als hielte sie ihn an der Leine. Bis jetzt hat sie ihn nicht weniger als vier Mal gebeten nachzusehen, ob ihr Lippenstift verschmiert ist, und ich vermute, sie würde eher ihren eigenen plötzlichen Tod vortäuschen, als zuzulassen, dass er mit jemand anderem spricht.

Die einzige Ausnahme davon ist Pete, mit dem Jack eine kurze Unterhaltung über ihre gemeinsame Leidenschaft für Rugby führen durfte. Sie endete jedoch abrupt, als Pete Jack anbot, am kommenden Wochenende bei ihm auf einer Firmentribüne zu sitzen. Die Einladung beschränkte sich auf einen einzelnen freien Platz.

Der einzige Nachteil von Bedeutung für mich besteht darin, dass ich durch diese Gesprächsverteilung Onkel Giles zu meiner Rechten an der Backe habe. Ich sollte betonen, dass ich überhaupt nichts gegen Onkel Giles habe, der im Grunde ein liebenswerter Mann ist. Aber wenn ich noch ein Wort über seine Sammlung von Feuerwaffen aus dem neunzehnten Jahrhundert hören muss, könnte ich mich veranlasst fühlen, mir eine davon auszuleihen, um meinem Elend ein Ende zu setzen.

»Schon seit ich ein Halbwüchsiger war, sind Feuerwaffen mein Ding«, erzählt er mir.

»Dafür würden Sie heutzutage Sozialstunden aufgebrummt kriegen«, scherze ich. Aber er runzelt nur die Stirn und wendet sich der dauerhaften Qualität englischer Handwerkskunst zu.

Ich nutze die günstige Gelegenheit dieses Intermezzos, um kurz einen Blick auf Charlotte an Tisch 14 zu erhaschen. Zu meiner Zufriedenheit entdecke ich, dass sie und Jim ins Gespräch vertieft sind. Zumindest Jim ist das; Charlotte zerpflückt nervös ihre Serviette, so dass inzwischen so viele Schnipsel um sie herumfliegen, als käme sie gerade aus einem Schneesturm. Trotzdem, es ist ein Anfang. Und ich muss sagen, Jim wirkt verheißungsvoll interessiert.

14

GRACES VATER sieht so erleichtert aus, als er sich nach seiner Rede wieder hinsetzt, dass man glauben könnte, er hätte gerade im Wembley Stadion gesprochen. Es war die kürzeste, leiseste Rede in der Geschichte der Hochzeitsreden, aber wir alle haben trotzdem über seinen einen Witz gelacht und am Ende wild Beifall geklatscht.

Als Nächster ist Patrick dran. Er ist daran gewöhnt, vor Publikum zu sprechen, und wirkt deutlich gelassener als sein Schwiegervater. Er zieht sein Jackett zurecht – die Frackschöße, die er auf keinen Fall heute tragen wollte – und fährt sich mit der Hand durch das dicke blonde Haar. Grace blickt stolz zu ihm auf.

»Ich möchte sowohl in meinem Namen als auch im Namen meiner … *Frau*«, fängt er grinsend an, »sagen, wie erfreut ich bin, dass so viele von euch heute kommen konnten. Grace und ich sind jetzt seit sieben Jahren zusammen, und ich kann ehrlich sagen, dass ich mir jeden Tag denke, was für ein Glück *sie* hatte, *mich* zu treffen …«

Der gesamte Raum bricht in Gelächter über den ersten von vielen noch folgenden Kalauern in Patricks Rede aus.

Erst gegen Ende seiner Ansprache spüre ich, dass mich jemand ansieht. Ich drehe den Kopf etwas und begegne Jacks Blick, zum dritten Mal an diesem Tag. Noch im selben Moment weiß ich, dass das albern ist. Seine Begleitung sitzt direkt neben ihm, und ich habe längst entschieden, dass ich kein Interesse habe. Definitiv kein Interesse.

Aber ich kann mich nicht vom Anblick seines unbestreitbar schönen Gesichts losreißen, als die Andeutung eines Lächelns – eines Lächelns, das ich fast als Flirten bezeichnen möchte – auf seinen Lippen erscheint. Das Publikum bricht nach Patricks Rede in tosenden Beifall aus, und Jack und ich wachen auf aus unserer … *was auch immer das gerade war.*

Als der Applaus verebbt, lässt Valentina ihre Konzentration einen Augenblick lang schleifen, und Jack ergreift die Gelegenheit beim Schopfe.

»Warst du schon mal Brautjungfer?«, fragt er mich.

»Nein. Du?«

»Ich fürchte nicht«, lächelt er. »Ich war einmal Ringträger. Aber Samtkniebundhosen und Fliege sind nicht besonders attraktiv, wenn man fünfzehn ist. Hat mich nicht so begeistert.«

Ich muss lachen. »Tja«, sage ich, »es ist eben die eiserne Regel bei Hochzeiten, dass alle anderen Beteiligten furchtbar aussehen müssen, um der Braut nicht die Schau zu stehlen.«

Er zieht eine Augenbraue hoch. »Und was ist dann bei dir schiefgelaufen?«

Bevor ich mir noch eine Entgegnung darauf ausdenken kann, zerrt Valentina ihn an der Hand vom Tisch hoch.

»Du hast Braut und Bräutigam noch nicht anständig kennengelernt«, erklärt sie energisch.

Es ist verblüffend, wie sie im einen Moment wie ein geistig minderbemitteltes Häschen klingen kann und im nächsten wie eine gestrenge englische Gouvernante. Jack bleibt nichts anderes übrig, als ihr zu folgen, obwohl ich sicher bin, ein leichtes Stirnrunzeln seinerseits wahrzunehmen.

»Also, Evie«, unterbricht Onkel Giles meine Gedanken. »Du hattest dich vorhin nach Gewehrläufen erkundigt.«

Hab ich das?

Die nächsten zehn Minuten verbringe ich damit, mich von Onkel Giles loszueisen, und als es mir schließlich gelingt, marschiere ich schnurstracks auf die Damentoilette, wo ich auf jeden Fall in Sicherheit bin. Grace ist auch schon dort, und wir gehen in nebeneinanderliegende Kabinen.

»Jack ist gar nicht so übel, oder?«, brüllt sie zu mir rüber.

Ich zögere. Wie soll man mit dieser Frage umgehen?, überlege ich. Jack ist definitiv gar nicht so übel, aber er hat einen schweren Haken.

»Er ist total Valentinas Typ«, sage ich daher etwas abweisend.

Grace macht eine Pause. »Was, du meinst dumm?«, fragt sie. »Glaube ich eigentlich nicht. Val behauptet, er habe einen Einser-Abschluss aus Oxford und sei jetzt Geschäftsleiter irgendeiner Entwicklungshilfeorganisation.«

Schweigend rolle ich etwas Klopapier ab. Okay, dann war er eben auf einer Nobeluniversität und hat einen guten Job. Das bedeutet nur, dass er keinen gesunden Menschenverstand hat.

»Evie?«, fragt Grace.

»Ja?«

»Ach nichts, du bist nur so still geworden.«

Gleichzeitig kommen wir aus unseren Kabinen heraus, und sie sieht mich an, die Augen anklagend zusammengekniffen.

»Was denn?«

»Du findest ihn gut«, sagt sie.

Ich gebe mich so entrüstet wie jemand, der fälschlicherweise beschuldigt wird, im Aufzug gefurzt zu haben. »Das stimmt nicht!«, protestiere ich und marschiere zum Waschbecken.

»Ist ja gut, dein Geheimnis ist bei mir gut aufgehoben. Aber erzähl es um Gottes willen nicht Valentina. Sie hat schon genug rumgenervt, weil sie nicht Brautjungfer sein durfte. Wenn du dich jetzt mit ihrem Kerl aus dem Staub machst, dreht sie völlig durch.«

»Grace, ich habe nicht die leiseste Absicht, mich mit irgendjemandem aus dem Staub zu machen«, entgegne ich leicht aufgebracht. »Falls es dir entgangen sein sollte: Du hast es geschafft, drei Exfreunde von mir zu dieser Hochzeit einzuladen. Deshalb wäre das wohl kaum passend, selbst wenn ich es wollte.«

»Dafür werde ich mich nicht entschuldigen«, sagt sie. »Nur einer von ihnen war schon ein Ex, als wir die Einladungsliste zusammengestellt haben. Seitdem hast du zwei weitere durchgebracht.«

»Jetzt hör mir mal gut zu, Mrs Frischvermählt«, sage ich. »Nur weil du einen attraktiven, intelligenten Kerl gefunden hast, mit dem du den Rest deines Lebens verbringen möchtest, heißt das noch nicht, dass es für uns alle so einfach ist.«

»Dann war also keiner der Männer in deinem Leben bisher gut aussehend oder intelligent?«

Ich lege die Stirn in Falten. Sie weiß, dass sie nicht ganz unrecht hat.

»Ich meine ja nur, vielleicht musst du deine Erwartungen etwas anpassen. Die anfängliche Romantik nutzt sich in jeder Beziehung ab.«

»In meinen aber schneller als in den meisten anderen.« Jetzt bin ich wirklich deprimiert.

Sie lächelt und zieht eine Augenbraue hoch. »Jedenfalls, wenn du Jack doch gut fändest ...«, beginnt sie.

»Tue ich nicht«, falle ich ihr ins Wort.

»Ja, ja, aber falls doch ... würde ich mir über Valentina nicht allzu viele Sorgen machen. Du weißt ja, was für einen Männerverschleiß sie hat. Und er hat sich offenbar gerade erst von seiner langjährigen Freundin getrennt – was wahrscheinlich bedeutet, dass die Sache mit Valentina seine Art ist, darüber hinwegzukommen. Sie ist ein Trostfick, da möchte ich wetten.«

Ich stocke, fest entschlossen, nicht zu viel preiszugeben. Graces Worte bringen mich allerdings ins Grübeln.

»Also«, bemerke ich wie nebenbei auf dem Rückweg ins Festzelt, »du glaubst, sie treiben es?«

15

DER NETTE COUSIN JIM macht eine Pause vom Gästefilmen und steht allein an der Bar. Was sehr frustrierend ist, da ich gehofft hatte, er stünde inzwischen in einer stillen Ecke und flüsterte einige von Lord Byrons pikanteren Gedichten in Charlottes Ohr.

»Hallo, Jim. Äh, wo ist den Charlotte?«, frage ich. Ich bin so subtil, wie es eben geht – in Anbetracht meines Ziels, ihn vor Ablauf der nächsten Woche zu einem Antrag zu bewegen.

»Ich weiß nicht genau«, antwortet er. »Ich habe sie seit dem Essen nicht mehr gesehen. Kann ich dir was zu trinken besorgen?«

»Nein, danke. Charlotte ist doch nett, oder?«, merke ich an und nippe beiläufig an meinem Wein.

»Ja«, sagt er. »Ja, sie ist nett.«

»Ich glaube ehrlich, dass ich niemanden kenne, der so freundlich und so großzügig und so intelligent und insgesamt einfach so fantastisch ist.« Hoffentlich trage ich nicht zu dick auf.

»Sie ist wirklich ein liebenswerter Mensch, zweifellos«, sagt er.

»Finde ich auch«, stimme ich ihm zu. Die Sache hat enormes Potenzial.

»Ah, da ist sie ja.« Er deutet auf die entgegengesetzte Seite des Festzelts, wo Charlotte sich angeregt mit Graces Mutter unterhält.

Ich fasse es nicht. Wie durch ein Wunder landet sie am

Tisch des Mannes, der es ihr angetan hat – eines Mannes, der sie »einen liebenswerten Menschen« nennt –, und bei der erstbesten Gelegenheit geht sie hin und unterhält sich mit Graces Mutter. O Charlotte, was soll ich nur mit dir machen?

»Ist alles in Ordnung?«, erkundigt sich Jim.

»Äh, ja, warum?«

»Nur, weil du den Kopf geschüttelt hast.«

»Echt? Tut mir leid. Ich musste nur gerade an die, ähm, letzte Erhöhung der Kommunalsteuer denken. Ts, ist das nicht grauenhaft? Egal, würdest du mich mal kurz entschuldigen?«

Charlotte fest im Blick, durchquere ich das Festzelt, als ich Jack auf der anderen Seite entdecke. Er plaudert mit Pete, und während ich noch überlege, worüber sie wohl sprechen, blickt er auf und entdeckt mich. Dann hebt er eine Hand und … *winkt.*

Ich stelle fest, dass ich wie angewurzelt stehen geblieben bin. Ich fühle mich ernstlich hin- und hergerissen. Zurückzuwinken würde eindeutig Interesse bekunden, und das möchte ich auf keinen Fall. Aber nicht zu winken wäre ganz einfach unhöflich.

»Evie, da bist du ja«, höre ich eine vertraute Stimme hinter mir.

Ich erstarre. Und als ich mich langsam umdrehe, wird mir bewusst, dass jemand die Entscheidung für mich getroffen hat.

Es ist Gareth. Und das ist das erste Mal seit unserer Trennung, dass wir miteinander reden.

»Hör mal«, sagt er. »Wir müssen reden.«

O Gott. Müssen wir?

»Jetzt mach nicht so ein besorgtes Gesicht.«

»Ich bin nicht besorgt«, behaupte ich. In Wirklichkeit bin ich sehr besorgt. Ich bin Gareth jetzt den ganzen Tag aus dem Weg gegangen, weil ich instinktiv weiß, dass er noch einmal über »unsere Beziehung« reden will. Eine Aussicht, die mir ungefähr so verlockend erscheint wie eine mittelalterliche Folterbehandlung.

»Ich finde wirklich, wir müssen noch mal über unsere Beziehung reden«, erklärt er.

»Findest du das?« Mir wird mulmig. »Ich weiß nicht, ob jetzt ein so guter Zeitpunkt dafür ist, Gareth.«

»Er ist so gut wie jeder andere«, erwidert er entschlossen. »Und ich halte es wirklich für wichtig. Die Sache ist die, Evie, ich muss unbedingt etwas wissen.«

»Ach ja?« Ich sehe mich heimlich nach einem Fluchtweg um.

»Der Grund, warum du dich von mir getrennt hast. War es«, er vergewissert sich, dass niemand zuhört. »War es *die Unterwäsche*?«

Einige Gäste ein paar Tische weiter fangen an zu lachen, und obwohl ich weiß, dass sie uns nicht hören können, winde ich mich unbehaglich. Allein der Gedanke an diese Unterwäsche – sein scheußliches Valentinstagsgeschenk, das er aus den Kleinanzeigen einer Publikation namens *Scharf und Sexy* bestellt hat – würde überall hysterische Reaktionen hervorrufen. Ich habe sie nie anprobiert; aber trotz der beiden Luftlöcher in der Brust muss man von dem ganzen Gummi doch einen höllischen Ausschlag bekommen, denke ich mir.

»Ich möchte nicht abstreiten, dass mir La Perla lieber gewesen wäre, Gareth. Aber nein«, füge ich hastig hinzu, um nicht kaltherzig zu wirken, »daran lag es wirklich nicht.«

Doch es ist zu spät. Seine Hundewelpenaugen sehen mich an, als würde ich Tierversuche durchführen. Ich bekomme ein schlechtes Gewissen.

»Woran dann, Evie?«, klagt er. »Um Himmels willen, woran dann?«

Und dann schnieft Gareth. Ich sage schnieft, obwohl *grunzen* es besser beschreiben würde. Ein Grunzen, so ausgedehnt und laut, dass es klingt wie eine Espressomaschine kurz vor der spontanen Selbstzerstörung. Das kann nur eines bedeuten: Wir bewegen uns auf eine emotionale Kernschmelze zu.

»Bitte nicht weinen«, flehe ich und ergreife seine Hand. Das meine ich auch so. Und zwar nicht nur, weil Graces Onkel Bob und Tante Marion zu uns rübersehen.

Gareth zieht ein fadenscheiniges Stück Papiertaschentuch heraus und putzt sich Dumbo-verdächtig die Nase. Kurz befürchte ich, seine Augen könnten aus dem Kopf schnalzen.

Dann knüllt er das Taschentuch zusammen, und anstatt es wieder in die Tasche zu stecken, wirft er es gedankenlos auf den Tisch neben uns.

Ich versuche, mich auf das, was er sagt, zu konzentrieren, kann meinen Blick aber plötzlich nicht vom Inhalt seines Taschentuchs lösen, der besorgniserregende Ähnlichkeit mit einer Substanz aus *Ghostbusters* hat.

»Ich weine nicht«, sagt er mit einem tapferen, zittrigen Lächeln. »Ich weine nicht.«

Dann stockt er kurz. »Ohhh! Evie!«, heult er.

Gewaltsam reiße ich mich von seinem Taschentuch los. Auf einmal schwanke ich zwischen Selbstverachtung und verzweifelten Fluchtgedanken. Es gibt nur eine Möglichkeit.

Ich wende mich an Gareth, umklammere seinen Arm und sehe ihm eindringlich in die Augen.

»Gareth.« Ich drücke seinen Ellbogen fester. »Wir müssen wirklich darüber reden. Du hast absolut recht.«

Er könnte nicht erstaunter aussehen, wenn ich vorgeschlagen hätte, nach Finnland durchzubrennen und zwölf Rentiere zu adoptieren.

»Ach«, meint er, »du stimmst mir also zu? Dass wir reden müssen?«

»Unbedingt. Aber die Sache ist die, ich kann nicht. Nicht jetzt auf jeden Fall. Ich muss Graces Mutter …«, hektisch sehe ich mich auf der Suche nach Inspiration im Raum um, »… mit den Servietten helfen.«

Er sieht mich an, als hätte ich nicht alle Tassen im Schrank.

»Aber es isst doch keiner mehr«, wendet er ein.

»Die sind feuergefährlich«, erkläre ich mit Bestimmtheit. »Man darf nicht einfach solche Papiermengen herumliegen lassen, das verstößt gegen EU-Vorschriften. Eine brennende Zigarette, und der ganze Laden verwandelt sich in ein *Flammendes Inferno.* Und weit und breit kein Steve McQueen zur Hand, um uns zu retten.«

Er zerknautscht das Gesicht. »So was hab ich noch nie gehört. Außerdem, waren die nicht aus Leinen?«

»Noch schlimmer«, ächze ich. »Tut mir leid, Gareth, aber ich muss jetzt los. Wir sprechen uns bald. *Versprochen.*«

16

CHARLOTTE VERBRACHTE die ersten achtzehn Jahre ihres Lebens in einem Bungalow mit ausgebautem Dachgeschoss in Widnes, was in Cheshire liegt, aber nicht in dem reichen Teil, wo die Frauenbrüste alle unecht sind.

Sie hatte zwei liebende Eltern, die um der Kinder willen so lange zusammenblieben, bis sie fast vergaßen, dass sie einander nicht ausstehen konnten. Heute arbeitet Charlotte beim Finanzamt als … ich muss gestehen, dass ich nie ganz herausbekommen habe, was sie eigentlich macht. Immer wenn sie jemandem davon erzählt, bekommt der glasige Augen, so ähnlich wie meine Großtante Hilda, wenn sie ihr im Pflegeheim zu viele Pillen verabreicht haben.

Worauf ich hinauswill ist, dass Charlottes Leben nicht besonders aufregend ist. Aber das erklärt kaum, warum sie so *unglaublich* schüchtern ist und warum ihr Liebesleben nicht schlecht, sondern mehr oder weniger nicht vorhanden ist.

»Warum hast du dich denn mit Graces Mutter unterhalten?«, frage ich zwanglos, nachdem ich sie endlich aus einer erschöpfenden Konversation darüber reißen konnte, warum Ginster heutzutage im Blumenhandel kaum mehr gefragt ist.

»Warum nicht?«

»Tja.« Ich weiß nicht recht, wie ich das formulieren soll. »Ich dachte nur, du und Jim, ihr saht aus, als würdet ihr euch nett unterhalten.«

Sie wirkt etwas verwirrt. »Das haben wir ja auch. Aber dann habe ich mich mit Mrs Edwards nett unterhalten.«

»In Ordnung, und worüber?«, will ich wissen. Das muss angefochten werden.

Sie runzelt die Stirn. »Hauptsächlich Sudoku.«

Ich mache eine Pause. »Sudoku?«

Sie zuckt die Achseln. »Ja. Warum denn nicht?«

»Magst du Sudoku?«

»Nicht besonders.«

»Hast du je eins gemacht?«

»Ähm, nein.«

»Interessierst du dich auch nur im Geringsten dafür?«

»Nein, aber es macht mir nichts aus, darüber zu sprechen.«

»Charlotte«, sage ich. »Wenn Mrs Edwards nicht gerade den schwarzen Gürtel in Sudoku hat, dann begreife ich einfach nicht, wie um alles in der Welt das interessanter sein kann, als sich mit Jim zu unterhalten.«

Sie errötet, als ihr klar wird, worauf ich hinauswill. Sofort bekomme ich ein schlechtes Gewissen.

»Hör mal.« Ich reibe ihr sanft über den Arm. »Damit will ich nur sagen, dass Jim dich sehr nett findet.«

Ich merke, dass ich ihr Interesse geweckt habe.

»Das stimmt, ehrlich.«

»Wir haben nur nebeneinander gesessen, sonst nichts«, sagt sie.

»Ja, und – was hat er erzählt?«

»Okay, okay.« Sie holt tief Luft. »Also, wir haben viel über Musik gesprochen.«

»Und zwar?«

»Er liebt Macy Gray und spielt in seiner Freizeit Gitarre.«

»Genau wie du!«, rufe ich.

»Ich kann gar nicht Gitarre spielen.«

»Nein, aber du liebst Macy Gray.«

»David Gray«, verbessert sie mich.

»Jetzt wollen wir mal nicht Haare spalten. Im Ernst, ihr seid füreinander geschaffen. Komm schon, geh zurück und unterhalte dich mit ihm.«

Unvermittelt werden wir von männlichen Stimmen unterbrochen, die um die Säule neben uns herum dringen. Nicht, dass sie besonders laut wären – hier ist es sowieso nicht unbedingt leise –, aber der Inhalt ihres Gesprächs lässt uns automatisch aufhorchen.

»Ein Jammer, dass ich kein Single mehr bin«, erklärt der eine gerade. »Hier laufen ein paar Frauen rum, die ich nicht von der Bettkante stoßen würde. Die mit der Lesung war der *Hammer*!«

Ich verdrehe die Augen. Das Einzige, was noch nerviger

ist als Valentinas Versuche, Aufmerksamkeit auf sich zu ziehen, ist, dass sie meistens Erfolg damit hat.

»Die eine Brautjungfer war auch nicht so schlecht, die mit den schmutzig blonden Haaren«, ergänzt der andere, und mir wird bewusst, dass sie über mich sprechen. »Bisschen flachbrüstig, aber definitiv annehmbar.«

Das nenne ich mal ein zweifelhaftes Kompliment. Ich ziehe eine Grimasse und will mich schon wieder meinem Lieblingsgesprächsthema zuwenden, als sich noch eine Stimme einschaltet.

»Aber was sagt ihr zu der anderen – dem dicken Brummer?«

Meine Augen weiten sich. Ich weiß sofort, von wem sie sprechen.

»Wer, Shreks hässliche Schwester?«

Sie lachen sich kaputt und mir bleibt die Spucke weg, während Charlottes Gesicht sich verzieht. Krampfhaft überlege ich, wie ich sie vom Rest dieser Unterhaltung ablenken kann.

»Wie viel Kuchen muss man wohl futtern, um ein Kleid in der Größe auszufüllen?«, gackert ein anderer.

»Genug, um die gesamte Bäckerinnung in den Bankrott zu treiben, wenn sie jemals aufgibt!«

Stichwort für eine weitere Runde betrunkenes Gelächter.

Charlottes Wangen glühen. Sie bemüht sich um eine tapfere Miene, aber ihre Lippen beben, und ich sehe ihr an, dass sie innerlich tausend Tode stirbt. O mein Gott, ich muss das stoppen.

»Wie viel müsste man wohl bezahlt bekommen, um die zu vögeln?«, fragt jemand, und damit ist die Grenze des Erträglichen für mich überschritten.

»Okay, das reicht«, verkünde ich, ohne genau zu wissen, was ich sagen soll, aber fest davon überzeugt, etwas unternehmen zu müssen.

»Evie, nicht«, bittet Charlotte inständig.

»Warum nicht?«

»Weil du es nur noch schlimmer machst«, sagt sie. »Bitte, ich will mich nicht noch mehr schämen, als ich es ohnehin schon tue.«

»Du hast überhaupt keinen Grund, dich zu schämen«, erkläre ich.

»Bitte, Evie«, wiederholt sie. »Lass es gut sein.«

Ich spiele kurz mit dem Gedanken, nicht einzuschreiten; aber als ich den nächsten Kommentar höre, überlege ich es mir schleunigst anders.

»Das müsste schon ein Haufen Asche sein«, kommt die Antwort. »Die zu vögeln wäre wie unter einem gigantischen Airbag eingeklemmt zu werden.«

»Evie.« Charlottes Augen füllen sich mit Tränen. »Bitte sag nichts. Ich flehe dich an.«

Ihre Worte hallen noch in meinen Ohren nach, als ich um die Säule herum trete und vor drei Männern stehe, immer noch ohne den Hauch einer Ahnung, was ich vorhabe.

Ich sehe sie direkt an, aber sie nehmen mich überhaupt nicht wahr, so gefesselt sind sie von dem Humor, den sie für harmlos halten und der in Wirklichkeit alles andere ist. Ich weiß, ich darf Charlotte nicht verraten, aber ich muss die drei zum Schweigen bringen.

Und zwar schnell.

Was ich dann tue, kommt spontan. Man könnte es Instinkt nennen. Man könnte es vorübergehenden Wahnsinn nennen. Egal was, der Vorteil daran ist, dass ich mir der Wirkungskraft meiner Maßnahme absolut sicher bin. Zumindest auf einer gewissen Ebene.

Ich schütte mein Getränk über sie.

Wobei schütten es nicht ganz trifft; man könnte die Technik meiner Wahl vielleicht besser als »Sprühen« beschreiben. So in der Art wie ein Formel-1-Fahrer nach einem besonders triumphalen Sieg. Der Unterschied liegt darin, dass diese Männer es nicht genießen. Das merkt man an ihrem ausgiebigen Fluchen und Prusten und an der Entrüstung und der Fassungslosigkeit, mit der sie sich Zitronenstückchen aus den Haaren pflücken. Ich kann ganz aufrichtig sagen, dass ich nach ungefähr sechs Gläsern Wein und Champagner, in Kombination mit einer ordentlichen Portion Adrenalin, ehrlich nicht weiß, wer verblüffter über diese Episode ist – sie oder ich.

»Ähm, 'tschuldigung«, stoße ich hervor. »Ich bin ausgerutscht.«

Blitzschnell wirbele ich herum und greife nach Charlottes Ellbogen, um einen eiligen Abgang zu machen. Als wir uns durch die Menge schieben, muss ich bald feststellen, dass die Menge in Wirklichkeit ein *Publikum* geworden ist. Graces Onkel Giles sieht mich an, als wäre ich total psychotisch; Tante Marion hat sich entsetzt die Hand vor den Mund geschlagen. Der kleinen Polly fallen fast die Augen aus dem Kopf. Aber das Schlimmste kommt noch.

»Hast du das etwa mit Absicht gemacht?«, flüstert Valentina fröhlich. Eindeutig ist sie so amüsiert wie alle anderen erstaunt.

»Natürlich nicht, sei nicht albern«, grunze ich und werfe einen Blick auf Jack neben ihr.

Ich frage mich ernsthaft, ob ich damit irgendjemanden überzeugen könnte.

Seinem Gesichtsausdruck nach zu urteilen, eher nicht.

17

DER GESUNDE MENSCHENVERSTAND sagt mir, dass ich nach dieser kleinen Vorstellung gerade wirklich nichts mehr trinken sollte. Aber das Glas Champagner, das Grace mir gerade eingegossen hat, ist so ungefähr mein einziger Trost im Moment. Außerdem ist nüchtern werden nie eine gute Taktik auf Hochzeiten. Nicht, wenn alle anderen mit solcher Vehemenz genau das Gegenteil tun.

»Glaubst du denn, dass Charlotte jetzt wieder okay ist?«, fragt Grace, als ich sie auf den neuesten Stand gebracht habe.

»Wer weiß?«, antworte ich. »Ich habe sie direkt im Anschluss aufs Damenklo geschleift, aber sie wollte nicht so recht darüber sprechen, egal wie sehr ich mich bemüht habe. Sie hat nur immer gesagt, dass alles in Ordnung ist.

Natürlich habe ich gesehen, dass das nicht stimmt. Aber du weißt ja, wie Charlotte ist, wenn sie zumacht: Nicht mal der KGB könnte dann noch was aus ihr rauskriegen.«

Ich nehme mir eine Handvoll Erdnüsse aus der Schüssel vor uns und stecke sie mir nacheinander in den Mund, als mir bewusst wird, dass Grace plötzlich nicht mehr bei der Sache ist. Ich blicke auf und entdecke den Grund: Die Lippen ihres nagelneuen Ehemannes kleben an ihrer Wange.

»Hallo, Ehefrau«, sagt Patrick mit angemessen verliebter Miene – und leicht angeheitert.

»Mein Gatte. Wie zum Henker geht es dir?«, fragt sie lächelnd.

»Umso besser, seit ich verheiratet bin.« Er küsst sie auf die Lippen.

»Ach, Herrgott noch mal«, beschwere ich mich. »Ich weiß ja, dass ihr frisch verheiratet seid, aber ihr verleidet mir meine Erdnüsse.«

»Wir sind jetzt verheiratet, also können wir in der Öffentlichkeit knutschen, wann immer wir wollen«, erwidert Patrick. »Das ist alles amtlich bestätigt.«

»Verheiratete sollen nicht in der Öffentlichkeit *knutschen*«, kläre ich ihn auf. »Sie sollen sich in der Öffentlichkeit *streiten* – hat euch das niemand gesagt?«

Patrick setzt sich zu uns.

»Also, wie fühlst du dich?«, will ich wissen. »Anders?«

»Wie meinst du das?«

»Ich meine«, erläutere ich, «fühlst du dich als verheirateter Mann anders als gestern, da du noch jung und unabhängig und ledig warst?«

»Gestern war ich trotzdem schon vierunddreißig«, sagt er. »Aber um deine Frage zu beantworten, ich bin mir nicht ganz sicher. Ich glaube nicht – jedenfalls noch nicht. Aber frag mich morgen noch mal, vielleicht bereue ich die ganze Sache dann schon zutiefst.«

Grace bohrt ihm ihren Finger in die Rippen.

»Und du?«, wendet er sich an Grace. Offenbar weiß er selbst nicht so genau, was für eine Antwort er gerne hören möchte.

»Ich schon«, sagt sie. »Ich fühle mich auf gute Art anders.«

Wieder küsst er sie. Die beiden wirken absolut und grenzenlos verliebt.

In der Schulzeit schwärmte Grace für den schneidigen-aber-gefährlichen Han Solo, nicht für den netten-aber-weniger-interessanten Luke Skywalker. In mancherlei Hinsicht war es also wenig überraschend, dass sie am Ende bei Patrick hängen blieb statt bei einem ihrer früheren Freunde. Ihre früheren »ernsthaften« Beziehungen – eine in der sechsten Klasse und eine auf der Uni – dauerten beide über zwei Jahre, aber es war offensichtlich, dass keiner von ihnen »der einzig Wahre« war.

Nicht, dass sie nicht nett gewesen wären. Wahrscheinlich waren sie zu nett. Patrick hat Ecken und Kanten, und das übte, wenn man mal ganz ehrlich ist, die weit größere Anziehung aus.

In der Praxis bedeutete das, er war – sagen wir es mal so, er hat nichts anbrennen lassen. Patrick hatte so viele Frauen, bevor er Grace traf, dass George Clooney gegen ihn wie der Papst wirkt. Was für jemanden wie mich immer ermutigend ist und war. Denn wenn Patrick, der ehemalig überzeugte Junggeselle und unermüdliche Don Juan sich verlieben, zwei Kinder bekommen, sieben Jahre treu bleiben und sogar heiraten kann, dann muss es noch Hoffnung für einen so hoffnungslosen Fall wie mich geben.

»Sieht nicht so aus, als würde diese Ehe heute Nacht vollzogen«, raunt Grace mir später mit einem Blick auf Patrick zu, der sich in leichter Schräglage mit einigen Gästen unterhält.

»Aber es ist eure erste Nacht als Mann und Frau«, widerspreche ich. »Das muss phänomenal werden. So lauten die Regeln.«

»Ich hab ihn noch nie so betrunken gesehen.« Sie schüttelt den Kopf. »Ich fürchte, meine neuen *Agent-Provocateur*-Dessous werden da nicht ausreichen.«

»Ich dachte immer, man bekäme mit der Heirat eine urkundliche Bescheinigung für garantierten Sex«, wende ich ein. Aber da Patricks Schwanken stärker wird, vermute ich, sie könnte recht behalten. Das Einzige, was ihn heute noch mal auf Touren bringen würde, wäre ein Defibrillator.

»Mami, kommst du mit mir tanzen?«, fragt Polly und zupft an Graces Rock.

»Wenn die Disco anfängt, versprochen«, sagt sie. »Ich muss noch ein paar Leute begrüßen.«

»Aber die geht jetzt los, Mami«, beharrt sie.

»Hast du schon mal deinen Daddy gefragt?«, erkundigt sich Grace.

»Ja, aber er ist zu betrunken.«

Das kann Grace schlecht bestreiten.

»Sie hat aber recht«, sage ich und deute mit dem Kopf auf die Tanzfläche.

»Was, dass Patrick betrunken ist?«, fragt Grace. »O ja, das haben wir ja bereits festgestellt.«

»Nein, ich meine, dass die Disco eröffnet ist. Müsstest du nicht eigentlich den ersten Tanz absolvieren?«

Resolut stellt sie ihr Champagnerglas ab und schnappt sich Patricks Hand.

Ich folge ihnen zum Rand der Tanzfläche, während die anderen Gäste sich ebenfalls darum versammeln und die Musik einsetzt.

»Evie, tanzt du mit mir?«, bettelt Polly und zupft jetzt an meinem Rock.

»Das kann ich nicht. Deine Mami und dein Daddy müssen als Erste tanzen. Niemand sonst darf mitmachen.«

»Warum nicht?«

»Das ist eben so.« Mir ist klar, dass dieses Argument nicht unbedingt philosophisch untermauert ist.

»Das ist doch blöd«, schmollt sie. »Maaaaaami!«, ruft sie. »Ich will auch tanzen!«

Die Gäste um sie herum beginnen zu kichern. Gut, dass sie so niedlich ist.

Patrick zieht Grace mit dramatischer Geste an sich und biegt sie nach hinten durch, bis ihr Rücken à la Scarlett O'Hara gewölbt ist. Nur der Umstand, dass er sie beinahe fallen lässt, verrät den Grad seiner Alkoholisierung.

In gewisser Weise verbessert das die Darbietung noch,

aber ich glaube Grace anzusehen, dass sie um ihr Genick fürchtet.

Die Gäste jedenfalls sind begeistert, und der Applaus und der Jubel schwellen an, während Patrick Grace über die Tanzfläche wirbelt, offensichtlich entschlossen, Fred Astair ernste Konkurrenz zu machen.

Ich sehe nach unten und bemerke, dass ich Polly verloren habe. Zwar mache ich mir nicht allzu große Sorgen, da sie den ganzen Tag herumgerannt ist. Aber ich bin überrascht, dass sie ihr Vorhaben, einen Tanzpartner aufzutreiben, so leicht aufgegeben hat.

Als ich allerdings meine Aufmerksamkeit wieder der Tanzfläche zuwende, entdecke ich rasch ihre kleine Gestalt.

Sie hat jemanden gefunden, der mit ihr tanzt.

18

JACK HAT DIE VIERJÄHRIGE POLLY auf seine Taille hochgehoben, so dass ihre Füße einen Meter über dem Boden baumeln, und ihren Arm in Walzerposition ausgestreckt.

Sanft dreht er sie im Kreis, beschränkt ihre Runden aber auf die hintere Ecke des Tanzbodens, offenbar um Braut und Bräutigam nicht die Show zu stehlen. Was ehrlich gesagt etwas schwierig ist. Denn die Augen praktisch jeder Frau im Raum kleben an ihm.

Sie sind fasziniert vom Spiel seines Bizeps, während er

Polly fest an sich drückt, von den großen, lächelnden Augen und der sinnlichen Wölbung seines Hinterteils, das sich unter seiner nun nicht mehr vom Jackett verborgenen Hose verlockend abzeichnet.

Wenigstens stelle ich mir vor, dass sie davon fasziniert sind.

»Seht euch diesen Po an!«, ächzt eine Frau neben mir. Ich gehe einfach mal davon aus, dass sie nicht den des fülligen Kellners mittleren Alters meint, der das Buffet aufdeckt.

»Kommt rüber zu uns!«, ruft Grace und winkt Jack und Polly zu sich in die Mitte des Tanzbodens.

Polly strahlt, als wäre Weihnachten und Geburtstag gleichzeitig. Jack wirbelt sie herum und herum, während sie aus voller Kehle kichert und die Aufmerksamkeit genießt. Als das Lied vorbei ist und Jack sie absetzt, fasse ich einen Beschluss. Ich werde zu ihm gehen und mit ihm sprechen.

Ich weiß, dass er mit Valentina gekommen ist. Ich weiß, dass ich mich heute total zum Affen gemacht habe. Ich weiß, dass drei meiner Exfreunde hier herumlungern. Aber das ist egal. Ich muss mit ihm sprechen, und wenn nur aus einem Grund: um mir selbst zu beweisen, dass ich den richtigen Instinkt hatte. Dass allein seine Anwesenheit hier als Valentinas Begleiter ihn so hohl und seicht macht wie jeden anderen, mit dem sie bisher zusammen war. Selbst wenn er in Oxford war und Geschäftsführer ist. Bei einer Entwicklungshilfeorganisation.

Ich hole tief Luft und gehe auf ihn zu. Aber plötzlich

spüre ich ein Tippen auf meiner Schulter und drehe mich um.

»Evie, wir müssen reden.«

O nein.

»Es gibt noch so vieles zu sagen.«

Nein, nein, nein, nein, nein. Das wird langsam absurd.

»Irgendwie haben wir uns den ganzen Tag verpasst«, erzählt Gareth mir mit so schmerzvoller Miene, als litte er unter Verstopfung. »Ich weiß auch nicht, warum. Aber jetzt habe ich dich ja gefunden. Also können wir uns vernünftig unterhalten.«

»Gareth«, sage ich. »Ich weiß, dass wir reden müssen. Ich weiß ja.«

»Wie wäre es dann mit jetzt?«

»Jetzt ist es wirklich ganz schlecht.«

»Allmählich bekomme ich den Eindruck, dass du mir aus dem Weg gehst, Evie.« Er kneift die Augen zusammen.

»Ich?« Ich bin eine Ausgeburt an Unschuld. »Nein, ganz ehrlich nicht. Es ist nur … ich muss Musik aussuchen gehen.«

Er knautscht sein Gesicht zusammen. »Aber sie haben einen DJ engagiert«, wendet er ein.

»O nein, der wurde nicht engagiert. Der gehört zum Hotel. Den gab es als kostenlose Dreingabe, zusammen mit den Hühnerkeulen. Das Problem daran ist, dass er nur Neil Diamond spielt, wenn man ihm nichts anderes hinlegt. Ich meine, ich liebe ›Cracklin' Rosie‹ genauso wie jeder andere, aber manchmal braucht man einfach auch ein bisschen Britney. Deshalb muss ich weiter. Tut mir leid.«

»Warte noch.« Er ergreift meine Hand. »Ich wollte dir etwas geben.«

»Was denn?« Ein vertrautes Angstgefühl steigt in mir auf.

»Es ist ein Symbol für unsere Beziehung, Evie«, sagt er mit besorgniserregend tiefgründigem Blick.

»Aha.« Ich schwanke zwischen Neugier, was er wohl meinen könnte, und dem Impuls, es bloß nicht wissen zu wollen.

»Ein Symbol für alles, was bei uns falsch lief«, fährt er fort. »Ein Symbol, das zeigt, wie sehr ich bereit bin, mich zu ändern.«

Genau in diesem Augenblick dämmert mir, was er mir gleich geben wird, und es jagt mir einen Schauer über den Rücken. Er hat einen Verlobungsring, ich weiß es einfach! Er hat so ein irres Glitzern in den Augen.

»Oh, Gareth, nein«, würge ich hervor, als er in seine Innentasche greift. »Ich meine, ich bin einfach noch nicht so weit. Ich werde niemals so weit sein.«

Er umfasst meinen Arm und sieht mir tief in die Augen. »Ich weiß, Evie«, sagt er sanft. »Genau das versuche ich dir doch zu sagen. Ich weiß, dass du noch nicht so weit warst.«

»Was meinst du denn damit?«, frage ich.

Schnell wird klar, dass das, was er aus der Innentasche zieht und auszuwickeln beginnt, kein Verlobungsring ist.

Es ist sogar genau der einzige Gegenstand, den ich noch weniger zu Gesicht bekommen möchte als einen Verlobungsring.

Es ist *die Unterwäsche.*

Die Unterwäsche, die er mir aus der *Scharf und Sexy* bestellt hat. Die schwarze Latexunterwäsche mit den beiden Löchern in der Brust. Die Unterwäsche, auf der eigentlich in Großbuchstaben *Perversenmagnet* stehen müsste.

Mir weicht alle Farbe aus dem Gesicht, als er sie wie ein Matador aus der Packung zieht.

»Ich meine das hier«, verkündet er. »Das hier lief falsch. Egal, was du vorhin behauptet hast, ich weiß es einfach. Und das soll dir beweisen, dass ich bereit bin, mich zu ändern.«

19

Es ist fünf Minuten nach Mitternacht, und ich bin rechtschaffen nüchtern. Halt, das ist nicht ganz korrekt. Ich bin weit entfernt von nüchtern. Aber im Vergleich zu einer Reihe anderer Gäste bin ich eine Bastion damenhafter Tugend und Nüchternheit. Was ein Wunder ist, wenn man den ganzen Quatsch mit Gareth früher am Abend bedenkt.

Als wir so mitten im Festzelt standen, er das Prachtstück aus der *Scharf und Sexy*, alle anderen das Tanzbein zu »Sweet Caroline« schwingend, war ich mir ganz ehrlich meiner Umgebung so sehr bewusst wie niemals zuvor.

Es gab wirklich nur einen Weg.

Ich entriss Gareth *die Unterwäsche*, drehte mich um und flüchtete, so schnell meine Beine mich trugen, aus dem

Saal – bis ich Tante Sylvia und Tante Anne direkt in die Arme lief.

Sie warfen einen einzigen Blick auf das Etwas in meiner Hand und sanken beinahe simultan in Ohnmacht. Jetzt steckt der Stein des Anstoßes im Mülleimer der Damentoilette, wo er hoffentlich bleibt, bis jemand in Schutzkleidung kommt und ihn mitnimmt, um ihn zusammen mit dem restlichen Inhalt einzuäschern. Was meiner Ansicht nach ein passendes Ende seiner Existenz ist.

Jedenfalls habe ich mich die letzten Stunden bedeckt gehalten. Soll heißen, ich bin nicht nur Gareth entwischt, sondern hatte auch Gelegenheit, im Stillen einige alkoholbedingte Highlights der Party mitzuerleben.

Valentina war der Star des Abends. Dank ihrer beiden neuen Freunde Moët & Chandon hat sie sogar in der letzten Stunde für mehr Unterhaltung gesorgt als ein Wanderzirkus. An einem Tisch neben der Tanzfläche sitzend, froh über ein paar Momente des Alleinseins, beobachte ich sie amüsiert, wie sie die Beine um Onkel Bob herum hoch in die Luft schleudert.

»Darf ich mich zu dir setzen?«, fragt jemand hinter mir.

Ich drehe mich um, und mein Puls beschleunigt sich. Es ist Jack. Mit dem ein Gespräch zu führen ich inzwischen vollkommen aufgegeben hatte.

»Ja. Klar. Auf jeden Fall. Warum nicht?«, brabble ich ungefähr so cool wie der Klassenstreber.

Als er sich einen Stuhl heranzieht, wird unser Blick wieder vom Tanzboden angezogen, wo Valentina zum Cancan übergegangen ist.

»Möglicherweise hast du vorhin beim Tanzen dem Brautpaar die Schau gestohlen.«

»Ich denke, wir können wohl davon ausgehen, dass Polly das getan hat«, lächelt er. Da bin ich mir nicht so sicher. »Aber ich hörte, du bist Reporterin beim *Daily Echo*?«

Ich nippe an meinem Glas und nicke, dann prüfe ich verstohlen seine Reaktion. Ob man es glaubt oder nicht, manche Leute mögen keine Journalisten.

»Ich frage nur, weil ich selbst schon ein paar Mal im *Daily Echo* war«, fährt er fort.

»Du bist aber kein verurteilter Verbrecher, oder?«

»Nein, nein«, lacht er, »zumindest haben sie mich bisher nicht erwischt.«

»Warum haben wir dann über dich berichtet?«

»Ich arbeite für eine Entwicklungshilfeorganisation namens *Future for Africa*«, erklärt er. »Wir schaffen nachhaltige Projekte in der Dritten Welt, Hilfe zur Selbsthilfe, und betreiben außerdem einige Flüchtlingslager. Deine Zeitung hat vor gut einem Jahr einen fantastischen Artikel über uns gebracht. Eine ganze Doppelseite. Zu der Zeit hatten wir große Schwierigkeiten, und ich kann dir gar nicht sagen, wie sehr uns das geholfen hat. Die Werbung war für uns unbezahlbar.«

Ich weiß nicht, warum, aber das erstaunt mich. Der einzige Mann mit sozialem Gewissen, mit dem Valentina jemals auch nur annähernd eine Beziehung hatte, war ein Pfarrer in Ausbildung, den sie in ihrem zweiten Jahr an der Uni zu verführen versuchte.

Und als wir beide ins Gespräch kommen, beim schummrigen Schein eines einzelnen Teelichts und mit der Tanzfläche scheinbar meilenweit von uns entfernt, entdecke ich noch viel mehr Überraschungen an Jack.

Zum Beispiel seine Herkunft. Trotz seiner erfolgreichen beruflichen Karriere und dem schwer einzuordnenden Akzent war er auf einer Gesamtschule, deren durchschnittlicher Abschluss einem höchstens einen Job einbrachte, bei dem man hundert Mal am Tag fragen muss: »Möchten Sie Pommes dazu?«

Er war der Erste aus seiner Familie, der zur Uni ging, und diese Uni war zufällig Oxford, wo er ein Einser-Examen in Geschichte machte. Ein Jahr lang nahm er sich eine Auszeit und reiste durch die ganze Welt, bevor er dann schließlich die Stelle bei der Entwicklungshilfeorganisation antrat, in der er inzwischen zum Geschäftsführer aufgestiegen ist.

Heute liebt er Kinder, aber am meisten afrikanische Kinder, und möchte eines Tages adoptieren. Er ist ein abtrünniger Vegetarier (der Duft von gebratenem Speck nach einer langen Kneipennacht setzte dem ein jähes Ende), der ungefähr zwei Bücher pro Woche liest – alles von Dickens bis Lee Child.

Das Einzige, was er sich im Fernsehen anschaut, sind alte Folgen von Frasier. Lieber hört er so oft Radio, dass er zu seiner eigenen Beschämung gestehen muss, über jede Folge von *The Archers* genau Auskunft geben zu können. Er ist fanatischer Sportler und liebt scharfes Essen (besonders thailändisches), teuren Rotwein und Tortillachips.

Ach ja, und er erholt sich gerade von einem gebrochenen Herzen.

20

DIE EINZELHEITEN über Jacks Trennung sind relativ spärlich. Es ist noch nicht lange her. Sie waren längere Zeit zusammen. Es besteht keine Chance, dass sie wieder zusammenkommen.

Ich sitze und nicke und nehme alles auf; meine Miene besagt, dass ich mich gründlich einfühlen kann, dass ich *exakt* weiß, was er durchmacht. Aber natürlich könnte nichts der Wahrheit ferner liegen. Ich habe nicht den blassesten Schimmer, was er durchmacht, denn meine einzige »ernsthafte« Beziehung ist die zu der Frau, die seit fünf Jahren die Strähnchen in meine Haare färbt.

Tatsache ist, dass ich zu diesem Thema praktisch nichts beizusteuern habe. Jedenfalls nicht, ohne meine erbärmliche Vorgeschichte in Sachen Männer einzugestehen – womit ich es überhaupt nicht eilig habe.

Warum nicht? Na ja, er soll einfach nicht erfahren, dass ich Zweierbeziehungen ungefähr genauso gut draufhabe wie intergalaktisches Reisen.

Wie dem auch sei, es sollte nicht der Eindruck entstehen, als habe sich die Unterhaltung nur um ihn gedreht. Bei Weitem nicht. Ich habe ihm alles erzählt – von dem Vater, an den ich mich nicht erinnere, über mein Streben nach einer großartigen journalistischen Karriere bis hin zu der Information, dass ich mir nur noch ein Bein rasieren konnte, bevor wir zum Altar schritten. (Keine Ahnung, warum mir das herausgerutscht ist. Ich habe es sofort bereut.)

»Wie ist es, auf einer Hochzeit zu sein, bei der man kaum jemanden kennt?«, frage ich ihn.

»Mir hat es Spaß gemacht. Man lernt ja schnell Leute kennen. Da wärst zum Beispiel du«, sagt er und ich muss feststellen, dass mein Herz wieder schneller schlägt. »Und Pete und ich sind heute Abend Freunde fürs Leben geworden. Ich habe noch nie jemanden getroffen, der so besessen von Rugby ist wie ich.«

»Spielst du auch selbst?«

»Ja. Mir ist durchaus klar, dass manche Leute unter Spaß etwas anderes verstehen, als jeden Samstag von vierzehn anderen Kerlen zu Boden gerungen zu werden. Aber ich liebe es.«

Ob das jetzt an dieser bildlichen Vorstellung liegt oder daran, dass ich endlich zu viel Champagner getrunken habe; jedenfalls ist mir plötzlich sehr heiß.

»Ihr beiden – schon wieder zusammen! Hmpf. Ich glllaube langsam, ich sollte eifersüchtig werden!«

Man könnte meinen, das viele Tanzen hätte Valentina etwas nüchterner gemacht. Für uns nicht ersichtlich.

»Ich hab mich möglicherweise ein biiiisschen schmutzig gemacht«, verkündet sie und lässt sich auf Jacks Knie fallen.

»Hast du schön getanzt?«, erkundige ich mich höflich.

Sie hebt ihren Rock hoch, um zu demonstrieren, dass die Rückseite des einen Beins und die Vorderseite des anderen einen schwarzen Streifen aufweisen.

»Ja, aber ich habe absolut keine Ahnung, wie das passssieren konnte. Du, Evie?«, will sie von mir wissen.

Jack, der sich bemüht, sie nicht von seinem Knie kippen und sich verletzen zu lassen, wirft mir einen Blick zu.

»Vielleicht, als du den Spagat gemacht hast, Valentina«, sage ich.

»Spagat? Hab ich echt? Ha! Manchmmmal erstaune ich mich selbst.«

Jack und ich fangen jeweils den Blick des anderen auf.

»Und alle anderen«, bemerke ich lächelnd.

Sie schnappt sich Jacks Glas, da ihr offenbar einfällt, dass sie seit, ojemine, mehreren Minuten nichts getrunken hat, rutscht dabei aber beinahe zu Boden. Er kann sie gerade noch festhalten, aber nicht mühelos. Die Venen in seinem Hals treten hervor, als er sie hochhebt.

»Ich glaube, ich sollte Valentina lieber ins Hotel bringen«, keucht er.

»Ja. Klar«, bestätige ich.

»Jack, ich … glaube … ich glaube … wir sollten mal richich schön ssssusamm tanzen.« Valentinas Kopf wackelt von einer Seite zur anderen. Er hält sie noch fester, um sie nicht fallen zu lassen.

»Hat mich gefreut, dich kennenzulernen«, sagt er zu mir.

»Mich auch«, entgegne ich.

»Schönen Abend noch«, fügt er hinzu.

»Ach, ich glaube, ich gehe jetzt sowieso auch.« Ich zucke mit den Achseln.

»Klar«, sagt er.

»Genau«, sage ich.

»Tschüss.«

»Tschüss.«

Und weg ist er. Mit Valentina im Arm.

Was sich grässlich, grässlich falsch anfühlt.

Als Jack gegangen ist, suche ich den Raum nach Charlotte ab und stelle fest, dass sie wohl schlafen gegangen sein muss, wie die meisten anderen Gäste es jetzt tun. Der Disco-Mann packt zusammen, und ich sehe keinen speziellen Grund, noch länger zu bleiben. Besonders da Gareth immer noch irgendwo lauert wie ein ganz besonders unbeirrbarer Klingone.

Als ich meine Tasche nehmen will, fällt mir etwas auf dem Stuhl neben meinem ins Auge. Ein Handy.

Ein Handy, das nur Jack gehören kann.

21

Sonntag, 25. Februar

Ich komme gerade noch rechtzeitig zum Frühstück herunter, bevor das Buffet abgeräumt wird. Patrick und Grace sitzen noch am Tisch und verputzen riesige Portionen geräucherten Lachs und Rührei aus Freilandhaltung.

»Und, hat er sich gut gemacht in der Hochzeitsnacht?«, frage ich, als ich Grace beim Saft treffe. »Oder hast du dich schon besser amüsiert, während du auf einem Trockner saßt?«

»Letzteres, fürchte ich.« Sie gießt sich ein großes Glas Orangensaft ein. »Er konnte nicht mal mehr aufrecht stehen, geschweige denn seinen Mann stehen. Aber wir können uns ja noch auf zwei Wochen Malediven freuen, da hat er ausreichend Zeit, mich zu entschädigen.«

»Vorausgesetzt, sein Kater lässt in absehbarer Zeit nach«, grinse ich. Die Säcke unter seinen Augen sehen momentan aus, als könnte man einen ganzen Wocheneinkauf darin verstauen.

»Na, egal. Wie bist du denn noch vorangekommen, nachdem wir weg waren?«, will sie wissen.

»Gut«, sage ich. »Was meinst du damit?«

Sie verengt die Augen. «Du weißt genau, was ich meine. Ich meine Jack. Hast du Fortschritte gemacht?«

Mein Blick besagt, dass ihre Andeutung vollkommen haarsträubend ist – als hätte sie mich zu meiner knospenden Beziehung mit Mr Bean befragt.

»Ich weiß nicht, wie du auf die Idee kommst, ich wäre an Jack interessiert. Ich meine, er ist ja sehr nett und so …«

»Und nicht dumm, ich hab's dir ja gesagt«, unterbricht sie.

»Nein, nicht dumm«, stimme ich zu.

»Außerordentlich gut aussehend«, fährt sie fort.

Ich nicke.

»Er ist auf jeden Fall das, was *manche* Leute als attraktiv bezeichnen würden«, sage ich, entschlossen, unverbindlich zu bleiben.

»Zu denen auch du gehörst?« Sie hebt eine Augenbraue.

»Jetzt hör mal, du meine Güte, er hat was mit Valentina«, sage ich. »Warum um Himmels willen versuchst du, mich mit ihm zu verkuppeln?«

Sie zuckt mit den Schultern. »Weiß auch nicht. Ich könnte mir einfach vorstellen, dass ihr gut zusammenpassen würdet.«

Dann schüttelt sie den Kopf. »Nein, du hast völlig recht. Ich weiß gar nicht, wovon ich rede.«

Ich gieße mir ein Glas Birnensaft ein.

»Heißt das, du findest, wir würden *nicht* gut zusammenpassen?«, murmle ich.

Sie lacht und legt den Arm um mich.

»Jedenfalls«, sage ich. »Wenn du es unbedingt wissen willst, habe ich Jack an diesem Wochenende wohl noch nicht zum letzten Mal gesehen.«

»Ach?« Sie wirkt interessiert.

»Er hat sein Handy letzte Nacht hier vergessen und ich habe das zweifelhafte Vergnügen, es im *Crown & Garter* vorbeizubringen, wo er und Valentina übernachtet haben.«

Grace unterdrückt ein Kichern. »Viel Glück.«

Eine Stunde später stehe ich an der Rezeption des *Crown & Garter* einem Hotelier gegenüber, dessen Alter ich auf hundertzweiunddreißig schätze.

»Sie glauben also, dass sie möglicherweise schon abgereist sind?«, frage ich mit Jacks Telefon in der Hand.

»Tjaaaaa, ich bin mir nicht sicher.« Er trottet zu einem großen, ledergebundenen Terminkalender. »Meine Frau

Edith kümmert sich normalerweise um diese Dinge, müssen Sie wissen. Aber sie hat sich am Freitag die Krampfadern ziehen lassen und ist ein paar Tage außer Gefecht gesetzt. Deshalb bin nur ich hier. Und ich befürchte, ich bin nicht so auf Zack wie sie.«

Sein zitternder Finger blättert zum Februar 2005.

»Ich glaube nicht, dass jemand mit diesem Namen hier ist«, teilt er mir mit. »Sind Sie sicher, dass Sie im richtigen Hotel sind?«

Ich helfe ihm, die richtige Seite zu finden.

»Ich glaube, wir sollten in diesem Februar suchen«, sage ich sanft. Dann überfliege ich selbst die Spalten.

»Aha, da haben wir sie ja«, verkünde ich, als ich Valentinas Namen entdecke. »Zimmer 16. Haben Sie denn jetzt irgendwo notiert, ob sie schon abgereist sind?«

Er runzelt die Stirn. »Müsste ich eigentlich.« Er sieht sich auf dem Schreibtisch um. »Aber ich glaube, das ist in einem anderen Buch. Meine Frau Edith kann so was besser. Nur hat sie sich am Freitag die Krampfadern ziehen lassen.«

»Genau«, sage ich. »Vielleicht könnte einfach mal jemand an der Tür klopfen gehen. Um zu sehen, ob die beiden noch da sind. Ja?«

»Das ist eine wunderbare Idee.« Er schlägt das Buch zu. »Das würde das Problem lösen!«

Ich lächle. »Großartig.«

»Eine sehr gute Idee«, wiederholt er.

»Könnten Sie denn jemanden bitten hochzugehen?«, frage ich.

Er denkt eine Sekunde nach. »Also, ich würde es ja tun, aber ich bin allein hier, wie Sie sehen«, erklärt er. »Meiner Frau Edith haben sie nämlich die Krampfadern gezogen.«

»Gut – könnten Sie dann vielleicht gehen?«, schlage ich vor.

»O nein, das kann ich nicht«, wehrt er ab. »Ich muss ja die Rezeption bewachen, falls plötzlich hier die Hölle los wäre. Sie müssen wissen, Edith hat …«

»Sich die Krampfadern ziehen lassen, ich weiß«, sage ich. Ich blicke mich in der menschenleeren Empfangshalle um. Die Chancen, dass in den nächsten fünf Minuten hier ein Besucheransturm droht, sind so schmal, sie sind geradezu magersüchtig. Aber ich habe nicht das Herz, ihm zu widersprechen.

»Tja, dann. Was schlagen Sie vor?«

»Es bleibt nur eine Möglichkeit«, schlussfolgert er. »Sie müssen selbst hochgehen und nachsehen.«

22

Die Geräusche, die aus Zimmer 16 dringen, sind wirklich nicht das, was ich hören will. Sie bestehen aus einem gedehnten, gutturalen Schnarchen, das bis ans andere Ende des Flurs zu vernehmen ist, und haben frappierende Ähnlichkeit mit einem Hochleistungspressluftbohrer. Sie können nur eins bedeuten: Dass Jack da drin bei Valentina sein muss.

Ich hole tief Luft und frage mich, was zum Henker ich jetzt machen soll. Zwei Menschen gegenüberzutreten, die ganz offensichtlich die ganze Nacht wie die Karnickel gerammelt haben – wie sonst soll man erklären, dass sie um 11 Uhr vormittags immer noch in tiefem Schlummer liegen –, ist keine besonders reizvolle Aussicht.

Und noch weniger bei den beiden in Frage stehenden.

Ich beuge mich herunter und sehe nach, ob der Spalt unter der Tür breit genug ist, um das Handy einfach unten durchzuschieben und abzuhauen. Aber da würde nicht mal eine Kreditkarte durchpassen. Ich komme nicht darum herum. Ich werde einfach klopfen und es hinter mich bringen müssen.

Mit geschlossenen Augen poche ich ein paar Mal kurz an die Tür und trete wieder zurück. Mein Herz macht vor Angst einen Satz, wie ihn sonst nur Zahnärzte auslösen können. Doch niemand kommt – und das Schnarchen dauert in einer Lautstärke an, die einem Vulkanausbruch alle Ehre machen würde. Wieder atme ich tief durch und starte einen erneuten Versuch. Dieses Mal hämmere ich schon mit etwas mehr Schwung, bevor ich zurücktrete und warte.

Nach einer weiteren Minute vergeblichen Hoffens darauf, dass das Schnarchen aufhören und jemand die Tür aufmachen wird, scheint mir ein etwas direkteres Vorgehen angezeigt.

»Valentina! Jack!«, rufe ich und donnere mit der Faust gegen die Tür.

Das Schnarchen bricht abrupt ab und wird von einer Reihe von Grunzern abgelöst. Jemand regt sich.

»Jack!«, wiederhole ich. Ich komme mir wie eine Vollidiotin vor, aber wenigstens möchte ich ihn vorwarnen, was ihn vor der Tür erwartet. »Ähm, ich wollte dir nur schnell dein Handy bringen.«

Daraufhin bricht ein Gepolter und Getöse in Zimmer 16 los, dass man meinen könnte, es werde von einem Nilpferd mit Aufmerksamkeitsdefizitsyndrom bewohnt.

Die Tür wird aufgerissen, und ich stähle mich für eine schnelle Abwicklung.

»Jack ...«, setze ich an.

Aber es ist doch nicht Jack, der in der Tür steht.

»Was? Ooooh. Wie spät ist es?«

Valentina sieht aus, als hätte sie die Nacht in den finstersten Winkeln der Hölle verbracht. Wüsste ich es nicht besser, ich hätte getippt, dass ihre Haare von einem Schimpansen toupiert worden sind. Ihr Augen-Make-up ist über beide Wangen verschmiert und würde Marilyn Manson daneben wie einen Freund des natürlichen Looks aussehen lassen. Aber noch schlimmer ist ihre Haut. Sie ist nicht mal mehr grau. Sie ist *schmutzig grau.*

»Valentina«, sage ich, »könntest du das vielleicht Jack geben? Er hat es gestern im *Inn at Whitewell* vergessen.«

»Was?«, stöhnt sie. »Ooooh. Komm rein.«

»O mein Gott, nein – nein, wirklich«, stottere ich. Auf keinen Fall will ich einen postkoitalen Jack zu Gesicht bekommen, der sich in Valentinas Bett wälzt. »Kannst du es ihm nicht einfach geben?«

Aber sie zerrt mich einfach am Arm herein, und mir bleibt keine andere Wahl. Das Zimmer ist ein Bild der Verwüstung. Über die Möbel verteilt liegen so viele Kleider, Schuhe und Taschen, dass es aussieht, als wäre bei Dolce & Gabbana eine Bombe explodiert.

Das Bettzeug ist am Fußende zu einem Knäuel verwickelt, die Nachttischlampe umgefallen und ein Tanga, der so winzig ist, dass man ihn mit Zahnseide verwechseln könnte, hängt an der Badezimmertür.

Von Jack keine Spur.

23

»Ooooo je«, ächzt Valentina und wirft sich auf die Bettkante. »Irgendwas stimmt da nicht. Ich meine, ich bin ja nie ein Morgenmensch, aber heute stimmt *wirklich* etwas nicht.«

»Alles in Ordnung?« Ich habe ehrlich noch nie solch dramatische Auswirkungen von Alkohol gesehen.

»Mein Mund«, wimmert sie. »Irgendwas stimmt mit meinem Mund nicht. O mein Gott, als … als hätte ich ein kleines Pelztier im Mund. Und dieser Geschmack … als hätte ich einen Bürgersteig abgeleckt. Oooo nein, es ist nicht nur mein Mund, auch mein Kopf. Mein Kopf *pocht.*«

»Jetzt weißt du, wie Charlotte Church sich an einem Sonntagmorgen fühlt«, sage ich.

Valentina versucht, ihr rechtes Auge aufzuklappen, aber es ist von einer schaurigen Kombination aus Schlaf und vier Schichten Wimperntusche fest verklebt.

»Willst du damit sagen, dass ich einen Kater habe?«, fragt sie empört.

Ich antworte nicht sofort.

»Valentina«, hebe ich dann an. »Du hast gestern im Alleingang mehr getrunken als eine Rugbymannschaft, du siehst aus, als hättest du unter einer Brücke geschlafen, und ich musste exakt achteinhalb Minuten an die Tür hämmern, um dich aufzuwecken. Nenn mich Miss Marple, aber ja, ich habe den Verdacht, dass du verkatert bist.«

»Ich habe nie einen Kater.« Sie macht eine wegwerfende Handbewegung, während sie erfolglos versucht, ohne fremde Hilfe aufzustehen. »Au! Vielleicht habe ich über Nacht eine seltene Krankheit bekommen, die meine Zunge anschwellen und mich halb erblinden lässt. Vielleicht hat Jack mich damit angesteckt! Er ist doch gerade erst aus dem tiefsten Afrika zurückgekommen und hätte alles einschleppen können. Also, wo ist das Badezimmer?«

Ich helfe ihr auf, und sie macht sich auf den Weg in die Zimmerecke. Aber sie strauchelt und knallt mit dem Bein gegen einen Stuhl.

»Aaaaah!«, schreit sie.

»Oje, oje.«

»Aaaaah!«, schreit sie noch mal.

»Ach komm schon, so weh kann das gar nicht getan haben.« Langsam geht mir die Geduld aus.

»Darum geht es doch überhaupt nicht.« Sie verzieht das Gesicht. »Aber jetzt kriege ich einen riesigen blauen Fleck, was bedeutet, dass ich eine Hose anziehen muss. Und ich *hasse* Hosen.«

»Du kannst doch sicher mal ein paar Tage damit leben, um damit eine so grässliche Entstellung zu verdecken wie … wie einen blauen Fleck von zwei Zentimetern Durchmesser«, bemerke ich.

»Evie«, erklärt Valentina mir, »ich habe nicht die Art Beine, die man bedecken sollte.«

»Schon klar«, entgegne ich. »Allein die Vorstellung ist, als würde man die Sixtinische Kapelle mit Styroporfliesen abkleben, richtig?«

Als wir im Badezimmer ankommen, setzt sie sich aufs Klo, unfähig, vor dem Spiegel zu stehen.

»Gib mir mal meine Schminktasche«, krächzt sie.

»Bin ich deine verdammte Kammerzofe?«, seufze ich, gebe ihr aber trotzdem das Gewünschte.

Valentina beginnt, durch das Täschchen zu wühlen und diverse Cremetöpfchen, Puder und Kosmetikartikel auf den Boden zu werfen. Ich hebe eins davon auf – ein Cellulitisserum von Estée Lauder – und studiere geistesabwesend das Etikett.

»Nur fürs Protokoll, ich habe keine Cellulitis«, informiert Valentina mich. »Ich treffe nur Vorsichtsmaßnahmen für mein späteres Leben.«

Nachdem sie Antifaltenformeln, Bräunungscremes, Peelings und Gott weiß was noch für Zaubermittelchen um sich herum verstreut hat, findet sie endlich eine Flasche Augentropfen und macht Anstalten, sich etwas davon in die Augen zu träufeln.

»Wäre es nicht besser, erst mal den ganzen Kleister vom Gesicht zu schrubben?«, schlage ich vor.

»Was für einen Kleister?«, erkundigt sie sich.

»Dein Make-up.«

Augenblicklich hält Valentina inne.

»Was?« Sie fängt an zu hyperventilieren. »Was hast du gesagt?«

»Entspann dich.« Ich weiß nicht genau, warum sie sich so aufregt.

»Ich habe mich gestern nicht abgeschminkt? Willst du das damit sagen? Nein, kann nicht sein. Niemals. Auf keinen Fall. Unmöglich. *Ausgeschlossen.*«

Hysterisch springt sie auf.

»O mein Gott«, kreischt sie. »WAS wird das meinen Poren angetan haben?«

Sie tastet sich zum Waschbecken, und zum ersten Mal am heutigen Tag wird sie von ihrem eigenen Spiegelbild begrüßt.

Fassungslos schnappt sie nach Luft.

»Nein … nein … nein …« Das ist alles, was sie sagen kann. »Das ist nicht wahr. Bitte lieber Gott, sag, dass das nicht wahr ist.«

»Sei nicht albern«, sage ich und setze sie wieder auf den Klodeckel, dann reiche ich ihr ein Taschentuch, damit sie ihre Schminke abwischen kann.

Sie zieht es mit zutiefst niedergeschlagener Miene quer über die Wange.

»So schlimm ist es nicht«, tröste ich sie, ohne so recht zu wissen, warum eigentlich.

»Findest du ehrlich?«, jammert sie.

Ich seufze. »Na ja, du bist nicht gerade Brigitte Bardot

heute Morgen, so viel ist sicher«, kann ich mir nicht verkneifen.

»Oooo nein!«

»Aber weißt du was«, fahre ich fort, damit sie still ist. »Eine schöne Dusche wird Wunder wirken, da bin ich sicher.« Insgeheim bin ich überzeugt, dass sie deutlich mehr braucht als zehn Minuten unter einem Wasserstrahl.

»Was ist das denn?«, fragt Valentina plötzlich und inspiziert die Rückseite ihres Beins.

»Ach das«, kläre ich sie auf. »Du hast gestern Nacht einen Spagat gemacht. Der Dreck muss von der Tanzfläche stammen.«

»Nicht das«, heult sie und pflückt sich etwas von der Fußsohle. Bei näherer Betrachtung stellt es sich als Zigarettenkippe heraus.

Sie legt den Kopf in die Hände und beginnt zu schluchzen.

»Das«, sagt sie, »ist der schlimmste gottverfluchte Tag meines gesamten gottverfluchten Lebens.«

24

VALENTINA HAT GEDUSCHT, sich angezogen und ungefähr vierzig Minuten lang Concealer unter den Augen aufgetragen. Sie sieht viel besser aus als noch vor einer Stunde, das heißt weniger zombiehaft, aber sie ist immer noch nicht gerade überragender Laune.

»Wenn dieser alte Spinner mich nicht in Windeseile auscheckt«, zischt sie mir unten am Empfang zu, »dann werde ich sehr ärgerlich.«

»Wunderschöner Morgen, nicht wahr?«, lächelt der ältliche Hoteleigentümer.

»Mhm«, macht sie und hebt kurz ihre Jackie-O-Sonnenbrille an, um ihm einen Blick zuzuwerfen.

»Hatten Sie Gelegenheit, während Ihres Aufenthalts eine Wanderung zu machen?«

Mühsam unterdrücke ich ein Kichern. Valentina trägt 350 Pfund teure Schuhe von Gina zu Gucci-Jeans und schleppt ein niegelnagelneues Kofferset von Louis Vuitton mit sich. Sie könnte nicht weniger nach Wandern aussehen, wenn sie keine Beine hätte.

»Nein«, gibt sie ohne die kleinste Andeutung eines Lächelns zurück.

»Wie schade. Die Aussicht vom Trough of Bowland ist sagenhaft.«

»Vielleicht beim nächsten Mal«, werfe ich ein. Jemand muss die Lücke in der Konversation füllen.

Jetzt schießt sie mir einen Blick zu.

»Ist meine Rechnung fertig?«, fragt sie knapp. »Ich muss wirklich los.«

»Ach, das tut mir leid, Liebchen«, sagt er. »Da plaudere ich vor mich hin und Sie warten. Alles wird wieder besser, wenn meine Frau Edith zurück im Sattel ist. Sie hat sich gerade die Krampfadern ziehen lassen. Moment, Ihre Rechnung kommt gleich.«

»Nur mal aus Interesse«, meint Valentina. »Hat der

Mann, mit dem ich gestern ankam, Mr Williamson – *Jack* Williamson – sein Zimmer schon verlassen?«

Der Hotelbesitzer überlegt eine Sekunde. »Der Mann, mit dem sie gestern kamen … ah ja, stattlicher Bursche mit dunklen Haaren, ich erinnere mich. Der ist längst weg. War in aller Frühe schon auf den Beinen.«

»Tatsächlich?« Valentinas Laune sinkt noch weiter.

»Möchtest du dann sein Handy mitnehmen?«, frage ich, als wir draußen sind. »Ich meine, du wirst ihn vermutlich bald wiedersehen?«

»Das bezweifle ich«, sagt sie wütend. »Wenn er heute Morgen schon abgefahren ist, dann hat er sich nicht mal von mir verabschiedet. Mal ganz abgesehen davon, dass er nicht mit mir *geschlafen* hat. Und ich weiß ja nicht, wie du tickst, Evie, aber diese Art von Benehmen dulde ich einfach nicht bei der zweiten Verabredung.«

»Klar.« Ich verspüre einen Anflug von Optimismus. »Dann muss ich mir was anderes überlegen. Hast du seine Adresse? Ich könnte es ihm selbst bringen.«

Sie denkt einen Moment nach, dann reißt sie mir das Telefon aus der Hand.

»Jetzt, wo du es erwähnst«, erklärt sie. »Ich muss sowieso bei ihm vorbei, um seine nächste Tennisstunde zu vereinbaren. Also nehme *ich* das Handy mit.«

»Oh«, mache ich. Ich ärgere mich, dass ich so enttäuscht bin und mir kein vernünftiger Grund einfällt, ihr das Gerät wieder abzunehmen.

Valentina klappt den Kofferraum ihres Wagens auf und stapelt ihr Gepäck hinein.

»Also … glaubst du, du wirst ihm verzeihen?«, frage ich. Ich kann einfach nicht anders. »Du weißt schon, dass er sich nicht verabschiedet hat?«

Sie steigt ins Auto und klappt die Sonnenblende hinunter, um sich im Spiegel zu betrachten.

»Kann sein«, erwidert sie. »Hängt davon ab, was passiert, wenn ich bei ihm vorbeischaue. Was ich jetzt sofort tun werde. Und, wie sehe ich aus? Annehmbar?«

»Ja, schon«, antworte ich widerstrebend. »Eindeutig annehmbar – aber nicht ideal. Ich meine, das hast du selbst gesagt.«

Bei jeder anderen würde ich mir wie eine Zicke vorkommen, so etwas zu sagen. Aber wir sprechen hier von Valentina – und ich schätze mal, nicht einmal ein ungebremster Tanklastzug könnte ihr Ego anknacksen.

»Tja«, seufzt sie, »in Anbetracht der Tatsache, dass die meisten Frauen töten würden, um meiner Vorstellung von annehmbar zu entsprechen, wird es wohl ausreichen. Selbst Penelope Cruz hat manchmal Tränensäcke. Bis dann!«

Und damit braust sie los, Jacks Handy auf dem Beifahrersitz.

25

Red Cat Farm, Wirral,
Freitag, 9. März

»WANN WAR DENN das genau, als Ihr Schwein anfing, Französisch zu sprechen?«, frage ich mit gezücktem Stift und Notizblock.

»Ach, das ist schon eine Weile her«, sagt der Bauer, der aussieht, als wäre seine letzte Körperreinigung auch schon eine Weile her. »Wir hatten einen Knecht von da drüben, müssen Sie wissen. Dem wollten wir richtig Sprechen beibringen, aber er wollte unbedingt fremdländisch reden. Tja, und unsere Lizzie hier muss das wohl aufgeschnappt haben.«

»Aha.« Ich nicke, um mir nicht anmerken zu lassen, dass ich diese Story für den größten Mist halte, den ich das ganze Jahr gehört habe. »Es besteht wohl nicht die Möglichkeit, dass es – Verzeihung: sie – uns eine kleine Kostprobe gibt?«

Er saugt an seinen Zähnen. »Sie macht das nicht auf Kommando, Schätzchen«, erklärt er.

Am liebsten hätte ich gesagt, wenn schon ein Fotograf und ich die lange Reise hierher machen, um den kleinen Scheißer zu interviewen, dann wäre doch wohl ein kleines ›Oui‹ nicht zu viel verlangt.

Stattdessen frage ich: »Was könnten wir denn tun, um sie zu überreden?«

»Ein bisschen Bares wäre sicher nicht verkehrt«, meint er.

Na super. Das Schwein spricht also nur Französisch, wenn ich seinen Besitzer bezahle. Sie ist offenbar raffinierter, als ich dachte.

»Tut mir leid, aber wir bezahlen nicht«, wehre ich ab. »Wir sind ein Lokalblatt, wir haben kein Budget für so was.« Was nicht ganz stimmt; aber außer das Schwein stimmte eine perfekte Version von Serge Gainsbourgs

»Je t'aime … moi non plus« an, kann ich mir nicht vorstellen, dass wir für die Geschichte bezahlen wollen.

Das ist wirklich nicht meine Woche, und um ehrlich zu sein, bringt diese Story das Fass zum Überlaufen. Seit fast acht Monaten arbeite ich jetzt schon für den *Daily Echo*, und ich war mit dem Fortschreiten meiner Karriere nicht unzufrieden.

Gut, am Anfang durfte ich selten mehr als zwei Absätze für die Rubrik BH – das steht für Buntes aus der Heimat und hat nichts mit Unterwäsche zu tun – über Schulfeste und Flohmärkte verfassen.

Was mich nicht gerade in die engere Auswahl für irgendwelche wichtigen Journalistenpreise gebracht hat, wie man sich denken kann.

Aber nach und nach traute mir die Nachrichtenredaktion mehr zu, und die kurzen Lokalmeldungen wurden zu ganzen Spalten ausgebaut, dann wurden daraus größere Artikel, und immer mal wieder fand ich meinen Namen auf der Titelseite, zu allen Themen von Gerichtsverfahren bis hin zu Boulevardthemen.

Diese Woche aber lief alles schief. Furchtbar schief. Denn diese Woche trat unsere Nachrichtenredakteurin Christine – die mich in meiner ersten internen Beurteilung als »überschäumend vor Begeisterung und Potenzial« beschrieben hatte – ihren Mutterschaftsurlaub an.

Ihre Vertretung ist der endlos widerliche Simon, der mein Potenzial nicht erkennen kann, weil er zu sehr damit beschäftigt ist, mir auf den Hintern und ins Dekolleté zu starren.

Er hat mich mit Stadtteilfesten und Bildergeschichten für den BH-Teil bombardiert, den er süffisant »Nachrichtenallerlei« nennt. In Wirklichkeit müssen einem allerlei Tassen im Schrank fehlen, um so etwas als Nachrichten zu bezeichnen.

Folglich sitze ich also auf einem Bauernhof jenseits des Flusses im hintersten Wirral – kaum noch im Revier des *Daily Echo* – und bete darum, dass Lizzie, das Gloucester-Old-Spots-Schwein, jemanden um ein Croissant bittet. *New York Times*, ich komme!

Okay, es liegt nicht allein daran. Sondern auch daran, dass ich in den letzten fünf Tagen versucht habe herauszukriegen, was zwischen Valentina und Jack läuft – und kläglich gescheitert bin. Grace ist auf Hochzeitsreise, fällt also im Hinblick auf Klatsch und Tratsch flach. Ich wollte Charlotte ausquetschen, aber merkwürdigerweise hat Valentina ihr offenbar nichts erzählt. Und Valentina selbst werde ich mit Sicherheit nicht fragen.

Warum will ich es denn überhaupt so unbedingt wissen?

Weiß der liebe Himmel.

»Was für ein Haufen Kinderkacke ist das denn«, flüstert mir Mickey, der Fotograf, zu. Mickey ist nicht gerade bekannt für übermäßig große Geduld, aber in diesem Fall hat er zweifelsohne recht.

»Pass mal auf«, sage ich zu ihm. »Wir beide wissen, dass dieses Tier genauso wenig Französisch spricht wie ich Mandarin. Aber Simon will nun mal eine Story darüber, und ich kann nicht mit leeren Händen zurückkommen. Sollen wir einfach ein Foto machen und abhauen?«

»Und wie sie Französisch spricht«, protestiert der Bauer, der mich offensichtlich gehört hat. »Aber sie tut es nicht, wenn sie unter Stress steht. Und dass Sie hier ankommen und behaupten, sie könnte es gar nicht, hilft auch nicht gerade weiter.«

Schließlich können wir ihn dazu überreden, für ein Foto mit Lizzie zu posieren, im Tausch gegen ein paar Hochglanzkopien für die Wohnzimmerwand.

Mickey knipst in Rekordzeit, immer noch vor sich hin brummelnd.

»Das war früher mal ein seriöses Blatt«, beschwert er sich mir gegenüber.

»Schieb das nicht mir in die Schuhe«, entgegne ich. »Ich bin genauso froh, hier zu sein, wie du.«

»Also«, sagt der Bauer. »Wann kommt es rein?«

»Ich weiß noch nicht genau«, sage ich. »Wir nennen diese Sorte von Artikel Vorratsnachrichten. Falls die Innenstadt dem Erdboden gleichgemacht wird, muss es ein bisschen warten, fürchte ich.«

Und zwar für immer, wenn ich dabei ein Wörtchen mitzureden hätte.

»Es ist nur, weil sich die Überregionalen auch dafür interessieren«, erklärt er. »Also sollten Sie sich besser beeilen.«

»Danke für den Tipp.« Ich versuche, mir ein Grinsen zu verkneifen. »Komm, Mickey, lass uns fahren.«

26

Alderley Edge, Cheshire,
Samstag, 17. März

Wieder ein Samstag, wieder eine Anprobe. Aber dieses Mal für die Hochzeit von Georgia und Pete. Und dieses Mal ist das Budget so hoch, dass es an der Börse notiert werden müsste.

»Wie viel kostet diese Hochzeit eigentlich genau, Georgia?«, erkundigt sich Valentina versonnen, während sie eine Stange Kleider in Augenschein nimmt, die bezeichnenderweise nicht einmal Preisschilder haben.

»Ungefähr zweihundert Riesen nach der letzten Kalkulation«, antwortet Georgia. Sofort sieht man ihrer Miene an, dass sie das am liebsten zurückgenommen hätte. »Ich meine, ist doch auch egal, was sie kostet. Von mir aus könnten wir auch auf dem Standesamt von Chorley heiraten.«

»Gott sei Dank ist alles schon gebucht«, murmelt Valentina.

In Wahrheit könnte Georgias Hochzeit kaum weniger einer Veranstaltung im Standesamt von Chorley gleichen. Die Trauung findet auf den Scilly-Inseln statt und verspricht, so feudal zu werden, dass die englische Königsfamilie vor Neid erblassen wird.

Georgia hat sechs Brautjungfern, und wir sind heute alle hier für die zweite Anprobe in einer Boutique, die so exklusiv ist, dass sogar die Schaufensterpuppen hochnäsig sind. Wobei das nicht ganz stimmt. Wir *sollten* alle hier sein, aber Grace kommt wie üblich infolge einer häuslichen Krise zu spät. Polly hat dem Hasen Reste von Hühnerfrikassee gefüttert.

Georgias zwei jüngere Cousinen sind ebenfalls hier, und wir treffen sie heute zum ersten Mal. Beth und Gina sind beide Anfang zwanzig und so hübsch, dass man sie für die jüngeren Schwestern von Catherine Zeta-Jones halten könnte. Valentina konnte ihre Enttäuschung kaum verbergen, als die beiden eintrafen.

Dann ist da natürlich noch Charlotte, die angesichts der Aussicht, wieder Brautjungfer zu sein, ungefähr so fröhlich wirkt wie ein Todeszelleninsasse.

»Alles klar bei dir?«, frage ich, als sie sich neben mir auf einen Samtstuhl setzt.

Sie nickt und lächelt angestrengt.

»Das ist wirklich nicht so dein Ding, oder?«, flüstere ich.

»Eher weniger«, antwortet sie. »Ich habe seit Graces Hochzeit mindestens drei Kilo zugenommen. Gewogen habe ich mich zwar nicht, aber ich weiß es trotzdem. Heute Morgen habe ich nur noch in meine Stretchhose gepasst.«

Ich werfe die Brautmodenzeitschrift, in der ich geblättert habe, auf einen Tisch und lege ihr den Arm um die Schultern. Dann wird der Vorhang zurückgezogen, und Georgia kommt in ihrem Hochzeitskleid heraus, von einem Ohr zum anderen lächelnd.

»Was haltet ihr davon, Mädels?«, fragt sie und dreht sich im Kreis, der hinreißende Seidenrock streift gerade über den Boden. Sie sieht wirklich umwerfend aus, selbst

Valentina fällt in unsere lautstarken Beifallsbekundungen mit ein.

»Doch, ich muss zugeben«, sage ich zu ihr, »du machst dich ganz gut.«

»Ja, wirklich?« Sie grinst übermütig.

»Auf jeden Fall. Obwohl ich finde, du könntest ein paar mehr Rüschen gebrauchen, wenn man danach geht.« Ich deute mit dem Kopf auf meine Zeitschrift. »Manche von den Kleidern da drin sehen aus wie diese kleinen Puppen, die meine Oma früher über die Ersatzklorolle gestülpt hat.«

»Bist du aufgeregt?«, fragt Charlotte sanft.

»Hysterisch trifft es wohl eher«, erwidert Georgia. »Ich weiß allerdings nicht, was ich mache, wenn alles vorbei ist. Es hat eineinhalb Jahre gedauert, diese Hochzeit zu organisieren. Ich hab ganz vergessen, wie man über etwas anderes als blöde Diademe und Calla-Lilien spricht. Meine Konversationskompetenzen sind völlig zerrüttet.«

»Offenbar«, steuert Valentina bei, während sie sich ein gigantisches, kunstvoll gearbeitetes Diadem auf den Kopf steckt, »können sich manche Paare nach der Trauung kaum noch miteinander unterhalten, weil sie vorher immer nur uber die Hochzeitsfeierlichkeiten gesprochen haben.«

Ich verdrehe die Augen.

»Das ist eine *Tatsache*«, entrüstet sie sich. »In der Psychologie ist das allgemein anerkannt. Das habe ich irgendwo gelesen – in der *Glamour*, glaube ich. Und, was meint ihr?« Sie dreht sich vom Spiegel weg, um uns ihr Diadem zu zeigen.

»Ohne deine Sonnenbräune sähest du aus wie die weiße Hexe Jadis«, befinde ich.

Sie verengt die Augen.

»War nur ein Scherz«, sage ich.

Aber irgendetwas an Valentinas Verhalten stört mich schon die ganze Zeit heute, ohne dass ich bisher den Finger darauf legen konnte. Jetzt weiß ich es. Es sind bereits volle zwanzig Minuten verstrichen, und sie hat Jack noch nicht erwähnt.

27

Charlotte sieht aus wie fünf Sekunden vor ihrem ersten Bungee-Sprung. Dabei wurde sie nur aufgefordert, mit der Schneiderin hinter den Vorhang zu gehen und ihr Kleid anzuprobieren.

»Geh du doch als Nächste, Evie«, sagt sie mit flehendem Blick.

»Klar, kein Problem«, willige ich ein.

Unsere Kleider nennen sich »Pfingstrosentraum« und sind trägerlos, wadenlang und so abartig teuer wie alles andere an dieser Hochzeit. Als ich meines anziehe, passt es dankenswerterweise fast perfekt. Was bedeutet, dass falls ich nicht vor der Hochzeit noch seltsame Gelüste nach Sahnetorten und Big Macs entwickle, ich keine weitere Anprobe brauche.

»Ta-da«, sage ich und ziehe den Vorhang zum gleichen

Applaus beiseite, den auch Georgia, Beth und Gina bekommen haben.

»Sitzt das nicht ein bisschen locker obenrum?«, fragt Valentina mit unschuldigem Tonfall. »Nicht jeder kann sich diesen Schnitt leisten.«

»Es passt perfekt«, mischt sich Georgia diplomatisch ein. »Evie, du siehst fabelhaft aus.«

Als ich meine Jeans wieder angezogen habe, setze ich mich neben Charlotte.

»Weißt du schon, dass Jim auch zu der Hochzeit kommt?«, flüstere ich ihr zu. »Georgia hat Graces Video so gut gefallen, dass sie ihn gebeten hat, auch ihres zu drehen.«

»Hab ich gehört«, gibt sie zurück.

»Unterhältst du dich denn dieses Mal mit ihm?« Ich stupse sie sanft. »Oder willst du den ganzen Nachmittag damit verbringen, mit Tante Ethel über Teebeutel oder etwas ähnlich Spannendes zu reden?«

Sie kichert.

»Ach, magst du Jim, Charlotte?« Wenn es um Klatsch und Tratsch geht, ist Valentina wie eine wärmesuchende Rakete. »Warum erzählt mir das denn keiner? Ich hasse es, so was als Letzte zu erfahren.«

Charlotte errötet. »Das glaubt Evie«, sagt sie.

Valentina denkt kurz nach.

»Er würde um einiges besser aussehen, wenn er die Haare ein paar Zentimeter kürzer hätte, weißt du«, erklärt sie Charlotte. »Frag ihn doch, ob er sich das nicht überlegen will, falls du was mit ihm anfangen solltest.«

»Ich hab doch noch nicht mal gesagt, dass er mir gefällt«, protestiert sie und wird noch röter.

»Ich glaube, wir brauchen einen Schlachtplan, um euch beide zusammenzubringen«, beschließt Valentina.

Ich stöhne auf.

»Georgia, setz du die beiden doch nebeneinander auf die Sitzordnung«, fährt sie unbeirrt fort. Sie scheint überhaupt nicht zu bemerken, wie unwohl Charlotte sich fühlt.

»Ähm, soll ich, Charlotte?«, fragt Georgia zaghaft.

»Nein«, sagt sie. Dann: »Oder, okay, ja. Ich meine, wenn du Lust hast. Mir ist es eigentlich egal.«

Valentina seufzt verzückt, als sie ein bodenlanges Kleid von Vera Wang von der Stange nimmt und es sich vor den Körper hält, um sich im Spiegel zu bewundern. Ich nutze ihre Abgelenktheit und beuge mich wieder zu Charlotte. Dieses Mal flüstere ich so leise, dass uns bestimmt niemand hören kann.

»Tut mir leid.«

»Ist schon okay«, sagt sie.

»Aber die Sache ist die«, fahre ich fort, »ich habe das nur erwähnt, weil ich glaube, er ist in dich verliebt.«

Sie runzelt die Stirn.

»Auf Graces Hochzeit hat er das mehr oder weniger so gesagt«, ergänze ich.

Na gut, vielleicht habe ich das Gespräch ein kleines bisschen geschönt, aber es dient einem guten Zweck.

»In mich verliebt?«, wiederholt sie.

»Er hat gesagt, du seist sehr nett«, flüstere ich. »Und so

wie er das gesagt hat, läuft es definitiv auf dasselbe hinaus.«

»Sag mal, Georgia«, unterbricht Valentina schon wieder meine Unterhaltung. »Die Gäste auf deiner Hochzeit – kommen da viele aus deinen Kreisen?«

Georgia legt die Stirn in Falten. »Also, sie sind natürlich aus meinem Bekanntenkreis. Wenn du das meintest.«

»Ja, klar.« Valentina macht eine kleine Pause. »Was ich eigentlich meinte, war, ob sie aus ähnlichen Verhältnissen kommen?«

»Verhältnisse?«, fragt Georgia.

»Finanzielle Verhältnisse«, räumt Valentina widerwillig ein.

»Ach so«, meint Georgia. »Du meinst, ob irgendwelche stinkreichen, brauchbaren Junggesellen kommen? Massenweise, meine Süße, massenweise. Versprochen.«

Valentina zieht eine Grimasse. »Also wirklich, Georgia. Du hältst mich doch wohl nicht für so plump, dass ich mich für jemanden nur des Geldes wegen interessieren könnte.«

Ich kann dieses Gespräch nicht ungenutzt lassen, um die Hintergründe zu erforschen.

»Heißt das, du bist wieder frei, Valentina?« Ich bemühe mich um einen nur mäßig beteiligten Gesichtsausdruck.

Sie zieht einen Schmollmund. »Im Augenblick ja«, sagt sie. »Ich habe beschlossen, dass ich ein bisschen mehr ›Zeit für mich‹ brauche. Außerdem war Jack zwar sehr nett und alles, aber eigentlich nicht mein Typ.«

»Seit wann weißt du das?«, erkundige ich mich.

»Ach, das habe ich ihm am Tag nach Graces Hochzeit mitgeteilt.«

»Aha«, sage ich lässig.

»Du kannst herzlich gern dein Glück bei ihm versuchen, Evie«, erwidert sie süffisant. »Ich meine, unsere Trennung hat ihn zwar sehr mitgenommen, aber man weiß ja nie – vielleicht hat er Lust auf eine zwanglose Affäre, um sich darüber hinwegzutrösten. Und ich weiß ja, dass du in solchen Dingen gut bist.«

28

Valentina macht sich nicht die Mühe, den Vorhang zuzuziehen.

Sie öffnet nur den Reißverschluss ihres Kleides und lässt es auf den Boden fallen, so dass sie bis auf ein Paar Satin-Highheels und einen mikroskopisch kleinen Tanga komplett nackt ist.

Okay, dann hat sie eben die perfekte Figur – hohe Brüste, endlose Beine und einen so wohlgeformten Allerwertesten, dass er auch durch Retusche nicht verschönert werden könnte. Trotzdem hätten sich bestimmt alle etwas wohler gefühlt, wenn sie sich weniger wie ein Mitglied einer schwedischen Nudistenkolonie benommen hätte.

Sie dreht den Kopf, um sich von hinten in dem großen Spiegel zu bewundern, dann fährt sie sich langsam mit der Hand über eine ihrer Pobacken.

»Ich hoffe, ich habe seit dem letzten Mal nicht zugenommen«, sagt sie. »Ich war in letzter Zeit nicht so oft im Fitnessstudio wie sonst.«

»Es muss schrecklich sein, mit all dieser Orangenhaut zu leben«, bemerke ich. »Es gibt Selbsthilfegruppen für Leute, die so schwer betroffen sind wie du.«

Sie macht ein missbilligendes Geräusch und lässt sich von der Schneiderin in das Kleid helfen. Als ich wieder in der Zeitschrift blättere, stupst Charlotte mich in die Seite.

»Gefällt dir Jack?«, flüstert sie.

Ich denke kurz darüber nach, dann muss ich lächeln.

»Es verstößt zwar gegen all meine Prinzipien, da er etwas mit Valentina hatte«, sage ich. »Aber ja, ich glaube schon.«

»Und was willst du jetzt machen?«

»Gute Frage.« Die Tragweite des eben Gehörten dringt jetzt erst zu mir durch.

»Valentina ist die einzige Verbindung zwischen uns. Paradoxerweise fällt mir jetzt, wo sie getrennt sind, kein naheliegender Anlass mehr ein, um ihn wiederzusehen. Mal abgesehen davon, ihm nachzuspionieren, und dazu fühle ich mich nicht ganz in der Lage.«

»Gott sei Dank«, kichert sie.

Doch das Lächeln wird bald von Charlottes Gesicht gewischt. Denn es ist nur noch eine übrig, die noch ihr Kleid anprobieren muss, und das ist sie. Als sie hinter den Vorhang geht, zieht sie ihn ganz bis zum Rand zu und vergewissert sich, dass ja nicht der allerkleinste Schlitz offen bleibt. Die Schneiderin möchte ihr helfen, wird aber weggeschickt – und gute zehn Minuten lang dringt nichts als Stille durch den Vorhang.

Schließlich pirsche ich mich an und versuche, Charlotte etwas zuzumurmeln, ohne die Aufmerksamkeit der anderen zu erregen.

»Alles in Ordnung bei dir da drin?«, frage ich.

»Warte! Komm bloß nicht rein!« Sie klingt leicht hysterisch.

»Okay, okay«, sage ich. »Wollte ich ja gar nicht. Ich hab mir nur Gedanken gemacht, wo du bleibst. Du bist schon ziemlich lange da drin.«

Plötzlich fliegt die Tür zum Laden auf und Grace ist da, wie üblich etwas zerzaust und außer Atem.

»Wie geht's dem Hasen?«, erkundige ich mich.

»Rooney? Der Tierarzt meint, er wird morgen einen wunden Hintern haben, aber immerhin konnten wir eine Operation vermeiden. Wie läuft's hier?«

»Prima«, sage ich und stelle mich neben sie, um unter vier Augen mit ihr sprechen zu können. »Wir warten nur auf Charlotte, aber ich glaube, sie ist wild entschlossen, hinter diesem Vorhang zu bleiben, bis die Hochzeit vorbei ist.«

Grace schaut mich wissend an. Gerade als ich noch mal nachsehen will, ob bei Charlotte alles okay ist, hören wir einen Schrei.

Ohne zu ahnen, dass noch jemand in der Kabine ist – inzwischen ist eine Viertelstunde vergangen –, hat die Verkäuferin den Vorhang aufgezogen. Und ich habe noch nie in meinem Leben einen so erschrockenen Gesichtsausdruck gesehen.

29

»Es tut mir leid«, sagt sie mit zitternden Lippen zu Georgia. »Es tut mir wirklich leid.«

Anfangs komme ich nicht dahinter, wofür Charlotte sich entschuldigen möchte. Aber dann folge ich ihrem Blick nach unten, und alles wird klar. Sie hatte recht mit den drei Kilo. Charlottes Kleid ist jetzt so eng, dass jeder Versuch zu atmen ernstliche Verletzungen zur Folge haben würde.

»Charlotte«, versucht Grace das unerträgliche Schweigen zu überbrücken. »Du siehst wirklich, ähm, hübsch aus.«

Sofort schämt sie sich für ihre eigene Unaufrichtigkeit. Und während ich noch selbst nach einem passenden Kommentar suche, bemerke ich, dass unserer Freundin Tränen über das Gesicht kullern.

»Charlotte, warum weinst du denn?«, frage ich liebevoll. »Es ist doch okay, ehrlich. Kein Grund, sich aufzuregen.«

Sie macht den Mund auf, aber es kommt nichts heraus. Ich lege den Arm um sie, während die anderen ebenfalls zu ihr stürmen.

»Komm, setz dich hin«, sagt Georgia und winkt sie zu einem Samthocker.

Die Tränen strömen jetzt über Charlottes Wangen, geführt von Georgia kommt sie aus der Kabine. Ich würde so gern etwas Tiefgründiges sagen, etwas so Bedeutungsvolles, dass es ihren offenkundigen Schmerz vertreibt.

»Möchtest du eine Tasse Tee?« Das war jetzt nicht unbedingt das, nach dem ich gesucht hatte.

Wortlos schüttelt sie den Kopf. Als sie Anstalten macht, sich auf den Hocker zu setzen, senkt sich eine merkwürdige Stille über den Raum. Alle sechs beobachten wir sie, ihre Augen sind rot und verweint, das Gesicht beinahe ausdruckslos.

Vielleicht liegt es an der Intensität des Augenblicks, dass wir das Reißen hören, noch bevor sie auf der Sitzfläche auftrifft. Oder vielleicht liegt es nur daran, dass das entstandene Loch so groß ist. So oder so bleibt mir beim Klang von Charlottes platzendem Kleid das Herz stehen.

Und damit bin ich nicht allein. Grace und Georgia halten sich die Hand vor den Mund. Valentina und Beth haben die Augen so weit aufgerissen wie Zeichentrickfiguren. Ginas Kiefer scheint nur noch Zentimeter über dem Boden zu hängen. Und die Schneiderin sieht schlicht und ergreifend so aus, als würde sie gleich ohnmächtig.

Fast roboterhaft steht Charlotte wieder auf und betrachtet den Schaden im Spiegel. Er ist imposant – ein dreißig Zentimeter langer Riss, der sich wie eine klaffende Wunde mitten durch das Mieder zieht. Und zwar nicht einmal an der Naht, sondern im Stoff selbst. Die schiere Unmöglichkeit, das wieder zu reparieren, macht uns alle schwindlig.

»Lassen Sie mich mal sehen«, quiekt die Schneiderin und fasst Charlotte am Arm, um sie umzudrehen. Doch genau als wir schon dachten, es könnte nicht mehr schlimmer kommen, hört man ein weiteres Krachen. Jetzt ist der Riss einen halben Meter lang.

»Aarrg!«, macht die Schneiderin.

»O Gott«, stößt Georgia aus.

»Ach du Scheiße«, ergänze ich.

30

Als Engländer schreibt man aus unerfindlichen Gründen einer simplen Tasse Tee die Sorte Heilkräfte zu, die man vom teuersten und exklusivsten Psychiater nicht verlangen würde.

Völlig gleichgültig, was für ein Unglück über uns hereinbricht, welch Tod und Verderben sich uns in den Weg stellen, die Reaktion ist immer dieselbe: »Soll ich mal Wasser aufsetzen?«

»Möchte jemand noch eine Tasse?«, fragt eine der Verkäuferinnen und steckt den Kopf durch die Tür.

»Dieses Mal aber bitte wirklich Assam«, sagt Valentina.

Das Merkwürdige daran ist ja, es funktioniert irgendwie. Zumindest hat es das bei Charlotte.

Obwohl es möglicherweise nicht ausschließlich an dem Heißgetränk gelegen hat. In der letzten halben Stunde hat Charlotte Georgia, mir, vier weiteren Brautjungfern sowie einer Schneiderin ihr Herz ausgeschüttet. Letztere ist offenbar der Ansicht, wenn sie schon dieses Kleid wieder flicken muss, dann will sie wenigstens hören, was zu seinem Ruin geführt hat.

Was Charlotte uns erzählt hat, davon hat sie uns gegenüber noch nie, niemals gesprochen. Was wirklich unfassbar ist, da unsere Freundschaft schon länger dauert als eine durchschnittliche Ehe.

Im Nachhinein betrachtet hätte mich das alles wahrscheinlich nicht überraschen dürfen. Tatsache ist aber, dass es so war. Ich hätte nicht erstaunter sein können, wenn sie gestanden hätte, heimlich als Stripperin zu arbeiten.

Es stellte sich heraus, dass die liebenswerte, sanfte Charlotte – Charlotte, die paradoxerweise selbst immer nur Gutes in den Leuten sieht – in sich selbst nichts als Schlechtes sehen kann. Und hinter ihrer Schüchternheit, die ich immer für eine ihrer Wesensarten gehalten habe, verbirgt sich ein so niedriges Selbstwertgefühl, dass es den Gesetzen der Schwerkraft widerspricht. Charlotte selbst, so zeigt sich, hat nichts für ihre wonnigen Milchmagd-Rundungen und ihre zauberhaft rosigen Wangen übrig. Um genau zu sein, verabscheut sie sie.

»Ich weiß, dass ich nie etwas gesagt habe, aber ich habe mich immer so gefühlt«, erzählt sie und nippt an ihrem Tee. Ihre Hände zittern immer noch. »In der Schule wurde ich wegen meines Aussehens gehänselt, und heute sagen die Leute mir das zwar nicht mehr ins Gesicht, aber ich weiß, was alle von mir denken.«

»Charlotte.« Ich schüttle den Kopf. »Was die Leute von

dir denken ist, dass du ein fantastischer, liebenswerter Mensch bist, der …«

»Das mag ja alles sein«, unterbricht sie mich. »Aber tu doch nicht so, als ob nicht selbst ihr, selbst meine besten Freundinnen auf der ganzen Welt, mich manchmal anschaut und denkt: Was für eine absolute Katastrophe sie doch ist.«

»Eigentlich denke ich ni…«

Sie lässt mich nicht ausreden. »Das ist nicht gegen euch gerichtet. Wie auch? Ich bin eine Katastrophe. Ich bin übergewichtig, ich kann mich nicht vernünftig anziehen, und ich habe noch nie im Leben Lippenstift benutzt. Ich wüsste nicht mal, wie man das macht.«

»Wir dachten immer, du würdest dich einfach … wohlfühlen mit deinem Aussehen«, sagt Grace.

»Nein, Grace, das tue ich nicht«, widerspricht sie. »Ich hasse mich.«

»Es wirkt sich schon auf das Selbstvertrauen aus, wenn man mit seinem Aussehen nicht ganz zufrieden ist«, seufzt Valentina. »Manchmal möchte ich gar nicht aus dem Haus gehen, wenn ich mir die Augenbrauen länger nicht gezupft habe.«

Keiner beachtet sie.

»Der Punkt ist doch«, fährt Charlotte fort. »Ich weiß, dass Glücklichsein nicht unbedingt davon abhängt, schlank und hübsch zu sein. Aber ich habe genug Erfahrung damit, dick und unscheinbar zu sein, um zu wissen, dass es das auch nicht bringt. Ich wäre für mein Leben gern so hübsch wie ihr alle.«

Schon will ich meine Beteuerungen wiederholen, als mir klar wird, dass sie recht haben könnte. Zumindest teilweise. Wenn besser auszusehen unserer Freundin mehr Selbstvertrauen geben würde, warum um Himmels willen sollten wir ihr dann nicht dabei helfen?

»Hör mal, Charlotte«, sage ich daher. »Ich finde dich wunderbar, so wie du bist, und alle anderen hier auch. Aber wenn dich das wirklich so beschäftigt, dann helfen wir dir.«

»Was meinst du damit?«, fragt sie.

»Ich meine, wir verpassen dir eine Typveränderung.«

Sie wirkt skeptisch.

»Im Ernst«, rede ich weiter. »Wir helfen dir, fit zu werden, wir zeigen dir, wie du dich frisieren und schminken kannst, wir helfen dir beim Klamottenkaufen – und wobei auch sonst immer du Hilfe möchtest!«

»Charlotte«, juchzt Valentina, »ich mache dich mit Andrew Herbert persönlich bekannt, wenn du willst! Dann siehst du in null Komma nichts aus wie Jennifer Aniston. Hach, ist das aufregend!«

»Ganz so einfach wird es wohl kaum sein«, wendet sie ein.

»Unsinn«, meint Grace. »Du hast ein wunderhübsches Gesicht, aber jeder sieht mit ein bisschen Make-up besser aus.«

»Ich glaube eigentlich, das größte Problem ist mein Gewicht«, sagt sie.

»Na gut, dann gehst du eben zu den Weight Watchers«, schlage ich vor. »Wir könnten ja alle gehen, um dich moralisch zu unterstützen. Das wird dir Spaß machen, Valentina.«

»Könntest du nicht einfach anfangen, dich zu übergeben?« Valentina zieht ein Gesicht. »Bei Princess Di hat das Wunder gewirkt.«

Ich ziehe eine Augenbraue hoch.

»Glaubt ihr wirklich, dass so was helfen würde?«, fragt Charlotte.

»Ja!«, antworten wir wie aus einem Munde, und sie muss kichern.

»O Gott, aber was ist mit diesem Kleid?«, fragt sie. »Es tut mir leid, Georgia, ehrlich.«

»Wovon redest du denn überhaupt?«, erwidert Georgia streng. »Herausforderungen wie diese machen das Leben für eine Schneiderin doch erst lebenswert. Oder, Anouska?«

»Sicher, gar kein Problem«, antwortet die Angesprochene widerstrebend. »Wir kriegen rechtzeitig eins fertig. Kein Problem. Klar.«

Plötzlich hat Charlotte ein Funkeln in den Augen, und etwas später, als ich sie allein erwische, muss ich die Gelegenheit einfach beim Schopfe packen.

»Eines musst du mir aber versprechen. Wenn wir deine Typveränderung erfolgreich durchziehen, dann musst du dich bei Jim ein bisschen anstrengen.«

Dieses Mal lacht sie laut.

»Na gut«, sagt sie in gespielter Verzweiflung. »Wie du meinst, Evie. Ganz wie du meinst!«

31

Liverpooler Innenstadt,
Samstag, 24. März

Ich kenne nur einen Menschen, der es überhaupt in Erwägung ziehen würde, in Cowboyhut und Federboa zu heiraten. Und das ist meine Mutter.

»Ich finde es lustig, du nicht?«, fragt sie sich vor dem Spiegel drehend und wendend.

»Du siehst aus wie J.R. Ewing als Transe«, antworte ich.

Sie verzieht das Gesicht. »Wie bist du nur so spießig geworden?«

»Alle Kinder müssen doch gegen ihre Eltern rebellieren. Spießig zu sein war in meinem Fall die einzige Möglichkeit.«

Sie zerzaust mir die Haare. Das tut sie schon, seit ich denken kann, und wird es vermutlich noch tun, wenn ich Rente beziehe. Früher hat es mich in den Wahnsinn getrieben; inzwischen ist es einfach nur eines von vielen einzigartigen Charakteristika meiner Mutter. Und da es eines der weniger exzentrischen ist und nicht übermäßig viel Aufmerksamkeit bei rechtschaffenen Mitgliedern der Gesellschaft erregt, bin ich zu dem Schluss gekommen, damit leben zu können.

»Hast du schon mal an etwas ein klein wenig *Gesetzteres* gedacht?«, frage ich eingedenk der Brautmodenzeitschrift in der Boutique neulich. Doch im selben Augenblick frage ich mich, warum ich mir überhaupt die Mühe mache. Gesetzt hat sie nicht drauf, meine Mutter. Gestört vielleicht, aber nicht gesetzt.

»Du meinst langweilig«, sagt sie jetzt und durchforstet weiter die Kleiderstangen. »Ach, das hier könnte was sein.« Sie nimmt ein traditionell aussehendes bodenlanges Kleid herunter. Meine Hoffnung steigt vorübergehend.

»Ob es das wohl auch in kariert gibt?«, sinniert sie.

Dieses Jahr noch soll meine Mutter Bob heiraten, mit dem sie seit sechs Jahren zusammen ist.

Zu behaupten, die beiden seien füreinander geschaffen, ist eine Untertreibung. Denn obwohl ich früher meine Mutter für einmalig hielt, könnten sie und Bob nicht besser zueinanderpassen, wenn sie als Paar auf die Welt gekommen wären.

Er ist ein bärtiger Philosophiedozent, der ganzjährig Jesus-Sandalen trägt, die so unmodisch sind, dass nur der Allmächtige persönlich damit durchkäme. Sie ist Yogalehrerin mit einem Faible für Klamotten in einer so beunruhigenden Farbvielfalt, dass manche Leute vermutlich einen epileptischen Anfall riskieren, wenn sie sie zu lange ansehen.

Beide tragen sie ununterbrochen eine derart entspannte Miene zur Schau, dass man immer glaubt, sie hätten verbotene Substanzen geraucht. Wobei ich zwar nicht bezeugen kann, was sie in den Siebzigern getrieben haben; aber ich bin felsenfest davon überzeugt, dass beide einfach so auf die Welt kamen.

Ich werde Bob nie als Vater betrachten, aber ich freue mich, dass er und meine Mutter heiraten. Sie soll glücklich sein, und er würde alles für sie tun – natürlich nur, solange es nicht seiner langen Liste ethischer Überzeugungen im Hinblick auf alles von der Verschmutzung englischer Strände bis hin zur Käfighaltung von Kragenbären in China widerspricht.

Nicht, dass meine Mutter diesen Überzeugungen jemals widersprechen würde; ihre eigene Liste ist ausführlich genug, um die Gelben Seiten zu füllen.

Aber im Laufe der Zeit habe ich erkannt, dass meine Mutter – obwohl sie mir als Kind mehr Linsen vorgesetzt hat, als für jeglichen Verdauungsapparat gut sein kann (ich war zwölf, als ich meinen ersten Hamburger aß), und obwohl ihre Vorstellung von einem Familienurlaub darin bestand, sechs Nächte im Protestlager gegen die Stationierung nuklearer Waffen in Greenham zu campieren – zweifellos eine von den Guten ist.

Mein Vater hingegen, den sie 1972 in einem indischen Ashram kennenlernte, verschwand, als ich zwei war. Manchmal bilde ich mir ein, mich an ihn zu erinnern; aber dann bin ich mir wieder nicht sicher, ob ich mir nicht aus alten Fotos und über die Jahre aufgeschnappten Informationsschnipseln ein Bild von ihm im Kopf zusammensetze.

Ich würde nicht sagen, dass meine Mutter das Thema scheut; aber es kommt selten zur Sprache, und ich möchte sie auf keinen Fall drängen. Es kann nicht leicht sein, wenn der Vater des eigenen Kindes eines Tages einfach das Haus verlässt und niemals wiederkehrt. Offenbar wollte er nur schnell ein bisschen LSD kaufen gehen, was eigentlich schon genug über ihn aussagt. Andere Leute gehen einen Liter Milch holen und kommen nicht zurück. Mein Vater konnte sich nicht mal mit Anstand aus dem Staub machen.

»Weißt du was«, verkündet sie mit skeptischem Blick auf die Kleiderstangen, »ich glaube nicht, dass ich überhaupt ein richtiges Hochzeitskleid will. In diesen Dingern hier würde ich doch nur albern aussehen. Das bin nicht ich.«

»Du hast doch noch nicht mal eins anprobiert.« Jetzt mache ich mir langsam Sorgen. »O Gott, Mum, du willst doch wohl nicht in deiner üblichen Kluft erscheinen, oder? Eins sag ich dir, wenn du einen von deinen lila Mohairpullis und dazu handbemalte Clogs anziehst, dann boykottiere ich diese Hochzeit.«

»Sei nicht so garstig«, schimpft sie, grinst aber dabei.

»Du brauchst etwas ganz *Besonderes*«, beharre ich.

»Es wird auf jeden Fall besonders sein, egal was ich trage. Wen interessiert schon, was ich anhabe, mal ehrlich? Außerdem habe ich zu lange getrödelt. Wahrscheinlich könnten sie nicht mal mehr rechtzeitig eines für mich fertig machen.«

»Das könnten sie bestimmt«, sage ich. »Mach schon, probier doch einfach mal ein paar an. Für mich. Bitte.«

Sie verzieht das Gesicht wie ein Teenager, dessen iPod und Handy gleichzeitig konfisziert wurden. Dann greift sie sich eine Handvoll Bügel von der Stange und trottet damit in eine Umkleidekabine. Die Verkäuferin schenkt mir den gleichen mitleidigen Blick, mit dem Grace oft versehen wird, wenn Polly verrücktspielt.

Meine Mutter probiert fünf Kleider an, und als sie

das sechste schon vor dem Anziehen verwirft, glaube ich allmählich, dass sie recht hatte. Auf den Bügeln sehen sie alle hübsch aus, aber an ihr wirken sie einfach nicht richtig.

Sie sehen alle seltsam aus. Womit ich normal meine. Und normal ist nun mal einfach nicht ihr Stil.

»Sollen wir nicht eine kleine Pause machen?«, schlägt sie hoffnungsvoll vor. »Ach komm schon, Evie. *Bitte?*«

32

Aus praktischen Gründen entscheiden wir uns für eines der Cafés im Nobeleinkaufszentrum Met Quarter, obwohl ich zugeben muss, dass wir zwischen all den dicht gedrängten trendigen Managern und Fußballerehefrauen und Designjunkies etwas deplatziert wirken.

Ich nehme meinen üblichen Cappuccino, während Mum sich einen Kräutertee bestellt, der aussieht und riecht, als hätte jemand seine Socken darin gewaschen. Sie schlägt ihre Zeitung auf, den *Guardian*, den sie jeden Tag kauft, obwohl sie sich seit fünfzehn Jahren darüber beschwert, dass er »zu weit nach rechts abdriftet«. Zudem erwirbt sie auch gewissenhaft den *Daily Echo*, wenn ich auch nach ihrer Frage neulich, ob wir einen frisch veröffentlichten afghanischen Gedichtband rezensiert hätten, den Verdacht hege, dass sie ihn nicht unbedingt so häufig liest.

Ich selbst ziehe eine von Graces alten Hochzeitszeitschriften aus der Tasche und schlage die hintere Innenklappe auf. Dort befindet sich eine Liste von Dingen, die wir schon erledigt haben sollten.

Der Empfang ist organisiert, da können wir wenigstens schon mal einen Haken machen. In gewisser Weise jedenfalls. Die Feierlichkeit findet auf einer Wiese in der Nähe von Mums Wohnung statt, und ihre Freundin Wendy, Inhaberin eines Bioladens, kümmert sich um das Catering. Es wird ein üppiges Festmahl aus Nesselsuppe und Mungbohnenfalafel werden. Ich kann es kaum erwarten.

»Ich vermute mal, es ist Zeitverschwendung, dich zu fragen, ob du die Blumen schon bestellt hast?«, sage ich.

»Das ist doch noch viel zu früh, es sind ja noch drei Monate hin.«

»Zweieinhalb«, korrigiere ich. »Und dieser Checkliste nach müsste man das jetzt erledigen. Allerdings soll man um diese Zeit auch bereits Karten verschickt haben, auf denen man eine baldige Einladung ankündigt. Was soll das denn bringen? Warum lädt man die Leute nicht einfach ein?«

»Kapitalismus«, antwortet sie wissend. »Sie wollen, dass man zweimal Karten kauft. Auf jeden Fall brauchen wir keine Karten. Ich dachte mir, ich sage den Leuten einfach Bescheid, wenn ich sie gerade treffe.«

Mein Mut sinkt, nicht zum ersten Mal heute.

»Mum.« Ich bemühe mich, ganz ruhig zu bleiben. »Das kannst du nicht machen. Ich weiß, dass du es gern nicht zu förmlich hast, aber ich war schon in der sechsten Klasse auf besser organisierten Partys.«

»Du machst dir viel zu viele Gedanken«, sagt sie. »Alles wird gut laufen. Wenn du Einladungskarten verschicken willst, dann bitte. Aber mir ist es egal und Bob sicherlich auch.«

Es ist jetzt schon klar, dass auf dieser Hochzeit Brautjungfer zu sein deutlich mehr Aufwand sein wird als bei Graces Hochzeit. Wobei ich ausreichend Mitstreiterinnen habe, um die Last mit mir zu tragen.

Neben mir selbst hat meine Mutter neun weitere Menschen gebeten, Brautjungfer zu sein, einschließlich Grace (die wahrscheinlich gut auf den zusätzlichen Stress verzichten könnte), Georgia (die sich schon auf ein bisschen hochzeitsfreie Zeit gefreut hatte), Charlotte (die durch Georgias Hochzeitsvorbereitungen schon genug traumatisiert ist) und Valentina (die entzückt ist – hat sie doch wieder eine Starrolle ergattert).

»Hast du in letzter Zeit noch neue Brautjungfern angeworben?«, erkundige ich mich.

»Nein, habe ich nicht. Obwohl mir nicht ganz klar ist, warum dich das so stört. Es wird nett. Je mehr, desto besser.«

»Es stört mich, weil man zwar nicht unbedingt jede Konvention sklavisch einhalten muss …«

»Gott bewahre«, wirft sie ein.

»… das Heiraten aber, falls dir das entgangen sein sollte, eine *Zeremonie* ist und damit per definitionem gewissen Konventionen genügt.«

Sie runzelt die Stirn.

»Damit will ich nur sagen, dass man wenigstens *einige* der Regeln befolgen muss«, schließe ich.

»Gegen welche Regeln verstoße ich denn?«, will sie wissen.

»Eigentlich soll man nur *wenige Leute* als Brautjungfern auswählen«, maule ich. »Meine Freundinnen wären genauso gern als Gäste gekommen. Ich meine, du bist nicht mal zu Graces Hochzeit gekommen.«

»Nur weil Bob und ich in Ägypten waren.«

»Ach ja, euer Ägyptenurlaub ...«

Mum gibt mir durch ihren Gesichtsausdruck zu verstehen, keinen Wert auf eine neuerliche Äußerung meiner Meinung zu diesem Thema zu legen.

»Wir haben ihn genossen, das habe ich dir bereits gesagt«, bemerkt sie.

Warum nicht Ägypten als Urlaubsziel?, könnte man sich fragen. Die Pyramiden, eine Nilkreuzfahrt, das Grab Tutanchamuns. Herrlich.

Nur, dass die Ägyptenreise meiner Mutter keine dieser Sehenswürdigkeiten enthielt und bei Otto Normalpauschalurlauber Herzversagen auslösen würde. Ihre Fahrt wurde von einer Umweltgruppe organisiert und sah vor, dass sie, Bob und ein paar andere gleichgesinnte Wahnsinnige jeden Tag um fünf Uhr morgens aufstanden, um danach sechs Stunden lang Tampons und anderen widerlichen Abfall am Nilufer aufzusammeln. Manchmal mache ich mir Sorgen um meine Mutter.

»Ist ja auch egal«, fährt sie fort. »All deine Freundinnen

haben sich wirklich gefreut, als ich sie gefragt habe. Besonders Valentina. Nettes Mädchen.«

»Das sagst du nicht mehr, wenn sie versucht, dir auf deiner eigenen Hochzeit die Schau zu stehlen«, murmle ich.

Dann gehe ich aufs Klo, und auf dem Rückweg bietet sich mir ein Anblick, der mich leicht beunruhigt. Meine Mutter hat mein Mobiltelefon in der Hand. Der Grund für meine Besorgnis liegt darin, dass Technik und meine Mutter nicht gerade auf gutem Fuß miteinander stehen. Diese Frau hat gedacht, Bloggen hätte etwas mit Abholzung zu tun.

»Ich wollte für dich drangehen«, sagt sie. »Ich dachte, es klingelt. Aber ich glaube, es war doch eins von diesen SMS-Dingern.«

»Lass mich mal sehen.« Ich nehme ihr das Handy ab und kneife die Augen zusammen. Das war bestimmt die Nachrichtenredaktion, die nach mir sucht, weil sie eine Riesenstory für mich haben. Ich kann es spüren.

»Welche Taste hast du gedrückt?«, frage ich.

»Keine!«, protestiert sie.

»Dann ist ja alles gut«, sage ich immer noch mit einem etwas unguten Gefühl. Doch ich stecke mir das Telefon in die Tasche meiner Jeansjacke.

Sie zögert. »Na gut, vielleicht habe ich irgendwo draufgedrückt«, gesteht sie schuldbewusst.

Vorwurfsvoll ziehe ich eine Augenbraue hoch.

»Ich wollte es nicht, ich wollte nur für dich drangehen.«

»Okay. War da eine Textnachricht?«

»Ja.«

»Weißt du noch, was da stand?«

»Ähm, irgendwas von einer Hochzeit, von jemandem namens John. Nein, sorry, Jack. Genau, Jack. Es war definitiv Jack.«

33

Ich spucke fast meinen Kaffee wieder aus.

Seit Graces Hochzeit sind Wochen vergangen, und ich habe von Jack weder etwas gehört noch gesehen. Das hatte ich auch nicht erwartet, nachdem er und Valentina wieder getrennter Wege gehen. Wobei ich eher an den Weihnachtsmann glaube als daran, dass sie ihn abserviert hat.

Aber eines ist sicher: Ich denke immer noch an ihn. Was wirklich ein bisschen ärgerlich ist. Wenn ich mich zum Beispiel an den Tisch setze, um einen Artikel zu Papier zu bringen, dann sehe ich ihn plötzlich vor mir. Mit seinen dunkelbraunen Augen und den breiten Schultern und der glatten Haut und … na ja, wenn man in zwanzig Minuten eine Deadline hat, kann einen das schon aus dem Konzept bringen.

Noch ärgerlicher ist aber eine andere Überlegung: Dass Jack und Valentina nicht mehr zusammen sind, stellt eben doch ein Problem dar. Wie ich Charlotte schon erklärte, war Valentina die einzige Verbindung zwischen ihm und mir.

Die Folge davon ist, dass ich seitdem unverhältnismäßig viel Zeit damit verbringe, mir alle möglichen Szenarien auszumalen, wie wir einander ganz »zufällig« begegnen könnten.

Könnte ich zum Beispiel nicht einen Sonderbeitrag über seine Arbeit für meine Zeitung schreiben? Das habe ich als unmoralisch verworfen. Ich kann nicht allein deshalb Sonderbeiträge über Entwicklungshilfeorganisationen schreiben, weil ich regelmäßig schamrot aus Träumen über deren Geschäftsführer aufwache. Außerdem wäre das zu offensichtlich.

Wie wäre es dann, wenn ich Valentinas Tennisklub beiträte? Das musste ich aus praktischen Gründen verwerfen. Ich könnte niemals zur Tat schreiten, wenn sie immer im Hintergrund herumschwirrt und mehr Fleisch zeigt als ein Bikinimodel. Außerdem wäre das zu offensichtlich.

Und wenn ich mich einfach in dem Café in der Nähe seines Büros herumdrücke? Das habe ich verworfen, weil es zu stark dem Verhalten einiger meiner Exfreunde ähnelt. Außerdem wäre das zu offensichtlich.

Nachdem ich also unerfreulich viel Zeit damit verbracht habe, mich in ausgefeilte Ideen zu vertiefen, wie ich Jack treffen könnte, tue ich immer noch genau das: mich vertiefen. Um genau zu sein, bin ich so vertieft, dass ich schon fast Kopfweh kriege. Und jetzt das: eine SMS von ihm persönlich. Nur, dass meine Mutter das verdammte Ding leider gelöscht hat.

»Könntest du bitte noch mal nachdenken, was genau darin stand?«, bitte ich, bemüht, nicht zu verzweifelt zu klingen.

»Ach, ich weiß es doch auch nicht. Irgendwas mit einer Hochzeit – das war's. Ich wollte im Text weiter nach unten blättern, wie man das bei einem Computer macht, aber dann war alles verschwunden. Blödes Gerät, wenn du mich fragst. Vielleicht hat es einen Defekt.«

»Dein gesunder Menschenverstand hat einen Defekt, sonst nichts«, seufze ich. »Denk noch mal nach, Mum, ja? Das ist jemand, den ich auf Graces Hochzeit kennengelernt habe. Hilft das weiter?«

»Nicht so ganz«, meint sie vage. »Da stand was von Georgia und Petes Hochzeit.«

Georgia und Petes Hochzeit. Warum sollte Jack mir deswegen eine SMS schicken?

»Ist das dein neuer Freund?«, fragt sie.

»Nein«, antworte ich mürrisch.

»Du solltest dich wirklich mal etwas locker machen. Manchmal wirkst du furchtbar gestresst, Evie. Warum kommst du nicht mal mit mir zum Reiki?«

Ich durchforste mein Adressbuch auf der Suche nach Georgias Eintrag. Als sie abhebt, ist der Lärm im Hintergrund so groß, als spräche sie aus dem Inneren eines Staubsaugers.

»Wie geht es dir?«, fragt sie fröhlich. »Ich hoffe, du hältst dich an deine Schönheitskur – ich will keine Pickel auf meinen Hochzeitsfotos.«

»Vor lauter Peeling sind meine Wangen schon ganz

wund«, versichere ich ihr. »Aber wo bist du eigentlich? Ich kann dich kaum verstehen.«

»Ein letzter Kontrollbesuch zu den Veranstaltungsräumen«, ruft sie. »Was du da hörst, ist der Helikopter.«

Georgia heiratet in einem exklusiven, versteckten Hotel auf der am abgeschiedensten liegenden der Scilly-Inseln vor der Küste Cornwalls. Was sicherlich zauberhaft wird, als Ort aber offenbar etwas unpraktisch zu erreichen ist, wenn man eine Hochzeit zu organisieren hat.

»Dann mache ich es kurz«, sage ich. »Kannst du dir vorstellen, warum der Typ, den Valentina zu Graces Hochzeit mitgebracht hat, mir eine SMS bezüglich deiner Hochzeit schickt?«

Doch wieder wird sie vom Lärm der Rotorblätter übertönt.

»Bist du noch dran, Georgia?«, rufe ich. Die Frau am Nebentisch ist sicher begeistert, dass ich hier rumbrülle, während sie in Frieden ihre Tasse Kaffee trinken möchte. »Georgia, ich kann dich nicht verstehen!«

»Jetzt hör ich dich wieder«, schreit sie zurück. »Ich komme mir vor wie in *Apocalypse Now*. Was hast du gesagt?«

»Ich sagte, kannst du dir vorstellen, warum der Typ, den Valentina zu Graces Hochzeit mitgebracht hat, mir eine SMS bezüglich deiner Hochzeit schickt?«

»Du meinst Jack Williamson?«, fragt sie.

»Genau den.«

Kurze Pause. »Keine Ahnung«, kommt es dann.

Na super. Meine Mutter hat sich geirrt.

»Ich meine, ich habe keine Ahnung, warum er *dir* eine SMS schicken sollte«, ergänzt sie. »Aber zur Hochzeit kommt er auf jeden Fall.«

34

In meinem Kopf dreht sich alles. Warum bloß sollte Jack zu Georgias Hochzeit eingeladen sein, wo die Sache zwischen ihm und Valentina doch vorbei ist?

»Warum kommt er denn?«, frage ich Georgia. »Ich meine, du kennst ihn doch kaum.«

»Er und Pete sind seit Graces Hochzeit praktisch jedes Wochenende zusammen zum Rugby gegangen«, erklärt sie mir. »Oh, Moment mal, die Verbindung ...«

Wieder erstirbt ihre Stimme. Mit zitternden Fingern lege ich das Handy auf den Tisch.

»Weißt du jetzt Bescheid?«, will meine Mutter wissen.

»Noch nicht ganz.« Ich fange an, selbst eine SMS zu tippen.

»Hast du Jacks TelNr? Habe morgen Themenplanungssitzung und muss Art. zu Entwickl.hilfe schreiben.«

Ich drücke Senden und jage den Text an Georgias Verlobten Pete raus. Dann nehme ich einen Schluck Cappuccino, der inzwischen fast kalt ist.

Es dauert schier endlos, bis er endlich antwortet und mir die Handynummer gibt. Unten hängt noch ein PS: *Themenplanung? Wohl eher Familienplanung!*

Unverschämtheit. Ich widerstehe der Versuchung, ihm mitzuteilen, dass *ich* ja wohl nicht angefangen habe mit den SMSen. Aber ich habe den Verdacht, das könnte weniger cool rüberkommen, als ich gerne erscheinen möchte. Nun, da ich diese Telefonnummer habe, fühle ich mich wie Indiana Jones, als er den verlorenen Schatz gefunden hat. Ich habe bekommen, was ich wollte, aber jetzt überhaupt keinen Plan, was ich damit anfangen soll.

Ich überlege mir eine Nachricht.

Kleines technisches Problem. Könntest du Text bitte noch mal schicken?

O nein. Viel zu praktisch. Fast reserviert. Damit würde ich doch eine Chance vertun.

Könntest du Text noch mal schicken? Er war so gut, dass ich ihn zweimal lesen will!

Gott, nein. Noch ausgelatschter geht es ja wohl kaum.

Konnte Text nicht lesen … will aber unbedingt. Kann ich noch einen haben?

Das hört sich alles nicht gut an, aber einen muss ich nehmen. Widerstrebend entscheide ich mich für Version eins, obwohl ich das im selben Moment schon bereue. SMS wurde zum Flirten erfunden, aber die, die ich gerade abgeschickt habe, wird seinen Pulsschlag ungefähr so stark beschleunigen wie ein Wahlkampfspot.

»Tja, sollen wir dann mal los?«, lässt sich meine Mutter vernehmen. Sie faltet ihre Zeitung zusammen und legt sie auf den Tisch. »Ich weiß ja nicht, wie es mit dir steht, aber mir reicht es für heute mit Hochzeitskram.«

Wenn ich eine bessere Brautjungfer – und Tochter, nebenbei bemerkt – wäre, dann würde ich jetzt protestieren und darauf bestehen, dass sie ihre Suche nach dem perfekten Kleid fortsetzt. Aber ich habe momentan anderes im Kopf.

»In Ordnung.« Ich springe vom Stuhl auf. »Das geht auf mich.«

Ich stehe an der Theke und warte auf mein Wechselgeld, als mein Handy vibriert. Auf den ersten Blick sehe ich, dass die SMS von ihm ist.

Wollte nur wissen, ob du am 8. im Dienst bist zum Hübschaussehen und Trommelfellezerstören?

Mir wird sofort bewusst, dass ich lächle und dass die mit Designertüten beladene Frau neben mir mich ansieht, als gehörte ich hinter Gummiwände. Ich drehe ihr den Rücken zu und tippe auf meinem Handy herum.

Du hattest doch versprochen, das nie wieder zu erwähnen. Ich gehe auf Senden, halte aber inne. Seine Nachricht hatte eindeutig einen flirtenden Unterton, also sollte ich ein bisschen Druck machen. Ich füge hinzu: *Ich verzeihe dir – ein letztes Mal.*

Nicht zu frivol, aber leicht kokett, glaube ich. Während ich mir das Handy wieder in die Jacke stopfe, kann ich nicht aufhören zu grinsen. Auf dem Weg zurück zu meiner Mutter vibriert es wieder in meiner Tasche.

Gut. Möchte nicht bei dir auf der Abschussliste stehen. Sehen uns auf der Hochzeit (freue mich schon).

Ausgezeichnet. Noch deutlicher geflirtet. Super – und was antworte ich jetzt?

Am besten erst mal einen Rohentwurf verfassen. Um

sicherzugehen, dass ich auch wirklich das Richtige schreibe. Doch aus irgendeinem Grund fällt mir absolut nichts ein. Also denke ich mir Fantasieantworten aus, die ich nie und nimmer schicken möchte, die mir aber vielleicht dabei helfen, den passenden Text zu finden.

Ich mich auch. PS: Trägst du dieses Mal MICH ins Bett?

Leise kichere ich in mich hinein und fange an, das wieder zu löschen. So weit gehe ich auf gar keinen Fall. Trotzdem amüsanter Gedanke. Genau in diesem Augenblick aber unterbricht mich eine allzu vertraute Stimme.

»Evie! Langsam fange ich an zu glauben, du verfolgst mich!«

35

Es IST GARETH. Schon wieder. Ich sage schon wieder, weil ich ihm seit Graces Hochzeit inzwischen drei Mal in die Arme gelaufen bin, was mir ungefähr so angenehm ist, wie eine Röhrenjeans in Größe 26 zu tragen.

»Hallo, Gareth«, sage ich mutlos.

»Hi! Mrs Hart«, fügt er hinzu, grinst und streckt meiner Mutter die Hand hin. »Ich habe schon so viel von Ihnen gehört.«

»Um genau zu sein Miss Hart.« Sie lächelt und schüttelt ihm die Hand.

Ein betretenes Schweigen entsteht.

»Das ist Gareth, Mum«, stelle ich ihn widerstrebend

vor. »Er arbeitet bei Bob an der Uni. Er macht die Verwaltung.«

»Das ist viel mehr als Verwaltung«, verbessert er mich.

»Oh, tut mir leid«, sage ich. »Ich meinte damit nicht … tut mir leid.«

Wieder betretenes Schweigen.

»Und wie geht's dir so, Evie?«, fragt er wieder grinsend. »Du siehst wirklich super aus.«

Ich bekomme kein »Du auch« über die Lippen, denn traurigerweise könnte nichts weiter von der Wahrheit entfernt sein. Gareth hat einen bösen Ausschlag auf der Stirn und sich so lange nicht rasiert, dass er aussieht wie Tom Hanks in der letzten halben Stunde von *Cast Away – Verschollen.*

»Ähm, danke, Gareth«, sage ich also.

»Meine Glückwünsche zur bevorstehenden Vermählung, *Miss* Hart«, wünscht er.

»Oh, vielen Dank auch. Kommen Sie denn auch zur Hochzeit?«, fragt sie unschuldig. Ich bemühe mich, nicht hörbar aufzustöhnen.

»Wenn ich eingeladen bin«, strahlt er.

O mein Gott. Ich weiß schon, was jetzt kommt.

»Dann betrachten Sie sich doch als eingeladen«, meint Mum fröhlich.

Würde sie ihren Lebensunterhalt nicht mit Yoga-Unterricht verdienen, würde ich ihr jetzt sehr fest gegen das Schienbein treten. Als ahnte sie meine finsteren Gedanken, verkündet sie, noch schnell in den Bioladen zu müssen.

»Mir ist das Ginkgo Biloba ausgegangen. Dauert nicht

lang.« Weg ist sie – und Gareth fragt sich eindeutig, welche Sprache sie eigentlich gesprochen hat.

»Evie, wir haben immer noch kein vernünftiges Gespräch über unsere Beziehung geführt«, fängt er an, und seine Stirn legt sich in Falten.

Ich weiß nicht, wohin ich fliehen soll.

»Das stimmt«, sage ich, »aber ich bin mir einfach nicht so sicher, ob da noch viel zu besprechen ist.«

»Ich habe mir viele Gedanken darüber gemacht und, na ja, du hast immer gesagt, du kannst dich schlecht binden. Also bin ich zu dem Schluss gekommen, dass ich dir helfen möchte.«

Die Vorstellung ist ungefähr so reizvoll, wie Mundfäule mit Essigessenz zu behandeln. Ich versuche, mich nicht aus der Fassung bringen zu lassen.

»Gareth, jetzt hör mal. Es gibt nichts, was du tun könntest. So bin ich einfach. Ich bin noch nicht bereit für eine feste Bindung.«

»Aber du bist *fast dreißig*«, sagt er.

»*Doch erst in drei Jahren!*«, kreische ich.

Der Hundewelpenblick ist wieder da und jetzt so kummervoll, dass ich überzeugt bin, er hat Nachhilfe bei einem Basset genommen.

»Ich fände es einfach furchtbar, wenn jemand wie du keinen abbekommt«, erklärt er mir.

Ich bin versucht, mich zu erkundigen, ob er ernstlich glaubt, so ein Kommentar wäre seinem Anliegen dienlich. Aber in Anbetracht der Tatsache, dass seine Unterlippe zu beben beginnt, verzichte ich darauf.

»Ich weiß, dass ich dir wehgetan habe, Gareth«, sage ich sanft.

»Das hast du, Evie, das hast du wirklich.«

»Und es tut mir leid«, fahre ich fort. »Es tut mir ehrlich, ehrlich leid. Ich bin eine Idiotin. Du bist ein toller Mann. Eines Tages wirst du jemanden finden, der dich verdient hat. Bestimmt.«

»Aber ich hatte wirklich das Gefühl, dass uns beide etwas verbunden hat«, wendet er ein.

Ich weiß nicht, wie ich es noch deutlicher machen kann.

»Es tut mir leid, Gareth. Dass ich dir wehgetan habe, dass ich keine Beziehung mit dir haben kann. Es tut mir einfach total leid.«

Gerade will er etwas erwidern, da sehe ich meine Mutter wieder auf uns zukommen.

»Da ist meine Mutter«, sage ich. »Ich muss sie wirklich nach Hause bringen, es fängt an zu regnen.«

»Du hast doch einen Schirm.«

»Ähm, ja, stimmt. Aber sie hat eine *Störung.*« Ich beuge mich vor und flüstere es ihm zu.

»Eine Störung?« Er sieht mich zweifelnd an. »Was für eine Art von Störung?«

»Sie dreht einfach völlig hohl, wenn sie in Berührung mit Regenwasser kommt. Das nennt sich, ähm, *Gremlin-Syndrom.*«

Er zieht die Stirn kraus. »Was, wie in dem Film?«

»Ganz genau. Kein schöner Anblick. Ich möchte auf keinen Fall, dass du das miterleben musst.«

Noch bevor er mich weiter dazu befragen kann, hat meine Mutter uns endlich erreicht.

»Na dann, alles erledigt«, verkündet sie fröhlich und hält ihre Einkaufstasche hoch.

Gareth macht zur Sicherheit einen Schritt rückwärts.

»Schade, dass wir uns nicht noch länger unterhalten können«, rufe ich und zerre meine Mutter weg.

»Tschüss, Evie«, ruft er mit besorgter Miene zurück. »Wir sehen uns dann auf der Hochzeit.«

Mist, Mist, Mist.

»Mum, hast du eine Ahnung, was du gerade getan hast?«

»Was denn?«

»Das war jemand, mit dem ich mal zusammen war. Er ist so ungefähr der letzte Mensch, dem ich auf deiner Hochzeit begegnen will.«

Die Neuigkeit scheint sie nicht besonders zu berühren. »Ich fand ihn nett«, sagt sie.

»Du findest jeden nett«, merke ich an.

Sie zieht die Brauen zusammen. »Du bist doch diejenige, die mal mit ihm zusammen war.«

Bei dem Gedanken dreht sich mir der Magen um. »Stimmt«, entgegne ich grimmig.

»Ist ja auch egal. Aber dass du dich von jemandem getrennt hast, bedeutet ja nicht, dass man nicht befreundet bleiben kann.«

»Ja, ich weiß«, behaupte ich, obwohl es mir bisher gelungen ist, diese Theorie umfassend zu widerlegen.

Plötzlich fällt mir ein, dass diese Ablenkung mich davon

abgehalten hat, auf Jacks SMS zu antworten. Dieser Gedanke muntert mich sofort wieder auf. Ich hole das Handy aus der Jacke, um meine Nachricht noch einmal durchzulesen, aber beim Blick auf das Display wird mir schlecht. Da steht Nachricht gesendet.

Ach du … grüne Neune. Ich hab den Rohentwurf geschickt. Jetzt wird er mich für so ein Flittchen halten, dass Katie Price dagegen wie eine Sonntagsschullehrerin wirkt. Ich muss ihm sofort noch eine SMS hinterherschicken und das erklären. Aber wie zum Teufel soll ich das erklären?

In heller Panik tippe ich einen neuen Text. *Sorry – war ein Witz. Bin keine Nymphomanin, Ehrenwort!* und drücke sofort auf Senden.

Ein paar Minuten später kommt seine Antwort. Nur ein Satz.

Bemühe mich, nicht zu enttäuscht zu sein.

36

Grace und Patricks Haus in Mosley Hill, Liverpool
Freitag, 30. März

GRACE IST WIEDER der Schweiß ausgebrochen. Nicht die zarte, schimmernde Sorte, die man in der Deo-Werbung sieht. Mehr die rotgesichtige, Haare an den Kopf klatschende Sorte.

»Ich wünschte, ich wäre wieder auf den Malediven«, stöhnt sie und wühlt unter dem Bett nach ihren Schuhen. »Mit dem geruhsamen Tempo dort könnte ich gut leben.«

»Kann ich irgendwie behilflich sein?« Ich werfe einen Blick auf die Uhr. Bis wir endlich ankommen, sind die Mädels längst zu Tequila und männlichen Strippern übergegangen.

»Äh, ja.« Sie wirft sich ihr Top über. »Bestimmt. Lass mich überlegen … genau, geh doch und frag Polly, ob sie meine Schuhe gesehen hat. Die mit den Diamanten darauf.«

Polly ist unten und sieht sich Sponge Bob an. Sie ist so gefesselt, dass man mindestens eine Invasion von Aliens im Wohnzimmer bräuchte, um ihre Aufmerksamkeit zu erringen.

»Hallo, Polly. Wie geht's dir denn?«, frage ich.

»Gut«, gibt sie zurück, ohne auch nur zu blinzeln.

»Hast du die Schuhe deiner Mama gesehen? Die mit den Diamanten darauf?«

»Nein«, sagt sie. Ich erkenne kaum eine Lippenbewegung.

»Bist du sicher?«

»Hmm, ja.«

»Gut.« Ich weiß nicht, was ich jetzt machen soll.

»Evie«, meldet sie sich, als ich schon halb wieder aus dem Zimmer bin. »Warum haben die Diamanten drauf?«

Aha, das klingt doch schon ganz anders.

Warum ist eines von Pollys derzeitigen Lieblingswörtern, neben *Was?* und *Wo?* und allem anderen, was eine Frage einleitet. In letzter Zeit werden von der ersten bis zur letzten Minute eines Tages Grace, Patrick und jeder andere, mit dem sie in Kontakt kommt, mit Fragen bombardiert. Fragen, Fragen und noch mehr Fragen. Das FBI könnte bei ihr Unterricht nehmen.

Heute Abend haben wir bereits diverse Themen abgedeckt, unter anderem Religion: *Warum macht Gott Menschen und lässt sie dann wieder sterben?*

Darauf muss man erst mal eine Antwort finden, wenn man gerade mit dem Eyeliner hantiert.

Physik: *Was kommt nach den Wolken im Himmel?* Mathe: *Wie viele Zahlen gibt es?* Konfliktforschung: *Wann haben die Kriege angefangen?* Kino: *Warum wurde Simba, der Löwenkönig, geboren?* Sexualkunde: *Warum wurde ich geboren?* Und zusätzlich eine Fülle an Vermischtem, beispielsweise: *Wer würde einen Kampf zwischen Superman und King Kong gewinnen?* und *Warum hat Mrs Harris* (ihre Kindergärtnerin) *einen Schnurrbart, obwohl sie eine Frau ist?*

Laut Graces Mutter ist das ein Beweis für ihren »wachen Verstand«.

»Ich glaube, die sind nur als Schmuck darauf, nur damit die Schuhe hübsch aussehen«, sage ich.

»Warum müssen sie hübsch aussehen?«, will sie wissen.

Ich sehe schon, dieses Gespräch hat das Potenzial zu einer langen, philosophischen Debatte, und da das Taxi für halb acht bestellt ist, bleibt uns vermutlich nicht genug Zeit.

Als ich mich oben nach Graces Fortschritt erkundigen will, schleudert sie gerade wahllos Plunder aus den Tiefen ihres Kleiderschranks heraus. Alte Bügel, Plastiktüten voller Strumpfhosen, eine Schachtel mit angebrochenen

Feuchtigkeitscremes und eingetrocknetem Make-up sowie ungefähr sechs Paar Schuhe, von denen eines tatsächlich von Spinnweben überzogen ist. Alles auf einen Haufen getürmt, erinnert es an die gammelige, hinterste Ecke eines Flohmarkts.

»Mist«, sagt sie plötzlich, »kannst du mal nach meinem Lockenstab sehen?«

Der Lockenstab hat schon ein Loch in die Frisierkommode gebrannt und verströmt die Art von Aroma, die man von einem rostigen Grill kennt. Ich rette, was zu retten ist, da hört man Patrick von unten rufen.

»Soll Scarletts Po so aussehen?«

Grace atmet tief ein und rennt nach unten, gefolgt von mir. Ich bin nicht sicher, was ich zur Klärung dieser Frage beitragen kann, aber immerhin bringt es uns näher zur Haustür.

»Hmmm«, macht Grace über das Corpus Delicti gebeugt. »Sie ist ein bisschen wund von der Windel. Lass sie fünf Minuten trocknen und schmier dann dick Sudocrem drauf.«

»Alles klar.«

»Du bist offensichtlich nicht so vertraut wie ich mit den gesammelten Werken von Miriam Stoppard, sonst hättest du das gewusst«, fügt sie hinzu.

Sie meinte das eindeutig scherzhaft, doch ich bemerke trotzdem, dass Patrick ihr einen Blick zuwirft – einen beinahe bösen. Es ist die Art von Gesichtsausdruck, mit dem Valentina Verkäuferinnen bedenkt, die es wagen, ihr etwas Größeres als 36 in die Umkleidekabine zu reichen. Und so einen Blick habe ich bei Patrick noch nie gesehen, besonders nicht Grace gegenüber.

»Bist du sicher, dass wir noch Sudocrem haben?«, ruft er Grace in die Küche nach.

»Ja«, ruft sie zurück. Endlich hat sie auch ihre Schuhe gefunden.

»Ganz sicher?«, fragt er.

»Ja-ha.«

»Weil hier keine ist.«

»Doch.«

»Nein, hier ist keine«, entgegnet er energisch.

»Doch, da ist welche. Ich habe letzte Woche welche gekauft.«

»Dann musst du sie woanders hingetan haben.«

»Nein, habe ich nicht.«

»Musst du aber«, beharrt er, »weil sie nicht hier ist.« Seine Miene hat sich jetzt so verfinstert, dass er jetzt weniger an einen Firmenanwalt als an einen Militärdiktator erinnert.

Ich weiß, es ist nur ein harmloser Ehedisput, aber ich stehe hier vollkommen sprachlos, weil es so gar nicht zu Patrick und Grace passt. Sie streiten einfach nicht. Normalerweise jedenfalls nicht. Aber *irgendetwas* geht hier vor, so viel ist sicher, denn Patrick strahlt genug Feindseligkeit aus, um einen Eheberater bis Weihnachten auf Trab zu halten.

Jetzt marschiert Grace ins Wohnzimmer, schiebt ihn beiseite und wühlt durch die Windelbox, bis sie ein Töpfchen Sudocrem auftut.

»Ach so«, sagt er. »Mir war nicht klar, dass du von dem Zeug sprichst.«

»Und die Tatsache, dass in großen Lettern *Sudocrem* seitlich auf der Dose steht, fandest du nicht verräterisch?«, forscht sie nach. Wieder ist es ein unbekümmerter Witz, solche reißen die beiden normalerweise andauernd.

Doch Patrick sieht das nicht so. Er murmelt etwas Unverständliches und verlässt das Zimmer. Diplomatisch verzichtet Grace darauf, um Wiederholung zu bitten. Wie sich herausstellt, ist das auch nicht nötig.

»Mami«, fragt Polly, »was bedeutet auf den Sack gehen?«

37

Alles in ordnung zwischen dir und Patrick?«, frage ich, als wir schließlich im Taxi sitzen.

»Ach, Gott, ja«, winkt sie ab, während sie versucht, in voller Fahrt das Werk mit dem Lockenstab zu vollenden. Im Augenblick sind die Haare nur halb fertig, was bedeutet, dass eine Hälfte so glatt wie gebügelt ist und die andere aussieht wie von Leo Sayer transplantiert. »Er ist nur zurzeit ein bisschen brummig, das ist alles. Nichts Großes. Ach, Mist.«

Graces BlackBerry klingelt, weswegen sie mir die Lockenschere wie einen Staffelstab in die Hand drückt und das Gerät aus ihrer Tasche gräbt. Sie betrachtet die Nummer auf dem Display und stößt ein langes Seufzen aus.

»Das ist Adele«, sagt sie niedergeschlagen. Ihre Chefin.

»Dann geh doch nicht dran«, schlage ich vor.

Sie zögert, beißt sich so heftig auf die Lippe, dass man glauben könnte, sie ränge mit einem moralischen Dilemma globaler Dimension.

»Ich muss«, sagt sie schließlich.

»Nein, tu's nicht! Das ist ein Junggesellinnenabend. Du solltest Kellnern nachpfeifen und dich so betrinken, dass du den Namen deines eigenen Mannes nicht mehr weißt. Das ist jetzt nicht der Zeitpunkt, um mit deiner Chefin zu sprechen.«

Wieder beißt sie sich auf die Lippe und blickt aus dem Fenster. Ich weiß genau, was sie tun wird.

»Hallo, Adele«, grüßt sie freundlich ins Telefon. »Ah, klar. Ach, tut mir leid. Tja, also ich war diese Woche jeden Abend lange im Büro und …« Sie hört zu. »… aber ich dachte, ich hätte dir den Bericht gegeben …« Wieder eine Pause. »… ach so, wenn er nicht richtig war … Ja. Gut, ja. Verstehe. Ich sehe mal, was ich machen kann.«

Sie nimmt das Telefon vom Ohr und stößt einen weiteren tiefen Seufzer aus.

»Was denn?«, frage ich.

»Ich muss zurückfahren.«

»Warum?«, quängele ich. »Grace, es ist acht Uhr an einem Freitagabend. Was soll so wichtig sein, dass das nicht noch warten kann?«

»Ach, nur ein Bericht, um den sie gebeten hatte – ich will dich nicht mit Details langweilen. Aber ich muss heute Abend noch etwas anderes für sie erledigen.«

Schon lehnt sie sich zum Taxifahrer vor, um ihm die Richtungsänderung mitzuteilen. Ich muss einschreiten. Glücklicherweise bin ich schneller als sie.

Ich beuge mich zur Seite und schnappe mir ihren BlackBerry.

»Was machst du da?«, fragt sie.

Ich öffne das Taxifenster und strecke meinen Arm mit dem Gerät weit heraus, während der Wind vom Mersey her vorbeifegt.

»Evie, was machst du denn da?«, schreit sie. »Weißt du, was die Dinger kosten?«

»Ja«, lüge ich. Meine Kenntnisse und mein Interesse für diese Managerspielzeuge sind ungefähr so ausgeprägt wie die für Maschinenbau.

»Und das ist mir völlig egal«, ergänze ich. »Versprich mir, dass du nicht zurückfährst.«

»Evie, jetzt komm schon«, bettelt sie. »Gib mir das. Das ist Firmeneigentum!«

»Versprich es mir«, fordere ich streng.

»Das kann ich nicht – die feuern mich.« Jetzt wimmert sie fast.

»Hältst du das wirklich für wahrscheinlich? Ich meine, wie viele andere Angestellte haben sie, die auch nur in *Betracht* ziehen würden, einen Junggesellinnenabend zu verlassen, um einen Bericht zu schreiben?«

Sie zuckt die Achseln.

»Also«, sage ich. »Versprich es mir.«

»Und was zum Teufel sage ich Adele?«

»Moment.« Ich hole den BlackBerry zurück ins Auto.

»Ich schreibe eine Mail für dich. Im Ernst, überlass das nur mir.«

Sie verdreht die Augen und schüttelt den Kopf. aber wenigstens kann sie langsam die komische Seite an der Sache sehen.

Liebe Adele, tippe ich. »Am besten bleiben wir erst mal vage«, erläutere ich Grace. *Familiärer Notfall*, geht mein Text weiter. *Erkläre alles am Montag. Tut mir sehr leid, aber ich kann dir nicht bei dem Bericht helfen. Grace.* »Na bitte, perfekt.«

»Und was sage ich ihr am Montag?«, will Grace wissen.

Ich hebe kurz die Schultern.

»Du hast zwei Tage Zeit, um dir was zu überlegen. Muss ich hier alles allein machen, oder was?«

38

ALS GEORGIA sich für das *Simply Heathcotes* als Startpunkt für ihren Junggesellinnenabend entschied, war ich etwas skeptisch, wie ich zugeben muss.

Es ist eines der besten Restaurants in Liverpool, untergebracht in einem bombastischen Gebäude aus Glas und Granit im Herzen der Stadt. Und während ich nicht behaupten möchte, dass die weltgewandten Großstädter, distinguierten Paare und auswärtigen Gäste betont spaßfeindlich aussehen, weiß ich doch, dass ich an ihrer Stelle nicht gerade hocherfreut wäre, in direkte Nachbarschaft zu einem Junggesellinnenabend platziert zu werden.

Doch als Grace und ich an diversen Tischen vorbei in einen separaten Raum im ersten Stock gebracht werden, ist klar ersichtlich, dass wir diskret verstaut werden – und damit das Niveau im restlichen Teil des Etablissements nicht senken. Was eine gute Idee ist. Denn bei unserem Eintreten packt Georgia gerade ein Geschenk aus: einen fünfundzwanzig Zentimeter lagen, knallblauen Vibrator, der auf den ersten Blick eher aussieht wie Darth Vaders Laserschwert.

»Wir dachten schon, ihr schafft es überhaupt nicht mehr!«, ruft sie, krampfhaft bemüht, das »Fahranfänger«-Schild, das vorne an ihrem Kleid festgesteckt ist, aus ihrer Suppe zu halten.

Heute mag zwar Georgias Abend sein, doch da ist noch eine Junggesellin, von der unsere Augen unwiderstehlich angezogen werden. Charlotte. Okay, ich durfte schon vorab einen Blick riskieren, als ich mit ihr zusammen den Tag bei einer Mammut-Shoppingtour, gefolgt von einem Termin beim Friseur verbracht habe. Aber jetzt ist ihr Look komplett – mit freundlicher Unterstützung einer der berühmten Valentina-Schminksessions –, und sie sieht schlicht und ergreifend umwerfend aus.

»Ich glaube, ich spinne«, sage ich. »Charlotte, was ist denn mit dir passiert?«

»Sagenhaft, nicht?«, meint Valentina voller Bewunderung für ihr Werk.

»Du siehst unglaublich aus. Ehrlich.«

Charlotte errötet. »Danke«, sagt sie lächelnd.

Zu ihrem fantastischen neuen Haarschnitt und Valentinas Make-up trägt sie eine ultra-feminine himbeerfarbene Jacke, die ihr beneidenswertes Dekolleté zur Geltung bringt. Wie ich zu ihr sagte, als ich ihr beim Aussuchen half: Niemand könnte das besser beurteilen als ich, da ich ungefähr so üppig bin wie ein Windhund.

»Sie sieht toll aus«, sagt Grace, als wir uns auf den beiden für uns reservierten Plätzen am anderen Ende des Tisches niederlassen. »Wie läuft es mit ihrer Diät?«

Ich schiele zu Charlotte rüber und stelle fest, dass sie sich für einen Salat entschieden hat. Zwar ist sie zu weit weg, um es genau erkennen zu können, aber ich gehe jede Wette ein, dass sie extra wenig Dressing bestellt hat.

»Sie steht noch ganz am Anfang«, erzähle ich. »Aber in der ersten Woche bei den Weight Watchers hat sie sich sehr gut gemacht.«

Um genau zu sein, ist das noch untertrieben. Charlotte hat mich geradezu beschämt. Sie hat drei Kilo abgenommen und wurde von den anderen Teilnehmern mit donnerndem Applaus und einem Päckchen zuckerfreien Lakritzkaubonbons belohnt. Ich hingegen habe 0,2 Pfund abgenommen und wurde von der Leiterin mit einem skeptischen Blick belohnt, als ich sagte, ich könne mir das nicht erklären, da ich mich gewissenhaft an den Plan gehalten habe. Das indische Curry aus dem Imbiss, das ich am Donnerstag zu meiner *Lost*-DVD gegessen habe, ließ ich wohlweislich unerwähnt.

»Drei Kilo in sieben Tagen«, fahre ich fort. »Und noch

kein Anzeichen von Ermüdung. Wenn sie so weitermacht, dann rechnet sie demnächst noch die *FlexPoints* von Sauerstoff aus.« Ich strahle die anderen an. Dann wende ich mich an Grace.

»Ich hatte noch gar keine Gelegenheit, dir zu erzählen, was passiert ist«, flüstere ich ihr ins Ohr.

»Was denn?«

»Rat mal, wer mir eine SMS geschickt hat.«

»Wer?« Sie schmiert sich Butter auf ein Stück Brot.

Grinsend ziehe ich die Augenbrauen hoch.

»Wer denn? Komm schon, so sitzen wir die ganze Nacht hier!«

Ich vergewissere mich, dass uns niemand zuhört, dann beuge ich mich noch näher zu ihr. »Jack«, sage ich und bemühe mich, nicht allzu dümmlich zu grinsen.

»Ach, echt?« Jetzt ist sie dran mit Augenbrauen Heben. »Du meinst denselben Jack, an dem du definitiv, absolut, hundertprozentig nicht interessiert bist?«

»Jetzt sei nicht so doof«, protestiere ich.

»Erzähl schon, was hat er gesagt?«

Ich zögere kurz, dann wühle ich mein Handy heraus und zeige Grace die SMS. Mir ist bewusst, dass ich mich wie eine kichernde Sechstklässlerin benehme.

»Du hast sie aufgehoben?«, fragt sie belustigt.

»Ich konnte nicht widerstehen.«

Und wirklich, ich kann das selbst kaum fassen.

39

ALS WIR SCHLIESSLICH das Dessert – und eine anständige Menge Wein – vertilgt haben, nähert sich die Unterhaltung am Tisch allmählich dem Niveau einer Nachmittagstalkshow. Das Diskussionsthema ist wahrscheinlich unausweichlich unter den gegebenen Umständen: das Für und Wider der Ehe.

Auf der Contraseite steht Leona, eine frühere Nachbarin von Georgia, eine Frau, die von oben bis unten nach Geld aussieht und so dünn ist, dass sie seit ihrer Geburt auf Atkins sein muss.

»Alles, was man über das Eheleben wissen muss«, verkündet sie zwischen zwei herzhaften Schlucken Chablis, »ist, dass man mehr streitet und weniger vögelt.«

Alle lachen, aber heute Abend schlagen wir uns auf die Seite von Georgia, der errötenden Braut.

»Ach, du meine Güte«, lacht sie. »Grace, unterstütz mich hier mal – verheiratet zu sein ist doch fantastisch, oder? Komm schon, erzähl, ich weiß doch, dass ich auf dich zählen kann.«

Grace legt ihr Besteck hin. Aus irgendeinem Grund scheinen ihr die Worte zu fehlen.

»Grace?«, hake ich nach. Vielleicht muss ich sie mit der Gabel pieken, um sie aufzurütteln.

»Oh, Entschuldigung«, sagt sie endlich. »Es ist super. Ganz toll. Ja, wirklich. Ganz toll.«

»Und bringt es einen näher zusammen?«, will Georgia wissen.

»Ähm, tja, das ist schwer zu sagen«, entgegnet Grace ausweichend.

Ich bin verwundert. Wie alle anderen hatte ich auf etwas mehr Begeisterung gehofft.

»Damit will ich sagen, dass Patrick und ich uns immer sehr nah waren«, fährt Grace fort. »Außerdem ist es anders, wenn man Kinder hat. Nichts kann einen enger zusammenbringen. Ich meine, kümmert ihr euch mal um zwei Uhr nachts um ein schreiendes Baby, wenn beide am nächsten Tag aufstehen und zur Arbeit gehen müssen. Wenn einen das nicht verbindet, dann weiß ich auch nicht mehr.«

Georgia lächelt, offenbar zufrieden mit dieser Interpretation.

»Also bist du froh, dass du es gemacht hast?«, fragt sie.

Wieder zögert Grace. »Absolut«, sagt sie dann etwas zu bestimmt. »Ja, absolut. Auf jeden Fall war es doch eine Wahnsinnsparty, oder nicht?«

Nach dem Essen machen wir uns auf den Weg in die Mathew Street, die mit ihren gut besuchten Bars und Kneipen einen deutlich konventionelleren Rahmen für einen Junggesellinnenabend abgibt. Trotz der nur knapp über dem Gefrierpunkt liegenden Temperaturen tragen die meisten Frauen die Art von Bekleidung, die man eher in einem Klima wie, sagen wir mal, in Fidschi erwarten würde. Die Männer dagegen tragen einfach nur anerkennende Mienen.

»Ich hoffe, es macht dir nichts aus, Evie«, beginnt Georgia. »Alle haben sich angeboten, ein paar von meinen Geschenken in ihre Handtaschen zu stecken, damit ich nicht alles selbst mitschleppen muss. Ich glaube, dir sind die Plüschhandschellen zugeteilt worden, während du auf dem Klo warst.«

»Ich dachte mir doch, dass sie sich schwerer anfühlt«, sage ich. »Vor allem, weil Grace mir irgendwie auch ihren Lockenstab aufgehalst hat. Andererseits könnten die Handschellen noch nützlich werden. Wenn diese Leona sich weiter über die Schrecklichkeit der Ehe auslässt, könnten wir sie einfach irgendwo an ein Geländer ketten.«

Georgia lacht. Wir stehen vor einem Retroklub, der früher zu Studienzeiten zu unserem festen Ausgehrepertoire gehörte. Als die Tür hinter uns zufällt, werden wir von den Anfangsklängen des Disco-Klassikers »Native New Yorker« empfangen, und Valentina muss nicht lange gebeten werden, sich wieder mit der Tanzfläche anzufreunden.

Die Hände auf den Hüften, die Lippen geschürzt, schleudert sie ihre Jacke à la *Saturday Night Fever* auf einen Stuhl und nimmt mit langen Schritten ihren Platz in der Mitte der Tanzenden ein. Sie schwingt die Hüften wie ein professionelles Showgirl. Oder auch Ladyboy.

»Was meint ihr«, frage ich Grace und Charlotte. »Sollen wir uns zu ihr gesellen? Oder wollt ihr erst mal hier sitzen bleiben?«

Ich persönlich kann es kaum erwarten, auf die Tanzfläche zu stürmen. Aber das Hintertürchen ist für Charlotte gedacht, die normalerweise ungefähr so gerne tanzt wie nackt auf der Church Street Handstand zu machen.

Aber sie überrascht mich.

»Ich komme mit, Evie«, erklärt sie. »Warum nicht?«, setzt sie nervös hinzu, als ich sie ungläubig ansehe.

Charlotte tanzt vielleicht auf eine stille, zurückhaltende Art, aber sie tanzt gut. Und nach drei oder vier Liedern sieht sie tatsächlich aus, als würde sie sich amüsieren.

»Charlotte«, überbrüllt Grace die Musik, »ich weiß, dass ich das schon mal gesagt habe, aber du siehst wirklich großartig aus.«

»Danke, Grace«, entgegnet sie. »Obwohl ich noch einen weiten Weg vor mir habe.«

»Ach ja?«, wundere ich mich. »Du siehst jetzt schon wie ein anderer Mensch aus.«

»Ich muss auf jeden Fall noch einiges abnehmen. Aber ich bin absolut fest entschlossen, das zu schaffen.«

»Freut mich für dich«, sagt Grace.

»Ich meine, ich würde wahnsinnig gern so aussehen wie du«, fügt Charlotte hinzu.

»Wie ich?« Grace wirkt ehrlich erstaunt.

»Ja, wie du. Du bist attraktiv, du hast eine wunderschöne Familie. Mit dir würde ich jederzeit tauschen.«

Ein Ausdruck von Erkenntnis huscht plötzlich über Graces Miene.

»Ich habe wirklich Glück, oder?«, meint sie lächelnd.

Nach einer weiteren halben Stunde Tanzen zu Musik, die zuletzt in den Charts war, bevor ich laufen konnte, wirkt Grace reif für eine Verschnaufpause.

»Habt ihr Lust, was zu trinken?«, setzt sie sich gegen die Jackson Five durch.

Ich nicke, und wir machen uns zusammen auf den Weg zur Theke, während Charlotte – kaum zu fassen – bei den anderen auf der Tanzfläche bleibt.

»Weißwein?«, fragt Grace.

»Ja, bitte«, antworte ich. »Auch wenn wir die Einzigen hier sind, die keine Alkopops trinken.«

Sie zieht eine Grimasse. »Wenn ich scharf auf die ganzen E-Stoffe wäre, die da drin sind, dann hätte ich auch zu Hause bleiben und einen von Pollys Erdbeerpuddings essen können«, sagt sie. »Ach, ehe ich es vergesse. Du hast doch noch meinen Lockenstab, oder?«

»Ja«, erkläre ich. »Ich habe deinen Lockenstab, ich habe Georgias Plüschhandschellen und zusätzlich noch genug anderen Plunder von allen möglichen Leuten, um eine Tauschbörse abzuhalten. Zahle ich jetzt die Getränke oder du?«

Gerade als sie einen Zwanziger zückt, spüren wir jemanden hinter uns.

»Die gehen auf mich«, sagt eine wohlbekannte Stimme.

Ich drehe mich um und traue meinen Augen kaum.

»Jack!«, stoße ich mit solcher Begeisterung hervor, dass ich klinge wie eine verzückte Jane-Austen-Figur auf Crack.

Ich muss lernen, etwas subtiler zu sein, wirklich wahr.

40

JACK SIEHT nicht so gut aus wie in meiner Erinnerung. Er sieht besser aus.

»Wie geht es euch, Evie und Grace?«, erkundigt er sich lächelnd.

»Mir gut«, sagt Grace. »Und dir? Ich habe dich seit der Hochzeit nicht gesehen. Und übrigens vielen Dank für das Geschenk – es ist wunderschön.«

Jack hat sich über die Hochzeitsliste hinweggesetzt und Grace und Patrick einen indonesischen Wandbehang gekauft. Nicht nur ist er überaus geschmackvoll und ein echtes Einzelstück; er hat auch den zusätzlichen Vorteil einer großartigen Ausrede dafür, das von Patricks Mutter zu Weihnachten vor vier Jahren geschenkte Aquarell von Whitley Bay abzuhängen.

»Freut mich, dass es euch gefällt. Ich konnte mich erst nicht entscheiden zwischen dem Wandbehang und einem ziemlich imposanten Gartenzwergset.«

»Du hast die richtige Wahl getroffen«, lacht sie.

»Dachte ich mir, dass du das sagen würdest. Und wie geht es dir, Evie? Schön, dich zu sehen, statt nur SMS zu schicken. Es ist irgendwie wirklich nicht das Gleiche wie ein richtiges Gespräch, oder?«

»Mir geht es eigentlich super.« Ich zermartere mir das Hirn, was ich Tolles sagen könnte, etwas, das eine fesselnde Konversation entfacht und mich sagenhaft intelligent klingen lässt.

»Ähm, ich hab dich hier gar nicht erwartet«, sage ich.

Einfach genial, Evie. Wie wäre es beim nächsten Mal mit: *Kommst du öfter her?*

»Es gehört eigentlich nicht zu meinen Stammlokalen«, erzählt er. »Aber einer meiner Kollegen hat heute seinen letzten Tag, deshalb bin ich auf ein Bier mitgegangen. Was ungefähr sechs Stunden her ist, muss ich zugeben.«

»Du Schlimmer«, schelte ich. O mein Gott, was habe ich denn getrunken?

»Du, Evie, ich bin gleich wieder da«, verkündet Grace. Offenbar möchte sie uns allein lassen. »Ich muss nur mal kurz mit Charlotte sprechen.«

Sie schnappt sich ihre Tasche und steuert zurück auf die Tanzfläche.

Hier stehe ich also, ganz allein mit dem Mann höchstselbst.

Jack lächelt wieder. »Du hast also gehört, dass ich mich irgendwie auf die Gästeliste von Georgia und Petes Hochzeit gemogelt habe?«, fragt er.

»Ja, das habe ich«, nicke ich. »Was vermutlich bedeutet, dass du der Grund dafür bist, warum Pete in den letzten Wochen viel zu viel Zeit beim Rugby verbringt, statt sich auf seinen großen Tag vorzubereiten.«

»Schuldig im Sinne der Anklage. Ich hoffe, Georgia wird mir verzeihen.«

»Da bin ich mir ganz sicher.« Endlich bekomme ich etwas entfernt an eine Unterhaltung Erinnerndes zustande. »Aber lass dir das bloß nicht zu Kopf steigen. Ich glaube, das halbe Land wurde zu dieser Hochzeit eingeladen. Es wird eher wie im Fußballstadion.«

Jack lacht und sucht meinen Blick. Allein seine Gegenwart treibt mir schon das Blut ins Gesicht. Ich nippe an meinem Wein, merkwürdig nervös und aufgeregt.

»Wie viele Leute kommen denn?«, fragt er.

»Ein paar hundert, schätze ich. Obwohl heute Abend nur ein paar von uns dabei sind. Wir waren vorher essen ... und jetzt hier. Alte Zeiten wiederaufleben lassen.«

»Jedenfalls ist es eine schöne Überraschung, dich zu treffen.«

»Ehrlich?« Allmählich fühle ich mich etwas entspannter, ein bisschen cooler.

»Ja, ehrlich. Ich habe mich wirklich sehr gut unterhalten auf Grace und Patricks Hochzeit. Wenn du einverstanden gewesen wärst, dann hätte ich wahrscheinlich die ganze Nacht mit dir geredet.«

Ich lache leise. Inzwischen fühle ich mich selbstbewusst genug, um auch ein bisschen zu flirten.

»Tja«, sage ich lächelnd. »Ich glaube, *ich* wäre problemlos damit einverstanden gewesen.«

Jack sieht mich immer noch an, und mein Puls beschleunigt sich wieder. Die Chemie zwischen uns ist unverkennbar. Nichts wird gesagt, aber unsere Mienen sprechen Bände. Er weiß es und ich weiß es. Und ich bin hin und weg davon.

»'tschulligung, Herzchen, hasse ma 'n Stift?«, fragt die Frau neben mir, sich schwer auf die Theke stützend.

»Mmm«, gebe ich zurück, ohne meinen Blick von Jack abzuwenden. Diesen Augenblick will ich nicht so schnell unterbrechen.

Blind taste ich in meiner Tasche nach dem Stift, von dem ich weiß, dass er da drin sein muss.

»Ich hab hier vor zwanzig Minuten den tollsten Typen aufgerissen, den du dir vorstellen kannst … aber mein Handy ist kaputt und ich hab nichts, um mir seine Nummer aufzuschreiben«, brummelt die Frau. Doch ich kann mich auf kein Gespräch mit ihr einlassen. Nicht jetzt. Ich kann nur Jack ansehen.

Ich wage ein Lächeln – den Hauch eines Lächelns –, und er erwidert es mit atemberaubender Wirkung.

Abwesend ziehe ich Graces Lockenstab heraus und lege ihn auf den Tresen, um besser wühlen zu können. Sobald meine Hand wieder in den Tiefen der Tasche abtaucht, finde ich den Stift und reiche ihn der Frau.

»Danke«, sagt sie. Dann kichert sie und geht weg. Und zwar mit einem seltsamen Ausdruck auf dem Gesicht.

Ich denke mir nichts dabei, als ich mich wieder Jack zuwende. Bis mir auffällt, dass auch er einen seltsamen Gesichtsausdruck hat.

Etwas missgestimmt, dass der Zauber zwischen uns gebrochen wurde, will ich Graces Lockenstab von der Theke zurück in die Tasche packen. Als er ungefähr dreißig Zentimeter vor Jacks Gesicht schwebt, bemerke ich etwas.

Ich halte gar keinen Lockenstab in der Hand.

Ich halte Georgias fünfundzwanzig Zentimeter langen Vibrator in der Hand.

41

IM RESTAURANT war der Vibrator blau. Jetzt, im Discolicht, ist er fluoreszierend. So leuchtend, dass man damit ein Flugzeug einweisen könnte. Mir ist klar, dass Panik die denkbar schlechteste Taktik in einer solchen Situation ist. Aber um ehrlich zu sein, fällt mir nichts anderes ein.

Meine Augen weiten sich, meine Hände umklammern den Vibrator fester und stopfen ihn energisch zurück in die Handtasche, wider alle Hoffnung hoffend, dass Jack nicht erkannt hat, was es ist. Doch die Bestimmtheit, mit der ich das Gerät wegpacke, löst etwas aus. Und der Vibrator beginnt zu *vibrieren.*

Nun völlig hysterisch stecke ich die Hand wieder in die Tasche und suche verzweifelt nach dem AUS-Schalter, ohne das Ding wieder ans Licht der Öffentlichkeit bringen zu müssen. Leider muss ich mit schwitzenden Handflächen und pochendem Herzen feststellen, dass mindestens vier Knöpfe zur Auswahl stehen.

Meine Instinkte übernehmen, und ich betätige jeden einzelnen von ihnen; einer muss das verdammte Ding doch zum Schweigen bringen.

Leider nicht. Stattdessen vollführt der Vibrator jetzt heftig stoßende Bewegungen, wie man sie eher am Fließband einer Autofabrik erwarten würde.

Meine Handtasche entwickelt ein Eigenleben, beult sich aus und wieder ein, als würde sie von einem durchgedrehten kleinen Nagetier bewohnt, dem man Elektroschocks verabreicht. Hektisch drücke ich die anderen Knöpfe, untermalt von Barry Whites Stimme, die »My First, My Last, My Everything« schmachtet. Doch egal, welchen Knopf ich ausprobiere, das Stoßen wird nur schneller und das Vibrieren heftiger … und heftiger … und heftiger.

In dem Bewusstsein, dass ich nur Zentimeter vom Mann meiner Träume entfernt stehe und mit einem fünfundzwanzig Zentimeter langen elektrischen Dildo ringe, überlege ich fieberhaft, was ich tun soll. Ich stehe kurz davor, die Tasche über die Theke zu schleudern und »Bombenalarm« zu brüllen, als endlich, Gott sei Dank … Ruhe ist.

Schwitzend, zitternd sehe ich zu Jack auf.

»Alles klar?«, fragt er.

Ich schlucke. »Äh, ja.« Ich richte mich auf und stelle die Tasche auf den Fußboden, als wäre das gerade Geschehene das Normalste auf der Welt.

»Alles klar bei dir?«, frage ich und stelle im selben Augenblick fest, was für eine lächerliche Frage das ist. Er hat ja nicht gerade mit Beate Uhses Prachtstück gekämpft und verloren.

»Ja, alles wunderbar«, sagt er.

»Also, ähm, Jack. Das war natürlich nicht meiner.«

»Was denn?«

»Der … der … Apparat«, flüstere ich.

»Du meinst den Vibrator?«, fragt er.

»Der gehört Georgia!«, falle ich ihm ins Wort. «Sie dachte, sie hätte mir die Handschellen gegeben, weißt du, und …«

»Handschellen?«, wiederholt er.

O Gott.

»So welche aus Plüsch«, starte ich einen Erklärungsversuch.

Gerade als mich der Lebenswille zu verlassen droht, wird mir etwas klar.

Jack lächelt. Um genau zu sein, wirkt er gründlich erheitert von der ganzen Episode, wenn ich mich nicht täusche. Ich weiß nicht recht, ob das gut oder schlecht ist.

»Du fandest das offenbar komisch, oder?«, frage ich.

»Davon kann sich Fawlty Towers eine Scheibe abschneiden.« Wieder lächelt er sein umwerfendes Lächeln.

Etwas erleichtert muss ich lachen, was zumindest eine Verbesserung ist gegenüber tödlicher Peinlichkeit.

»Möchtest du noch etwas trinken?«, bietet er an.

»Sehr gern. Ich glaube, ich kann jetzt einen Schluck vertragen.«

Ich werfe einen Blick zur Tanzfläche, wo Valentina inzwischen die Arme um einen Ricky-Martin-Doppelgänger gelegt hat und die Hüften kreisen lässt wie eine Flamencoweltmeisterin. Charlotte ist irgendwie bei einem Kerl gelandet, der aussieht, als würde er seinen Freitagabend üblicherweise zum Pauken für einen Auftritt bei *Jeopardy!* nutzen. Langsam mache ich mir Gedanken, wo Grace wohl sein könnte, da sehe ich sie durch die Menge zu uns durchdrängen.

»Evie«, sagt sie atemlos. »Ich muss weg.«

Verzagt sehe ich Jack an. Ach bitte, Grace, ich kann jetzt noch nicht gehen, denke ich. Doch noch während ich krampfhaft nach einer Ausrede suche, um hier bei Jack zu bleiben, wird mir plötzlich bewusst, dass ihr sämtliche Farbe aus dem Gesicht gewichen ist.

»Was ist denn los?«, erkundige ich mich.

»Polly ist im Krankenhaus«, antwortet sie aufgelöst. »Sie hatte einen Unfall.«

42

Als Grace und ich die Straße entlangrennen und der Regen auf uns niederprasselt, während unsere Füße durchweicht sind von glitschigem Pfützenwasser, wird mir klar, dass sie sich auf mich verlässt und mir einfach hinterherläuft. Wir erreichen die Hauptstraße, Autos strömen an uns vorbei, und quiekende Mädchen hasten in die Eingänge von Nachtklubs, um nicht nass zu werden.

Auf den ersten Blick könnten Grace und ich auch dazugehören, doch wir rennen nicht, um dem Regen zu entkommen. Wir brauchen ein Taxi, und zwar schnell. Warum hält keiner von den Blödmännern an?

Bei jedem Scheinwerferpaar, das auf uns zukommt, werfe ich mich mit gestrecktem Daumen auf die Fahrbahn, aber alle weichen mir nur aus und hupen. Wer will schon zwei Frauen mitnehmen, die aussehen wie wir gerade? Wahrscheinlich halten sie uns für betrunken. In Wirklichkeit waren wir kaum jemals so nüchtern.

»Komm, hier lang.« Ich greife nach Graces Hand. Es kommt mir vor, als liefen wir stundenlang herum, aber vermutlich dauert es nur ein paar Minuten, bis wir einen Taxistand erreichen. Doch da steht eine Schlange von ungefähr vierzig Leuten. Ich rase nach vorn und packe einen Mann am Mantel, der gerade in einen Wagen steigt.

»Hey, was soll der …«

»Bitte«, flehe ich, »es gab einen Unfall. Die kleine Tochter meiner Freundin ist im Krankenhaus. Wir brauchen dieses Taxi – *bitte.*«

Er mustert mich von Kopf bis Fuß, mustert Grace von Kopf bis Fuß und kommt eindeutig zu dem Schluss, dass wir uns nicht einfach nur listig um das Schlangestehen drücken wollen.

»Komm schon, Becky, steig wieder aus«, sagt er zu seiner Freundin im Taxi.

»Was?«, protestiert die Frau und öffnet ihre übereinandergeschlagenen, langen, solariumgebräunten Beine. Sie trägt ein kurzes Designerkleid, und trotz des Regens sind Frisur und Make-up noch vollkommen intakt. »Ich habe zwanzig Minuten auf dieses Taxi gewartet. Ich steige nicht wieder aus.«

»Komm raus«, wiederholt er.

»Nein«, sagt sie. Und dann, als er sich in den Wagen beugt und sie am Arm anfasst: »Aua! Du Arsch! Nimm deine verfluchten Hände weg!« Aber sie hat kapiert und klettert widerstrebend heraus.

»Danke«, rufe ich den beiden zu, während wir uns schon auf die Rücksitze fallen lassen.

»Zum Alder-Hey-Krankenhaus«, informiere ich den Fahrer. »Notaufnahme.«

Er sieht mich verständnisvoll an; es gibt nur einen Grund, um diese Uhrzeit in die Notaufnahme des Alder Hey zu fahren, und das ist kein fröhlicher. Er wendet das Taxi und tritt aufs Gaspedal.

Ich nehme Graces Hände in meine. Ihre Miene ist immer noch fassungslos.

»Was weißt du denn?«, frage ich.

Verzweifelt und verstört schüttelt sie den Kopf.

»Nicht viel. Also, ich habe den ganzen Abend lang SMS an Patrick geschrieben. Zuerst, weil ich mich nach unserem kleinen Knatsch wieder versöhnen wollte. Aber er hat einfach nicht reagiert. Und ich bin so sauer auf ihn geworden und … dann dachte ich, vielleicht ist er vor dem Fernseher eingeschlafen.«

Sie stockt und atmet tief ein.

»Und was weiter?«, frage ich.

»Also habe ich mir gesagt, vergiss es einfach und amüsier dich. Das habe ich dann auch. Ich bin mit Charlotte und zwei Typen auf die Tanzfläche gegangen.« Jetzt schnieft sie. »Aber als ich dann auf dem Klo war, habe ich gesehen, dass ich fünf Anrufe auf meinem Handy verpasst hatte.«

»Hat er denn auf die Mailbox gesprochen?«

Sie nickt. »Dasselbe, was auch in der SMS stand. Sehr knapp. Nur, dass Polly einen Unfall hatte und sie auf dem Weg ins Krankenhaus sind.«

»Vielleicht hat sie sich ja einfach nur den Arm verdreht oder so«, meine ich.

Grace sieht aus dem Fenster, ihre Lippen beben.

»Vielleicht aber auch nicht«, sagt sie.

Ich drücke ihre Hand.

»Weißt du«, fährt sie fort, »normalerweise ist Patrick die Besonnenheit in Person, wenn etwas passiert. Ich gerate in Panik, er bleibt ganz cool. So ist es einfach. Aber er klang nicht besonders cool, dieses Mal nicht.«

Obwohl meine rationale Seite beteuert, dass es wahrscheinlich nichts Schlimmes ist – ein gebrochener Arm, eine dicke Beule am Kopf –, befürchtet ein anderer Teil von mir, dass es möglicherweise aber doch schlimm sein könnte.

Ich arbeite erst ein knappes Jahr beim *Daily Echo*, aber in dieser Zeit habe ich schon über alle möglichen schrecklichen Dinge im Zusammenhang mit Kindern berichten müssen. Man geht einfach immer davon aus, dass solche Dinge anderen Leuten passieren. Nicht der Tochter der eigenen besten Freundin. Nicht Polly.

Trotz des beachtlichen Tempos, das unser Fahrer vorlegt, kommt mir die Fahrt endlos vor.

»Oh, Evie«, sagt Grace jetzt mit Tränen in den Augen. »Ich muss die ganze Zeit an all die Fragen denken, die Polly mir heute gestellt hat. Du weißt ja, wie sie ist. Ich wollte mir die Haare waschen, und sie fragte immer wieder, warum Hunde Schwänze haben. Weißt du, was ich geantwortet habe?«

Ich verneine.

»Ich sagte: ›Einfach so, Polly.‹ Was für eine Mutter sagt denn: ›Einfach so‹? Warum konnte ich mir keine Zeit nehmen, ihr vernünftig zu antworten?«

Sie bricht in Tränen aus, schluchzt unkontrolliert, bekommt kaum Luft. Ich rutsche näher zu ihr und lege ihr fest den Arm um die Schulter.

»Grace, sei nicht albern«, tröste ich sie, während das Taxi vor dem Krankenhaus anhält. »Du bist eine wunderbare Mutter. Und alles wird gut. Das weiß ich.«

Ich bete nur, dass ich recht habe.

43

»Ich hoffe, sie ist okay«, sagt der Taxifahrer zu mir, während Grace schon zur Pforte rennt. »Ich meine die kleine Tochter Ihrer Freundin.«

»Das hoffe ich auch.« Ich will ihm einen Zwanzigpfundschein geben.

»Nicht doch, ich will kein Geld«, sagt er.

»Aber es ist Freitagnacht«, wende ich ein.

»Gehen Sie nur zu Ihrer Freundin.« Er schiebt meine Hand weg.

Ich habe keine Zeit für Diskussionen.

»Meine Tochter wurde gerade in einem Krankenwagen gebracht«, höre ich Grace zu der Dame an der Pforte sagen. »Sie heißt Polly Cunningham.« Jetzt klingt sie merkwürdig ruhig.

»Einen Moment, bitte.« Die Frau ruft etwas auf ihrem Computer auf.

»Genau«, sagt sie dann. »Bitte hier rechts durch die Flügeltür und dann den Gang hinunter bis zum Schwesternzimmer. Dort kann man Ihnen weiterhelfen.«

Wir rasen den Gang hinunter, doch noch bevor wir am Ziel sind, kommt uns schon Patrick mit Scarlett in ihrem Maxi-Cosi entgegen.

»Patrick!«, schreit Grace und stürmt auf ihn zu.

»Ich wollte es gerade noch mal auf deinem Handy probieren«, sagt er. »Alles in Ordnung. Nur ein paar Schrammen und blaue Flecken, glauben sie, aber ansonsten völlig in Ordnung.«

Ich sehe Grace an, dass sie nicht weiß, ob sie ihn küssen oder schlagen soll.

Wie sich herausstellt, ist Polly die Treppe hinuntergefallen. Beziehungsweise war das wohl eher die Art von Stunt, für die Hollywoodstars sich doubeln lassen. Sie war in Graces und Patricks Schlafzimmer gegangen, wie sie es neuerdings gerne macht, wenn sie nachts aufwacht. Als keiner von beiden da war, hatte sie die tolle Idee, unten nach ihnen zu suchen.

Was an sich auch kein Problem gewesen wäre, hätte sie das nicht im Dunklen und in ihrem neuen, etwas zu langen Barbie-Nachthemd versucht.

Als sie auf der untersten Stufe ankam, war sie tatsächlich bewusstlos. Patrick rief natürlich sofort einen Krankenwagen, und als der eintraf, war sie zwar schon wieder bei Bewusstsein, aber sie brachten sie trotzdem für eine gründliche Untersuchung in die Klinik. Kein einziger Knochen ist gebrochen, was sie offenbar zu einer Art medizinischem Wunder macht.

»Du musst ja einen Schock gehabt haben«, sage ich zu Patrick.

»Das kannst du glauben«, gibt er zurück. »Wenigstens hat Scarlett die ganze Zeit durchgeschlafen.«

Das Baby ist ein Bild des Friedens und der Behaglichkeit.

»Es tut mir leid, dass wir uns gestritten haben«, sagt Grace leise.

»Mir auch.« Patrick küsst sie auf die Stirn.

Ich spüre, dass meine Anwesenheit nicht mehr erwünscht ist.

»Jemand Lust auf einen Kaffee?«, frage ich. »Hier muss es irgendwo einen Automaten geben.«

Zweimal laufe ich das komplette Krankenhaus ab, bis ich endlich einen Kaffeeautomaten ausfindig mache. Nach zwei Bechern ist der Kaffee alle, und ich bekomme eine Hühnersuppe, die vermutlich 1972 in pulverisierter Form in den Automaten gefüllt wurde.

Als ich endlich zurückkomme, wird Polly noch ein allerletztes Mal zur Sicherheit geröntgt, und Grace und Patrick scheinen sich – zu meinem großen Erstaunen – schon wieder zu zanken.

»Tja, tut mir leid, aber einer von uns beiden muss Scarlett nach Hause bringen«, sagt Patrick gerade. »Sie wird Hunger haben, wenn sie aufwacht.«

»Wir können uns hier sicher ein bisschen Säuglingsmilch ausleihen, um sie über Wasser zu halten«, meint Grace.

»Danach kannst du nicht fragen.«

»Warum denn nicht?«

»Weil das ein Krankenhaus ist. Die können nicht jedem x-Beliebigen Milch schenken.«

»Ich bin keine x-Beliebige«, widerspricht Grace. »Ich bin die Mutter einer gerade eingelieferten Patientin.«

»Das spielt doch keine Rolle. Scarlett ist ja nicht die Patientin.«

»Hör mal, ich kann ja dafür bezahlen, wenn es sein muss«, sagt sie ungeduldig. »Ich bin sicher, dass so was hier öfter vorkommt.«

»Sei nicht albern«, sagt er.

»Ich bin nicht albern.«

»Hallo, ihr zwei!«, grätsche ich dazwischen. Beide drehen sich um und sehen mich an. »Ich habe euch Kaffee mitgebracht.«

Ich verteile die Becher, froh, sie wenigstens vorübergehend zum Schweigen gebracht zu haben.

»Sieht leider aus wie der Inhalt einer Spülschüssel«, verkünde ich.

»Macht nichts«, sagt Grace. »Hauptsache warm und nass.«

»Hmm«, macht Patrick, nimmt einen Schluck und verzieht das Gesicht. »Nass schon.«

»Hört mal, ich mache mich mal auf den Weg«, teile ich ihnen mit. »Ihr braucht mich ja hier nicht mehr.«

»Ach Evie, vielen, vielen Dank, dass du mitgekommen bist«, sagt Grace. »Du bist eine wahre Freundin.«

»Gern geschehen. Wenn du jemals von einem Vierhundertmetersprint hörst, bei dem die Läufer in Stöckelschuhen antreten müssen, dann meld mich an.«

»Tut mir auch sehr leid, dass du Jack stehen lassen musstest«, fügt Grace noch hinzu. »Sah aus, als hättest du dich gut unterhalten.«

»Mach dir keine Gedanken«, versuche ich die positive Seite zu sehen. »Ich bin einfach nur froh, dass es Polly gut geht. Und es dauert ja auch nicht mehr lange bis zu Georgias Hochzeit.«

»Ja, stimmt, dauert nicht mehr lange. Bis dann, Evie.«

»Bis dann«, sagt auch Patrick.

Warum nur habe ich den Verdacht, dass die beiden in die nächste Runde gehen, sobald ich weg bin?

44

Nachrichtenredaktion des Daily Echo,
Mittwoch, 4. April

DAS NENNE ICH mal ein journalistisches Dilemma: Wie kann man eine Kurzmitteilung über eine voraussichtliche Verlängerung der Öffnungszeiten einer Einrichtung der staatlichen Gesundheitsfürsorge auf Seite 23 spannend formulieren?

Ich sitze da und studiere die Pressemitteilung. Um mich herum herrscht reges Treiben. Rechts von mir arbeitet Jules den Aufmacher aus – eine brandheiße Story über eine terroristische Verschwörung, in deren Zentrum eine Liverpooler Pommesbude steht und die von der Polizei erst heute Morgen aufgedeckt wurde. Laura mir gegenüber hängt am Telefon, weil sie für ihre Schlagzeile auf Seite eins über die Massenkarambolage auf dem M 561 noch ein Zitat vom Bereitschaftsdienst braucht. Selbst Larry, der zweiundzwanzigjährige Praktikant, feilt an der Bildunterschrift für das Foto auf der Titelseite.

»Ist bei dir!«, ruft Jules und stürzt los, während Simon, der Chefredakteur, einen raschen Blick auf den Text wirft, bevor er an die Redaktionsassistenten weitergereicht wird.

Ich wende mich wieder meiner Pressemitteilung zu und seufze. Ich kann mich gar nicht mehr erinnern, wann Simon mich zuletzt gebeten hat, etwas für die aktuelle Ausgabe zu schreiben – etwas, das mein Adrenalin in Fahrt bringt. Um genau zu sein, kann ich mich gar nicht mehr daran erinnern, wann Simon mir überhaupt ein Thema zugeteilt hat, das etwas anderes als einen Anfall von Narkolepsie auslösen würde.

»Ist bei dir!«, ruft Simon, woraufhin der Redaktionsassistent sich den Artikel vornimmt und eine Schlagzeile dafür komponiert.

Ich bin immer noch auf der Suche nach Inspiration, aber ich habe den leisen Verdacht, dass es mich mehr anregen würde, einem Eimer Wandfarbe beim Trocknen zuzusehen.

»Also gut, Evie Hart«, brüllt Simon mir zu, nachdem er den letzten Text durchgewinkt hat. »Komm her.«

Mein Herz macht einen Satz. Vielleicht habe ich ihn ganz falsch eingeschätzt. Vielleicht gibt er mir jetzt gleich eine Superstory für die nächste Ausgabe. Vielleicht kann ich meinen Namen doch schon bald auf Seite eins lesen. Mann, das wär's!

Ich stürme zu seinem Schreibtisch, Block und Stift erwartungsvoll gezückt.

»Also, Hart.« Er schafft es, in meinen Ausschnitt zu schielen und mich gleichzeitig so anzusehen, als wollte er mich umbringen. »Du musst mir bitte mal was erklären.«

Ich zögere. »Nämlich?«

»Warum man dir zuvorkommen konnte.«

»Wie bitte?« Jeder Artikel der letzten beiden Wochen rast mir durch den Kopf. »Ich meine, bei welcher Story?«

»Unser vierbeiniger Freund«, sagt Simon.

»Entschuldige bitte, aber ich kann dir nicht ganz folgen.«

»*Das Schwein!*«, brüllt er. Seine Miene bringt deutlich zum Ausdruck, dass ich eher Miss World werde, als heute eine heiße Exklusivreportage übertragen zu bekommen. »*Das Italienisch sprechende Schwein.*«

»Genauer gesagt, Französisch«, berichtige ich, doch ich spüre sofort, dass er das ungefähr so wichtig findet wie die Lieblingsfarbe des Tiers.

»Ist mir scheißegal, und wenn es Swahili war«, schreit er und knallt eine Zeitung vor mir auf den Tisch. »Es steht im *Daily Star*.«

Ich muss schlucken, als ich vor mir ein Bild von Lizzie und ihrem Besitzer sehe. Ich weiß nicht, wer von beiden selbstgefälliger aussieht.

»Du hattest doch gesagt, die Story wäre nicht so dringend«, sagt er.

»Das dachte ich ja auch«, stottere ich.

»Hast du ihn nicht gefragt, ob er auch mit den Überregionalen in Kontakt ist?«

Ich krame das Gespräch mit dem Bauern aus dem Gedächtnis und überlege einen Moment, ob Lügen mich hier weiterbringt. Moralisch gesehen hätte ich keinerlei Bedenken, Simon anzuschwindeln, der in meinen Augen ungefähr so viel Charme hat wie eine Kanalratte. Nur ist das leider nicht gerade meine Stärke. Ich bin ungefähr so überzeugend im Lügen wie im olympischen Speerwerfen.

»Er hat so was erwähnt«, gebe ich schließlich zu und hasse mich für meinen kleinlauten Tonfall. »Aber ich muss gestehen, dass ich ihm nicht geglaubt habe. Ich hätte nicht gedacht, dass die großen Zeitungen sich dafür interessieren, wenn das Schwein nicht gerade die komplette Marseillaise auswendig kann.«

Simon schüttelt den Kopf, und ich fühle mich, als stünde ich zum vierten Mal in dieser Woche vor dem Schuldirektor.

»Hör mir mal zu, Mädel«, sagt er und sieht mir wieder in den Ausschnitt. »Du hast noch viel zu lernen. Und lass dir eins von mir gesagt sein, falls ich das noch nicht hinlänglich deutlich gemacht haben sollte: Ein sprechendes Schwein ist immer eine gute Story. Vor allem, wenn es mehr Talent für Sprachen hat als die Hälfte der Schulabgänger dieses Landes. Und jetzt geh mir aus den Augen.«

Als ich wieder an meinem Schreibtisch sitze, starre ich ein Loch in meinen Computerbildschirm. Ich koche vor Wut und male mir all die Dinge aus, die ich zu Simon hätte sagen *können* … aber nicht gesagt habe.

Na gut, ich habe Mist gebaut. In den Augen des Chefredakteurs katastrophalen Mist. Aber *Daily Star* hin oder her, es geht um ein sprechendes Schwein. Weder wird dadurch eine Regierung gestürzt noch die Erderwärmung aufgehalten. Außerdem habe ich den Artikel vor Wochen geschrieben. Kann ja sein, dass ich gesagt habe, er könne warten.

Aber ich meinte nicht bis Weihnachten 2009.

Mit meiner Pressemitteilung in der Hand leiste ich einen ganz persönlichen Schwur: Ich werde einen Exklusivbericht für die Titelseite dieses Blattes ergattern, und wenn es verflucht noch mal das Letzte ist, was ich tue.

45

Es ist schwierig, seinen Kummer zu ertränken, wenn der Mensch, mit dem man zusammensitzt, nur Cola light trinkt, weil alles andere zu viele Weight Watchers *Flexi-Points* hat.

»Ach, komm schon, Charlotte«, bettle ich. »Trink doch wenigstens ein Gläschen Pinot Grigio mit mir, bitte. Ich hab mal irgendwo gelesen, dass man mehr Kalorien beim Heben eines Weinglases verbrennt, als darin enthalten sind.«

»Das ist bei Sellerie«, sagt sie. »Und nein, das geht nicht, Evie. Nicht jetzt, wo ich schon so weit gekommen bin. Ich lasse mich nicht beirren.«

»Entschuldige, das war blöd von mir. Hör gar nicht auf mich.«

»Valentina kommt auch gleich noch«, berichtet Charlotte. »Sie hatte eine Verabredung. Sie wird bestimmt ein Glas Wein trinken. Offenbar lief es nicht ganz nach Plan.«

Fünf Minuten später taucht Valentina auf und lässt sich auf den Stuhl neben uns fallen.

»Ich brauche ein Glas Wasser«, stöhnt sie und legt sich theatralisch die Hand an die Stirn.

»Nicht du auch noch«, sage ich.

»Stimmt, du hast recht«, meint sie. »Ich hatte zwar heute Abend schon einiges, aber ich stehe unter Schock. Kann ich bitte einen Chardonnay haben?«, fragt sie einen vorbeilaufenden Kellner.

»Also, erzähl schon«, fordere ich sie auf. »Was war los?«

»Das glaubt ihr nicht.«

»Abwarten«, entgegne ich.

»Okay, gut … Zak ist der Typ, den ich auf Georgias Junggesellinnenabend kennengelernt habe. Und er schien absolut *perfekt.* Eins neunzig groß, südländischer Typ, umwerfend attraktiv. Bauunternehmer mit eigenem Geschäft, hat er erzählt. Jedenfalls rief er mich letzte Woche an, um mich zum Essen einzuladen, und hat nicht mal gezuckt, als ich das *Le Carriage* vorgeschlagen habe.«

Ich hebe eine Augenbraue.

»Ein Restaurantbesuch, für den man einen Kleinkredit aufnehmen muss, ist ein guter Test für das erste Date, Evie«, erklärt sie mir. »Ich komme also mit fünfundzwanzig Minuten Verspätung an …«

Jetzt hebe ich die andere Augenbraue.

»Man müsste schon *wirklich* verzweifelt sein, um früher zu kommen«, stellt sie unbeirrt fest. »Aber wie dem auch sei, das glaubt ihr jetzt ohnehin nicht: Er war noch gar nicht da.«

»Stand er im Stau?«, frage ich.

»Das ist es ja«, erwidert sie großäugig und ungläubig. »Nein. Er trudelt einfach eine halbe Stunde zu spät ein, ohne jede Erklärung.«

»Das muss ja ärgerlich gewesen sein«, sagt Charlotte.

»Ärgerlich ist noch stark untertrieben, Charlotte, stark untertrieben.« Valentina trinkt einen großen Schluck von ihrem Wein, als er gebracht wird. »Nicht zuletzt, weil ich mir wirklich Mühe gegeben hatte. Soll heißen neue Highheels *und* Kosmetikerin. Unterwegs hatte ich noch zu mir selbst gesagt, dass ich erstaunt wäre, wenn er länger als zehn Minuten braucht, um den Rest seines Lebens mit mir verbringen zu wollen.«

Ich verbeiße mir ein Lächeln.

»Aber jetzt kommt's«, fährt sie fort. »Ich sitze an der Bar und warte, und als er ankommt, fragt ihn der Barkeeper, was er trinken will. Wisst ihr, was er bestellt hat?«

Wir schütteln die Köpfe.

»Einen Bacardi Breezer«, klärt sie uns auf. »Und auch noch einen *grünen*, ich bitte euch. Im *Le Carriage*, du meine Güte!«

Charlotte und ich kichern beide.

»Sie haben ihm stattdessen einen Cocktail gemixt«, erzählt sie weiter. »Aber dann haben wir uns an den Tisch gesetzt, er wirft einen Blick auf die Karte, und ich bemerke, dass er das Gesicht verzieht.«

»Ach du je«, sage ich.

»Dann sagt er: ›Ich hasse diesen ausländischen Quatsch.‹ Könnt ihr das fassen? ›Welchen ausländischen Quatsch meinst du denn?‹, frage ich ihn. ›Na, was soll denn das bitte sein: Po-lett?‹ Womit er das *poulet* meinte.«

Ich lege mir die Hand auf den Mund, diese Geschichte fesselt mich mehr, als ich mir hätte vorstellen können.

»›Das ist Hühnchen‹, erkläre ich ihm. ›Mehr nicht?‹, sagt er. ›Dann nehm ich das doch einfach. Sind da Pommes dabei?‹«

Ich muss lachen, aber Valentina findet das offenbar überhaupt nicht amüsant.

»Ich höre ja schon auf«, meint sie. »Aber so viel noch, er hat den restlichen Abend Hühnchen in sich hineingeschaufelt wie ein Höhlenmensch, kein Wort über mein Aussehen verloren, und zu allem Überfluss ging er dann auch noch davon aus, dass ich bezahle! Ha! So weit kommt's noch.«

»Du meine Güte«, sagt Charlotte. »Man möchte doch meinen, dass sich ein Bauunternehmer besser zu benehmen weiß.«

»Das ist auch noch so eine Sache«, erzählt Valentina frustriert. »Er ist überhaupt kein Bauunternehmer. Er ist Grundstücksmakler. In *Ausbildung*.«

»Und hast du mit ihm geschlafen?«, erkundige ich mich neugierig.

»Mit Sicherheit nicht!«, empört sie sich. »Ich würde

nicht im Traum mit jemandem schlafen, der erwartet, dass *ich* für ein Essen bezahle.«

Komischerweise geht es mir schlagartig besser.

46

Scilly-Inseln,
Samstag, 7. April

GEORGIA HAT NICHT übertrieben mit ihrer Schwärmerei von der Schönheit der Inseln. Beim Landeanflug gestern Abend auf der Hauptinsel der Scillys, St. Mary's, glitzerte eine rote Sonne auf dem Wasser, und es sah fast aus, als wären wir auf den Seychellen statt in Großbritannien.

Wenn man dann aussteigt, wird natürlich sofort klar, dass man nicht auf den Seychellen ist. Es gibt eine Pommesbude, drei Pubs und einen Tante-Emma-Laden, der die *OK!* und Benson & Hedges verkauft. Aber trotzdem.

Per Schnellboot fuhren wir dann auf eine kleinere, etwas urtümlichere Insel, die abgesehen von dem Hotel den Eindruck vermittelt, praktisch unbewohnt zu sein. Und was für ein Hotel: zugleich luxuriös und trendig, mit dem zusätzlichen Plus einer atemberaubenden Lage direkt am Atlantik. Viel schöner geht es kaum noch.

Heute ist kein Wölkchen am Himmel, und als ich auf der Holzterrasse von Georgias Hochzeitssuite stehe, flüstert nur eine zarte Brise an meiner Haut. Die Stufen führen zu einem Privatstrand hinunter, wo der Sand fein und hell ist und das Meer kristallklar. Das Einzige, was den Blick heute Morgen gestört hat, waren Valentinas Pilates-Übungen, die mit viel Vorbeugen und Hintern-in-die-Höhe-recken verbunden waren.

»Es ist einfach wunderbar hier«, seufze ich.

»Ja, toll, oder?«, sagt Georgia. Sie sitzt in ihrem Hochzeitskleid auf dem Hocker vor einem Stutzflügel, bereit für die Trauung. »Ich liebe diesen Ort. Hier sind wir früher als Kinder immer mit unseren Eltern in den Ferien gewesen.«

»Also nicht auf dem Campingplatz?«, frage ich.

»Campingplatz hätte mir bestimmt genauso gut gefallen«, beteuert sie.

»Ja, ja, wie du meinst«, necke ich sie.

Die Suite ist groß und üppig, aber gleichzeitig schlicht auf die Art und Weise, die sich nur wirklich teure Hotels leisten können – mit Kokosteppichen, weiß lackierten Möbeln und der ein oder anderen impressionistischen Landschaft an den Wänden.

Es bleiben noch fünfundvierzig Minuten Zeit, bis Georgia heiratet, aber in krassem Gegensatz zu Graces Hochzeit scheint sie schon seit Ewigkeiten fertig zu sein. Wie nicht anders zu erwarten, kann ich von meiner besten Freundin nicht dasselbe sagen.

»Hast du Grace schon gesehen?«, fragt Georgia still.

Sie hat sich heroisch bemüht, nicht in Panik zu geraten, weil eine ihrer Brautjungfern sich offenbar unerlaubt absentiert hat.

»Ähm, ganz kurz«, sage ich.

»Langsam mache ich mir nämlich ein bisschen Sorgen«,

fährt Georgia fort. »Den ganzen Morgen war ich völlig ruhig, und jetzt schau mich an.« Sie streckt ihre Hand aus, um zu zeigen, wie sie zittert.

»Sie kommt gleich«, sage ich so überzeugend wie nur möglich. »Ehrlich, mach dir keine Gedanken.«

Plötzlich wird die Tür aufgerissen.

»Tut mir leid! Ich weiß, ich bin zu spät.« Es ist Grace mit dem immerwährend abgekämpften Gesichtsausdruck, den sie so gut beherrscht.

»Du warst heute ungefähr so leicht aufzuspüren wie Osama bin Laden«, begrüße ich sie.

»Ich weiß, entschuldigt bitte. Erst hat sich Adele am Telefon über eine Vereinbarung beschwert, die ich ausgehandelt habe, dann hat sich meine Mutter beschwert, dass Scarlett ihre pürierte Nierenpastete nicht essen will, und dann hat sich die Reinigung beschwert, dass ich den Teppich immer noch nicht abgeholt habe, den ich vor drei Monaten gebracht habe.«

»Grace«, sage ich. »Was du brauchst, ist deine eigene Kundendienstabteilung.«

»Aber jetzt bist du ja hier«, schaltet sich Georgia ein und wirft ihr das letzte Brautjungfernkleid zu. »Also zieh dich um, und bitte schnell.«

»Klar. Kein Problem«, meint Grace und fängt das Kleid auf. Sie dreht sich um und prallt im Türrahmen zum Ankleidezimmer mit Valentina zusammen.

»O … Grace.« Valentina kann ihren Schrecken bei dem Anblick kaum verbergen. »Brauchst du … ein neues Gesicht?«

Grace runzelt die Stirn. »Danke, Valentina, du siehst auch toll aus.« Sie drängt sich an ihr vorbei.

»Ja, ich weiß«, lächelt Valentina. »Ich habe einen Allergietest machen lassen und herausgefunden, dass ich eine Überempfindlichkeit gegen Kopfsalat habe. Seit letzter Woche esse ich keinen mehr, und ich glaube, meine Haut leuchtet jetzt schon.«

Genau in diesem Moment tritt Charlotte aus dem Ankleidezimmer.

»Wow! Du siehst großartig aus!«, sage ich begeistert, woraufhin sie postwendend errötet.

Was wirklich ein Jammer ist, denn nie hatte sie weniger Grund dazu.

Zunächst einmal trägt Charlotte ein Kleid, das ihr *passt.* Zusätzlich zu dem sichtbaren Gewichtsverlust strahlen ihre Frisur und ihr Make-up – infolge Valentinas und meiner vereinten Bemühungen – jetzt einen eleganten Schick aus, der fast nichts mehr mit der alten Charlotte zu tun hat und sie wie einen anderen Menschen wirken lässt.

»Ich bin so zufrieden mit deinem Aussehen, Charlotte. Ich habe einfach *solche* verborgenen Fähigkeiten, findet ihr nicht?«, sinniert Valentina. »Und ich glaube tatsächlich, dass Haar- und Schönheitstherapie wohl das Gebiet ist, das ich am besten beherrsche.«

»Das hast du letzte Woche von Fellatio behauptet«, erinnert Georgia. »Du hast mir erzählt, dass du einem Mann die Haare zu Berge stehen lassen kannst.«

»O ja«, lächelt Valentina, »das auch.«

47

DIE TRAUUNG ist kurz und anrührend. Georgia weint, Georgias Mutter weint, Valentina tut, als weinte sie, und wer von uns nah genug steht, kann sogar Petes Lippen beben sehen.

Die Zeremonie findet auf einer gigantischen Terrasse mit Blick über die Bucht statt. Die Sonne wärmt unsere Haut, und das Publikum ist so zahlreich, dass ich zu ahnen glaube, wie es sein muss, in der Royal Albert Hall aufzutreten.

Die gesamte Zeit stehe ich mit dem Rücken zu den Gästen und überlege, wo Jack wohl sitzt und ob auffällt, dass ich meinen Hintern zusammenkneife, um ihn kleiner aussehen zu lassen.

Wie viele der Gäste sollte er erst am Morgen auf der Insel eintreffen, aber ich weiß, dass er hier ist, weil Grace ihn beim Brunch gesehen hat. Er hatte Obstsalat, gefolgt von Rührei und Toast. Vollkorntoast. Zwei Scheiben, ohne Butter. Ich glaube, Grace könnte es im Secret Service weit bringen, wenn sie wollte.

Als Georgia und Pete sich zum ersten Mal als Mann und Frau küssen, hellt sich meine Miene auf. Jetzt werde ich endlich Jack wiederbegegnen. Natürlich nur, falls es mir gelingen sollte, ihn zu finden.

Ich folge dem glücklichen Paar, Valentina und Beth durch die Bankreihen; hinter mir schreiten Grace, Charlotte und Gina. So verstohlen ich kann, suche ich die Gäste nach ihm ab.

Plötzlich spüre ich einen Finger im Rücken. Ich werfe einen Blick über die Schulter, um zu sehen, worauf Grace meine Aufmerksamkeit lenken will. Ich entdecke ihn sofort. Der Einzige meiner Exfreunde, der heute hier ist. Glücklicherweise ist es einer der wenigen, gegen dessen Anwesenheit ich nichts einzuwenden habe.

Seb und ich waren auf der Uni zusammen, und zwar sieben volle Wochen lang, womit ich damals ziemlich zufrieden war. Hätte ich da schon gewusst, dass ich zehn Jahre später immer noch Single bin, wäre ich möglicherweise weniger selbstgefällig gewesen.

Im Endeffekt ereilte Seb dasselbe Schicksal wie all meine darauf folgenden Tändeleien, doch im Großen und Ganzen war es zweifellos eine eher bittersüße Geschichte.

Ich weiß nicht mal mehr, warum wir uns trennten. Woran ich mich aber noch erinnere, ist, dass ich mich nicht erleichtert fühlte. Ganz und gar nicht. Im Gegenteil, damals bereute ich es, da bin ich mir sicher. Ich wollte es ihm sogar mitteilen, aber als ich mich endlich dazu aufraffte, war es zu spät und er hatte eine andere.

Auf jeden Fall habe ich nie enträtseln können, wie es zu diesem Ausrutscher in einer ansonsten unerschütterlich vorhersehbaren Laufbahn kommen konnte.

Aber das Gute an der ganzen Sache ist, dass ihn hier zu treffen – zum ersten Mal seit zwei Jahren – nicht annähernd so eine traumatische Angelegenheit ist wie bei den anderen.

Als er mich dabei ertappt, wie ich ihn ansehe, lächelt Seb und winkt mir kurz zu. Ich lächle zurück, werde aber von der Etikette sowie dem blöden riesigen Blumenstrauß in meinen Händen am Winken gehindert; er ist so schwer, dass ich überzeugt davon bin, jemand hat eine Hantel zwischen all dem Grünzeug versteckt.

»Er sieht gar nicht so übel aus heute«, flüstert Grace, als wir stehen bleiben.

Ich gebe es nur ungern zu, aber sie hat recht.

48

Offensichtlich hat niemand den Fotografen darüber informiert, dass das hier ein Festtag sein soll. Der Mann hat Koteletten wie Ako-Pads, eine derart rote Gesichtsfarbe, als hätte man ihn mit einem Lötkolben bearbeitet, und versprüht ungefähr den Charme eines Ausbilders bei den US Marines.

»So, und jetzt alle zusammenrücken«, blafft er uns an. »Näher, *bitte.*«

Unsanft packt er eine ältere Dame in migräneauslösendem Kirschrot am Arm und schiebt sie an ihren Nebenmann heran. Dass die Aufgabe, eine solche Anzahl von Leuten in die richtige Position zu bringen, nicht von einer Sekunde auf die andere zu bewerkstelligen ist, scheint er nicht im Ansatz zu begreifen.

»Die Brautjungfern müssen nach vorne kommen. Nein, nicht so weit!«, brüllt er. »Da stehen bleiben. Nein, nicht da, ein bisschen zurück.«

Valentina schmollt, und zur Abwechslung kann ich das mal nachvollziehen. Doch jemand ändert das bald.

»Ich könnte schwören, auf der letzten Hochzeit jemanden wie dich gesehen zu haben«, höre ich eine Stimme hinter mir, die ich sofort als Jacks erkenne.

Schnell halte ich mir die Hand vor den Mund, um ein Lächeln zu unterdrücken.

»Die linke Brautjungfer *bitte* die Hand runternehmen«, trompetet der Fotograf. »Gut, dann probieren wir's noch mal.«

»Wenn Sie sich nicht benehmen, Miss Hart, dann müssen Sie in die letzte Reihe«, flüstert die Stimme hinter mir.

Ich versuche, nicht zu grinsen; wenn ich nicht aufpasse, sehe ich auf diesen Fotos noch aus wie der Mann im Mond.

»Das fehlt mir noch, dass du mich hier in Schwierigkeiten bringst«, flüstere ich leicht nach hinten geneigt zurück.

»Wenn du nicht anständig machst, was der Onkel dir sagt, ist das ja wohl kaum meine Schuld. Ich wette, du musstest in der Schule immer nachsitzen, stimmt's?«

Ich suche noch nach einer geistreichen Entgegnung, als der Fotograf alle außer Braut und Brautjungfern auffordert, sich zu entfernen. Die gesamte Hochzeitsgesellschaft stürmt los Richtung Hotel, alle eindeutig nach etwas zu trinken lechzend. Es wird jetzt schon deutlich, dass es vielleicht kein Fehler gewesen wäre, ein paar Ordner für diese Veranstaltung anzuheuern.

»Sieht aus, als müsste ich dich hier allein lassen«, sagt

Jack mit einem breiten Lächeln. »Wir sehen uns später, oder?«

Ja, bitte.

Eine meiner Erkenntnisse über Hochzeiten ist, dass die Fotos zu lange dauern. Die meisten Gäste sind in der Zwischenzeit schon sturzbetrunken, und die Mitwirkenden kriegen vor lauter Stillstehen Krämpfe. Fast eine Stunde und zehn Minuten nach dem Beginn dieses Marathons habe ich allmählich ernsthaft die Nase voll.

»Weißt du, wie spät es ist?«, sage ich zu Grace neben mir.

»Warum?«

»Es ist nach fünf Uhr, und wir sind alle noch vollkommen nüchtern. Das kommt einem bei einer Hochzeit irgendwie nicht richtig vor.«

»Das habe ich gehört«, bemerkt Georgia.

»Entschuldige.« Ich halte die Hände noch. »Ich wollte mich nicht beschweren, ehrlich.«

Wollte ich natürlich doch.

»Nein, nein, du hast ja recht«, sagt sie. Dann: »Hör mal, Bruce«, spricht sie den Fotografen an. »Von jetzt ab nur noch ungestellte Fotos, ja? Kommt, Mädels, wo ist die nächste Bar?«

Sie marschiert voran, einen hoffnungslos überflüssigen Mr Ako-Pads zurücklassend. Wir anderen bemühen uns, ihr so anmutig wie nur möglich in zehn Zentimeter hohen Absätzen über einen Strand zu folgen. Als wir die Terrasse erreichen, wende ich mich an Grace und atme tief ein.

»Ist meine Wimperntusche verschmiert?«, frage ich sie.

»Nein«, grinst sie.

»Frisur sitzt?«

»Ja.«

»Was ist mit dem Lippenstift?«

»Evie«, sagt sie, »du siehst toll aus. Ganz toll. Wenn du es heute nicht schaffst, Jack abzuschleppen, dann klappt es verdammt noch mal nie mehr.«

49

Der Empfang findet in einem riesigen Saal statt, in dem jedes nur erdenkliche Hochzeitsaccessoire versammelt ist. Es gibt Tischschmuck von einem Meter Durchmesser aus weißen Rosen und Federn, eine achtstöckige Torte mit weißem Schokoladenguss und Beeren sowie ein überdimensionales Netz voller Luftballons über unseren Köpfen.

»Sind die Federn nicht lustig?«, fragt meine Mutter und kommt mit zwei Gläsern in der Hand auf mich zu. »Ich muss Georgia fragen, wo sie die herhat.«

»In Anbetracht der Tatsache, dass deine Hochzeit auf einer Wiese stattfindet, Mum, bin ich mir nicht so sicher, ob die Glamour-Deko so passend wäre«, antworte ich und nehme eines der Gläser entgegen.

»Ach nein, ich dachte nicht an die Tische«, sagt sie. »Ich habe überlegt, ob ich mir daraus einen Kopfschmuck machen lassen könnte. Du weißt schon, so à la Moulin Rouge. Natürlich müsste er farblich zu meinem Kleid passen. Hab ich dir schon erzählt, dass ich mich für Grün entschieden habe?«

Ob die Scilly-Inseln für den Kleidungsstil meiner Mutter bereit waren, kann ich nicht mit Sicherheit sagen, aber ihr einzigartiger Sinn für Mode bricht sich heute mit voller Wucht Bahn.

Sie hat sich für einen violetten Poncho entschieden, dazu einen 60er-Jahre-Schlapphut und einen Rock, der so kurz ist, dass er eigentlich für eine Frau ihres Alters gesetzeswidrig sein sollte.

Das einzig Positive, was ich über dieses Ensemble sagen kann, ist, dass sie wenigstens einigermaßen anständige Beine hat. Schade nur, dass sie in eine orangefarbene Strumpfhose mit Paisleymuster gehüllt sind, die sie aussehen lassen, als hätte sie Wundbrand im Frühstadium.

»Hallo«, sagt jemand, und ich wirbele mit pochendem Herzen herum. Es ist Jack. »Ich dachte schon, ihr wärt ins Meer gespült worden, so lange wart ihr da draußen bei dem Fotografen.«

»Wem sagst du das.« Ich sehe ihm in die Augen.

Er erwidert meinen Blick, als wollte er mir etwas mitteilen. Ich weiß nur nicht, was.

»Ich bin Jack«, sagt er schließlich und streckt meiner Mutter die Hand entgegen.

O Gott, *meine Mutter.* Aus irgendeinem Grund war meinem Gedächtnis ihre Anwesenheit vorübergehend entschlüpft. In ihrem durchgeknallten Hut. Und der grauenhaften Strumpfhose. Und … *oh, Mum, bitte benimm dich.*

»Sehr angenehm«, lächelt sie ihn an. »Ich bin Sarah, Evies Mutter. Und Sie sind einer der Exfreunde meiner Tochter, nehme ich mal an?«

Die Frau ist eine Bürde.

»Nein, Mum«, gehe ich dazwischen, »Jack ist …«

»Oh, tut mir leid. Ich dachte nur, weil sie in der letzten Zeit so viele davon angesammelt hat«, setzt sie noch einen drauf. »Wo ich gehe und stehe, treffe ich auf jemanden, mit dem sie mal zusammen war.«

»*Ha, ha, ha, ha, ha, ha!*«, platze ich heraus. Am liebsten würde ich sie erdrosseln. »Der war gut, Mum. Na, jedenfalls, ähm, also …«

Ich würde das Gespräch gern auf ein Thema lenken, bei dem meine Mutter mich nicht in Verlegenheit bringen kann.

Aber irgendwie ist das gar nicht so einfach.

»Freut mich sehr, Sarah«, sagt jetzt Jack. »Wobei ich mir schon gedacht hatte, dass Sie beide Mutter und Tochter sind. Sie sehen sich so ähnlich.«

Gott steh mir bei. Ich hoffe, er glaubt nicht, ich hätte auch eine ähnliche Garderobe.

»Entschuldigt mich bitte mal kurz«, sagt meine Mutter. »Ich bin am Verhungern.«

Schon wage ich zu hoffen, sie würde verschwinden und sich etwas zu Essen suchen. Doch stattdessen reißt sie eine Kellnerin fast zu Boden, die mit einem Tablett voller Kanapees an uns vorbeiläuft.

»Sie wissen nicht zufällig, ob die Bio sind, oder?«, fragt sie.

Die Kellnerin, die kaum alt genug aussieht, um einen Schulabschluss zu haben, schüttelt den Kopf. »Nein, tut mir leid.«

»Ist da irgendwo Gelatine drin?«

Wieder schüttelt das Mädchen den Kopf. »Ich bin mir nicht sicher.«

»Irgendwas Veganes dabei?«

»Ähm, ich glaube, auf dem hier ist Spinat.« Sie deutet auf etwas schlammig Grünes, das ein quadratisches Blätterteigteilchen krönt.

»Und sind in dem Teig tierische Fette?«

»Das kann ich Ihnen nicht sagen.«

»Mum«, unterbreche ich, »musst du das wirklich alles fragen?«

»Natürlich«, antwortet sie. »Und du solltest das auch, junge Dame, bei deinen ganzen Allergien.«

Meine Allergien beschränken sich auf genau eine – gegen Meeresfrüchte –, und selbst darauf habe ich seit mindestens fünf Jahren nicht mehr reagiert.

»Also, wo war ich«, fährt meine Mutter fort. »Was ist mit den Eiern, sind die von freilaufenden Hühnern?«

Die Kellnerin sieht aus, als würde ihr bei der nächsten Frage der Kopf platzen.

»Ich könnte mal den Koch fragen gehen, wenn Sie möchten«, bietet sie an.

Meine Mutter zuckt die Achseln. »Wissen Sie was, ich riskiere es einfach.« Damit türmt sie sich genug Kanapees auf die Serviette, um eine Kleinfamilie zwei Tage lang zu verpflegen.

Angestrengt überlege ich, wie ich Jack von diesem grotesken Intermezzo ablenken kann, aber wie üblich fällt mir nichts Passendes ein.

»Hast du ein schönes Zimmer bekommen?«, erkundige ich mich und merke sofort, dass das klingt, als wollte ich zu einer privaten Besichtigung eingeladen werden.

»Nicht, dass ich es sehen wollte«, füge ich hastig hinzu. »Ich meine, ich hätte nichts dagegen, es zu sehen. Aber nicht, weil ich … also, du weißt schon.«

O mein Gott.

»Ähm, meines hat eine Terrasse«, fahre ich fort. Evie, du Trottel. Selbst meine Mutter hält zwischen ihren Kanapees inne und fragt sich, was ich da fasele.

»Ja«, sagt Jack.

»Ja, was?«, frage ich. »Ich meine, wie ja? Ich meine … was?«

»Ja, mein Zimmer ist schön«, entgegnet er gelassen. »Und es hat eine Terrasse mit Blick auf die Bucht. Es ist wirklich sagenhaft. Ich war noch nie auf den Scilly-Inseln, aber langsam frage ich mich, warum eigentlich nicht. Es wäre schön, mal für länger herzukommen.«

»Stimmt, es ist wirklich sehr hübsch hier«, pflichtet meine Mutter bei. »Und dieser ganze Luxus ist ein Genuss. An so was bin ich nicht gewöhnt. Meine Urlaube sind meistens ganz anders.«

O nein. Bitte erzähl nicht von der Woche Müllaufsammeln in Ägypten. Bitte erzähl nicht von der Woche Müllaufsammeln in Ägypten. Bitte erzähl nicht von der Woche Müllaufsammeln in Ägypten.

»Ich war kürzlich eine Woche Müllaufsammeln in Ägypten«, verkündet meine Mutter.

»Das ist ja witzig, eine Kollegin von mir hat etwas ganz Ähnliches gemacht«, erzählt Jack. »Sie fand es großartig. Bei ihr klang es wirklich, als könnte es Spaß machen.«

»Siehst du?«, wendet sich meine Mutter an mich. Dann richtet sie sich wieder an Jack. »Evie glaubt, ich bin verrückt.«

»Ich weiß, dass du verrückt bist«, murmle ich.

»Na ja, ich kann mir schon vorstellen, dass das nicht jedermanns Sache ist«, meint Jack. »Aber ich würde es einer Woche Mallorca jederzeit vorziehen.«

»Siehst du?«, sagt meine Mutter noch einmal zu mir. »Das finde ich nämlich auch. Evie, du solltest mehr auf deine Freunde hören.«

Die Richtung, die diese Unterhaltung einschlägt, gefällt mir überhaupt nicht.

»Klar«, behaupte ich, »einer Woche Mallorca würde ich es auch vorziehen.« Was nicht ganz der Wahrheit entspricht. »Aber es gibt noch haufenweise andere Orte, die mich mehr reizen. Ich gehöre nicht zu den Menschen, deren Vorstellung von einer Auslandsreise sich auf eine Club-Med-Broschüre beschränkt, wie du sehr wohl weißt.«

»Nein, nein«, sagt meine Mutter, »außerdem ist das sowieso nichts mehr für Leute in deinem Alter.«

50

DIE SITZORDNUNG mag ja in Blattgold von Hand gefertigt worden sein, aber eines gefällt mir daran überhaupt nicht. Jack und ich sitzen nicht nebeneinander.

Noch schlimmer, er wurde zu einer anderen Brautjungfer gesetzt, Georgias Cousine Beth. Nicht nur ist sie einige Jahre jünger als ich, sondern sieht mit ihrem glutvollen brünetten Typ von ganz alleine aus wie ein Model.

Trotzdem ist nicht alles schlecht. Wenigstens sitze ich neben Jim, was mir die Gelegenheit bietet, ihn über Charlottes neuen Look zu befragen.

»Was hältst du von Charlottes Verwandlung?«, frage ich, als die Vorspeise serviert wird.

»Sie sieht unglaublich aus«, sagt Jim. »Völlig verändert. Obwohl ich auch vorher fand, dass sie nett aussah.«

Ich grinse.

»Jedes Mal, wenn wir uns sehen, fragst du mich nach Charlotte«, fügt er hinzu. »Man könnte fast glauben, du wolltest uns verkuppeln.«

»Ich? Nichts könnte mir ferner liegen.«

Ich halte einen Moment inne, als er mir einen skeptischen Blick zuwirft.

»Na gut, selbst wenn«, räume ich ein, »also nur *wenn* – du könntest es weit schlechter treffen als mit Charlotte. Sie ist ein wahrer Engel.«

Jim lacht. »Sehr subtil. Aber das weiß ich selbst. Ich muss nicht überzeugt werden.«

»Nicht?«

»Nein. Ich hab es dir beim letzten Mal schon gesagt. Ich finde sie nett.«

Ich warte auf das *Aber*, im Sinne von: ›Ich finde sie nett, *aber* mehr auch nicht.‹

»Und ich mag sie sehr«, schließt er.

»Aber?«, sage ich.

»Kein Aber. Ich mag sie. Mag sie sehr. Wolltest du das hören?«

»Wenn du sagst, du *magst* sie«, lasse ich nicht locker, während ich mir eine weitere Gabel Räucherlachs mit Limonen-Crème-fraîche in den Mund schiebe, »sogar *sehr* magst, meinst du damit, du interessierst dich für sie, also im Sinne von *als Frau*?«

Selbst in meinen eigenen Ohren klingt das albern gestelzt, aber ich weiß nicht, wie ich es anders formulieren soll.

»Ja«, grinst er. »Meine Güte, was soll ich denn sonst noch sagen? Ja, ich finde sie nett. Ja, ich habe Interesse an ihr. Ja, ich fühle mich von ihr angezogen. Zufrieden?«

»Du fühlst dich von ihr angezogen?«, wiederhole ich und springe fast vom Sitz. »Ehrlich? Das ist ja fantastisch! Das ist super. Mein Gott, ihr seid füreinander geschaffen.«

»Hmmm. Da bin ich mir nicht so sicher«, sagt er.

»Was soll das heißen?«

»Das heißt«, meint er, »dass das, glaube ich, nicht auf Gegenseitigkeit beruht.«

Ich kann nicht fassen, was ich da höre.

»Das tut es aber!«, erkläre ich. »Ich verspreche es dir.«

»Hmmm«, macht er wieder, immer noch nicht überzeugt. »Den Eindruck hatte ich aber nie.«

»Ach, das ist typisch Charlotte«, sage ich. »Sie ist ein hoffnungsloser Fall. Also das heißt, sie ist manchmal ein bisschen schüchtern. Aber das muss ich dir ja nicht sagen.«

»Und du glaubst wirklich, es liegt nur daran?«

»Auf jeden Fall. Überlass das nur mir.«

Ich kann es kaum erwarten, Charlotte davon zu erzählen.

51

Eigentlich muss ich gar nicht aufs Klo. Aber mein Verschwinden Richtung Damentoilette nach dem Dessert gestattet es mir, einen langen und vollkommen unnötigen Umweg an Jacks Tisch vorbei zu machen. Ich streiche mir das Kleid glatt und atme ein, um den beunruhigenden und unmittelbaren Effekt zu verstecken, den ein großes Stück Käsekuchen mit Wildbeerenkompott auf meinen Bauchumfang hatte.

Beim Näherkommen sehe ich Beth sich am Tisch zu Jack vorbeugen, eine Haarsträhne um den Finger wickelnd und einen solchen Schmollmund ziehend, dass Angelina Jolie daneben aussähe wie eine Kandidatin für Lippenimplantate. Sie, stelle ich schuldbewusst fest, hat das Dessert abgelehnt. Ich versuche, noch tiefer einzuatmen, und laufe langsam vorbei, in der Hoffnung, Jack möge mich bemerken.

Doch das tut er nicht, und ich weiß auch, warum. Wenn es einen Flirtwettbewerb gäbe, dann wäre Beth auf rekordverdächtigem Goldmedaillenkurs. Sie blickt ihm so tief in die Augen, dass er ihre Hornhaut inzwischen besser kennen müsste als ihr Optiker.

Von meiner Perspektive aus kann ich Jacks Gesicht nicht sehen. Obwohl ich mir fast den Hals ausrenke, um seine Reaktion auf diese frontale Flirtattacke zu sehen. Doch von hinten wirkt er auf mich nicht besonders besorgt darüber, dass mit der Entschlossenheit einer militärischen Eliteeinheit in seine Distanzzone eingedrungen wird. Ich spüre einen Eifersuchtsstich. Und das behagt mir gar nicht.

Also reiße ich mich von diesem Anblick los und mache auf dem Absatz kehrt. Unterwegs schnappe ich mir noch Charlotte, damit der Weg nicht komplett sinnlos war.

»Ich muss dir was erzählen«, verkünde ich und hake sie unter.

»Was denn?«

»Jim ist in dich verliebt.«

»Das sagst du ständig.« Sie verdreht die Augen.

»Nein, dieses Mal ist es aber keine Spekulation«, teile ich ihr begeistert mit. »Er hat es wirklich so gesagt.«

»Aha«, sagt sie.

Nicht unbedingt die Reaktion, auf die ich gehofft hatte. Womöglich glaubt sie mir nicht.

»Charlotte, ehrlich, das denke ich mir nicht aus oder

übertreibe oder sonst was. Er hat gesagt, *er fühlt sich von dir angezogen.* Laut und deutlich.«

»Okay«, entgegnet sie mit unbewegter Miene.

»Freust du dich denn gar nicht?« Ich bin entgeistert. »Ich dachte, du magst ihn.«

»Ja, schon, als Kumpel«, sagt sie.

Darüber muss ich einen Augenblick nachdenken.

»Du willst mir doch nicht erzählen, dass du tatsächlich nicht in ihn verliebt bist? Im Sinne von, du bist *wirklich* nicht in ihn verliebt?« Das kann doch wohl kaum eine einleuchtende Erklärung sein.

»Doch«, meint sie, »genau das will ich sagen.«

Ich lege die Stirn in Falten. »Aber er ist ehrlich, ehrlich in dich verliebt, Charlotte. Und er ist einfach toll.«

»Das tut mir ja auch leid, Evie, aber es beruht nicht auf Gegenseitigkeit.« Allmählich wirkt sie für ihre Verhältnisse etwas genervt. »Ich weiß nicht, was ich sonst noch dazu sagen soll.«

Mir fehlen die Worte.

»Ich will ja nicht darauf herumhacken, Charlotte, aber ich muss doch sagen, dass ich überrascht bin. Er sieht gut aus, er ist intelligent, er ist wirklich nett, und jetzt hat er auch noch in aller Öffentlichkeit zugegeben, dass er in dich verliebt ist. Was willst du denn noch?«

»Das würdest du nicht verstehen«, seufzt sie. Dann verschwindet sie in einer Kabine, ein Stück Klopapier am Absatz tragend. Noch bevor ich die Chance hatte, mich zu verteidigen.

Da ich schon mal hier bin, kann ich genauso gut auch

aufs Klo gehen. Genau als ich wieder herauskommen will, erkenne ich draußen eine Stimme. Es ist Beth, die sich mit der ebenfalls abstoßend dünnen und hübschen Brautjungfer Gina unterhält. »Er hat dir wirklich seine Telefonnummer gegeben?«, fragt Gina.

Ich nehme die Hand von der Türklinke und entscheide mich, mir dieses Gespräch anzuhören.

»Bitte sehr, hier ist sie«, kichert Beth. »Hat er nicht eine tolle Handschrift? Ach, was sag ich da. Alles an ihm ist toll, oder?«

Jetzt lacht Gina.

Ich klappe den Deckel herunter und setze mich darauf, um die Situation zu überdenken. Warum habe ich nur das grässliche Gefühl, zu wissen, von wem sie sprechen?

»Wann willst du ihn denn anrufen?«, fragt Gina.

»Das hängt davon ab«, erwidert Beth, »ob ich es heute Nacht noch schaffe, ihn abzuschleppen!«

Beide brechen vor Kichern zusammen, und aus irgendeinem Grund ist mir ganz leicht übel. Der extra Klecks Wildbeerenkompott war definitiv ein Fehler. Ich würde wahnsinnig gerne noch mehr hören, aber ich habe Angst, dass jemand einen Rettungstrupp nach mir aussendet und die Tür aufbricht, wenn ich noch länger hier drin bleibe. Also drehe ich das Schloss um und marschiere zum Waschbecken.

Charlotte ist offenbar schon weg.

»Hi!«, grüße ich Beth und Gina fröhlich.

»Hi!«, entgegnen sie wie aus einem Munde.

»Amüsiert ihr euch gut?«, frage ich heiter.

»Sie auf jeden Fall«, sagt Gina und deutet mit dem Kopf auf Beth. Dann fangen beide wieder an zu lachen.

»Ach ja?« Ich bin die Unschuld selbst. »Warum denn?«

»Nur so«, antwortet Beth, » und weil ich bei der Sitzordnung den Jackpot geknackt habe. Übrigens hat Jack, der Typ, neben dem ich sitze, gemeint, er kennt dich, Evie. Zumindest flüchtig.«

»Ja, stimmt.« Ich werfe mein Papierhandtuch in den Müll. »Er kennt mich. Flüchtig.«

52

ICH DISKUTIERE mit einigen von Georgias Freunden, wer den Preis für die längste Rede gewinnt, als mich jemand auf die Schulter tippt.

»Lange nicht gesehen«, begrüßt mich Seb mit einem breiten Lächeln.

»Ich glaub's ja nicht, wie geht es dir?« Ich küsse ihn auf die Wange.

»Ausgezeichnet«, sagt er. »Und dir?«

»Super. Was macht die Arbeit?«

Seb hat Physik studiert und dann den traditionellen Berufsweg eines Naturwissenschaftlers eingeschlagen – indem er einen Job bei einer Bausparkasse antrat. Nicht das, was ich mir unter Spaß vorstelle; andererseits verdiene ich mein Geld mit Geschichten über fremdsprachlich begabte Schweine. Außerdem, wenn es einem nur um Geld geht, kann man gegen Sebs berufliche Laufbahn nichts einwenden. Bei unserer letzten Begegnung war er in seiner Firma so steil aufgestiegen, dass er über ein Gehalt verfügte, das ich als Journalistin im Idealfall ungefähr im Alter von hundertzwölf erreichen könnte.

»Die Arbeit läuft sehr gut«, erzählt er. »Und bei dir?«

»Ähm, nicht schlecht.« Das Thema Simon möchte ich heute lieber nicht vertiefen. »Wohnst du immer noch in Woolton?«

»Nein, ich bin letztes Jahr umgezogen. Ich wollte etwas Größeres, um meinen Billardtisch unterzubringen.«

Belustigt schüttle ich den Kopf. »Deine Freundin muss aber sehr verständnisvoll sein, wenn sie dir erlaubt, die Wohnung mit Jungsspielzeug vollzustellen.«

»Ähm, ja. Allerdings kam der Billardtisch erst an, nachdem sie weg war.« Er sieht mir in die Augen. »Wir haben uns vergangenes Jahr getrennt.«

»Oh, das tut mir leid.«

»Nein, ist schon in Ordnung.« Er zuckt die Achseln. »Es hat einfach nicht funktioniert, also haben wir uns geeinigt, getrennte Wege zu gehen. Freundschaftlich.«

»Schön«, nicke ich.

»Das Essen war gut, oder?«, fragt er.

»Fantastisch«, sage ich, obwohl mir im selben Moment auffällt, dass das flaue Gefühl von vorhin sich verschlimmert hat. Mir geht es eindeutig nicht hundertprozentig gut. Warum, weiß ich auch nicht so genau, aber ich bin nicht ganz fit.

»Also, ich muss schon sagen, du siehst großartig aus«,

fahre ich fort, entschlossen, mir mein Unwohlsein nicht anmerken zu lassen. Außerdem ist das nicht nur ein höflicher Spruch. Das meine ich ernst. Seb hat sich sehr zu seinem Vorteil entwickelt. Sein einstiges Milchgesicht ist jetzt kantiger und erwachsener, und statt der früheren blassen Gesichtsfarbe trägt er jetzt eine zarte und sehr vorteilhafte Bräune.

Zwanzig Minuten lang unterhalten wir uns über alte Zeiten, bringen einander auf den neuesten Stand und stellen fest, dass sich vieles geändert hat. Aber vieles auch nicht.

»Ich muss zugeben«, sagt er schließlich, »dass ich heute unbedingt mit dir reden wollte.«

»Wirklich? Warum denn?«

»Weiß auch nicht. Als ich dich vorhin da durch die Bankreihen schreiten sah, sahst du einfach unglaublich aus. Wunderschön. Und das hat mich ins Grübeln gebracht.«

»Worüber?«, frage ich.

»Warum ich dich jemals habe gehen lassen.«

53

ICH ENTSCHLIESSE MICH zu einem Spaziergang, vielleicht hilft ein bisschen frische Luft gegen das Unwohlsein.

Doch nach zwanzig Minuten Kampf gegen den Wind, der mir die Frisur zerzaust, während gleichzeitig die Hochzeitsfeier immer lebhafter wird, muss ich erkennen, dass es zwecklos ist. Auf dem Weg zurück laufe ich meiner Mutter in die Arme.

»Hallo, Mum.«

»Um Himmels willen«, ruft sie.

»Was ist denn los?« So schlimm können meine Haare doch wohl nicht aussehen!

»Evie, hast du Meeresfrüchte gegessen?«, erkundigt sie sich mit besorgter Miene.

Ich ziehe die Augenbrauen zusammen. »Ich glaube eigentlich nicht, obwohl …«

Jetzt, wo ich darüber nachdenke, fallen mir ein paar Kanapees mit undefinierbarem Zeug darauf am früheren Abend ein.

Der Blick meiner Mutter lässt überhaupt nichts Gutes vermuten.

Dann betaste ich mein Gesicht und weiß Bescheid. Ganz offensichtlich habe ich Meeresfrüchte gegessen. Und zum ersten Mal seit fünf Jahren habe ich allergisch darauf reagiert. Was mir an einem Tag wie heute gerade noch gefehlt hat.

»Diese blöden Kanapees«, schimpfe ich. »Dabei wollte ich sie nicht mal essen. Das war nur aus Langeweile, während ich bei Georgias Tante Vera festhing.«

»Keine Panik«, besänftigt mich meine Mutter, die offenbar beschlossen hat, ausnahmsweise die Gelassene und Vernünftige zu sein. »Geh und spritz dir ein bisschen kaltes Wasser ins Gesicht. Vielleicht lässt dann die Schwellung etwas nach. Komm, ich schmuggle dich rein.«

Zusammen schleichen wir durch die Flügeltür und bemühen uns, so unauffällig wie zwei Amateurfassadenkletterer den Raum zu durchqueren.

Ich habe die Hand über das Gesicht gelegt, als hätte ich Kopfschmerzen, Mum läuft zehn Zentimeter vor mir. Der Plan lautet, dass niemand an ihr vorbeisehen und einen Blick auf mich erhaschen kann. Was an sich prima wäre, wenn sie mich nicht ständig zum Stolpern bringen würde, so dass ich um ein Haar mit dem Gesicht nach unten in einem Berg Makronen lande.

Als wir endlich die Damentoilette erreichen, hole ich tief Luft und sehe in den Spiegel.

»Um Himmels willen!«, ächze ich.

»Ach, komm schon. So schlimm ist es nicht«, sagt meine Mutter.

»Darf ich dich daran erinnern, dass das vorhin genau deine Worte waren?«, grummle ich. »Und wir sprechen noch nicht mal von deinem Gesicht.«

Ich würde nicht gerade behaupten, dass ich wie der Elefantenmensch aussehe; aber bei meinen zugeschwollenen Augen und den fleckigen Wangen könnte er vermutlich momentan einen Schönheitswettbewerb gegen mich gewinnen. Plötzlich schwingt die Tür auf, und Grace kommt herein.

»*O mein Gott …*« Sie sieht aus, als wäre sie Zeugin eines Autounfalls geworden.

»Bitte nicht schreien«, sage ich, »sonst breche ich doch noch zusammen.«

»Was ist denn mit dir passiert?«, will sie wissen. »Du siehst aus, als hätte dich jemand verprügelt.«

»Na, herzlichen Dank«, gebe ich zurück. »Jetzt fühle ich mich schon um einiges besser. Das ist eine allergische Reaktion auf irgendein Schalentier.«

»Ich dachte, du hattest seit Jahren keine mehr«, sagt sie.

»Hatte ich auch nicht. Aber das liegt wahrscheinlich daran, dass ich seit Jahren keine Schalentiere mehr gegessen habe.«

»Und warum hast du es heute getan?«, fragt sie.

»Ich habe es gar nicht bemerkt – ach, ist doch auch egal. Tatsache ist, dass ich aussehe, als hätte ich den Kopf in einen Bienenkorb gesteckt. Was zum Henker soll ich denn jetzt machen?«

Meine Mutter seufzt. »Sehr viel kannst du nicht tun, außer abwarten, dass es abschwillt«, stellt sie sehr praktisch fest. »Und die positive Seite daran sehen.«

»Und die wäre?«, erkundige ich mich.

»In Papua-Neuguinea gibt es Stämme, die so was sehr attraktiv finden«, informiert sie mich. »Die stellen alles Mögliche an, um so eine Wirkung auf ihrem Gesicht zu erzielen.«

Danke, Mum. Vielen Dank.

54

IN ERMANGELUNG einer Papiertüte, um meinen Kopf zu verhüllen, ziehen Grace und ich uns in die dunkelste Ecke zurück.

»Dieses Mädchen da lässt Valentina wie eine Dilettantin aussehen«, bemerkt Grace mit Blick auf Beth.

Obwohl sie bereits annähernd zweieinhalb Stunden lang während des Essens das Vergnügen seiner Gesellschaft genießen durfte, hat sich Beth jetzt an Jack geheftet wie ein Blutegel. Wenn auch ein sehr hübscher Blutegel.

»Warum gehst du nicht hin und trennst die beiden?«, schlägt sie vor.

»Wie bitte? Bist du von allen guten Geistern verlassen?«

»Ich dachte, er gefällt dir.«

»Ja, eben. Es wird meine Chancen bei ihm sicher beträchtlich erhöhen, wenn er mich als Phantom der Oper zu Gesicht bekommt.«

Sie nippt an ihrem Glas und betrachtet wieder mein Gesicht.

»Es flaut schon ab«, stellt sie fest. »Wie lange dauert es normalerweise, sagtest du?«

»Ein paar Stunden. Ich wünschte, es würde endlich dunkel.«

Wieder nimmt Grace einen Schluck und starrt in die Ferne.

»Geht es dir gut?«, frage ich. Warum, weiß ich auch nicht genau, aber Grace steht heute irgendwie neben sich.

»Ja, ja. Ich bin nur ein bisschen müde. Scarlett findet es neuerdings ganz toll, um zwei Uhr morgens hellwach zu sein und spielen zu wollen. Das hängt mir jetzt nach.«

»Was, und du hast um die Uhrzeit keine Lust auf ein bisschen Kinderliedersingen?«

»Komischerweise nicht.«

Plötzlich taucht Valentina an unserem Tisch auf. »Immer noch angeschwollen?«, sagt sie zu mir.

Ich runzle die Stirn. »Warum fragst du nicht ›immer noch hässlich‹?«

»Ich wollte deine Gefühle nicht verletzen.« Sie zuckt die Achseln. »Aber bitte: Immer noch hässlich?«

Ich ermahne mich, sie einfach nicht zu beachten.

»Wie viele Leute sind auf dieser Hochzeit?«, fährt sie fort.

»Knapp über zweihundert.«

»Unglaublich.« Sie schüttelt den Kopf. »Bei der Anzahl würde man doch wenigstens ein paar passende alleinstehende Männer erwarten.«

»Es gibt haufenweise alleinstehende Männer hier«, sagt Grace.

»Ich sagte *passende* alleinstehende Männer«, korrigiert Valentina. »Da besteht ein Riesenunterschied.«

»Womit du wahrscheinlich meinst, dass sie aussehen sollten wie Orlando Bloom und das Bankkonto von Donald Trump haben«, sage ich.

Valentina macht ein abfälliges Geräusch.

»Ich weiß nicht, warum alle glauben, ich wäre so oberflächlich. Aber ja, so was in der Art wäre schon mal ein Anfang.«

»Ist Seb nicht gerade Single?«, erkundigt sich Grace.

»Ja, schon, aber er hat mir gerade erzählt, dass er mal eine Pause macht«, beeile ich mich zu sagen. »Er hat erst kürzlich eine Trennung hinter sich und möchte ein bisschen Zeit für sich.«

»Das sagen doch alle«, meint Valentina. »Ich habe noch nie einen Mann getroffen, den man nicht überreden konnte. Wer ist denn dieser Seb?«

»Ein Typ, mit dem ich auf dem College zusammen war. Du weißt schon, der Physikstudent.«

Sie zieht eine Grimasse. Wenn es eines gibt, was ihr einen Mann verleidet, dann die Vorstellung, dass ich zuerst da war. Moment mal. Warum will ich ihr Seb überhaupt verleiden? Es kann mir doch völlig gleichgültig sein, ob Valentina Seb verführt.

Ach, Evie, jetzt reiß dich mal zusammen.

55

»BIST DU SICHER, dass alles in Ordnung ist?«, frage ich Grace eine Stunde später, als wir wieder allein sind.

Sie seufzt. »Hochzeiten bringen einen einfach ins Grübeln über die eigene Beziehung. Wenn wir früher auf einer waren, dann fragte ich mich nur in der Kirche, wenn das Brautpaar an uns vorbeilief, ob wir es wohl jemals auch tun würden. Jetzt, wo wir es wirklich getan haben, denke ich schon den ganzen Tag über unsere Ehe nach.«

»Und? Deine Ehe ist doch okay, oder?«

»Ach, an sich ist alles wunderbar«, sagt sie. »Patrick ist einfach in letzter Zeit ein bisschen merkwürdig.«

»Inwiefern?«

Sie überlegt. »Nichts Spezielles. Aber nimm zum Beispiel heute Morgen. An diesem Wochenende sind wir zum ersten Mal seit unserer Hochzeitsreise allein von zu Hause weg. Als wir in dieses traumhafte Zimmer mit dem sagenhaften Blick gekommen sind, habe ich wohl einfach erwartet … ich weiß auch nicht, dass wir in unsere üblichen Rollen schlüpfen.«

»Und welche wären das?«, frage ich und hoffe, dass es nichts mit Schwestern und Ärzten zu tun hat.

»Na ja, normalerweise«, erzählt sie weiter, »wäre ich die Vernünftige und würde schon mal meine Sachen in den Schrank hängen und dann vielleicht den Vorschlag machen, zu duschen und uns frischzumachen. An dem Punkt würde Patrick die Taschen fallen lassen, mir die Hand auf den Allerwertesten legen, ›Scheiß auf die Dusche‹ sagen und … den Rest kannst du dir ja denken.«

»Und was war heute?«

»Ich hatte schon alles ausgepackt und Shampoo in den Haaren, als er ins Bad kam, um zu verkünden, er sei mal kurz fünf Minuten weg. Ich fragte ihn, wo er hingehe.«

»Und was hat er gesagt?«

»Er wolle einen Spaziergang machen, weil er Kopfschmerzen habe«, sagt sie.

»Was ist daran so merkwürdig?«

»Also zum einen sagt das doch eigentlich die Frau.«

»Sei nicht so sexistisch«, tadle ich. »Hört sich aber doch nicht so schlimm an, Grace, ehrlich nicht.«

»Vielleicht«, meint sie düster. »Aber dieser Spaziergang.«

»Ja?«

»Er hat zwei Stunden gedauert.«

Unsere Unterhaltung wird vom Geräusch eines Mikrofons unterbrochen, und als wir aufblicken, steht Georgia vorne. Sie ist eindeutig etwas angeheitert, wenn auch nicht so volltrunken, wie man erwarten würde, nachdem der Champagner heute praktisch intravenös verabreicht wird.

»Ich weiß, dass heutzutage viele Bräute Reden halten, aber ich hatte eigentlich nicht vorgehabt, etwas zu sagen«, beginnt sie leicht lallend.

»Ihr Armen musstet euch ja schon Pete anhören und meinen Vater und unseren Trauzeugen Phil, und ich bin sicher, das hat durchaus gereicht. Aber im Laufe des Abends dachte ich mir: Warum soll ich alle so leicht davonkommen lassen? Außerdem weiß jeder, der Pete und mich kennt, dass ich ihm das letzte Wort nur ganz selten gönne.«

Gelächter ertönt.

»Früher sagte man mir immer: ›Du merkst schon, wenn dir die Liebe deines Lebens begegnet‹«, spricht sie weiter. »›Du weißt es einfach.‹ Aber ich war skeptisch, muss ich sagen. Doch ich kenne Pete jetzt seit über einem Jahr, und während dieser Zeit habe ich irrsinnig viel über ihn herausgefunden. Ich habe herausgefunden, dass er großzügig ist, dass er liebevoll ist, dass er witzig ist, dass er klug ist, dass er sich keine Termine merken kann (ich rechne nicht mit einem Geschenk zum ersten Hochzeitstag) … und ich weiß, dass er mich liebt, selbst an den Tagen, an denen ich nicht so liebenswert bin.«

Ein oder zwei spontane »Aaahs« kommen aus der Ecke ihrer Tanten, gefolgt von weiterem Gelächter.

»Aber das ist noch nicht alles. Der Grund, warum ich am heutigen Tag das Unglaubliche getan und geheiratet habe, ist, dass ich jetzt weiß, sie alle hatten recht. Ich *wusste* es einfach. Wenn ich den Rest meines Lebens mit einem Mann verbringen sollte, dann wusste ich einfach, dass es Pete sein müsste.«

Sie dreht sich zu ihrem neuen Mann um, der in der allerersten Reihe steht und von einem Ohr zum anderen grinst.

»Ich liebe dich, mein Schatz«, sagt sie schnell.

Er tritt zu ihr und zieht sie an sich, und sie schlingt ihm die Arme um den Hals, das Mikro immer noch fest umklammert.

»Ich liebe dich auch, du gefühlsduselige Kuh«, flüstert er. Ganz offenbar ist Pete nicht bewusst, dass das Mikrofon nur Zentimeter von seinem Mund entfernt ist und in den gesamten Raum überträgt, was er für sehr private Ansichten hält.

»Und darf ich dir was sagen?«, raunt er, während zweihundert Gäste atemlos auf seinen nächsten Kommentar warten.

»Deine Möpse sehen einfach großartig aus in dem Kleid.«

56

Es läuft nicht gut. Jetzt bin ich schon mal an einem Ort, der so romantisch ist, dass man ihn in Flaschen abfüllen und als Aphrodisiakum verkaufen könnte.

Und trotzdem sitze ich neben dem Freund meiner Mutter wie ein Mädchen, das zum Abschlussball keine männliche Begleitung abbekommen hat. So wie ich aussehe, kann ich von männlicher Begleitung ohnehin nur träumen. Die Schwellung ist zwar leicht abgeklungen, aber die Flecken sind noch da. Und meine verzweifelten Versuche, sie mit Valentinas Gesichtspuder abzudecken, haben mir eine Fahlheit verliehen, vor der kleine Kinder Angst bekommen.

»Liegt es nur an deinem Gesicht, dass du nicht so glücklich bist, Evie?«, erkundigt sich Bob.

»Entschuldige, Bob.« Ich drehe mich wieder zu ihm um und bin kurzfristig vom Anblick seiner grünen Fliege und dem gestreiften Zweireiher aufgeheitert. »Nein, nicht nur daran.«

»Schon wieder Männerärger?«, fragt er. Nach sechs Jahren mit meiner Mutter ist er mehr als vertraut mit der Geschichte meiner Liebschaften.

»Ja. Aber nicht so … von der üblichen Art.«

»Aha?«

»Dieses Mal ist es kompliziert.«

Er nickt und wendet sich wieder seinem Tomatensaft zu.

Ich runzle die Stirn. »Du musst jetzt sagen ›Mir kannst

du's doch erzählen‹ oder so was in der Art«, erkläre ich ihm. »Du weißt schon, mich dazu bringen, dass ich mich dir anvertraue. Es mir von der Seele rede.«

»Ach so.« Etwas nervös nestelt er an seinem Bart. »Ähm, ich bin natürlich ganz Ohr.«

»Also«, fange ich an, »ich stehe wirklich auf einen Typen, der heute hier ist. Beziehungsweise, zuerst nicht, weil er mit Valentina zusammen war. Aber dann war es zwischen ihnen vorbei, und ich habe festgestellt, dass ich ihn mag.«

»Aha, gut«, sagt Bob.

»Nur, dass jetzt offenbar eine andere ihn in den Klauen hat.«

»Aha, nicht gut«, sagt Bob.

»Nein, Moment, das ist noch nicht alles. Jetzt ist auch noch einer meiner Exfreunde hier und behauptet, er frage sich – ich zitiere –, warum er mich jemals hat gehen lassen. Er ist *sehr* nett.«

»Na dann«, kommt es wie aus der Pistole geschossen, »dann nimm doch den.«

»Ich war doch noch nicht fertig«, protestiere ich. »Ich wollte gerade noch sagen, dass er sehr nett ist, aber ich im Grunde meines Herzens ahne, dass er nicht der Richtige für mich ist.«

»Ach«, macht Bob.

»Und der andere schon.«

»Aha«, sagt Bob.

Ich werfe einen Blick auf die Tanzfläche, wo Beth Jack gerade Tango beibringt. Sie könnte nicht mehr Aufmerksamkeit erregen, wenn sie nur mit einer Mickymaus-Unterhose bekleidet Rad schlagend durch den Raum wirbeln würde.

»Verstehe«, meint Bob und man kann deutlich erkennen, dass er das nicht tut. Bob kann toll vegan kochen und kennt sich ausgezeichnet mit dem Werk Jean Paul Sartres aus, aber ich bezweifle, dass er zum Kummerkastenonkel taugt.

»Der, von dem du nicht glaubst, dass er der Richtige für dich ist«, sagt er. »Was stimmt nicht mit ihm?«

»Ich kann mich nicht mehr genau erinnern«, antworte ich. »Es ist Ewigkeiten her, seit ich mit ihm Schluss gemacht habe.«

Bob wirkt nachdenklich.

»Aber die Frage ist nicht nur, was mit ihm nicht stimmt«, fahre ich fort. »Ich schätze mal, der eigentliche Punkt ist, dass mein Herz Purzelbäume schlägt, wenn ich Jack nur ansehe. Bei Seb dagegen …«

»Nur leichtes Flattern?«

Ich muss lächeln.

»Und trotzdem ist er nett und sieht gut aus und hat einen guten Job und scheint keine schlechten Angewohnheiten oder Ähnliches zu haben. Außerdem mag er mich ganz offenbar noch. Und ich mag ihn genug, um nicht zu wollen, dass Valentina ihn verführt.«

»Hmmm«, nickte Bob.

»Also, was meinst du? Was soll ich tun?«, frage ich.

Bob sieht aus wie ein Achtjähriger, der die Grundlagen der Metaphysik erklären soll.

»Tja.« Er denkt genau nach. »Hast du schon mal deine Mutter gefragt?«

Ich lache und lege meine Hand auf seine.

»Mach dir keine Sorgen, Bob«, seufze ich. »Übrigens, du musst mir verraten, wo du das Jackett gekauft hast.«

»Gefällt es dir? Ich fand es auch ganz adrett.«

Plötzlich spüre ich, dass jemand von Weitem auf uns zukommt, und als ich aufblicke, stelle ich zu meinem Schrecken fest, dass es Jack ist.

»O mein Gott.« Ich springe auf und schnappe mir meine Handtasche.

»Was ist denn los?«, fragt Bob. »Du siehst aus, als hättest du ein Gespenst gesehen. Besser gesagt siehst du jetzt *noch stärker* aus, als hättest du ein Gespenst gesehen.«

Hektisch betaste ich meine Augen und fühle, dass sie immer noch angeschwollen sind – zumindest ausreichend, um Jack so nicht unter die Augen kommen zu wollen. Fieberhaft sehe ich mich um. Ich muss einen Fluchtweg finden. Ich muss hier weg.

Und zwar schnell.

57

HEKTISCH DRÄNGE ICH mich durch Tische und Stühle, um so schnell wie möglich die Tür zu erreichen. Doch wohin ich mich auch wende, versperren mir Leute den Weg – und alle starren mich an, als hätte ich gerade die

Hauptrolle in einem Remake von *Nacht der lebenden Toten* ergattert. Ich stoße Gäste beiseite wie Kegel, in dem Bewusstsein, dass das der Gipfel der Unhöflichkeit ist; aber in diesem Fall muss man mir das einfach nachsehen.

Atemlos gelange ich schließlich nach draußen an die frische Luft, wo die Sonne untergeht und die Wogen des Atlantiks an die Küste donnern. Dann reiße ich mir die Jimmy Choos von den Füßen und sprinte mit den Schuhen in den Händen auf einen Felsbrocken in der Nähe zu. Das erscheint mir in diesem Moment als der passendste Ort für mich: ein Stein, unter dem ich mich verkriechen kann.

Ich drehe mich um, ob jemand hinter mir ist, und zu meiner Erleichterung habe ich Jack abgehängt. Mit einem Seufzer lasse ich mich auf der abgewandten Seite des Felsbrockens nieder, mit Blick aufs Meer. Plötzlich bin ich entspannter, als ich es den ganzen Tag gewesen bin. Es ist wunderbar, hier zu sitzen, mit nichts außer den Wellen und einem Kormoranpaar zur Gesellschaft.

Da entdecke ich etwas im Wasser und merke sofort, dass es größer als ein Fisch ist. Ich konzentriere mich auf die Stelle … und wieder sehe ich es. Im Geiste blättere ich durch den Reiseführer und komme zu dem Schluss, dass es eine Robbe sein muss. Und tatsächlich kommt ein kleiner Kopf zum Vorschein und wendet sich mir zu. Ich lächle.

»Warum schaust du mich so an?«, frage ich das Tier. »Sehe ich so schlimm aus, dass du mich jetzt auch schon so anstarren musst?«

»Evie«, sagt eine Stimme, »bist du das?«

Ganz kurz betrachte ich wieder die Robbe und frage mich, was um Himmels willen hier vor sich geht. Dann höre ich Schritte neben mir.

Jack hat mich gefunden.

Sofort lege ich den Kopf in die Hände.

»Sieh mich bloß nicht an!«, quieke ich, wobei mir gleichzeitig klar wird, dass diese Taktik vermutlich genau den gegenteiligen Effekt haben wird.

»Ich wollte nur mal nachsehen, wie es deiner Allergie geht«, meint er. »Deine Mutter hat mir erzählt, was passiert ist.«

»O Gott, vielen Dank, Mutter.« Immer noch ist mein Kopf in meinen Händen vergraben.

Jetzt setzt sich Jack neben mich. «Willst du die ganze Nacht so dasitzen?«, fragt er.

Ich hebe den Kopf, die Hände immer noch fest vor das Gesicht gepresst. »Wahrscheinlich schon«, murmle ich.

Er lacht laut. »Tja dann, gut«, meint er und kann vor Lachen kaum normal reden, »aber du musst mich ja für schrecklich oberflächlich halten.«

»Wie meinst du das?«

»Na ja, offenbar glaubst du, dass ich nicht hier sitzen und mich mit jemandem unterhalten will, nur weil er ein paar … Pusteln hat.«

»Es sind keine Pusteln, es sind Flecken.«

»Nur Flecken?«, sagt er. »Das ist ja gar nichts.«

»Hör mal«, erwidere ich, die Hände immer noch auf dem Gesicht, »ich weiß deine Anteilnahme ja zu schätzen, aber es würde mein Leben sehr viel leichter machen, wenn du einfach wieder reingehen und weiter für *Let's Dance* trainieren würdest.«

»Willst du mich auf den Arm nehmen? Das geht mir total auf die Nerven. Jetzt komm schon, Evie, sei doch vernünftig. Lass mich mal sehen.«

Ich denke eine Sekunde darüber nach. Oder vielleicht auch eine Minute. Wider besseres Wissen nehme ich zögerlich die Hände herunter … und sehe ihm in die Augen.

»O MEIN GOTT!«, kreischt er.

Ich kreische zurück und schlage mir die Hände wieder vors Gesicht.

»Das war ein Witz!«, sagt er. »Ehrlich, Evie, das war nur ein Witz.«

Er legt mir die Hand auf den Arm, was mir kleine Schauer durch die Adern jagt. Dann, ganz langsam, zieht er meine Hände weg.

»Ganz ehrlich, das war nur ein Witz. Tut mir leid. Tut mir wirklich leid. Glaub mir, es sieht nicht annähernd so schlimm aus, wie du denkst.«

Ich ziehe eine Grimasse.

»Du willst zwar nur höflich sein«, sage ich. »Aber trotzdem danke.«

Jack hebt einen Stein auf und spielt damit, während wir beide aufs Meer starren.

»Ich finde deine Mutter übrigens großartig«, bemerkt er.

Ich sehe ihn überrascht an.

»Wirklich? Ich meine, *ich* finde sie auch großartig, aber

die meisten anderen Leute würde schon allein der Anblick dieser Strumpfhose in die Flucht jagen.«

Er lächelt.

»Hat sie dich schon zu ihrer Hochzeit eingeladen?«, erkundige ich mich.

»Hat sie. Muss ich aus dieser Frage schließen, dass das nicht unbedingt ein besonders exklusives Privileg ist?«

»Das könnte man so sagen. Außerdem sollte ich dich wohl vorwarnen, dass die Veranstaltung nicht annähernd so zivilisiert sein wird wie diese. Ich hoffe, du magst Nesselwein, um es mal so zu formulieren.«

»Dafür allein wird es sich schon lohnen hinzugehen«, witzelt er. »Und du bist wieder Brautjungfer?«

»Ganz genau, zum dritten Mal in diesem Jahr. Ich bin eine Serienbrautjungfer.«

Er lacht und dreht mir den Kopf zu.

»Jedenfalls«, meint er, »bin ich froh, mal kurz entflohen zu sein.«

»Ich auch. Obwohl ich angenommen hatte, du wärst den ganzen Abend vergeben.«

»Du meinst an Beth?«, fragt er.

»Hmmm«, nicke ich.

»Nein. Sie ist sehr süß und alles, aber nein, ich bin auf keinen Fall den ganzen Abend vergeben. Nicht an Beth.«

58

DAS SOLLTE EIGENTLICH die beste Nachricht des Abends sein, aber ich bin trotzdem noch irritiert. Warum genau hat er Beth dann seine Telefonnummer gegeben? Ich beiße mir auf die Lippe und grüble darüber nach, während ich zur Tarnung nach etwas in meiner Tasche wühle. Sollte ich das Thema ansprechen? Einfach direkt danach fragen und die Angelegenheit gleich zu Anfang klären?

Nein. Ausgeschlossen. Was geht mich das an? Absolut gar nichts. Andererseits – wann hat mich das jemals von etwas abgehalten?

Ich suche noch nach einer Möglichkeit, davon anzufangen, ohne wie eine vom Wahnsinn getriebene Eifersuchtskranke dazustehen, als mich plötzlich etwas von der ganzen Sache ablenkt.

Seine Hand streicht über meine.

Zuerst bin ich unsicher, ob es nur ein Zufall war. Aber dann tut er es wieder. Dieses Mal schließen sich seine Finger entschlossen um meine, und ich bin wie elektrisiert. Ich wende ihm das Gesicht zu, unsere Finger sind ineinander verschränkt, seine Hand drückt meine.

»Wenn die Frage nicht zu persönlich ist«, sagt er und sieht mir in die Augen. »Hast du momentan einen Freund?«

Ich weiß, dass ich jetzt einen Schmollmund ziehen und mit verführerischen Blicken um mich werfen sollte, aber bedauerlicherweise bekomme ich nur ein unkontrolliertes Grinsen zustande.

»Die Frage ist nicht zu persönlich. Und nein, habe ich nicht.«

Jetzt lächelt er.

»Und du?«, frage ich.

»Nein.« Er schüttelt den Kopf. »Wie du weißt, war ich zweimal mit Valentina aus, aber das war alles, seit, na ja, seit meine Freundin und ich uns getrennt haben.«

»Ach.« Lieber wäre mir fast gewesen, das Stichwort wäre nicht gefallen.

Eine kurze Pause entsteht, während ich überlege, was ich sagen soll.

»War es eine freundschaftliche Trennung?«, frage ich mehr aus Höflichkeit denn aus dem Wunsch, dieses Thema zu vertiefen.

»Ja, so kann man es wohl sagen. Wobei ich nicht glaube, dass so etwas eine Trennung weniger quälend macht, wenn man lange Zeit zusammen war. Wir waren über drei Jahre ein Paar.«

»Hast du sie geliebt?«

Er denkt kurz nach.

»Ich dachte es«, antwortet er dann. »Obwohl im Rückblick zu erkennen ist, dass es zwischen uns schon länger nicht mehr gut lief.«

»Also siehst du keine Chance, wieder mit ihr zusammenzukommen?«

»Nein, definitiv nicht«, sagt er. »Ich habe lange gebraucht, um zu diesem Schluss zu kommen. Aber ich weiß heute, dass es richtig war, getrennte Wege zu gehen.«

Nach einer kurzen Pause ergänzt er: »Was mich allerdings nicht davon abgehalten hat, mir selbst ein Versprechen zu geben.«

»Nämlich?«

»Auf keinen Fall werde ich das noch einmal geschehen lassen.«

»Was genau?«

»Von jemandem verlassen zu werden, der mir wirklich etwas bedeutet«, erklärt er.

Ganz plötzlich fühle ich mich leicht unwohl.

»Findest du das blöd?« Offenbar spürt er mein Unbehagen.

»Nein, um Gottes willen«, wehre ich ab. »So was ist furchtbar – verlassen werden und alles.«

Er lächelt. »Du klingst, als sprächest du aus Erfahrung.«

Ach herrje, ehrlich? Wie konnte denn das passieren?

Mir wird unvermittelt bewusst, dass ich zwei Optionen habe. Nummer eins, ich kann die Hosen runterlassen. Ich kann Jack beichten, dass ich in Sachen Beziehung mit Abstand der gestörteste Mensch bin, dem er jemals begegnen wird. Dass ich noch nie richtig verliebt war. Nie länger als drei Monate mit jemandem zusammen war. Nie auch nur einen Anflug von Liebeskummer hatte.

Oder ich könnte es für mich behalten.

Option zwei scheint mir weitaus attraktiver.

»Tja, klar«, sage ich. »Ich meine, ich habe genauso viel Erfahrung damit wie jeder andere.«

»Erzähl doch«, fordert er mich auf.

Ach du Scheiße. Können wir nicht über etwas weniger

Kompliziertes sprechen, den Palästinenserkonflikt zum Beispiel?

»Ach, nein, ich möchte dich nicht langweilen.« Ich schüttle den Kopf, als wäre das alles zu schmerzhaft, um darüber zu reden. Er zieht eine Augenbraue hoch, und ich befürchte, wenn ich nicht bald etwas sage, dann riecht er den Braten. Und zwar einen ziemlich fetten.

»Na gut«, sage ich. »Also, ich hatte einen Freund.«

»Name?«

Ich lasse den Blick in unserer unmittelbaren Umgebung schweifen, auf der Suche nach Inspiration.

»Jimmy«, entgegne ich. Hoffentlich erstreckt sich seine Kenntnis der Modeindustrie nicht auf die Namen von Schuhdesignern.

»Und wie lange wart ihr zusammen?«, fragt er weiter.

»Ach, eine ganze Weile. Doch, ganz schön lange.«

»Was, zwei Jahre, drei?«

»Ja«, sage ich.

»Was denn jetzt?«

»Hmm?«

»Zwei oder drei Jahre?«

»Ach so, zwei«, antworte ich. »Einhalb.«

Er wartet darauf, dass ich etwas ausführlicher werde. Ich tue so, als bemerkte ich nichts.

»Und was ist passiert?«, fragt er schließlich.

»Na ja, wie gesagt, wir waren zweieinhalb Jahre zusammen, und eines Tages, aus heiterem Himmel, macht er Schluss.«

»Verstehe.«

Mir ist schmerzlich bewusst, dass der absolute Mangel an Details in dieser Geschichte mehr Verdacht erregt, als es Baronin von Porz, ein Speisezimmer und ein blutverschmierter Leuchter könnten. Ich muss unbedingt einige Lücken füllen.

»Im Prinzip«, führe ich hastig aus, »hat er mich gefragt, ob ich mit ihm im Park spazieren gehen möchte. Wir laufen und laufen also, und als wir beim Pavillon ankommen, dreht er sich zu mir um und sagt: ›Evie, ich muss dir was sagen.‹«

Einzelheiten, Evie, Einzelheiten. Ich hole tief Luft.

»Ich hatte keine Ahnung, was kommen würde«, fahre ich fort. »Er hätte mir ebenso gut einen Antrag machen können.«

Weiter so, Evie.

»Mein Gott«, sagt Jack.

»Mhmja«, mache ich und muss zu meinem Entsetzen feststellen, dass ich einen traurigen Lady-Di-Ausdruck aufgesetzt habe.

»Er hält also meine Hand und sagt: ›Evie, ich will nicht mehr mit dir zusammen sein.‹ Am liebsten hätte ich geheult, aber um uns herum wimmelte es von Teenagern auf Skateboards.«

Lieber Himmel, was erzähle ich denn da?

Jack drückt meine Hand, als wollte er mir mitteilen, ich müsse nicht weitererzählen, wenn ich nicht wolle. Ich bin hin- und hergerissen zwischen Ekel vor mir selbst und Rührung ob seiner Freundlichkeit. So oder so läuft mein Herzschlag auf Hochtouren.

Glücklicherweise wird Jack plötzlich durch etwas abgelenkt und ich ergreife die Gelegenheit, tief durchzuatmen und mich etwas zu beruhigen.

»Sieh doch mal, da!« Er zeigt aufs Meer.

Ich suche die Wasseroberfläche ab und frage mich, nach was ich eigentlich Ausschau halte.

»Ich kann nichts erkennen«, sage ich.

»Eine Robbe!«, ruft er.

Fast will ich erzählen, dass ich vorhin schon eine gesehen habe. Aber da er sich dichter an mich drängt, um sie mir zu zeigen, sehe ich davon ab. Immer noch suche ich in den Wellen, aber dieses Mal kann ich keine Robbe erkennen. Zugegeben, das könnte auch daran liegen, dass ich mich schlecht konzentrieren kann mit seinem Arm um meiner Taille.

»Ich sehe immer noch nichts«, sage ich etwas atemlos. »Offenbar hast du bessere Augen als ich.«

Plötzlich merke ich, dass er mich ansieht, und wende ihm auch das Gesicht zu. Unsere Nasen sind maximal zwanzig Zentimeter voneinander entfernt. Dann lächelt er.

»Was ist?« Ich überlege, ob ich immer noch Flecken oder Wildbeerenkompott zwischen den Zähnen habe.

»Nichts«, gibt er leise zurück.

Mein Herz schlägt jetzt wie verrückt. Er wird mich küssen, ich weiß es. Noch nie in meinem Leben war ich mir so sicher. Ich schließe die Augen, als er mich an sich zieht, die Hitze seines Körpers brennt sich in meinen hinein. Noch bevor wir uns berühren, kann ich die Weichheit dieser Lippen spüren. Ich kann beinahe seinen Mund schmecken, die Feuchtigkeit seiner Zunge fühlen … die Vorfreude macht mich so an, dass ich fast ohnmächtig werde.

»Eviiiiieee!«

O Gott.

»Eviiee! Bist du das da drüben?«

Wenn ich es nicht besser wüsste, würde ich glauben, es wäre der Hund von Baskerville.

»Evie, wir brauchen dich!«

Manchmal könnte ich Valentina mit Freuden umbringen.

59

Im Leben soll es angeblich darum gehen, seine Lektionen zu lernen, und heute habe ich eine wichtige gelernt. Niemals wieder werde ich den Schlüssel einer Freundin aufbewahren, die ihre Tage hat und daher zu jeder möglichen und unmöglichen Zeit in ihr Hotelzimmer will, weil dort die Auswahl an Hygieneprodukten größer ist als auf dem Damenklo.

Die Freundin, von der ich spreche, ist Charlotte – Valentina war nur zum Suchtrupp abkommandiert worden. Charlotte hatte die Chipkarte zu ihrem Zimmer in ihrer eigenen Handtasche nicht untergebracht, da diese zwar besonders hübsch, glitzernd und auf ihr Kleid abgestimmt ist, aber gleichzeitig auch so winzig, dass nicht mehr als ein Lippenstiftpröbchen und zwei Haarklammern hineinpassen. Was, wie ich anmerken musste, in meinen Augen dem Sinn einer Handtasche etwas zuwiderläuft.

Die arme Charlotte war zerknirscht bis zur Selbstgeißelung, als sie erfuhr, wo ich die letzte halbe Stunde gewesen war. Was mich etwas versöhnt, aber nur halb. Denn nachdem Georgias Vater kurz angehalten und mit mir geplaudert und meine Mutter Jack abgefangen hat, um mit ihm über die Mitgliederbeiträge von Amnesty International zu diskutieren, habe ich es irgendwie geschafft, ihn wieder zu verlieren.

Verdammt leichtsinnig, ich weiß.

»So leicht kommst du mir nicht davon«, vernehme ich eine Stimme hinter mir. Mein Magen macht einen kleinen Purzelbaum.

Erwartungsvoll wirble ich herum, aber vor mir steht nur Seb.

»Hol dir doch einen Stuhl.« Anstandshalber bemühe ich mich, nicht so enttäuscht zu wirken, wie ich bin. »Gefällt dir die Party?«

»Ein fantastisches Fest«, sagt er.

»Vermisst du deinen Billardtisch nicht?«

»Ach, einen Abend lang halte ich es auch ohne aus. Aber was ich fragen wollte: Dein Büro liegt nicht weit von meinem entfernt. Wir sollten uns wirklich mal nach der Arbeit auf ein Bier treffen. Oder vielleicht zum Mittagessen.«

Ich zögere.

»Komm schon«, sagt er. »Journalisten lehnen doch nie ein kostenloses Mittagessen ab.«

»Ach, du zahlst also?«, frage ich.

»Aber natürlich.«

Ich muss lächeln. Eine Beziehung möchte ich mit Seb nicht mehr haben, dessen bin ich mir ziemlich sicher, aber mit einem meiner Exfreunde befreundet zu sein, wäre mal etwas Neues für mich. Das könnte ich im Moment ganz gut gebrauchen.

»Klar«, willige ich deshalb ein. »Das machen wir auf jeden Fall.«

Als ich an meinem Glas nippe, entdecke ich Charlotte allein neben der Tanzfläche sitzen.

»Würdest du mich mal kurz entschuldigen, Seb? Ich muss nur jemanden etwas fragen.«

Es läuft »I Just Can't Get You Out of My Head«, und wie nicht anders zu erwarten, steht Valentina mitten auf der Tanzfläche und kopiert mit Vorwärts- und Rückwärtszuckungen Kylies Videochoreografie, so gut das bei einer Größe von eins fünfundsiebzig eben geht.

»Valentina scheint eine Art Krämpfe zu haben«, sage ich zu Charlotte, als ich mich neben sie setze. »Meinst du, wir sollten einen Sanitäter holen oder sie einfach erschießen, um sie von ihrem Leiden zu erlösen?«

Charlotte kichert.

»Hast du keine Lust zu tanzen?«, frage ich sie.

Sie schüttelt lächelnd den Kopf. »Selbst wenn ich sechzig Kilo abnähme, würdest du mich niemals dazu bringen, so zu tanzen.«

»Das will ich doch hoffen. Für zwei Leute, die solche Bewegungen machen, wäre gar kein Platz. Am Ende würdest du noch jemandem ein Auge ausstechen.«

»Ich meine nur, ich hätte niemals das Selbstvertrauen mancher Leute.« Jetzt betrachtet sie meine Mutter und Bob, die mit den Armen um sich schlagen wie zwei mittelalterliche Hofnarren.

»Aber du hast jetzt allen Grund, selbstbewusst zu sein«, widerspreche ich. »Du siehst toll aus. Du hast jetzt schon so viel abgenommen.«

»Ich habe noch einen langen Weg vor mir, bis ich die goldene Mitgliedskarte bei den Weight Watchers kriege«, seufzt sie.

»Aber du wirst es schaffen. Mehr als das, da bin ich mir sicher.«

Sie nickt energisch. »Na klar schaffe ich es«, grinst sie. »Ich habe doch nicht ganz umsonst meine Milchshakes durch diese bescheuerte Cola light ersetzt.«

Unvermittelt kommt Valentina angesprungen wie ein Go-go-Girl und lässt sich theatralisch neben uns auf einen Stuhl fallen.

»Okay, ich gebe auf«, verkündet sie. »Falls es hier auch nur einen einzigen verdammten brauchbaren Junggesellen gibt, dann kann ich ihn verdammt noch mal nicht finden.«

»Möchtest du was trinken?«, fragt Charlotte.

»Nein«, sagt sie. »Seit Graces Hochzeit halte ich den Ball ein bisschen flacher. Mal unter uns gesagt, mir ging es nicht ganz so gut am nächsten Tag. Obwohl das wahrscheinlich am Rindfleisch lag, was bestimmt nicht Bio war. Und ich habe einen Bissen von dem Friséesalat als Vorspeise gegessen, was meinen Enzymen sicher nicht gutgetan hat. Ich hab euch doch schon erzählt, dass ich gegen Kopfsalat allergisch bin, oder?«

Charlotte nickt. »Jedenfalls sieht es dir überhaupt nicht ähnlich, Schwierigkeiten an der Männerfront zu haben, so viel ist sicher.«

Valentina verzieht das Gesicht. »Du willst doch wohl nicht andeuten, dass ich leicht zu haben bin?«

»Niemals«, erwidert Charlotte eilig. »Ich meinte nur, dass du normalerweise umschwärmt wirst.«

Das war offensichtlich die richtige Antwort.

»Das stimmt«, lächelt Valentina. »Obwohl – kann ich euch beiden ein Geheimnis anvertrauen?«

»Nur zu«, sage ich. Bei Charlotte versteht es sich von selbst, dass sie niemals etwas ihr Anvertrautes verraten würde.

Valentina strahlt. »Ich werde heiraten«, verkündet sie.

60

Ich würde ja versuchen, mir meine Überraschung nicht anmerken zu lassen. Aber das ist schwierig, wenn man vor Schreck fast an seinem Eiswürfel erstickt.

»Hab ich das richtig gehört?«, frage ich. »Du willst heiraten?«

»Jetzt sieh mich doch nicht so erstaunt an, Evie. Einmal im Leben kommt ein Zeitpunkt, an dem Brautjungfer zu sein nicht mehr genügt. Und da bin ich jetzt.«

»Verflucht noch mal, Valentina, das ist ja wunderbar«, sage ich.

»Ja, wirklich«, ergänzt Charlotte und drückt ihr einen Kuss auf die Wange. »Das ist ganz wunderbar. Aber wen heiratest du denn? Und wann soll der große Tag sein?«

»Also«, erklärt sie, »er wird auf jeden Fall noch vor Ende nächsten Jahres stattfinden. Wobei manche Einzelheiten momentan noch nicht abschließend geklärt sind. Ich befinde mich noch in der Frühphase der Planung.«

»Gut, aber wie Charlotte schon meinte – wen denn?«, will ich wissen.

»Das ist die Einzelheit, die noch nicht geklärt ist.«

Charlotte und ich blicken sie ratlos an.

»Du hast also noch gar niemanden gefunden?«, meint Charlotte dann.

»Nein, noch nicht. Aber um den Teil mache ich mir keine übermäßigen Sorgen. Ich meine, wie schwer kann es schon sein zu heiraten? Überall sieht man doch heutzutage dicke, hässliche Frauen, die es tun. Mit ein bisschen Einsatz meinerseits sollte das doch für mich ein Kinderspiel sein.«

»Du bist der einzige Mensch, den ich kenne, bei dem Heiraten wie eine Matheprüfung klingt«, bemerke ich.

»Außerdem«, fährt sie fort, als hätte ich nichts gesagt, »ist Selbstvertrauen alles. Das und die eigenen Ziele klar abstecken. Ich bin eine energische Verfechterin der Ansicht, dass, sobald man sich entschieden hat, was man will, man es sich auch holen sollte. Mehr ist da nicht zu tun. Du solltest dir eine Scheibe von mir abschneiden, Charlotte.«

»Charlotte«, sage ich, »bitte tu das nicht. Uns allen zuliebe, tu es nicht.«

Plötzlich schnappt Valentina nach Luft.

»Was denn jetzt?«, frage ich.

»Er da drüben.« Sie deutet auf den Tisch neben der Tür. »War das nicht der Trauzeuge von Grace und Patrick?«

Edmund, der tatsächlich Trauzeuge bei Graces Hochzeit war, bemerkt, dass wir zu ihm hinübersehen, und winkt mir. Ich winke zurück, wohl wissend, dass Valentinas Männerradar auf Hochtouren läuft.

»Ja«, entgegne ich mit einem mulmigen Gefühl.

»Ich wusste es.« Sie grinst und öffnet ihre Handtasche.

Ich werfe Charlotte einen Blick zu, und sie weiß genau, was ich denke. Edmund mag ein ruhiger, bescheidener Typ sein und eher solides Mittelfeld im Hinblick auf sein Aussehen. Aber als jemand, der einmal halb Cheshire erben wird, könnte er nicht begehrter sein, wenn er den Schlüssel zum ewigen Leben in Händen hielte. Nun, da ich darüber nachdenke, wundert es mich, dass sie ihn jetzt erst entdeckt.

»Weißt du was, mir fällt gerade ein, dass er mir während meiner Lesung auf die Beine gesehen hat«, teilt sie Charlotte mit. »Und das kann nur eines bedeuten.«

»Dass du eine Laufmasche hattest?«, frage ich.

»*Nein.*« Valentina sieht mich streng an. »Es bedeutet, dass er Geschmack hat. Gut, was wisst ihr sonst noch über ihn?«

Wir schweigen.

»Ach, kommt schon. Spuckt es aus. Charlotte?«

»Er ist Arzt. Chirurg«, rutscht es Charlotte heraus. Sie hält dem Druck nicht stand.

»Tatsächlich?«, schnurrt Valentina. »Was für ein Zufall.«

»Inwiefern?«

»Ich habe selbst einmal mit dem Gedanken gespielt, in den medizinischen Bereich zu gehen«, erzählt sie. »Doch dann wurde mir klar, wie vielen Achtzigjährigen man dabei den Hintern abwischen muss. Was noch? Raus damit, Charlotte.«

»Tja«, berichtet unsere Freundin zögerlich, »ich glaube, sein Vater ist eine Art … Lord.«

»Wie bitte?!«, haucht Valentina. »Und das erzählt mir keiner? Nie erfahre ich hier etwas.«

Jetzt wühlt ihre Hand hektisch in der Tasche herum und bringt eine so große und willkürliche Ansammlung von Gegenständen zum Vorschein, dass ihre Vorbesitzerin Mary Poppins gewesen sein könnte.

Zuerst die Handcreme, dann die Augencreme, Gesichtscreme, Pickelcreme und Nagelcreme. Dann kommen die Schminkartikel, und zwar in solchen Mengen, dass selbst ein Kandidat bei einem Transvestiten-Wettbewerb ihre Ausrüstung unter Umständen für zart übertrieben hielte. Sie klappt den Spiegel auf und frischt rasch ihr Make-up auf.

Nebenbei tupft sie der armen Charlotte mit ihrem Rougepinsel noch die Wangenknochen ab und erwähnt, wie stark ihr Erscheinungsbild davon profitieren würde, wenn sie sich die Mühe machte, sie mehr zu betonen.

»Also gut«, sagt sie schließlich, schließt ihre Handtasche energisch und zwinkert uns zu. »Wir sehen uns später. Oder besser gesagt: Hoffentlich nicht!«

61

DAS KAPIERE ICH einfach nicht. Charlotte hat steif und fest behauptet, sich nicht für Jim zu interessieren.

Und doch steht sie gerade an der Bar, nippt an ihrer siebzehnten Cola light heute und plaudert mit ihm, als wäre er der letzte Mann auf dem Planeten.

Valentina hingegen hat sich die vergangenen dreißig Minuten bemüht, Edmund weiszumachen, dass sie tief im Herzen ein Mädchen vom Land ist – nachdem sie im Jahre 1987 immerhin genau ein Wochenende als Pfadfinderin im Lake District verbracht hat –, und ihn um seine fachliche Meinung zu ihrer Kniesehnenverletzung gebeten. Was offensichtlich beinhaltet, ihren Rock zu lüften, damit sie seine Hand auf ihre Kehrseite legen kann.

Dennoch muss ein Teil von mir ihr Bewunderung zollen. Denn hier sitze ich wieder mal mit Jack und bin anscheinend völlig unfähig, eine Situation herbeizuführen, die ihn auch nur entfernt auf den Gedanken bringt, mich zu küssen.

»Sind Braut und Bräutigam schon gegangen?«, fragt er.

»Ich glaube schon. Vor Ewigkeiten.«

»Ach.«

»Das war ein langer Tag«, seufze ich.

»O ja«, stimmt er zu. »Ein sehr langer Tag.«

Um ehrlich zu sein, mache ich mir langsam Sorgen. Ich glaube, der Moment ist verstrichen. Was aus verschiedenen Gründen kein gutes Zeichen ist – nicht zuletzt, weil meine Flecken fast verschwunden sind. Wenn ich jetzt nicht knutschenswert aussehe, dann wohl niemals.

Die letzten Takte von Jack Johnson klingen aus, und das kann nur eines heißen: Die Party ist vorbei. Die meisten Gäste sind schon weg. In der Lobby sitzt noch eine kleine, aber eingeschworene Gruppe, die ganz offensichtlich auf einen Trinkmarathon hofft.

Doch es kann kein Zweifel daran bestehen, dass die Veranstaltung auf dem letzten Loch pfeift; und das Personal lächelt zwar immer noch, wirkt aber so müde, dass es uns ganz eindeutig alle loswerden will, um endlich ins Bett zu fallen.

»Sieht aus, als würden wir vertrieben«, stellt Jack fest.

»Ich schätze auch.« Trotz meines Lächelns bin ich etwas unruhig. Unser Beinahe-Kuss am Strand wird doch nicht unsere einzige Chance gewesen sein?

»Tja, die Verbrechensrate hier in der Gegend dürfte nicht besonders hoch sein, aber darf ich dich trotzdem zu deinem Zimmer begleiten?«, fragt er.

»Das wäre toll. Man weiß ja nie, ich könnte von einer vorbeischwimmenden Robbe überfallen werden.«

Wir verlassen den Hauptteil des Hotels und biegen in einen der mondbeschienenen Pfade ein. Die Nacht ist erfüllt von einer seltsamen Geräuschkombination: gegen die Felsen klatschende Wellen und ins Bett taumelnde Zecher in unterschiedlichen Stadien der Betrunkenheit.

»Es war sehr schön, dich heute wiederzusehen«, sagt er.

Meine Hand hat er seit vorhin nicht mehr zu halten versucht. Ich rücke näher an ihn heran, damit er kann, wenn er will. Tut er aber nicht.

»Ja«, gebe ich zurück, »das fand ich auch.«

Kurz ringe ich mit mir, ob ich forsch genug sein soll, *seine* Hand zu nehmen. Doch ich überrasche mich selbst damit, mich dagegen zu entscheiden. Offensichtlich bin ich nicht so emanzipiert, wie ich gern glauben würde. Meine Mutter wäre entsetzt. Der Weg zu meiner Suite ist frustrierend kurz, und als wir vor der Tür stehen, wendet sich Jack mir zu.

»Dann gute Nacht«, sagt er sanft.

»Ebenfalls.« *Ebenfalls?* Was ist denn mit mir los?

»Bis morgen«, fügt er hinzu.

»Ja. Bis dann.«

Plötzlich wird mir schmerzlich bewusst, dass er gleich geht, ohne mich geküsst zu haben. Ich grabe in der Handtasche nach meiner Chipkarte, und als ich sie – ungeküsst – finde, spüre ich eine Enttäuschung wie noch nie zuvor in meinem Leben. Sie muss sich auf meiner Miene abzeichnen.

»Was ist denn?«, fragt er.

»Ach, nichts«, behaupte ich und drehe den Kopf weg. Jetzt spüre ich nur noch Peinlichkeit.

Doch er legt mir die Hand aufs Kinn und dreht mein Gesicht zurück zu sich. Dann wandert die Hand weiter in meinen Nacken und streichelt über meinen Haaransatz; wir blicken einander tief in die Augen, und meine Atmung beschleunigt sich noch mehr.

Er zieht mich zu sich, und als ich die Augen schließe, treffen unsere Lippen aufeinander. Sein Mund ist voll und weich, und ich stelle fest, dass er noch viel köstlicher schmeckt, als ich es mir ausgemalt habe. Langsam beginnen unsere Zungen, den Mund des anderen zu erforschen. Doch schon bald wird diese anfängliche Sanftheit von einem Hunger abgelöst, der in ihm so deutlich ist wie in mir. Unser Kuss wird leidenschaftlicher, und er zieht mich fester an sich, sein Körper presst sich gegen meinen.

Die Hand fest in mein Kreuz gedrückt, küsst er mir seitlich auf den Hals. Das Gefühl seiner Lippen auf meiner Haut jagt mir Schauer durch den gesamten Körper.

Atemlos, kribbelnd blicke ich hinauf in die sternklare Nacht.

Das hier ist tatsächlich der sinnlichste Kuss meines Lebens.

62

ICH WACHE MIT EINEM LÄCHELN auf dem Gesicht auf. Zuerst bin ich mir nicht ganz sicher, warum; ich weiß einfach nur, dass gestern ein guter Tag war, dass heute ein guter Tag wird, und was morgen betrifft – da bin ich auch ziemlich optimistisch.

Ich drehe mich auf den Rücken und ziehe mir das Laken bis zur Brust hoch, wie es Joan Collins in *Denver Clan* immer gemacht hat. Als ich die Augen aufschlage, sind die Vorhänge noch alle zugezogen. Aber ich kann die Sonne schon durchströmen und Muster auf die Wand werfen sehen.

Dann schließe ich die Augen wieder und stelle mir Jacks Gesicht vor, das ich jetzt von Nahem kenne. Ich habe die Poren in seiner Haut gesehen, die Sprenkel in seinen braunen Augen und die winzige Narbe neben seinem Wangenknochen.

Ich male mir aus, wie er mich auszieht. Mir die Kleider abstreift, ein Stück nach dem anderen. Mir den Hals küsst, die Brüste, den Bauch, die Oberschenkel.

Nichts davon hat sich vergangene Nacht zugetragen, muss ich allerdings hinzufügen. Ich liege hier ganz allein. Und ich fühle mich deshalb fast wie ein Engel; wobei »Engel« keine sonderlich passende Beschreibung für meinen Zustand ist, wenn es um Jack geht.

Unvermittelt dringt in mein Bewusstsein vor, dass das Telefon klingelt. So spät kann es noch nicht sein, dass sie mich aus dem Zimmer haben wollen, oder? Unbeholfen taste ich auf dem Nachttischchen herum, und nachdem ich erfolgreich alles heruntergeworfen habe, einschließlich eines vollen Wasserglases und der Bibel, in der ich letzte Nacht noch gelesen habe, weil ich mein Buch nicht finden konnte, entdecke ich endlich den Wecker.

9 Uhr 30. Ich erinnere mich genau, gelesen zu haben, dass Check-out erst um elf ist.

Ich ziehe mir das Kissen über den Kopf, aber das Klingeln rasselt in meinen Ohren wie ein Güterzug, und endlich gebe ich nach und hebe ab.

»Hhrrr?«, räuspere ich mich. »Verzeihung, hallo?«

»Evie, hier ist Mum.«

»Ach, hallo.« Meine Stimme klingt, als hätte ich die ganze Nacht mit Terpentin gegurgelt.

»Oho«, erwidert sie. »Hast du etwa einen Kater?«

»Nein, habe ich nicht.« Was beinahe der Wahrheit entspricht. Gut, mein Mund fühlt sich ein bisschen pelzig an, aber das kriege ich schon in den Griff.

»Ich wollte nur wissen, ob du mit auf die Wanderung kommst?«

»Ja.« Ich erinnere mich, dass Jack und ich letzte Nacht vereinbart haben, mit den anderen nach dem Frühstück den Ausflug um die Insel mitzumachen, den Georgia organisiert hat.

»Also, wir warten alle auf dich«, sagt sie.

»Was?« Mit einem Ruck setze ich mich auf. »Ich dachte, wir gehen erst um halb elf?«

»Das ist es jetzt.«

Plötzlich fällt mir wieder ein, dass ich nachts noch versucht hatte, den Wecker zu stellen, es aber aufgegeben hatte, weil ich mir sicher war, auch von allein aufzuwachen. Mein technisches Geschick lässt in den frühen Morgenstunden immer etwas zu wünschen übrig. Offensichtlich war es mir zusätzlich gelungen, die Zeit zu verstellen.

»Mach dir keine Gedanken wegen des Frühstücks«, fährt sie fort. »Ich habe mir ein bisschen Wegzehrung vom

Buffet eingepackt, davon kannst du was haben. In meinem Rucksack sind zwölf hartgekochte Eier.«

Ich lege auf und springe mit der Schnelligkeit eines Rennpferdes aus dem Bett und ins Badezimmer. Dort spritze ich mir kaltes Wasser ins Gesicht, kratze die letzten Reste von Wimperntusche ab und putze mir die Zähne so energisch, als würde ich den Küchenboden schrubben.

Als ich angezogen und aus der Tür bin – innerhalb von gefühlten drei Minuten – und sogar noch meinen in Windeseile gepackten Koffer an der Rezeption abgebe, überlege ich beim Anblick meiner selbst im Spiegel der Empfangshalle kurz, ob ich mir nicht mehr Mühe mit meinem Aussehen hätte geben sollen. Aber dazu ist es jetzt zu spät.

Auf der großen Terrasse angekommen, die als Treffpunkt vereinbart war, stelle ich fest, dass alle schon weg sind. Das heißt, alle außer Jack und Edmund, die sich unterhalten und Kaffee trinken. Jack hebt den Kopf in meine Richtung, und mein Magen fängt wieder mit diesen Kreisbewegungen an, die er seit vierundzwanzig Stunden ununterbrochen macht.

»Frisch wie der junge Morgen, was?«, begrüßt er mich grinsend.

»Ich bin startklar, ehrlich!«, beteuere ich. »Ich hatte nur ein kleines technisches Problem mit dem Wecker. Hallo, Edmund. Wie geht es dir heute Morgen?«

»Ausgezeichnet«, erwidert er, und ich frage mich, ob ein Teil seiner Begeisterung Valentinas Kontaktaufnahme mit seinem Oberschenkel letzte Nacht geschuldet ist.

»Können wir dann los?«, frage ich.

»Wir warten nur noch auf Valentina«, erklärt Jack.

»Einen schönen guten Morgen allerseits!«

Wir drehen uns um.

Valentina schreitet federnd auf uns zu, gekleidet in rosa-weiß gestreifte hochhackige Pantoletten, ein Juicy-Couture-T-Shirt und Hotpants direkt aus *Ein Duke kommt selten allein.* Zudem ist sie perfekt geschminkt und sieht aus, als hätte sie sich zwei Stunden lang die Haare frisiert.

»Du willst doch wohl nicht so mit auf die Wanderung, oder?«, frage ich.

Sie runzelt die Stirn. »Warum nicht?«

»Weil du dir in den Schuhen den Hals brechen wirst, zum Beispiel.«

»Danke, Mama. Falls es dich interessiert, ich habe noch Schuhe zum Wechseln in meinem Rucksack.«

Für den Fall, dass ich auch nur eine Millisekunde lang geglaubt hatte, sie hätte etwas Praktisches dabei, dreht sie mir den Rücken zu. Darauf prangt ein Kaugummifarbener Rucksack mit der Aufschrift *J'ador Dior.*

»Ich gehe mal davon aus, dass da kein Campingkocher drin ist«, bemerke ich.

»Ich habe alles Erdenkliche dabei, was ich für einen belebenden Morgenspaziergang benötigen könnte«, entgegnet sie.

Ich sehe ihr in die Augen.

»Damit meinst du deine Kosmetiktasche, richtig?«

Sie schürzt die Lippen und gibt keine Antwort.

63

Ernsthafte Wanderer suchen immer nach der nächsten Herausforderung. Sie fangen vielleicht mit den sanften Hängen der South Downs in Südengland an, danach erklettern sie die etwas kritischeren Felsen von Snowdon im nördlichen Wales. Ehrgeizige arbeiten sich weiter bis in die Alpen vor und am Ende, wer weiß, landen sie vielleicht auf dem Everest.

Aber heute finde ich heraus, dass sie eigentlich gar nicht so einen Aufwand betreiben müssten.

Denn jedem Outdoor-Fan steht ein Gegenstand zur Verfügung, der einen ganz normalen, bequemen Spaziergang in ein gefährliches Abenteuer verwandeln kann. Etwas, das jedes noch so anspruchslose Gelände zu einer scheinbar aussichtslosen, nein, unbezwingbaren Aufgabe macht.

Wovon ich spreche? Von Valentinas bescheuerten Schuhen natürlich.

Ich kann mir kein weniger geeignetes Schuhwerk für eine Wanderung entlang der felsigen Küste vorstellen als ihre acht Zentimeter hohen Schläppchen. Wir haben jetzt fünfundvierzig Minuten zur Überwindung einer Distanz gebraucht, für die ein durchschnittliches Kleinkind ungefähr fünf benötigt. Das liegt zum einen daran, dass Valentina jedes Mal, wenn sie mit einem ihrer Absätze in einem Spalt stecken bleibt, ein schrilles Quieken ausstößt. Dann lässt sie sich theatralisch auf den Boden fallen wie eine viktorianische Jungfer, während Edmund ihr zu Hilfe eilt.

Schon will ich Jack den Vorschlag machen, Valentina und Edmund zurückzulassen, damit wir endlich ein bisschen vorankommen, als sie plötzlich selbst einschreitet.

»Eeeeviee! Jaaaack!«, ruft sie von hinten. »Wir können jetzt einen Zahn zulegen, wenn ihr wollt. Ich bin zu dem Schluss gekommen, dass andere Schuhe doch besser wären.«

Nun trägt sie ihre Turnschuhe und trabt mit einem Baywatch-verdächtigen Schmollmund die Küste entlang. Ich kann mir ein Grinsen nicht verkneifen, als sie und Edmund uns überholen. Valentina könnte nicht triumphierender aussehen, wenn Jude Law zu Hause mit dem Jackpot-Lottoschein zwischen den Zähnen auf sie warten würde.

Als wir die anderen endlich einholen, machen sie eine Rast am Strand. Meine Mutter und Bob sitzen beide im Schneidersitz; er pellt Eier in ein blaues Halstuch, und sie bietet ihre Feldflasche mit Löwenzahntee an, sichtlich verwundert, dass niemand etwas möchte.

Neben ihnen sitzen Grace und Patrick. Erleichtert stelle ich fest, dass Grace sich heute Morgen ungefähr genauso intensiv mit ihrer Schönheitspflege befasst hat wie ich. Außerdem sind Charlotte und Jim hier, und wieder scheinen sie sich in der Gesellschaft des anderen sehr wohlzufühlen.

Georgia und Pete halten Händchen und wirken äußerst verliebt. Als wir dazu stoßen, dreht sich die Unterhaltung gerade darum, ob sie seinen Namen annehmen wird.

»Wenn man einen Nachnamen wie Pickle hat, dann

stürzt einen die Gelegenheit, ihn gegen einen anderen zu tauschen, nicht gerade in ein ideologisches Dilemma«, erzählt Georgia. »Ich habe ungefähr drei Sekunden darüber nachgedacht.«

»Das schon«, sagt meine Mutter. »Aber im Prinzip gibt es viele Gründe für eine Frau, *nicht* den Namen ihres Mannes anzunehmen – nicht zuletzt wegen der historischen Bedeutung. Es ist ein Überbleibsel aus einer Zeit, in der eine Frau noch als Eigentum des Mannes betrachtet wurde.«

»Das Leben muss damals so viel einfacher gewesen sein«, seufzt Pete, bis Georgia ihm mit ihrem Rucksack eins über den Kopf zieht.

»Aber ist es nicht einfach viel romantischer?«, flüstert Valentina und schenkt Edmund ein strahlendes Lächeln.

Jetzt schaltet sich Bob ein.

»Aber Valentina, eine Unterjochung hat doch nichts Romantisches an sich«, sagt er leise. Wenn man ihn so dasitzen sieht in seinem Häkelpullunder mit Bröckchen von gekochtem Ei im Bart, erscheint einem die Aussicht, dass er meine Mutter jemals unterjochen könnte, doch ziemlich abwegig.

»Da die Frauen heutzutage doch wahrlich und wahrhaftig emanzipiert sind, hat das aber nicht mehr diese negativen Assoziationen, oder?«, meint Patrick. »Jedenfalls habe ich das meiner besseren Hälfte zu erklären versucht.«

Plötzlich meldet sich Charlotte zu Wort.

»Wenn ich jemals heiraten sollte, würde ich auf jeden Fall den Namen meines Mannes annehmen. Ich habe keine Ahnung von historischen Assoziationen, aber wenn man jemanden wirklich liebt … warum sollte man es nicht tun?«

Grace, Valentina und ich sind verblüfft. Denn für jeden, der Charlotte kennt, muss das als Meilenstein gelten. Für Charlotte war es immer schrecklich, in großen Gruppen zu sprechen, und mit groß meine ich mehr als zwei Personen. Und plötzlich beteiligt sie sich an einer Debatte. Gut, es war nur ein einzelner Beitrag, aber schon das ist so ungewöhnlich wie eine Wortmeldung im Parlament.

»Also ich muss zugeben«, sagt Grace und hält ihre Hand hoch, »dass ich zu der Fraktion gehöre, die für das Behalten des eigenen Namens ist. Es hat mich viel Schweiß und Mühe gekostet, mir beruflich einen Namen zu machen. Warum sollte ich das alles jetzt wegwerfen?«

»Mhm«, murmelt Patrick. »Und das ist ja so viel wichtiger, als verheiratet zu sein.«

Graces Gesichtsausdruck verrät, dass sie genauso geschockt ist wie alle anderen, die diese Bemerkung gehört haben. Doch die anschließende Stille wird von Jim unterbrochen, der aufsteht und sich die Hose abklopft.

»Ich fürchte«, sagt er, »wir sollten uns auf den Rückweg machen. Auf uns wartet ein Flugzeug.«

Er streckt Charlotte die Hand hin, während jeder seine Sachen zusammensammelt.

Ob absichtlich oder nicht, weiß ich nicht, doch Jack und ich fallen etwas zurück und sind bald außer Hörweite der anderen.

»Ich würde mich sehr freuen, wenn wir uns mal treffen«, sagt er. »Du weißt schon, nur du und ich – keine Hochzeit oder so was.«

»Wie – du meinst, du könntest dich tatsächlich für mich interessieren, ohne dass ich ein Brautjungfernkleid trage? Und ich dachte schon, du wärst ein Satinfetischist.«

Er lacht.

»Ich würde mich auch sehr freuen«, ergänze ich.

Er lächelt. »Super. Sehr gut. Dann tauschen wir doch einfach Nummern aus und treffen uns mal irgendwann.«

»Gern«, sage ich. »Irgendwann.«

»Prima«, meint er. »Hast du morgen schon was vor?«

64

*U*NSER SCHNELLBOOT durchpflügt das Wasser und sprüht uns sanft die Gischt ins Gesicht. Valentinas Jaulen nach könnte man allerdings vermuten, dass sie bei Windstärke neun in einem Kanu sitzt. Ohne Vorwarnung hüpft das Boot auf einer Welle hoch, und wir alle heben leicht von unseren Sitzen ab.

»Huch!«, schreit Valentina und landet malerisch in Edmunds Armen, obwohl alle anderen in die entgegengesetzte Richtung geworfen wurden.

Als das Boot im Hafen von St. Mary anlegt, kann ich mich einer leichten Traurigkeit nicht erwehren. Unser Aufenthalt an diesem traumhaften Ort ist fast vorüber, und außerdem sind Jack und ich auf unterschiedliche Flüge gebucht. Also wird es Zeit zum Abschiednehmen. Okay, er wird mich später anrufen, um unser Treffen morgen zu vereinbaren. Aber diese Inseln zu verlassen fühlt sich fast an wie das Ende einer Urlaubsromanze – allerdings ohne Sonnenbräune und ellenlange Getränkerechnung –, und ich kann nur hoffen, dass sich alles zu Hause noch genauso anfühlen wird.

»Ich will mir nur schnell im Laden eine Zeitung kaufen«, sage ich zu Jack, der draußen wartet.

Das Geschäft ist ärgerlich voll, und es ist auch nicht gerade dienlich, dass vorne in der Schlange ein armer halbwüchsiger Tölpel Kondome zu kaufen versucht.

»Die ganz normalen, ja?«, fragt der Ladeninhaber, der über siebzig sein muss und ein Status-Quo-T-Shirt von ihrer 1996er Englandtour trägt.

»Ähm, ja«, antwortet der Jungkunde gepeinigt und starrt seine Schuhe an.

»Ich glaube, diese gerippten hier sind im Angebot. Da kriegt man zwei für den Preis von einem«, sagt der Mann.

»Äh, okay, von mir aus«, gibt der Junge zurück und fummelt an seiner Schlüsselkette herum.

»Aber wir haben auch welche von diesen neumodischen mit Geschmack, wenn dir das lieber wäre. Melone«, ergänzt er und schüttelt den Kopf. »Was die sich heute nicht alles einfallen lassen.«

Der Teenager hat jetzt ungefähr die Farbe einer überreifen Preiselbeere. »Die anderen reichen völlig«, wehrt er ab, verzweifelt bemüht, seine Folter zu beenden.

»Ganz recht, mein Junge«, stimmt ihm der Mann zu.

»In den zwei Päckchen zusammen sind sechzehn Gummis – das ist auf jeden Fall gut angelegtes Geld.«

Endlich bewegt sich die Schlange vorwärts, doch als der Ladeninhaber seine Ansichten über den Unterschied zwischen Gebäck aus Blätterteig und Mürbeteig zum Besten gibt, sehe ich aus dem Fenster und kippe fast hintenüber. Beth hat sich zu Jack gesellt – und sie trägt eine Jeans-Hotpants, die knapper sitzt als die üblichen Bikinihosen am Strand von Rio.

Er sagt etwas, das sie zum Lachen bringt – was sie auch ausgiebig tut und dazu kokett ihr langes dunkles Haar nach hinten wirft. Sie beugt sich vor und legt ihm die Hand auf den Arm, während beide weiterlachen. Dann verdreht sie die Taille und zieht einen Zettel aus der Gesäßtasche, zu dem sie ihm offenbar eine Frage stellt. Ich mag mich täuschen, aber ich glaube, es ist derselbe Zettel, auf dem gestern seine Telefonnummer stand.

Ich stehe da wie angewurzelt und frage mich, was zum Teufel ich jetzt machen soll. Aber da die Schlange sich schon wieder nicht weiterbewegt, bleibt mir keine Wahl. Ich verzichte auf meine Zeitung und gehe wieder raus, so lässig ich nur kann. Auf keinen Fall werde ich etwas sagen, aber ich will doch hören, um was ihr Gespräch sich dreht. Noch wichtiger, ich will wissen, was für ein Typ Jack wirklich ist.

Doch kurz bevor ich die beiden erreiche, fängt meine Mutter mich ab.

»Evie. Komm schon, wir müssen los, sonst verpassen wir unseren Flug.«

Ich werfe einen Blick zu Jack und Beth.

»Dann wäre es okay, wenn ich dich nächste Woche anrufe?«, fragt sie ihn und lässt Zähne aufblitzen, die in eine Zahnpastawerbung passen würden.

»Ähm, klar«, antwortet Jack, der bemerkt hat, dass ich sie ansehe.

Als Beth weggeht, muss ich feststellen, dass der halbe Hafen die Augen nicht von ihrem perfekten Gesäß abwenden kann, dessen Großteil unter ihrer kurzen Hose hervorblitzt. Ich gehe zu Jack und hebe meinen Koffer auf.

»Ich fand es sehr schön«, sagt er.

»Ähm, ja – gut.« Ich bin unsicher, wie ich damit umgehen soll.

»Stimmt was nicht?«, erkundigt er sich.

Ja.

»Nein.«

»Dann bleibt es also bei morgen?«, fragt er.

Vielleicht ist das mit Beth ein Missverständnis. Vielleicht habe ich das falsch verstanden. Vielleicht sollte ich nicht gleich vom Schlechtesten ausgehen. Vielleicht bin ich eine totale Idiotin. Vielleicht auch nicht.

O mein Gott.

»Klar«, sage ich. »Ruf mich doch auf jeden Fall nachher an.«

Angemessen unverbindlich, aber ohne alle Türen komplett zuzuschlagen. Anders kann man damit nicht umgehen. Er beugt sich zu mir, um mich zu küssen, und ich drehe den Kopf leicht zur Seite, so dass sein Kuss auf meiner Wange landet.

»Bis dann«, sagt er.

»Tschüss.« Und gehe in dem vollen Bewusstsein weg, dass kein einziger Mensch auf meinen Hintern starren wird.

65

»Na, was meinst du dazu? Werde ich verschaukelt?«, frage ich, trinke einen Schluck Wasser und stelle die Flasche neben mir auf den Boden.

»Woher soll ich das wissen?«, sagt Grace.

Wir sitzen auf der Wiese und warten auf unser Flugzeug.

Der Flughafen von St. Mary's ist mehr ein freies Feld mit einem Terminal in der Größe eines Zahnarzt-Wartezimmers. Die anderen, die mit uns auf den ersten Flug gebucht sind, sitzen drinnen, trinken Tee und essen Gebäck mit Schlagsahne. Aus unerfindlichen Gründen ist mir der Appetit vergangen.

»Du bist nicht gerade eine große Hilfe, muss ich schon sagen«, stelle ich fest.

»Ich war ja nicht dabei, aber du schon«, widerspricht sie. »Hat er sich benommen, als würde er zweigleisig fahren?«

Ich denke kurz nach. »Nein. Nein, das hat er nicht«, antworte ich fest.

»Tja, dann«, folgert sie.

»Wenigstens nicht, bis ich ihn dabei beobachtet habe, wie er eine andere Frau auffordert, ihn anzurufen. O mein Gott!«

»Jetzt hör mal. Warte erst mal ab, bis er dich später anruft. Das hat er doch versprochen, oder? Dann triffst du dich mit ihm, und wenn du danach immer noch unsicher bist, fragst du ihn einfach geradeheraus.«

»Findest du nicht, dass ich dazu kein Recht habe?«, wende ich ein. »Er ist ja nicht mein Freund. Wir haben uns nur geküsst.«

Sie zuckt mit den Achseln.

»Wenn er etwas taugt, dann wird es ihn nicht stören«, sagt sie. »Solange du ihn auf die richtige Art und Weise fragst. Du weißt schon, als würde es dir nichts ausmachen, nur so rein aus … Interesse.«

Ich nicke. »Alles klar. Hast du schon mal überlegt, ob du nicht als Kummerkasten-Tante arbeiten willst?«

66

Meine Wohnung,
Sonntag, 8. April

OB ETWAS mit meinem Telefon nicht in Ordnung ist?

Als Jack sagte, er wolle mich anrufen, nahm ich an, er würde das früher tun. Jetzt ist es halb zehn Uhr abends, und sosehr ich mir auch gut zurede, mich zu entspannen, bin ich doch momentan ungefähr so entspannt wie bei der letzten Frage von *Wer wird Millionär.*

Ich stelle den Fernseher an und erwische den Schluss

eines Berichts über ein paar Engländer, die in irgendeinem Drittweltland als Geiseln genommen wurden – eine Geschichte, die unweigerlich morgen die Schlagzeilen dominieren wird. Also schalte ich zurück auf *Die Putzteufel*, von denen den ganzen Abend auf irgendwelchen Kabelsendern Wiederholungen gesendet wurden. Mein Laminatfußboden hat schon tiefe Rillen vom vielen Auf- und Ablaufen.

Ich nehme mein Handy und blättere zu seinem Eintrag im Adressbuch vor. Vielleicht sollte ich ihn anrufen.

Vielleicht auch nicht. Nein.

Oder vielleicht doch.

Nein. Definitiv nicht. Viel zu sehr *Verhängnisvolle Affäre*.

Also lege ich das Telefon wieder weg und beschließe, mich zu beschäftigen. Der Vorratsschrank könnte mal wieder sauber gemacht werden.

Meine Wohnung ist nicht besonders unordentlich oder schmutzig, es herrscht nur das ganz normale Chaos. Und obwohl ich gerne ab und zu mal staubsauge oder wische, muss ich doch zugeben, dass ich den Küchenschrank nicht so auf dem Schirm hatte.

Ich ziehe eine noch ungeöffnete Flasche unter dem Spülbecken hervor. Sie nennt sich »Power Spray«, was eher so klingt, als könnte man es in einem Kernkraftwerk brauchen, statt damit angetrocknete Tomatensauce vom Herd zu entfernen.

Beim Öffnen der Schranktür empfängt mich ein Sammelsurium an Lebensmitteln, das schon vor langer Zeit hätte entsorgt werden müssen. Ein Päckchen Puddingpulver, das in der Mitte aufgeplatzt ist. Weißweinessig, der inzwischen eher Urinfarbe hat. Loser Earl-Grey-Tee, der noch nie benutzt wurde und nur versehentlich statt Teebeuteln erworben worden sein kann.

Dies ist *Der vergessene Küchenschrank.* Kein Wunder, dass Jack mich nicht anrufen will. Wer möchte sich schon mit jemandem treffen, der eine solch liederliche Auffassung von Hygiene hat? Deprimiert schlurfe ich wieder zu meinem Handy, nur für den Fall, dass es sich von selbst auf stumm geschaltet hat. Leider tut mir mein Telefon diesen Gefallen nicht. Ich rufe Grace an.

»Was gibt's?«, fragt sie als Begrüßung.

»Kannst du mir einen Gefallen tun?«

»Aber sicher. Was denn?«

»Könntest du mich mal auf dem Handy anrufen?«

»Warum?«, will sie wissen.

»Ähm, weil ich es nicht finden kann und hören möchte, ob es vielleicht unter einem Kissen liegt oder so.«

»Aber du rufst mich doch gerade damit an. Ich habe deine Nummer auf dem Display gesehen.«

»Ach ja.« Man hat mich durchschaut. »Weißt du, Jack hat immer noch nicht angerufen, und ich möchte auch noch die winzigste Möglichkeit ausschließen, dass mein Telefon kaputt ist, bevor ich mir die Pulsadern aufschneide.«

»Jetzt sei doch nicht so melodramatisch«, tadelt sie. »Ich mache es jetzt sofort. Und beruhige dich, um Himmels willen.«

Ich lege das Handy hin und warte. Und warte. Und warte weiter, bis mindestens eine Minute vergangen ist. Das kommt mir vielversprechend vor. Ich sehe auf die Uhr und beschließe, die Zeit zu stoppen. Wenn drei Minuten verstreichen, ohne dass Grace anruft, dann muss wirklich etwas mit dem Handy nicht stimmen.

Die drei Minuten fühlen sich sehr lang an, aber der Zeiger tickt weiter und schließlich sind sie vorbei. Ich frohlocke. Mein Telefon ist tatsächlich kaputt! Was bedeutet, dass Jack nicht das Interesse an mir verloren hat. Wahrscheinlich mag er mich sogar immer noch sehr. Mir dreht sich der Kopf, als ich mir ausmale, wie er panisch versucht, mich anzurufen, um mir mitzuteilen, dass er morgen einen Tisch in einem romantischen Restaurant reserviert hat oder bei sich zu Hause für mich kochen will. Wem will ich eigentlich was vormachen? Ich wäre schon überglücklich, wenn er ein Treffen in einer Kläranlage vorschlagen würde.

O Freude! O Jack! Du magst mich noch. Du willst mich immer noch sehen. Du willst immer noch Hand in Hand mit mir am Strand spazieren gehen. Du willst mich immer noch in deine dunkelbraunen Augen sehen lassen. Du willst …

Das Handy klingelt. Ich sehe Graces Nummer auf dem Display und gehe dran.

»Mist«, sage ich niedergeschlagen.

»Sehr charmant«, entgegnet sie.

»Tut mir leid.«

»Nein, entschuldige, ich konnte nicht sofort zurückrufen. Ich war damit beschäftigt, mich zu streiten.«

»Spielt dein Ehemann wieder verrückt?«, erkundige ich mich.

»Hör mir bloß auf«, sagt sie.

»Ist alles in Ordnung?« Ich muss wieder an Patricks bissige Bemerkung denken, als er Grace vorwarf, sich mehr um ihre Arbeit als um ihre Ehe zu kümmern.

»Mhm, aber ich muss jetzt auflegen, Evie«, sagt sie. »Und mach dir keine Gedanken wegen Jack. Er wird schon anrufen.«

67

Meine Wohnung,
Montag, 9. April, 18:30

Er hat nicht angerufen.

Es ist jetzt halb sieben Uhr abends an dem Tag, an dem wir uns treffen wollten, und so weit ich das sehe, habe ich zwei Möglichkeiten. Entweder sitze ich den ganzen Abend hier und blase Trübsal angesichts des Lebens als alte Jungfer, das mir bevorsteht. Oder ich rufe Jack an und riskiere, den Eindruck zu erwecken, als kochte ich in meiner Freizeit gerne Haseneintopf.

Beides nicht besonders reizvoll.

Es hat mich annähernd vierundzwanzig Stunden eingehende Überlegung gekostet, aber ich entscheide mich schließlich für die zweite Möglichkeit.

Es ist eine gefährliche Strategie, aber wenigstens weiß ich dann, wo ich stehe.

Bevor ich mich noch zu sehr in eine Panik hineinsteigern kann, rufe ich seine Nummer im Adressbuch meines Handys auf und drücke auf den grünen Hörer.

Doch es klingelt noch nicht einmal; ich lande direkt auf seiner Mailbox. Was darauf hindeutet, dass er gerade mit jemandem telefoniert (wahrscheinlich jemand, der deutlich schlanker, großbrüstiger und attraktiver ist als ich) oder sein Handy ausgestellt hat (wahrscheinlich, weil er gerade bei jemandem ist, der deutlich schlanker, großbrüstiger und attraktiver ist als ich).

»Hallo, das ist der Anschluss von Jack …«

O mein Gott, soll ich eine Nachricht hinterlassen?

»… ich kann leider im Moment nicht ans Telefon gehen.«

Ja, ich hinterlasse eine.

»Bitte sprechen Sie nach dem Piepton …«

Nein, doch nicht.

»… ich rufe zurück, sobald ich kann.«

Ach, Mist.

»Ähm, hallo, Jack, hier ist Evie«, stottere ich. »Ich dachte mir, ich ruf mal an, weil, also, du weißt schon – um zu fragen, wie's dir geht. Und weil wir uns heute treffen wollten, falls du dich erinnerst. Und ich nichts von dir gehört habe. Nicht, dass du denkst, ich würde dich verfolgen oder so was, deshalb rufe ich nicht an. Äh, warum hab ich eigentlich angerufen? Nur um zu sagen, dass es total okay ist, wenn du dich nicht mit mir treffen willst. Aber wenn doch, dann wäre das super. Eigentlich sogar noch besser. Und in dem Fall, also – hier bin ich! Na ja, offensichtlich willst du dich nicht mit mir treffen, sonst hättest du ja angerufen. Dann höre ich jetzt mal auf.«

Ich will schon auflegen, zögere aber noch.

»Was auch passiert«, füge ich noch hinzu. »Ich fand dieses Wochenende sehr schön. Das wollte ich nur mal gesagt haben. Ciao.«

Jetzt lege ich auf.

Ich wurde versetzt. Ich fasse es nicht.

Das war's dann wohl für Jack und mich. Vorbei, bevor es begann.

Was ich nicht verstehe, ist, dass er so interessiert wirkte.

Bis du ihn mit einer anderen Frau flirten sahst, Evie.

Aber alles deutete darauf hin, dass er mich wirklich mochte.

Mal abgesehen davon, dass er einer anderen seine Telefonnummer gegeben hat.

Aber hat er mich nicht geküsst und vorgeschlagen, sich heute zu treffen?

Ja, aber bei wie vielen Frauen hat er das noch getan?

Ich werde mich einfach zusammenreißen müssen. Die Sache ist es nicht wert, noch einen Gedanken daran zu verschwenden. Ich werde es einfach auf der Stelle vergessen. Es nicht mehr erwähnen, nicht mal mehr daran denken.

Na also, es geht mir schon wieder besser.

68

Meine Wohnung,
Montag, 9. April, 19:30

Es GEHT mir schrecklich.

69

Ich kann nicht fassen, dass ich meine Mutter angerufen habe, um mich ihr anzuvertrauen.

Doch nach fast vierundzwanzig Stunden, in denen ich praktisch an nichts anderes gedacht habe, muss ich mich ausheulen. Ausgerechnet jetzt hat Grace eine Deadline und darf laut Patrick nur ans Telefon gerufen werden, wenn Gott persönlich dran ist, um ihr mitzuteilen, dass er sie zur Millionärin machen will.

Charlotte hingegen ist offenbar den ganzen Abend im Fitnessstudio, Georgia hat sich sehr rücksichtslos auf ihre Hochzeitsreise verzogen, und was Valentina betrifft … nicht einmal im Angesicht tiefster Verzweiflung würde ich sie in einer solchen Angelegenheit ins Vertrauen ziehen.

»Ich hatte wirklich den Eindruck, dass er mich mag«, erzähle ich deshalb meiner Mutter. Mir ist bewusst, dass ich ein bisschen weinerlich klinge, aber es gehört eindeutig zum Aufgabenbereich einer Mutter, sich solche Sachen anzuhören.

»Es besteht ja immerhin die Möglichkeit, dass etwas dazwischengekommen ist«, sagt sie.

»Dann hätte er doch trotzdem anrufen können, oder?«

»Vielleicht hatte er ja einen Unfall«, schlägt sie fröhlich vor. »Wer weiß, in was für einem Zustand er sich befindet. So was kommt vor.«

»Jetzt noch mal zum Mitschreiben«, sage ich. »Du willst mich trösten, dass er sich nicht bei mir gemeldet hat, indem du mir einredest, er könnte verletzt oder tot sein.«

»Ja, schon gut«, meint sie. »Ich war noch nie gut in diesen Dingen, Evie. Bei so was hast du mich auch bisher nicht um Rat gefragt.«

Ich seufze. Das liegt daran, dass so etwas bisher eigentlich noch nicht passiert ist.

Das einzig Positive daran, dass es spät am Montagabend ist und Jack sich immer noch nicht gemeldet hat, ist, dass mein Wasserhahn jetzt blinkt und blitzt. Ich habe Stunden damit verbracht, den Kalkbelag mit einer alten Kartoffel und etwas Spüli abzuschrubben. Das muss man den *Putzteufeln* wirklich lassen, das ist ein richtig guter Tipp.

Allmählich mache ich mir allerdings Sorgen um meine geistige Gesundheit.

70

Meine Wohnung,
Dienstag, 10. April

ICH KANN UNMÖGLICH noch eine Nachricht auf seiner Mailbox hinterlassen. Ich werde ihn einfach vergessen. Ich meine, was ist schon groß passiert? Es war nur ein Kuss. Und er ist nur ein Mann. Dann hat er eben wunderschone Augen und einen Traumkörper und ist überhaupt generell toll. Jetzt wünschte ich, ich hätte mit ihm geschlafen.

Jaaaa!

Nein, tue ich nicht.

Ach, verdammt noch mal.

71

Meine Wohnung,
Mittwoch, 11. April

SCHON MITTWOCH, und immer noch kein Anruf. Was ich nicht verstehe, ist, warum er überhaupt von sich aus sagt, er würde mich anrufen, wenn er es dann nicht tut. Warum hat er nicht einfach gar nichts gesagt?

Valentinas Weisheiten zu diesem Thema sind genau, was ich hören will.

»Manche Männer finden es offenbar unhöflich, *nicht* zu sagen, sie würden anrufen, nachdem sie mit einem geknutscht haben.« Sie zuckt mit den Achseln. »Sie sagen es nur, um eine Gesprächspause zu überbrücken, ohne die Absicht, es tatsächlich zu tun. Nicht, dass mir persönlich so etwas jemals passiert wäre, Gott bewahre.«

72

Café Tabac, Bold Street, Liverpool,
Mittwoch, 11. April

UM ÜBER MEINE gescheiterte Liebesaffäre hinwegzukommen, stürze ich mich in meine Karriere.

Darüber hinaus habe ich erkannt, dass es nur einen Weg gibt, um eine Titelstory zu ergattern – indem ich mir selbst eine beschaffe. Denn inzwischen ist hinlänglich deutlich geworden, dass Simon mir ungefähr genauso bereitwillig eine vernünftige Geschichte wie eine Pediküre anbieten wird.

Also habe ich zwischen BH-Meldungen über das Viertelfinale einer Senioren-Boulemeisterschaft und der Ankündigung, dass in Skelmersdale am Freitag für eine Stunde das Gas abgestellt wird, noch etwas anderes getan. Meine Kontakte angerufen.

Zugegeben, nicht alle erwiesen sich als fruchtbar. Nein, das ist eine schamlose Untertreibung. Der einzige Tipp, der auch nur annähernd eine Story hätte ergeben können, bezog sich auf Diebstahlvorwürfe im Vertriebslager einer Toilettenpapierfabrik – welche sich als vollkommen aus der Luft gegriffen herausstellten.

Doch jetzt sitze ich in meinem Lieblingscafé Detective Inspector Gregg »Benno« Benson gegenüber, und es geht bergauf.

»Ich hab da ein Riesending für Sie«, teilt er mir im Brustton der Überzeugung mit, während er einen der drei Muffins verspeist, die ich gerade für ihn gekauft habe.

»*Echt?*« Krampfhaft bemühe ich mich, mir einen Hauch von Professionalismus zu bewahren, statt vor Dankbarkeit auf die Knie zu sinken und mich anzuerbieten, die Mutter seiner Kinder zu werden.

»Ja«, sagt er und greift nach dem zweiten Muffin.

Ich bin zwar nicht unbedingt auf Kriminalberichterstattung spezialisiert, aber seit ich meinen Job bei der Zeitung antrat, habe ich genug Polizisten kennengelernt, um zu wissen, dass Benno nicht unbedingt ein typischer Vertreter seiner Art ist. Er spottet über die Trainingsprogramme, im Rahmen derer der Nachwuchs zu Medienworkshops geschickt wird; er würde sich niemals träumen lassen, sich an das Presseamt zu wenden; und er zieht es trotz eines kontinuierlichen Stroms interner Memos gegenteiliger Anweisungen vor, direkt mit Journalisten zusammenzuarbeiten. Zumindest zieht er es vor, mit Journalisten zusammenzuarbeiten, die er mag und denen er vertraut.

Wie ich in diese Kategorie gerutscht bin, kann ich nicht genau sagen; aber er behauptet, ich sei der einzige Reporter, der jemals seinen Namen korrekt abgedruckt hat (Gregg mit zwei Gs, nicht nur mit einem). Damit könnte es etwas zu tun haben.

Jedenfalls lautet die Story folgendermaßen: Pete Gibson, der in Liverpool gebürtige Popstar mit dem Saubermann-Image und einer ganzen Reihe Top-Ten-Hits in der Tasche, wurde wegen des Verdachts auf Kokainhandel verhaftet und gegen Kaution wieder freigelassen.

Nicht nur das. Ertappt wurde er während einer drogenschweren Orgie, an der noch diverse weitere Prominente beteiligt waren – Models und Fußballer. Ein *Riesending*, keine Frage. Allerdings gibt es da ein kleines Problem.

»Sie können die Story jetzt noch nicht bringen«, sagt Benno.

»Wie bitte?« Meine Augen weiten sich, als mir die erste vernünftige Geschichte, an der ich schnuppern durfte, wieder durch die Finger gleitet. »Das ist, als würde der Weihnachtsmann einem verbieten, die Geschenke vor Ostern aufzumachen. Wo liegt das Problem?«

»Das Problem ist, dass wir den Verdacht haben, Gibson ist nicht der Einzige, der Dreck am Stecken hat.«

»Ich kann nicht ganz folgen.«

Benno hat Grund zu der Annahme, dass Gibson versucht hat, einen Polizisten zu bestechen; er sollte einen Teil des Beweismaterials »verlieren«, das vor Gericht gegen ihn verwendet werden wird. Falls das stimmt – und es ihm gelingt –, dann hätte man es zusätzlich mit einem höchst korrupten Beamten zu tun.

»Warum können Sie nicht einfach beide verhaften?«, will ich wissen.

»Weil«, sagt er und leckt sich Zuckerguss von den Fingern, »wir keine stichhaltigen Beweise haben – noch nicht.«

»Und?«

»Tja, wir müssen sie in flagranti erwischen. Also beschatten wir Gibson. Der Kerl kann noch nicht mal einen Furz lassen, ohne dass wir es mitbekommen. Wenn er also mit einem braunen Umschlag in der Tasche bei unserem Mann vor der Tür steht, dann sind wir schneller da als Lance Armstrong – auf einem Motorrad.«

»Wie lange wird das ungefähr dauern?«

Er lächelt. »Ich verspreche Ihnen, Evie, Sie werden es als Erste erfahren.«

Ich habe eine schreckliche Ahnung, dass das niemals passieren wird. Es ist ausgeschlossen, dass die überregionalen Zeitungen davon keinen Wind bekommen.

»Ganz sicher?«, winsle ich.

»Sie können vorbeikommen und ein Foto von ihm machen, wie er auf die Wache gebracht wird, wenn Sie wollen«, sagt er.

Wieder weiten sich meine Augen.

»Benno«, verkünde ich, »wenn diese Story klappt, dann sind Sie ohne jeden Zweifel mein absoluter Lieblingskontakt. Auf immer und ewig.«

»Gut«, meint er, »dann können Sie ja noch mal ein paar von diesen Teilchen besorgen gehen.«

73

Ich gehe mit dem gleichen federnden Schritt zurück in die Redaktion, den Woodward und Bernstein nach der Aufdeckung der Watergate-Affäre gehabt haben müssen.

»Evie«, sagt Simon und schmeißt mir eine Pressemitteilung auf die Tastatur, »wir brauchen ein bisschen Füllmaterial für Seite neununddreißig. Mach hier mal was draus.«

Ich werfe einen Blick auf die Überschrift: *Blutspendetermine geändert.*

Als ich frustriert einen Artikel darüber anfange, dass die Gelegenheit zum Blutspenden in der Childwall Library statt wie ursprünglich angekündigt für halb eins nun schon für zwölf Uhr angesetzt wurde, hebe ich den Kopf und bemerke den Aufruhr um mich herum. Eindeutig passiert gerade etwas Aufsehenerregendes.

»Was ist los?«, frage ich Jules neben mir.

Er deutet mit dem Kopf auf BBC News 24 auf den Bildschirmen. Es geht um die Geiselkrise, die seit Tagen in allen Zeitungen und allen Nachrichten ist.

»Einige der Entführten wurden gerade im Sudan freigelassen«, erzählt er. »Zudem haben wir gerade herausgefunden, dass einer von ihnen aus unserer Gegend ist. Graham ist schon dran.«

Ich sehe zu Graham hinüber, der hektisch, das Telefon ans Ohr geklemmt, einen Artikel tippt, und spüre einen Eifersuchtsstich.

Graham ist ein Jahr länger dabei als ich, aber die Storys, die wir bekommen, unterscheiden sich qualitativ so immens voneinander, als wären es zwanzig Jahre. Dann schaue ich mir auf dem Fernseher an, was die BBC dazu zu sagen hat.

»Eine der heute Morgen freigelassenen englischen Geiseln ist die zweiundvierzigjährige Janet Harper, eine Entwicklungshelferin aus Lancashire«, berichtet der Korrespondent. »Ihre Freilassung markiert das Ende eines entsetzlichen Martyriums, das vor drei Tagen mit ihrer Entführung durch Milizen in der Nähe eines Flüchtlingscamps in Darfur begann.«

Das ist eine Bombenstory, so viel ist sicher.

Der Korrespondent fährt fort: »Bei mir ist Jack Williamson, der Leiter von *Future for Africa*, jener Organisation mit Sitz in England, für die Miss Harper zur Zeit ihrer Geiselnahme tätig war.«

Als die Kamera zurückzoomt, knallt mein Kiefer fast auf den Boden.

Es ist Jack. *Mein* Jack. Jack, den ich dafür verflucht habe, mich versetzt zu haben. Jack, der dem Anschein nach eine verdammt gute Ausrede dafür hat, mich versetzt zu haben.

»Mr Williamson, hatten Sie seit ihrer Entlassung schon Kontakt zu Janet Harper?«, fragt der BBC-Korrespondent.

Jack ist unrasiert und wirkt müde, aber sein Aussehen würde trotzdem noch eine Nonne dazu bewegen, ihre Berufswahl neu zu überdenken.

»Ja, das hatte ich«, sagt er. »Ich habe vor einer Stunde mit ihr gesprochen.«

»Und können Sie uns sagen, in welcher Verfassung sie sich befindet?«, fragt der Reporter.

»Sie ist physisch unversehrt, steht aber natürlich unter Schock«, erzählt Jack. »Momentan wird sie im Krankenhaus behandelt, und es geht ihr den Umständen entsprechend sehr gut.«

»Es gab einige Kritik an Ihrer Organisation, angesichts der Unruhen Ihre Leute nicht früher aus der Region abgezogen zu haben.«

»Dessen bin ich mir bewusst«, entgegnet Jack. »Wir haben die Situation von zu Hause aus sorgfältig überwacht und, um ehrlich zu sein, mit wachsender Besorgnis beobachtet. Zwei Tage vor ihrer Entführung habe ich noch mit Janets Projektleiter vor Ort gesprochen, und wir einigten uns darauf, uns zurückzuziehen, sollte sich die Lage weiter verschärfen. Leider wurden wir von den Ereignissen überholt. Und ich bedaure schmerzlich, dass wir die Situation falsch eingeschätzt haben.«

Als der Bericht zu Ende ist, rase ich zum Chefredakteur.

»Simon«, keuche ich atemlos, »setz mich auf die Story an. Du *musst* mich auf diese Story ansetzen.«

74

Simon sieht mich an, als wäre ich ein Haufen Schmutz, den er doch gerade eben erst vor die Tür gekehrt hatte.

»In den meisten Redaktionen ist es üblich, dass die Reporter tun, was der Chefredakteur ihnen sagt«, stellt er barsch fest. »Außer natürlich, du hast deine Pressemitteilung schon abgearbeitet.«

»Nein, habe ich nicht. Aber ich kenne den Typen aus dem Fernsehen!«

»Wen?«, fragt er. »Michael Buerk?«

Ich verkneife mir, ihn darüber aufzuklären, dass dieser spezielle BBC-Afrikakorrespondent ungefähr zwanzig Jahre jünger ist als Michael Buerk und außerdem asiatischer Abstammung.

»Nein«, sage ich. »Den anderen, Jack Williamson, den Chef der Hilfsorganisation, bei der die Geisel angestellt ist.«

»Na und?« Simon zuckt mit den Schultern. »Wer interessiert sich schon für den? Die Frau wollen wir.«

»Aber …«, versuche ich es noch einmal.

»Hör mir mal zu. Wenn du mir nicht gerade ein Interview mit der Familie der Frau und die ersten Fotos von ihr rechtzeitig für die Abendausgabe besorgen kannst, dann bemüh dich gar nicht erst.«

Wir wissen beide, dass er das Unmögliche verlangt.

»Klar«, sage ich. »Ich streng mich an.«

Er zieht eine Augenbraue hoch und sieht mir in den Ausschnitt.

»Gut. Ansonsten hätte ich nämlich noch eine andere Story hier, die genau deine Kragenweite ist. Es geht um einen entflogenen Papagei.«

Meine erste Anlaufstelle ist naheliegend: Jacks Handy. Ich erwarte mir nicht viel davon, da ich bisher jedes Mal direkt auf der Mailbox gelandet bin. Und seit ich weiß, dass er mitten in der Wüste hockt, ist auch klar, warum. Vermutlich hat er den einzigen Ort auf der Welt aufgetan, wo weit und breit kein Sendemast steht.

»Hallo, Jack«, fange ich nach dem Piepton an. »Ich kannte ja schon Kerle, die Himmel und Hölle in Bewegung gesetzt haben, um sich nicht mit mir verabreden zu müssen, aber das ist wirklich unglaublich!

Im Ernst«, fahre ich lahm fort, als hätte ich gerade einen Witz erzählt, über den niemand gelacht hat, »ich habe dich gerade im Fernsehen gesehen, und ob du es glaubst oder nicht, ich berichte darüber für den *Daily Echo* und wollte dich fragen, ob du vielleicht Lust hättest, mich deswegen mal anzurufen. Ich verstehe natürlich, wenn du nicht willst. Wahrscheinlich wirst du momentan mit Presseanfragen bombardiert. Aber wenn du es einrichten kannst, wäre ich dir wirklich dankbar.«

Ich will mich schon verabschieden, aber etwas hält mich noch zurück. »Eins noch.« Ich weiß nicht, wie ich das formulieren soll. »Du kannst sicher gut auf dich selbst aufpassen, aber, also … ich hoffe, dass es dir da draußen gut geht. Tu mir einen Gefallen und sei vorsichtig, ja? Tschüss.«

Ich lege auf und nehme ohne nachzudenken den Hörer sofort wieder hoch.

»Wo probierst du es jetzt?«, fragt Graham, der mir gegenübersitzt.

»In der Zentrale von *Future for Africa*«, sage ich.

»Spar dir die Mühe«, erwidert er. »Das hab ich schon probiert. Die helfen einem überhaupt nicht weiter.«

Ich beschließe, es trotzdem zu versuchen. Wenn ich ihnen erzähle, dass ich Jack kenne, muss mir das doch ein paar Türen öffnen. Als ich endlich durchkomme, habe ich eine jung klingende Frau am Apparat.

»Hallo«, melde ich mich. »Ich rufe für den *Daily Echo* an und wollte mich erkundigen, wer für die Presseanfragen zur Entführung von Janet Harper zuständig ist?«

»Was möchten Sie denn wissen?«, fragt sie.

»In Anbetracht der Tatsache, dass Janet hier aus der Gegend stammt, wollte ich fragen, ob ihre Familie uns vielleicht ein Interview geben würde.«

»In Ordnung«, sagt die Stimme. »Ich leite es an die Pressesprecherin weiter. Ich nehme nur Nachrichten entgegen. »Wie war noch mal Ihr Name?«

»Evie Hart«, sage ich. »Vom *Daily Echo.*«

»Ist gut. Ich habe es notiert und werde es weiterleiten.«

Etwas an ihrem Tonfall lässt mich glauben, ich hätte mehr Erfolg, wenn ich meine Presseanfrage an Lassic richten würde.

»Einen Augenblick noch«, sage ich noch nicht entmutigt. »Da wäre noch etwas.«

»Ja?«

»Ich bin eine Freundin von Jack Williamson, Ihrem Geschäftsführer«, erkläre ich ihr.

Ein kurzes Schweigen folgt.

»Und?«, fragt die Frau dann.

»Ähm, genau. Also, falls er anruft, könnten Sie ihm dann bitte ausrichten, dass ich gerne mit ihm sprechen würde? Mein Name ist Evie Hart.«

»Ja«, meint sie, »das sagten Sie bereits.«

75

GRAHAM HAT BEREITS das Auswärtige Amt kontaktiert, die UN, die englische Botschaft und eine Handvoll weiterer in Darfur arbeitender Hilfsorganisationen.

Doch er steht vor dem Problem, mit dem alle Journalisten heutzutage zu kämpfen haben: Wir bekommen nichts als eine Abfolge gleichförmig nichtssagender Pressemitteilungen, die trotz 400 Worten exakt keine Aussage haben.

Und was noch schlimmer ist: weiterhin kein Schimmer eines Fotos von Janet Harper.

»Wir müssen uns auf die Grundregeln zurückbesinnen«, beschließt Graham.

»Was heißt das?«

Er wirft mir ein Telefonbuch zu, das mich beinahe k. o. schlägt.

»Hoppala, Verzeihung«, sagt er. »Komm, wir teilen uns die Harpers auf und rufen alle an.«

»Aber es gibt Unzählige davon«, wende ich ein.

»Ich weiß. Wir sollten besser loslegen.«

Gerade als ich die erste Nummer wählen will, kommt eine neue Meldung aus dem Auswärtigen Amt herein. Etwas darin springt mir sofort ins Auge.

»Warte mal, Graham. Vielleicht wird es nicht ganz so mühselig, wie wir dachten. Gibt es in dem Telefonbuch von Ormskirk irgendwelche Harpers? Denn da kommt sie offenbar hier, laut AA.«

»Hervorragend«, sagt er. »Mal sehen … zwei. Die probieren wir mal.«

Aufgeregt rufe ich die erste Nummer an, während Graham die zweite nimmt. Doch nach zwei Minuten Tuten wird uns klar, dass wir auf diesem Weg kein Glück haben werden.

»Geht keiner dran«, sage ich zu ihm.

»Bei mir auch nicht. Da gibt es nur eins. Wir müssen hinfahren.«

Bei der ersten Adresse öffnet uns eine alte Dame mit der üppigsten Gesichtsbehaarung, die ich jemals außerhalb des Safariparks von Knowsley gesehen habe.

»Was wollen Sie«, kreischt sie und linst um die Tür herum.

»Entschuldigen Sie die Störung, aber wir sind vom *Daily Echo*«, erkläre ich ihr. »Wir suchen die Familie von Janet Harper. Sie lebt jetzt in Afrika, aber geboren ist sie in Ormskirk. Sie sind nicht zufällig mit ihr verwandt?«

»Was?«, schreit sie und hält sich die Hand ans Ohr.

»Ich sagte, wir suchen Janet Harper«, wiederhole ich schon beträchtlich lauter. »Kennen Sie sie?«

»Ich kann Sie nicht verstehen«, brüllt sie. »Falls Sie von den Mormonen sind, können Sie gleich wieder abhauen. Ich habe Gott abgeschrieben, als Robert Redford geheiratet hat.«

»Wir sind keine Mormonen«, kläre ich sie auf, und das kann sie offenbar von meinen Lippen ablesen.

»Wenn Sie Trickbetrüger sind, dann muss ich Sie warnen – versuchen Sie erst gar nichts. Ich kann Selbstverteidigung. Meine Finger stecken in Ihren Augenhöhlen, bevor Sie noch Piep sagen können.«

Plötzlich dämmert mir etwas.

»Haben Sie Ihr Hörgerät an?«, frage ich und zeige auf mein Ohr.

»Was?«, plärrt sie.

»IHR HÖRGERÄT?«, plärre ich zurück.

Ein Ausdruck von Verstehen huscht über ihre Miene, und sie fummelt hinter ihrem Ohr herum.

»IST ES JETZT BESSER?«, donnert Graham, und ich schrecke zusammen.

Die alte Dame zieht den Kopf ein. »Kein Grund zu schreien, um Himmels willen. Was wollen Sie?«

»Wir suchen Janet Harper«, sage ich. »Sie lebt in Afrika.«

Sie schüttelt den Kopf. »Meine Nichte Janice lebt in Aberdeen. Nützt Ihnen das was?«

76

Als wir bei der nächsten Adresse ankommen, ist sofort klar, dass das der heiße Favorit ist. Denn bedauerlicherweise sind wir nicht die Ersten – bei Weitem nicht. Bereits vier Reporter stehen draußen, und höchstwahrscheinlich sind noch weitere im Anmarsch.

»Hattet ihr Glück?«, frage ich Andrew Bright von der *Daily Mail*.

»Nee. Niemand da, aber ich soll hier warten, bis sie zurückkommen.«

Was, wie ich befürchte, genau das ist, was auch wir tun werden.

Zwanzig Minuten später sehe ich auf die Uhr und weiß, dass Grahams frühere Version der Ereignisse es auf die Titelseite des *Daily Echo* geschafft haben muss, von der Redaktion noch um ein paar aktuelle Zeilen ergänzt. Aber keine Exklusiventhüllung und mit Sicherheit kein Foto oder Interview mit der Familie.

Die Abendausgabe habe ich nicht geschafft, genau wie meine (zugegeben aussichtslose) Deadline. Meine einzige Chance ist jetzt, einen Wahnsinnsknüller für morgen zu kriegen.

Was den Gesprächen vor dem Haus der Harpers nach zu urteilen für mich ebenso unwahrscheinlich ist wie für alle anderen.

Plötzlich klingelt mein Handy, und ich bin in Alarmbereitschaft. Das könnte Jack sein.

»Evie Hart«, melde ich mich und bin selbst verblüfft

über die deutlich wahrnehmbare Mischung aus Hoffnung und Verzweiflung in meiner Stimme.

»Evie. Stehst du immer noch vor dem Harper-Haus?«

Na super. Es ist nicht die neue Liebe meines Lebens, sondern mein höchst ungeliebter Chefredakteur.

»Ja«, antworte ich. »Wobei ich eigentlich vorgehabt hatte, Graham hier zu lassen und mich wieder ans Telefon zu klemmen. Hat ja keinen Zweck, wenn wir hier zu zweit rumhängen.«

»Du sagst es«, erwidert Simon. »Beweg deinen Hintern zurück in die Redaktion. Du hast schon einen ganzen verdammten Vormittag vergeudet.«

Ich sitze bereits in einem Taxi zurück ins Büro, als mein Telefon wieder klingelt. Ich beeile mich ja schon, aber Simon ist offenbar nicht klar, dass ich nicht fliegen kann.

»Ich bin unterwegs«, brumme ich statt einer Begrüßung.

Doch es kommt keine Antwort, und die Leitung ist tot. Dieser Mann ist wirklich die Liebenswürdigkeit in Person. Wir arbeiten noch nicht einmal einen ganzen Monat zusammen, und schon legt er einfach auf, wenn wir telefonieren. Als das Handy wieder klingelt, nehme ich mir vor, etwas höflicher zu sein. Sonst kommen wir nie miteinander klar.

»Hi«, grüße ich also, wenn auch ungefähr so begeistert, als spräche ich mit einem Arzt für Geschlechtskrankheiten.

»Evie, bist du das?«

Ich mache fast einen Satz in die Höhe.

»Jack! Ach du Scheiße! Geht es dir gut?«

»Ja«, sagt er, »aber die Leitung ist furchtbar, und ich muss mich kurz fassen. Hör mal, das mit dem Treffen tut mir so leid.«

»Mach dir keine Gedanken«, entgegne ich. »Ich kann ja wohl schlecht sauer auf jemanden sein, der durch die halbe Welt jettet, um Geiseln zu retten.«

»Ich weiß nicht, ob ich so heroisch war. Aber übermorgen komme ich zurück, dann rufe ich dich an, wenn das in Ordnung ist. Und noch mal Entschuldigung, dass ich mich nicht gemeldet habe. Wenn ich das irgendwie wiedergutmachen kann, dann sag Bescheid.«

»Wenn du so fragst«, sage ich, »du könntest mir tatsächlich einen Gefallen tun.«

77

SOBALD DER *Daily Echo* am nächsten Tag um 11 Uhr in die Läden kommt – und mein Artikel ist auch auf unserer Website die wichtigste Schlagzeile –, erkundigt sich so ungefähr jede überregionale Zeitung nach dem Foto von Janet Harper. Das Gespräch mit der Familie selbst ist auch sehr begehrt, doch es ist mein Interview mit Janet selbst, geführt auf Jacks Handy von ihrem Krankenhausbett aus, was alle am meisten begeistert.

Alle außer Simon, muss ich dazusagen, der sein Lob nicht widerwilliger hätte aussprechen können, wenn man ihm eine Waffe an den Kopf gehalten hätte. Nicht, dass das eine Rolle spielen würde. Der Herausgeber persönlich hat eine seiner »Helden-Ticker«-E-Mails in der Redaktion herumgeschickt, was für großartige Arbeit alle für die heutige Ausgabe geleistet haben. Und mich hat er darin namentlich hervorgehoben. *Besonderer Dank an Evie Hart,* hieß es darin, *die auf sensationelle Art und Weise bewiesen hat, was man mit harter Arbeit, Entschlossenheit und ausgezeichneten Kontakten erreichen kann. Gut gemacht, Evie.*

Janet war sehr nett am Telefon und ist bereit zu einem Folgeinterview mit mir, wenn sie in ein paar Wochen nach Hause kommt.

Sie war auch voll des Lobes für Jack.

»Niemals hätte das Auswärtige Amt so schnell reagiert, wenn Jack ihnen nicht von der ersten Sekunde an gnadenlos Dampf gemacht hätte«, erzählt sie. »Er ist wirklich wunderbar.«

78

Alma de Cuba,
Liverpooler Innenstadt

JACK GEGENÜBERZUSITZEN ruft in mir die wildesten körperlichen Reaktionen hervor. Ich spreche von Symptomen, deretwegen andere Leute zum Arzt gehen: verrücktspielender Magen, rasender Puls, erhöhte Temperatur, so in dem Stil. Es ist nicht ausgeschlossen, dass man bei mir die ersten Anzeichen von Malaria diagnostizieren könnte.

Allerdings bin ich mir ziemlich sicher, dass ich keine Malaria habe. Sondern aller Wahrscheinlichkeit habe ich …

aber ich versuche, nicht voreilig zu sein. Wobei das nicht so leicht ist, als ich ihm in einer der angesagtesten Bars von Liverpool an einem ungewöhnlich milden Aprilabend gegenübersitze.

Seine Haut ist eine Schattierung dunkler nach der Sudanreise, und sein Haarschnitt würde bei jedem anderen jungenhaft aussehen. Aber jungenhaft ist trotz allem das letzte Wort, was einem zu Jack einfällt. Er mag ja ein einfühlsamer Mensch sein, der exzessiv liest und Leuten in armen Ländern hilft, aber sein Aussehen ist 100% Alphamännchen. Und sein Bizeps beweist es.

»Dann konnte ich dir also helfen?«, fragt er.

»Sogar sehr. Ich vermute mal, wenn du nicht bei Janet Harper ein gutes Wort für mich eingelegt hättest, würde ich jetzt um eine Aushilfsstelle als Burgerbraterin betteln.«

Er grinst.

»Das ist übrigens natürlich maßlos übertrieben«, füge ich hinzu. »Du hast zwar etwas gut bei mir, aber ich stehe nicht auf immer und ewig in deiner Schuld. Also komm bloß nicht auf dumme Gedanken.«

»Das ist aber schade. Es hätte mir die größte Freude bereitet, mir Sachen auszudenken, mit denen du dich revanchieren könntest.«

Es ist eine Woche später als ursprünglich geplant, aber Jack und ich haben es endlich geschafft, uns zu treffen. Jetzt sitze ich ihm gegenüber und benehme mich wie ein kicherndes Schulmädchen auf einer Verabredung mit Justin Timberlake.

Der Grund liegt, vermute ich, darin, dass es hier keine Reden gibt, die uns unterbrechen könnten. Keinen Hochzeitskuchen, der angeschnitten wird. Keine Brautjungfern, die einen Tampon brauchen. Nur Jack und mich.

»Willst du noch was trinken?«, fragt er.

»Gern.« Ich leere mein Glas.

Er nimmt die Cocktailkarte in die Hand. »Du hast die freie Wahl zwischen Singapore Sling, Mai Thai, Sea Breeze, Cosmopolitan, Daiquiri, Cuba Libre, Long Island Ice Tea, Caipirinha oder jeglicher anderer Mixtur aus Frucht und Alkohol, die du möchtest.«

»Ich nehme ein Bier«, sage ich.

Er will gerade bestellen gehen, zögert aber noch. »Könntest du dir vorstellen, in eine etwas weniger … schicke Bar zu gehen?«, schlägt er vor.

Als wir auf die Straße treten, wo Scharen von Menschen von einer Bar zur nächsten unterwegs sind, nimmt Jack meine Hand und ich kuschle mich an ihn, wie um mich zu wärmen – obwohl mir eigentlich schon behaglich genug ist.

In den letzten Jahren hat in Liverpools Innenstadt eine Invasion von unzähligen hippen Bars eingesetzt, die von einer aufdringlich modebewussten Klientel frequentiert werden und wo die Gläser auf Servietten statt Bierdeckeln abgestellt werden. Heute Abend steht uns der Sinn nach etwas anderem, Einfacherem, und als wir vor einer vertrauten Tür stehen, weiß ich auch genau, was.

»Das *Jacaranda*!«, rufe ich und ziehe Jack in die Kneipe. »Hier war ich ja schon Jahre nicht mehr.«

»Ich auch nicht«, lächelt er. »Und aus gutem Grund.«

»Soll das heißen, du bist kein Freund des Karaoke?«, will ich wissen.

»Du würdest mich nicht mal gegen eine Nacht mit Elle Macpherson auf die Bühne kriegen.«

Ich runzle die Stirn.

»Okay, eine Woche«, sagt er.

Beim Hereinkommen werden wir von einer Kombination aus Hitze, Lärm und einem berauschenden Duft nach Alkohol und Schweiß empfangen. Hier wissen die Leute, wie man sich amüsiert. Das ist kein Angeber- oder Abschleppschuppen, sondern eine Kneipe, in der man altmodische Getränke serviert bekommt (Bier oder Cider) und – falls man in Stimmung kommt – das tut, wofür dieser Laden berühmt ist: Singen.

Heute Abend ist *Open Mike Night* im *Jacaranda*, was im Prinzip bedeutet: Karaoke mit Geschmack. Zumindest theoretisch. Hier ist kein »Like A Virgin«-Territorium, das hier ist eine Bühne für ernsthafte Musiker oder solche, die sich dafür halten.

Dass es mir hier so gut gefällt – dazu muss ich ein Geständnis machen. Früher kam ich selbst gern zum Singen her. In meinen Studententagen hielt ich mich ebenfalls für eine Musikerin, wenngleich ich nie eine wirklich ernsthafte war. Schon immer war mir klar, dass meine Zeit als Sängerin von *Bubblegum Vamp* (ein Name, den ich die gesamten zweieinhalb Jahre unseres Bestehens verabscheut habe) irgendwann vorbei wäre, wenn ich einen richtigen Job bekäme.

Auf jeden Fall werden meine Stimmbänder dieser Tage nur beim Singen unter der Dusche und gelegentlich im Auto trainiert, obwohl ich das reduziert habe, seit mir die Blicke der anderen Fahrer aufgefallen sind. Grace sah mich einmal an einer roten Ampel »Suspicious Minds« schmettern und erzählte mir hinterher, ich habe ausgesehen, als hätte ich einen epileptischen Anfall.

»Das weckt Erinnerungen«, sage ich, als wir auf zwei frei werdende Barhocker an der Theke zusteuern.

»Du singst doch nicht etwa, oder?«, fragt Jack.

»Das klingt so überrascht. Dabei war ich tatsächlich mal in einer Band. Vor langer Zeit, zugegeben. Damals war Nirvana in den Hitparaden. Mein Gott, fühle ich mich alt.«

»Willst du es denn heute Abend noch mal probieren?«, erkundigt er sich unverhohlen amüsiert.

»Kommt nicht in Frage.« Ich schüttle energisch den Kopf. »Es ist ewig her, seit ich in der Öffentlichkeit gesungen habe.«

»Na dann«, meint er, »wird es höchste Zeit.«

»Wohl eher nicht.«

»Ach, komm schon.«

»Glaub mir«, entgegne ich, »ich wäre nur peinlich für dich.«

»Keine Sorge«, sagt er. »Wenn du peinlich bist, dann tue ich einfach so, als würde ich dich nicht kennen.«

79

O GOTT. Was mache ich hier?

Ich habe schon vor allen möglichen Sorten von Publikum gesungen: Eltern und Lehrer in der Schule, Studenten an der Uni und häufig auch vor den Gästen hier in dieser Bar. Aber nachdem Jack eine Stunde lang auf mich eingeredet hat – und schließlich Erfolg hatte –, bin ich plötzlich irrsinnig nervös.

Meine Handflächen sind unangenehm feucht, mein Magen fühlt sich an wie nach einem verdorbenen Curry, und jetzt, da ich hier oben stehe, begreife ich nicht mehr, wie um alles in der Welt ich mich dazu überreden lassen konnte. Gut, das Glas Wein und die zwei Flaschen Bier hatten wahrscheinlich etwas damit zu tun.

Wenigstens ist die Band ganz gut, sogar so gut, dass ich erstaunt bin, dass sie mich bei sich auf der Bühne dulden. Den Bassisten kenne ich noch flüchtig aus meiner Bubblegum-Vamp-Zeit, da ich damals mit einem seiner Freunde zusammen war (vier ganze Tage – ein absoluter Tiefpunkt meiner Beziehungsunfähigkeit).

Als die ersten Takte erklingen, wird mir sofort klar, dass ich das völlig falsche Lied ausgewählt habe. Vor Jahren sah ich Ruby Turner in Jools Hollands Sendung live »Nobody But You« singen und verliebte mich auf der Stelle in den Song. Aber ich hätte ein Grundprinzip des öffentlichen Singens nicht vergessen dürfen: Niemals versuchen, Ruby Turner zu kopieren. Außer, man ist Ruby Turner.

Unvermittelt blendet mich ein Scheinwerfer, und ich

frage mich, ob wohl jeder im Publikum so wie ich die Schweißperle bemerkt, die mir langsam über die Stirn rinnt.

Zu spät, um sich darüber Gedanken zu machen. Ich hole tief Luft, und sobald ich die ersten dieser wunderbaren Worte singe, verschwindet mein Lampenfieber. Denn unerklärlicherweise klinge ich gar nicht so übel.

»*No-one ever gave me anything …*«, klage ich.

Ich hebe den Blick und stelle fest, dass die Leute mich ansehen – und zwar so, als wollten sie mir auch zuhören. Ich schließe die Augen und stelle mir vor, ich stünde unter der Dusche, ohne Hemmungen, ohne Publikum, nur ein krächzendes Radio und ein Haufen leerer Haarspülungsflaschen leisten mir Gesellschaft.

Ich mag falsch liegen, aber plötzlich bin ich zutiefst und absolut zuversichtlich, dass ich gut klinge. Ach was, nicht gut, ich klinge *großartig*!

»*No one ever held my hand …*«, schmachtete ich.

Ich schiele zum Bassisten hinüber – und er nickt beifällig. Zwar bin ich immer noch nervös, aber gleichzeitig in Hochstimmung.

»*Nobody. Nobody but you.*«

Mein Blick ist auf Jack geheftet, und ich singe ihn aus vollem Herzen und voller Seele an. Doch gerade, als ich zur zweiten Strophe ansetzen will, bemerke ich jemand anderen. Jemanden ganz vorne. Jemanden, der winkt.

O mein Gott.

Ach du große Scheiße.

Das kann nicht sein.

O doch, es kann.

Es ist Gareth.

Aua. Die letzte Zeile war ganz schön wackelig.

»*Every time that I felt lost …*«

Mist, Mist, Mist. Noch wackeliger.

Verzweifelt versuche ich, mich zu konzentrieren, aber meine Aufmerksamkeit wird wie magisch von Gareth angezogen, dessen lächelnde Miene inzwischen Ähnlichkeiten mit Jack Nicholson in den letzten Szenen von *Shining* aufweist.

Ich gebe mir die allergrößte Mühe, weich und rauchig zu klingen, aber jetzt hört es sich nur noch an, als wäre ich erkältet. Und als die Leute im Publikum allmählich die Köpfe abwenden, blicke ich noch einmal um moralische Unterstützung heischend zum Bassisten. Dieses Mal meidet er den Augenkontakt und wünscht sich sichtlich, jemanden mit überzeugenderen stimmlichen Fähigkeiten neben sich zu haben. Britney Spears zum Beispiel.

Gareth steht jetzt ganz vorne an der Bühne und ist der Einzige, der sich im Rhythmus der Musik wiegt, die Augen an mir klebend. Unsicher schiele ich zu Jack am anderen Ende des Raums hinüber. Als er es bemerkt, lächelt er aufmunternd. Aus irgendeinem Grund erinnert mich das an den Gesichtsausdruck meiner Sonntagsschullehrerin, nachdem ich mit sechs Jahren mitten in einem Krippenspiel deutlich hörbar einen fahren gelassen hatte. Selbst in dem Alter war mir schmerzlich bewusst, dass die Jungfrau Maria einfach nicht furzen sollte – zumindest nicht in der Öffentlichkeit –, und egal wie freundlich meine Lehrerin mich ansah, meine Demütigung würde sich nicht einfach verflüchtigen.

Als das Lied sich dem dramatischen Höhepunkt nähert, schließe ich wieder die Augen, um Gareths Anblick auszublenden, und wild entschlossen, bei der letzten, schwierigsten Zeile noch einmal alles zu geben.

»No … body … but … YOUUUU!«

Alles gegeben habe ich, das schon.

Schade nur, dass ich klinge wie ein Huhn beim Schlachten.

80

MIT ZITTERNDEN HÄNDEN stecke ich das Mikrofon zurück in den Ständer und schleiche von der Bühne. Der Applaus besteht einzig aus vereinzeltem Höflichkeitsklatschen – bis auf Gareth, der mir zujubelt, als hätte er gerade Shania Twain beim letzten Konzert ihrer Welttournee erlebt.

Als ich die unterste Stufe erreiche, dreht sich alles in meinem Kopf: Wie soll ich an Gareth vorbeikommen, wie soll ich Jack hier rauskriegen und, nicht zuletzt, wie soll ich jemals einen Auftritt verwinden, auf den vor zweihundert Jahren noch der Tod durch den Strang stand?

Mit all diesen Anforderungen beschäftigt, bin ich offenbar nicht in der Lage, eine weitere zu bewältigen: die unwesentliche Kleinigkeit, einen Fuß sicher vor den anderen zu setzen. Statt von den Stufen aus in die Arme meines hingerissenen Begleiters zu schweben, worauf ich ursprünglich gehofft hatte, als ich auf die Bühne ging, ähnele ich eher einem x-beinigen Vogel Strauß nach einer Überdosis Alkopops.

Gareth springt zur Seite, als sich meine Beine umeinander wickeln und der Fußboden auf mich zurast – bis ich mit dem Gesicht zuerst in zwei Krabbencocktailchips und einem Budweiser-Kronkorken lande.

»Evie, alles in Ordnung?«, brüllt Gareth theatralisch, als er mir aufhilft.

»Wunderbar«, erkläre ich und klopfe mir den Staub ab. Nichts kaputt – außer meinem Stolz –, wobei Jack offenbar wenigstens meinen Sturz verpasst hat, da er gerade neue Getränke bestellt.

»Du warst toll«, haucht Gareth.

»Nein, war ich nicht.« Mir wäre es lieber gewesen, er hätte mich festgehalten und meinen Sturz verhindert, statt mir jetzt Komplimente zu machen.

»Doch, Evie, das warst du«, beharrt er, und ich stelle fest, dass sein Ausschlag von neulich sich schneller ausgebreitet hat als ein Brand in einer Ölraffinerie.

»Deine Stimme ist echt klassisch«, fährt er fort. »Genau wie Geri Halliwell.«

»Oh, ähm, danke«, sage ich, »aber ich muss jetzt los.«

»Ich wollte dich anrufen«, spricht er weiter.

»Aha. Und warum?«

»Weil ich viel nachgedacht habe … *über uns.*«

O nein.

»Gareth, du hast schon viel *über uns* nachgedacht, als ich dich zuletzt sah. Von der ganzen Denkerei wirst du noch Nasenbluten kriegen, wenn du nicht aufpasst.«

»Jedenfalls«, ignoriert er meine Bemerkung, »haben wir immerhin schon über deine Beziehungsangst gesprochen …«

Die ich inzwischen überwunden habe.

»Und dass ich dir vielleicht helfen könnte, sie zu überwinden …«

Nein, danke.«

»Und ich weiß auch noch, was du letztes Mal gesagt hast …«

Soweit ich mich erinnere, kann ich kaum noch deutlicher werden.

»Aber ich bin zu dem Schluss gekommen …«

»Ja, Gareth?«, frage ich höflich, um mir nicht anmerken zu lassen, dass ich das inzwischen ungefähr so ärgerlich finde wie chronischen Fußpilz.

»Evie«, verkündet er großmütig, »ich bin bereit, dir eine zweite Chance zu geben.«

81

EINE KURZE PAUSE ENTSTEHT, während der ich angestrengt überlege, ob ich richtig gehört habe.

»Du bist was?«, frage ich schließlich.

»Ich sagte, ich bin bereit, dir eine zweite Chance zu geben«, wiederholt er. Seiner Miene nach ist er unheimlich zufrieden mit sich. »Mir ist klar geworden, dass niemand perfekt ist und dass deine emotionale Distanz zu praktisch allem und jedem etwas ist, das wir als *Paar* aufarbeiten können.«

Ich weiß nicht, ob ich die Geduld mit ihm verlieren soll oder um mein Leben rennen. Da mir aber Jacks Anwesenheit im Raum bewusst ist, tue ich keins von beidem, sondern beherrsche mich. »Gareth, wir sind kein Paar mehr.«

Er verzieht das Gesicht. »Evie, das weiß ich doch. Und du musst auch nicht mit mir sprechen, als wäre ich ein Psychopath. Das bin ich nicht. Ich bin einfach nur ein ganz normaler Kerl, der dich mag und es noch einmal mit dir probieren will.«

»Ich weiß, dass du kein Psychopath bist.« Obwohl jetzt, wo er es erwähnt, Norman Bates tatsächlich an Attraktivität gewinnt.

»Gareth, hör mal«, fahre ich fort. Ich muss endlich zurück zu Jack. »Ich weiß, es mag für dich so aussehen, als ginge ich dir aus dem Weg. Aber so ist es ehrlich nicht. Ich muss jetzt nur einfach weiter.«

Er stößt ein langes Seufzen aus.

»Ich mach dir einen Vorschlag«, ergänze ich und baue auf die einzige Sache, die ihn beschwichtigen könnte. »Nächste Woche rufe ich dich an, und wir können darüber sprechen, okay?«

»Das wäre schön, Evie«, nickt er.

»Bis dann.« Ich will endgültig meinen Abgang machen.

Doch er hält mich am Arm fest. »Bevor du gehst, möchte ich dir noch etwas geben.«

»Was denn?« In meinem Kopf blitzt die Erinnerung an sein letztes Geschenk auf.

»Jetzt sieh mich nicht so misstrauisch an«, tadelt er mich. »Nimm es einfach, bitte. Als Geschenk. Von mir.«

Er überreicht mir eine kleine in Silberpapier und eine grellpinkfarbene Schleife eingewickelte Schachtel. Langsam schüttle ich den Kopf. Ich habe keine Ahnung, was das ist, aber im Augenblick Geschenke von Gareth anzunehmen kommt mir anrüchiger vor als ein ganzer Schrank voller Pornohefte in der Garage eines anglikanischen Pfarrers.

»Das kann ich nicht annehmen«, sage ich, und nie im Leben habe ich etwas ernster gemeint.

»Doch, das kannst du, Evie. Bitte«, erwidert er. »Es sind die Ohrringe, die du haben wolltest. Du hast sie einmal entdeckt, als wir zusammen unterwegs waren, und ich weiß noch, dass sie dir so gut gefielen. Ich wollte sie dir für Graces Hochzeit kaufen, aber dann hast du mit mir Schluss gemacht.«

Jetzt bekomme ich ein schlechtes Gewissen.

»Gareth, das ist wirklich lieb von dir«, sage ich. »Aber es ist mein Ernst, ich halte das nicht für … passend.«

»Du kannst so kalt sein.« Er verengt die Augen.

Für jemanden, der angeblich in mich verliebt ist, kann Gareth ganz schön austeilen.

»Es tut mir leid, aber ich will das nicht.« Ich fühle mich schrecklich, als ich ihm die Schachtel zurückgebe.

Aber er nimmt sie nicht; er dreht sich einfach um und geht weg.

»Sorry, Evie«, sagt er, sein Gesichtsausdruck wirkt ungefähr so aufrichtig wie der eines nicht siegreichen Oscarkandidaten. »Ich muss jetzt wirklich, wirklich los.«

Und schon ist er weg. Hat sich verkrümelt, bevor ich noch etwas sagen oder tun konnte.

Mieser Halunke. Das ist *mein* Trick.

82

»Bist du ganz sicher, dass alles in Ordnung ist?«, fragt Jack, als wir auf den Rücksitz eines Taxis springen.

»Ja, klar. Ehrlich, ich glaube, ich hab einfach nur ein bisschen zu viel erwischt.« Ich schiele, um zu verdeutlichen, wie betrunken ich bin, und stelle im selben Moment fest, wie unglaublich unsexy das aussehen muss.

»Du verträgst wohl nicht viel«, grinst er. »Ich fand es jedenfalls unheimlich mutig von dir, da drin zu singen.«

»Ja«, sage ich. »Um aufzustehen und einen solchen Auftritt hinzulegen, muss man entweder mutig oder dämlich sein.«

»Ganz im Ernst, mich würdest du in einer Million Jahren nicht auf so eine Bühne kriegen.«

»Wirklich nicht?«

»Wirklich nicht. Wenn ich singe, denken die Leute, dass sich zwei Kater prügeln. Ich habe noch nie Karaoke gemacht. Selbst in der Kirche bei Trauungen bewege ich nur die Lippen zu den Liedern.«

»Tja, davon habe ich natürlich keine Ahnung. Ich stehe ja immer ganz vorne mit einem Blumenstrauß in der Hand. Trotzdem solltest du es eines Tages mal ausprobieren. Vielleicht macht es dir ja Spaß.«

»Evie, ich mag dich zwar genug, um mich von dir zu allen möglichen Sachen überreden zu lassen; aber nie, niemals wirst du mich dazu bringen, in der Öffentlichkeit zu singen.«

»Was für ein Spielverderber«, seufze ich. »Und das nach allem, was ich gerade durchgemacht habe.«

Plötzlich findet seine Hand meine, und er sieht mir tief in die Augen, während er mich näher an sich heranzieht. Sein Gesicht ist nur Zentimeter von meinem entfernt, und ich spüre seinen weichen Atem auf meiner Haut. Unsere Lippen treffen aufeinander, und als wir uns in der Dunkelheit des Taxis zu küssen beginnen, verschlägt es mir beinahe den Atem.

Grace hat mir einmal erzählt, dass sie und Patrick fast Sex auf dem Rücksitz eines Taxis hatten. Was dieses »fast« beinhaltet, weiß ich nicht genau. Aber ich möchte wetten, es ist etwas, das sie zurzeit nicht besonders häufig machen.

Mir fiel das jetzt gerade ein, weil unser Küssen zunehmend leidenschaftlich wird, mehr als unter diesen Umständen möglicherweise als angemessen empfunden wird.

Unsere Körper pressen sich aneinander, und dass das

alles so still wie möglich vonstatten geht, um die Aufmerksamkeit des Fahrers nicht zu erregen, lässt meinen Puls nur noch schneller schlagen.

Jacks Hand liegt auf meinem Bein und wandert langsam höher. Mein Rock bauscht sich auf dem Oberschenkel. An der Art, wie sein Küssen sich verlangsamt hat, merke ich, dass er herauszufinden versucht, ob ich damit einverstanden bin. Also erwidere ich seinen Kuss so, dass jeder Zweifel ausgeräumt wird.

»Geht es schneller um den Park rum?«, ruft der Fahrer nach hinten, und Jack und ich springen auseinander wie zwei schuldbewusste Teenager.

»Ähm, ja, das ist vermutlich der beste Weg«, bestätigt Jack. Wir sehen einander an und lächeln verschwörerisch.

Das Taxi zockelt ein paar Sekunden weiter, bevor Jack wieder an mich heranrückt. Für einen Moment kann ich seine Gesichtszüge im orangefarbenen Schein einer Laterne erkennen. Seine Lippen streichen über mein Ohr und jagen mir einen Schauer durch den Körper.

»Nur weil ich letzte Woche jemanden im Wagen hatte, der unbedingt über die Dock Road gefahren werden wollte«, erklärt der Taxifahrer, und wieder springen wir auseinander und unterdrücken ein Kichern.

»Nein, ich glaube, Sie haben recht«, sagt Jack.

»Das dachte ich mir auch«, meint der Fahrer. »Man hat ja alle möglichen Leute hier drinsitzen, das glauben Sie nicht.«

Dann erzählt er uns eine Geschichte über eine Frau, deren Cockerspaniel auf dem Rücksitz seines Wagens die

Wehen bekam, während der Wagen sich im Schneckentempo durch die zweieinhalb Kilometer lange Baustelle auf der Smithdown Road mühte. Jack beugt sich wieder zu mir, aber nicht um mich zu küssen. Meine Hand haltend bringt er seinen Mund ganz nah an mein Ohr.

»So leicht kommst du mir nicht davon«, flüstert er.

Ich drehe den Kopf und küsse ihn flüchtig auf die Lippen.

»Gut«, wispere ich zurück.

83

Green's Fitnessstudio, Liverpool, 13. Mai

»Hallo, Charlotte!«, ruft jemand, als wir hereinkommen.

Charlotte und ich drehen uns um, und einer der Trainer joggt auf uns zu, in der Hand einen Stapel Flugblätter. Er ist einer dieser nervig sportlichen Menschen, die niemals zu gehen scheinen, sondern sich mit einem ständigen Federn von einem Ort zum anderen bewegen.

»Oh, hallo, Shaun«, begrüßt Charlotte ihn fröhlich.

Vor sechs Monaten wäre es undenkbar gewesen, dass Charlotte sich mit einem Fitnesstrainer duzt. Jetzt sind sie alle praktisch ihre besten Freunde.

»Ich hab dich gestern gesucht, konnte dich aber nicht finden«, sagt er. »Du hast doch nicht geschwänzt, oder?«

»Ich hatte nur einen Zahnarzttermin«, erklärt sie. »Abgesehen von gestern war ich diese Woche jeden Tag hier.«

»Kein Problem, sollte nur ein Scherz sein. Ich habe gesehen, wie oft du hier warst«, entgegnet er. »Und es funktioniert ganz offensichtlich. Du siehst toll aus, eine wandelnde Werbung für dieses Studio. Jedenfalls habe ich dich gesucht, weil ich ein Event organisiere. Ich versuche, eine Gruppe von Leuten zusammenzubekommen, die nächstes Jahr mit dem Fahrrad das Atlasgebirge überqueren.«

Charlotte ist vollkommen verblüfft, aber er missversteht ihren Gesichtsausdruck.

»Ich wusste vorher auch nicht, wo das liegt«, sagt er. »Anscheinend in Marokko. Aber was ich sagen wollte, ist, dass es sicher ein Riesenspaß wird und wir Geld für einen guten Zweck sammeln können. Überleg es dir mal, okay?«

»Äh, okay«, sagt sie, »mach ich.«

Als Shaun und seine unfassbar muskulösen Beine wieder zurück in die Männerumkleide traben, drehe ich mich zu Charlotte.

»Gibt es mich gar nicht?«, frage ich. »Sehe ich etwa nicht so aus, als könnte ich mit dem Fahrrad über den Atlas fahren?«

Sie zuckt entschuldigend die Schultern. »Ich glaube, nur die Stammkunden werden gefragt, ob sie mitmachen wollen«, sagt sie.

»Mhm. Ich war wohl schon länger nicht mehr hier, oder?«

Sie lächelt. »So ist das nun mal, wenn man jemanden findet, mit dem man jede freie Minute verbringen will.«

»Fällt es so auf?« Ich spüre ein Aufblitzen von Jack-Seligkeit, gemischt mit einer sehr deutlichen Unterströmung von schlechtem Gewissen. Ich weiß, dass ich Charlotte vernachlässigt habe. Und Grace auch. Valentina habe ich seit Ewigkeiten nicht mehr getroffen – wobei sie ihre eigene knospende Romanze (sprich »Dauerpoppen«) mit Edmund Barnett hat.

»Na dann, Charlotte. Mit dem Fahrrad über den Atlas. Machst du mit?«

»Ach, mal sehen«, meint sie, »vielleicht schon. Viel schwerer als das ganze Gewichtestemmen kann es eigentlich auch nicht sein.«

»Und bei Gott, das machst du ganz schön gut«, sage ich.

In der Umkleide springt sofort ins Auge, wie häufig Charlotte das tut. Beim Umziehen versteckt sie sich nicht mehr hinter extra großen Badetüchern. Sondern läuft ungezwungen in ihrer Unterwäsche herum, die jetzt mit Spitze besetzt und modisch ist. Kein Vergleich mehr mit den Oma-Schlüpfern von früher – die sie höchstwahrscheinlich inzwischen verbrannt hätte, wenn Polyester nicht so stinken würde.

Aber es ist nicht nur ihre Unterwäsche. Charlotte besitzt inzwischen ein Kleidungsstück, das sie sich schon immer sehnlichst gewünscht hat, so wie andere Leute sich eine Gucci-Jeans wünschen: einen Hosenanzug von H&M.

Okay, nicht gerade der modische Geheimtipp der *Vogue* für die kommende Saison. Aber für Charlotte hat er eine grundlegende Bedeutung. Denn zum ersten Mal muss sie nicht mehr in eines dieser Spezialgeschäfte mit euphemistischen Namen wie *Damenmode Plus* oder *Big and*

Beautiful gehen. Sie kann einfach durch die Fußgängerzone spazieren, in einen stinknormalen Laden marschieren und einen Anzug kaufen – in Größe 42. Und zwar eine bequeme 42.

»Wie viel hast du diese Woche abgenommen?«, frage ich.

»Noch mal fünf Pfund«, sagt sie strahlend. »Alle haben mich gewarnt, dass der Gewichtsverlust sich bald verlangsamen würde. Aber das ist nicht passiert. Im Gegenteil, es geht jetzt wie von allein.«

Komisch, allein das Wissen, dass sie fünf Pfund leichter ist, lässt Charlotte auf dem Laufband noch schneller rennen. Sie drückt Knöpfe, bis sie bei neun Stundenkilometern anlangt, und läuft mit großen Schritten, ohne ihre frühere Angst, jemand könnte einen Blick auf ihre Kehrseite erhaschen.

Als ich in den Spiegel vor mir aufblicke, kommt ein vertrautes Gesicht durch die Tür, und ich drehe mich erstaunt zu Charlotte um.

»Ist das Jim, der da gerade gekommen ist?«, flüstere ich.

Sie nickt. »Er hat sich kurz nach Georgias Hochzeit hier angemeldet«, erzählt sie. »Ich habe ihm das Studio empfohlen. Er kommt aber nicht so oft wie ich.«

»Niemand kommt so oft wie du«, scherze ich.

»Hallo, ihr beiden«, begrüßt uns Jim. »Wie geht's dir, Evie?«

»Super.« Ich bin immer noch verblüfft, ihn hier zu sehen. »Und dir?«

»Großartig«, antwortet er. »Ich glaube allmählich, du

wohnst hier, Charlotte. Immer wenn ich durch die Tür komme, bist du auf dem Laufband.«

Sie drückt ein paar Knöpfe, und die Maschine verlangsamt sich auf ein gemütliches Gehen.

»Ich kann dir versichern, dass ich abends nach Hause gehe«, sagt sie atemlos. »Obwohl sie mich manchmal rauswerfen müssen.«

»Du beschämst mich, ganz ehrlich«, meint er. »Ich nehme mir jeden Sonntagabend vor, mindestens dreimal in der folgenden Woche hierher zu kommen. Aber das habe ich noch nicht ein einziges Mal geschafft. Ich gehe einfach zu gern nach der Arbeit in den Pub.«

Charlotte kichert, und plötzlich fällt mir auf, dass sie während des gesamten Gesprächs noch nicht einmal errötet ist. Natürlich ist sie etwas rot im Gesicht vom Laufen, also würde man es vermutlich nicht bemerken, aber trotzdem …

»Apropos Pub«, sagt Jim. »Du würdest wohl nicht … also, du hättest wohl nicht zufällig Lust, mal abends mit mir was zu machen?«

Sie zögert.

»Es muss natürlich keine Kneipe sein. Was du willst, ganz egal. Kino, ein Restaurant, was dir gefällt.«

»Ja«, antwortet sie. »Das wäre sehr nett.«

»Wunderbar.« Er wirkt zufrieden.

Ich wusste es. Ich hab es verdammt noch mal gewusst. Die ganze Zeit. Charlotte und Jim, endlich vereint. Ich platze schier vor Stolz.

»Leider habe ich die nächsten Wochen überhaupt keine Zeit«, fährt Charlotte fort, und mein Lächeln erstirbt. »Wegen der Hochzeit und allem – es sind nur noch drei Wochen bis dahin. Und wir haben viel zu tun. Aber irgendwann machen wir das. Irgendwann, ganz bestimmt.«

Jim lächelt sanft, aber er versteht offenbar, was sie ihm zu sagen versucht.

»Ich will dir hier keinen Korb geben«, fügt sie noch hinzu.

Doch genau das tut sie. Und wir wissen es alle drei.

84

Jacks Wohnung,
Freitag, 18. Mai

GESTERN ABEND ist etwas Komisches passiert. Jack und ich sind seit Georgias Hochzeit durchschnittlich fünf Mal die Woche miteinander ausgegangen. Und wenn auch der allgemeine Zustand der Euphorie, in dem ich mich momentan befinde, nicht mit Geld zu bezahlen ist, so hat das doch keine positiven Auswirkungen auf mein Bankkonto.

»Dann bleiben wir eben heute mal zu Hause«, schlug Jack vor. »Wir leihen uns eine DVD aus und kuscheln uns aufs Sofa. Wenn du Lust hast.«

»Fantastisch«, sagte ich. Und sonderbarerweise meinte ich es auch so.

Bis jetzt zählte so etwas genau zu der Sorte von Vorfall, die für mich »Auslöser« waren: diese kleinen Dinge, die in den Augen eines unbeteiligten Zuschauers völlig harmlos wirken mögen, die aber ausreichten, um mich mit der ganzen Entschlossenheit eines Gefangenen in Alcatraz einen Fluchtplan aushecken zu lassen.

Ich habe schon viele von diesen Auslösern erlebt. Vom Anblick fremder Socken in meinem Wäschekorb bis hin zu einem geplanten Abendessen mit den Eltern nahm ich bei allem, was auch nur annähernd als »Pärchenverhalten« bezeichnet werden konnte, sofort Reißaus. Doch es sieht ganz so aus, als fände ich seit gestern Abend zu Hause DVD schauen aufregender, als an Brad Pitts Seite zu einer Filmpremiere zu gehen.

Noch merkwürdiger an der Sache war, dass der Abend alle Erwartungen erfüllte. Ich fand es toll, zu essen, was Jack für mich gekocht hatte; ich fand es toll, den schlechten Film zu sehen, den wir geliehen hatten; und ich fand es toll, mich aufs Sofa zu kuscheln. Nein, ich fand es *wahnsinnig* toll, mich aufs Sofa zu kuscheln.

An dem ganzen Abend gab es nur einen einzigen Haken – etwas, das mir nicht aus dem Kopf gehen will, selbst jetzt noch nicht. Jack ging ins Bad und währenddessen klingelte sein Handy. Ich wollte schon für ihn drangehen, als ich den Namen auf dem Display aufblitzen sah. *Beth.* Ich riss entsetzt die Augen auf und ließ es einfach klingeln. Ich hatte keinen blassen Schimmer, was ich tun sollte. Als er wieder ins Zimmer kam, hörte es auf.

»Äh, du hast gerade einen Anruf verpasst«, stotterte ich.

»Aha.« Er blickte auf das Display. »Danke.«

Prüfend musterte ich seinen Gesichtsausdruck, doch er verriet nichts.

»Willst du nicht zurückrufen?«, fragte ich so beiläufig wie möglich.

»Wenn es wichtig ist, wird er oder sie schon eine Nachricht hinterlassen.« Er zuckte ebenso beiläufig die Achseln.

Schon wollte ich mich erkundigen, ob es jemand war, den ich kannte – nur um zu testen, ob er die Wahrheit sagen würde –, doch dann überlegte ich es mir anders. Es könnte eine vollkommen harmlose Erklärung dafür geben. Beziehungsweise war ich mir sogar sicher, dass es eine gab. Deshalb konnte ich ihn nicht einfach ins Kreuzverhör nehmen. In einer Beziehung geht es um Vertrauen, zumindest stand das in jeder Zeitschrift, die ich jemals beim Friseur gelesen habe. Also muss ich ihm vertrauen. Auf jeden Fall.

Aber was, wenn er ein betrügerischer Schuft ist? Und ich falle auf ihn rein? O mein Gott. Mist. Mist. Mist!

Im Endeffekt hielt ich meinen Mund und stellte keine weiteren Fragen. Teils, damit Jack nicht dachte, ich wäre ein eifersüchtiger Kontrollfreak, der ihm nicht erlaubt, mit anderen Frauen zu sprechen.

Aber teils auch, weil ich mich vor den Antworten fürchtete.

Heute Abend klingle ich um sieben Uhr an Jacks Wohnungstür, nachdem ich mir schon wieder die Beine rasiert (so glatt über einen solch anhaltenden Zeitraum waren sie seit meinem ersten halben Lebensjahr nicht mehr) und nur gerade genug Make-up aufgelegt habe, um etwaige Makel zu überdecken, aber nicht so viel, dass ich zu aufgedonnert für einen Abend vor dem Fernseher wirke.

Er öffnet in Jeans und einem T-Shirt die Tür, das seine Armmuskeln so überdeutlich betont, dass ich sofort weiß, ich werde mich heute Abend auf nichts anderes konzentrieren können.

»Komm rein«, sagt er und nimmt mir den Mantel ab. Ein herrlicher Duft empfängt mich, der zur Abwechslung mal nicht von ihm kommt.

»Du magst doch thailändisches Essen, oder?«, fragt er, während wir in die Küche gehen, damit er seine Sauce umrühren kann.

»Und wie.«

Dann passiert irgendetwas, und ich weiß ehrlich nicht was, das unsere Unterhaltung abrupt beendet. Möglicherweise sind es die Gewürze, die auf unsere Sinne einströmen; oder aber, was wahrscheinlicher ist, die Tatsache, dass sich das hier seit Wochen angebahnt hat. Egal was, innerhalb von Sekunden nach meiner Ankunft liegen Jack und ich uns in den Armen und küssen – nein, nicht küssen, *verschlingen* – einander.

Während unsere Münder den anderen erforschen und sein Körper sich fest an meinen drückt, stolpern wir quer durch den Raum, bis wir neben der Küchentheke landen. Jack hebt mich auf einen der Barhocker und küsst jeden Zentimeter meines Schlüsselbeins, ich schlinge die Beine um seine Taille.

Entschlossen greife ich nach seinem T-Shirt und ziehe es ihm über den Kopf, um die glatten, gebräunten Muskeln seines Oberkörpers zu enthüllen.

Stück für Stück entkleiden wir einander, bis wir beide

fast nackt sind. Jack ist in mir, und wir werden mitgerissen von einer Woge der Glückseligkeit, wie ich sie noch niemals erlebt habe.

Das rote Thaicurry kocht über, und der Reis wird matschig. Das Abendessen ist absolut ungenießbar.

Doch offen gestanden ist uns das beiden egal.

85

Meine Wohnung,
Montag, 21. Mai

WIR HABEN ZWEI TAGE LANG keinen Fuß vor Jacks Wohnung gesetzt. Ganz im Ernst, ich habe nur darauf gewartet, dass die Vermisstenstelle sich nach einer intensiven achtundvierzigstündigen Suche meldet, nur um uns im Bett lümmelnd vorzufinden, genährt von nichts als Toast, schwarzem Kaffee und einer gesunden Portion Lust.

Heute Abend hatte ich die Spätschicht in der Redaktion, weshalb wir uns darauf geeinigt hatten, uns erst morgen wiederzusehen. Mal abgesehen von allem anderen glaubt ein großer Teil von mir, dass ich wirklich mal wieder eine Nacht allein verbringen sollte. Nur um mir selbst zu beweisen, dass ich das kann, ohne mich nach ihm zu verzehren.

Zumindest in der Theorie. Es ist jetzt kurz vor zehn Uhr abends, und als ich meine Wohnungstür aufschließe und mir auf der Couch die Nachrichten im Fernsehen anschaue, frage ich mich, ob er wohl auch davorsitzt. Sofort schüttle ich den Kopf, um den Gedanken zu verscheuchen.

Langsam mache ich mir Sorgen, ob ich nicht ein bisschen peinlich werde.

Während ich heute Abend einen Artikel über eine Protestaktion von Fuchsjägern schrieb, überlegte ich, was Jack wohl von Tierschutz hält.

Als ich aufs Klo ging und in den Spiegel sah, dachte ich daran, wie er mir vergangene Nacht die Stirn geküsst hatte. Ich ertappte mich sogar dabei, seinen Namen auf meinen Stenoblock zu kritzeln, statt den Kommentar eines Gemeinderats mitzuschreiben. Das letzte Mal, dass ich einen Jungennamen gekritzelt habe, war Duran Duran in den Charts. Kurz gesagt, ich denke mehr oder weniger ununterbrochen an Jack Williamson.

Allerdings nicht immer im positiven Sinne. Denn in meinem Hinterkopf spukt immer noch der Anruf von Beth. Sollte ich ihn darauf ansprechen? Oder würde ihn das in die Flucht schlagen? Wieder einmal denke ich genau an dieses Thema, als mein Handy klingelt.

»Ich wollte nur mal hören, wie dein Abend so ist«, sagte Jack.

Trotz all meiner düsteren Gedanken noch vor einer Sekunde muss ich beim Klang seiner Stimme lächeln. Und zwar so breit lächeln, dass ich selbst mit Clark Kents Brille nicht uncooler aussehen könnte.

»Ach, ausgezeichnet«, sage ich. »Ein Spinner nach dem anderen hat angerufen. Einer wollte mir eine Story über einen Dealer aufschwatzen, der ihm gestrecktes Cannabis verkauft hat.«

Jack lacht. »Was hast du dem erzählt?«

»Ich habe ihm geraten, sich bei der Industrie- und Handelskammer zu beschweren. Wie war dein Abend?«

»Nicht annähernd so aufregend. Ich konnte mich nicht entscheiden, ob ich lieber ein bisschen Bürokram aufarbeiten, die Fußleiste im Wohnzimmer reparieren oder mir alte Folgen von *M.A.S.H.* über Satellit ansehen sollte.«

»Da wäre mir die Entscheidung aber leichtgefallen. Major Margaret Houlihan«, sage ich.

»Ja, sie hat im Prinzip das Rennen gemacht«, stimmt er zu. »Aber ich muss sagen, dass mir der gestrige Abend besser gefallen hat.«

Wieder muss ich lächeln, dieses Mal von einem Ohr zum anderen.

»Mir auch«, säusle ich. »Wenn du es nicht zu forsch fändest, würde ich das sogar gern bei Gelegenheit wiederholen.«

»Forsch ist es schon«, meint er. »Und ich bin froh, dass du es wiederholen möchtest. Denn von mir aus kannst du das so oft machen, wie du willst.«

»Aber kriege ich dann auch jedes Mal ein Frühstück im Bett?«, will ich wissen.

»Ist das alles, was du von mir willst?« Er klingt verletzt.

»Ja, das und deinen Körper.«

Als das Gespräch eineinhalb Stunden später vorbei ist und ich ins Bett steige, muss ich mich zwingen, an etwas anderes zu denken. Es gibt so einiges, an das ich momentan denken sollte.

Benno alias mein Kumpel Detective Inspector Benson und seine Story über Pete Gibsons kriminelles Treiben (an der ich weiter dranbleibe); Pollys fünften Geburtstag nächste Woche; die Hochzeit meiner Mutter … O mein Gott – die Hochzeit meiner Mutter!

Nur noch drei Wochen Zeit, und während sie zwar eine Frau gefunden hat, die ihr den Kopfschmuck einfärbt, und jemanden, der ihr Henna-Tattoos macht, gibt es diverse weitere Details, an denen sie »noch arbeitet«.

Wie zum Beispiel Einladungen. Und Transport. Und Musik.

Warum nur würde ich mich bei der Organisation dieser Hochzeit lieber auf einen Dreijährigen verlassen?

86

Das Haus meiner Mutter, Scarisbrick, Lancashire, Freitag, 8. Juni

ICH MACHE VALENTINA die Tür auf. Sie grinst leicht irre und schleppt einen so riesigen Koffer, dass man ihn Wohnwagen nennen würde, wenn er Räder hätte.

»Gehst du auf Weltreise oder was?«, frage ich, während ich mit anpacke, um das Ding die Treppe hinauf zu bugsieren.

»Falls du auf meinen Koffer anspielst«, meint sie. »Ich kann dir versichern, dass es bei Harvey Nicks weit weniger bescheidene Modelle gibt.«

»Vor mir musst du dich nicht rechtfertigen«, sage ich.

»Das ist mir bewusst«, gibt sie für ihre Verhältnisse ungewöhnlich munter zurück. »Aber nur fürs Protokoll:

Ich muss mich heute sowohl um mich selbst als auch um Charlotte kümmern. Was bedeutet, ich musste die doppelte Menge an Kosmetika mitbringen. Wir haben völlig unterschiedliche Hauttypen.«

Ich mustere sie einen Moment lang.

»Ist alles in Ordnung?«, frage ich dann. Noch nie habe ich Valentina so breit lächeln sehen. Vornehmlich, weil sie Angst hat, frühzeitig Falten zu bekommen.

»O ja«, antwortet sie geheimnisvoll. »Absolut.«

Endlich schaffen wir es ins Schlafzimmer meiner Mutter, das mit seiner Orgie von Batik- und Folkloreüberwürfen aussieht wie eine Kreuzung aus Secondhandladen und Opiumhöhle. Die allgemeine Atmosphäre könnte man als Shabby Chic ohne den »Schick« beschreiben. Und mit sechs Leuten hier drin bekommt man außerdem allmählich Platzangst.

»Valentina! Schön, dich zu sehen!«, ruft meine Mutter und küsst sie auf beide Wangen.

Mum hat den gesamten Vormittag in ihrem Morgenmantel verbracht, die roten Haare fest auf kleine Lockenwickler gedreht. Ich hege den starken Verdacht, dass sie hinterher aussehen wird wie einer von den Muppets.

»Danke, Sarah«, strahlt Valentina. »Und wie geht es dir heute. Nervös?«

»O nein«, sagt Mum. »Ich bin nicht so der nervöse Typ. Ich habe die vergangenen Jahre zu viel Yoga gemacht, ich glaube, Nervosität übersteigt mein Fassungsvermögen.«

»Das ganze Gras, das du in den Siebzigern geraucht hast, könnte auch mitgeholfen haben«, füge ich hinzu.

Es klingelt wieder an der Tür, und Valentina bietet fröhlich an aufzumachen. Wahrscheinlich ist sie heilfroh, den ganzen Räucherstäbchen zu entfliehen, die sich grässlich mit ihrem *DKNY Be Delicious*-Parfüm beißen müssen.

Es sind Charlotte, Grace und Gloria Flowerdew, die Freundin meiner Mutter und eine weitere ihrer zahlreichen Brautjungfern, in ihrer unverwechselbaren Latzhose. Zusammen mit meinen beiden jüngeren Cousinen Deborah und Jasmine sowie Denise, die am Empfang im Yogazentrum meiner Mutter arbeitet, kommt man sich in ihrem Schlafzimmer langsam vor wie auf einem orientalischen Basar.

»Also dann, Charlotte«, sagt Valentina und zieht sie zur Bettkante. »Wie sollen wir dich heute schminken?«

»Ach, ähm, mir egal«, antwortet Charlotte. »Bei dir wird es immer schön. Mach einfach, wie du meinst.«

»Alles klar.« Aus irgendeinem Grund wirkt Valentina, als wäre das nicht die Antwort, die sie erwartet hatte.

»Was meinst du, Grace?«, fragt sie und hebt Charlottes Kinn hoch. »Ein sanftes Apricot auf die Augenlider würde doch ihrem Teint schmeicheln, oder?«

Grace, die in ihrer Handtasche wühlt, blickt kurz auf.

»Auf jeden Fall.« Dann sucht sie weiter nach ihrem Handy.

Obwohl sie seit ihrer Ankunft breiter gegrinst hat als jedes Honigkuchenpferd, zieht Valentina allmählich eine etwas unglückliche Miene. Jetzt wendet sie sich an mich, während ich mein eigenes Schminkzeug vor dem Spiegel aufbaue.

»Evie«, meint sie, »deine Farben würden vielleicht auch gut aussehen bei Charlotte. Findest du nicht?«

Und dann macht sie etwas sehr Seltsames. Sie legt mir beide Hände auf die Schultern und beugt sich herunter, um mich beim Sprechen im Spiegel anzusehen. Das ist die Art von kumpelhaftem Körperkontakt, den man von Sechstklässlerinnen in *Hanni und Nanni* erwarten würde.

Bei Valentina ist das so verdächtig wie ein braunes Päckchen, aus dem ein tickendes Geräusch dringt.

»Ich bin sicher, dass du das viel besser beurteilen kannst«, sage ich.

Sie zieht die Hände zurück und verschränkt die Arme, jetzt wirkt sie wirklich ärgerlich.

»Was ist denn los?«, frage ich. »Irgendwas ist doch, oder?«

»Wenn du mich so fragst, ja«, sagt sie.

»Na komm schon, spuck's aus.«

»*Das!*«, quiekt sie und hält mir ihre linke Hand vor die Nase. Alle im Raum verstummen.

Am Mittelfinger trägt sie einen Diamantring. Nein, nicht einfach nur einen x-beliebigen Diamantring.

Dieser Diamantring ist so groß, dass man ihn als Briefbeschwerer benutzen könnte.

87

»Ich fass es nicht!«, tönt es aus der anderen Ecke.

Es ist Denise, und sie stürzt auf uns zu. Schnappt sich Valentinas Hand und untersucht den Ring, während dessen Besitzerin endlich ein annähernd zufriedenes Gesicht macht.

»So einen wollte ich mir auch kaufen!«, ruft Denise mit schriller Begeisterung.

Valentinas Lächeln erstirbt. »Wohl eher nicht«, gibt sie hochnäsig zurück und hebt das Kinn.

»Doch«, beharrt Denise.

»Nein«, beharrt Valentina zurück und reißt die Hand weg. »Nein, wolltest du nicht.«

»Ganz ehrlich«, beteuert Denise unschuldig. »Das ist ein Diamontique, oder? Die hatten sie letzte Woche bei Home Shopping Europe. Die sind sagenhaft. Du hast es vielleicht gut.«

Valentina sieht aus, als würde sie gleich in Ohnmacht fallen.

»Möchtest du dich setzen?«, fragt Charlotte diplomatisch.

Theatralisch lässt sich unsere Freundin auf der Bettkante nieder, den Handrücken an die Stirn gelegt.

»Das ist *kein*, ich wiederhole: *kein* Diamon-Dings«, erklärt sie mit fester Stimme.

»Diamontique«, verbessert Denise, die offenbar gar nicht wahrnimmt, welches Leiden sie hervorzurufen vermag.

»Das«, betont Valentina, »ist ein echter Fünfkaräter, perfekt geschliffen und ein Einzelstück. Meisterjuweliere haben sich monatelang abgeplagt, um den schönsten, den einzigartigsten und den perfektesten Verlobungsring aller Zeiten zu kreieren. *Und vor allem hat er ein Vermögen gekostet!*«

Die arme Denise ist endlich still.

»Du bist verlobt?«, fragt Grace fassungslos.

»Ist das so schwer zu glauben?« Inzwischen klingt Valentina leicht hysterisch.

»Ja – das heißt natürlich *nein*«, stammelt Grace. »Ich meinte nur, du kennst Edmund doch erst seit ein paar Wochen. Geht das nicht ein bisschen schnell?«

»Wir lieben uns«, gibt Valentina mit einem gefährlichen Unterton in der Stimme zurück.

Charlotte beugt sich zu ihr herunter und umarmt sie.

»Also, ich freue mich für dich«, sagt sie schlicht. »Du hast es verdient, Valentina.«

Das befreit alle plötzlich aus ihrer Starre, und es beginnt ein aufgeregtes Schnattern und Gratulieren. Nachdem es verebbt ist und die Anwesenden sich wieder ihren Lockenwicklern und ihrer Wimperntusche zuwenden, gehe ich zu Valentina.

»Gut gemacht«, sage ich. »Das sind fantastische Neuigkeiten, großartig. Wann hat er dich denn gefragt?«

»Ach, gestern«, berichtet sie. »Es war *sehr* romantisch.«

»Ist er auf die Knie gegangen?«

»Unter uns gesagt: nicht so ganz. Wir waren gerade mitten in einer besonders sportlichen Technik, von der ich mal in der Cosmopolitan gelesen habe. Aber ich kann mich wohl nicht beklagen. Ich hatte nur einen multiplen Orgasmus erwartet und einen Verlobten bekommen. Was kann ein Mädchen von einem ruhigen Abend zu Hause mehr verlangen?«

88

ICH GLAUBE, die anderen kamen zum ersten Mal ins Grübeln über diese Hochzeit, als meine Mutter verkündete, dass wir alle einfach unsere eigenen Brautjungfernkleider mitbringen sollten.

Es gab keine Anproben, kein monatelanges Blättern in Zeitschriften, nichts außer einer schlichten Anweisung: Tragt Lila – wenn ihr mögt.

Zuerst habe ich meine Mutter gewarnt; wir sind so viele, dass wir Gefahr laufen würden, auszusehen wie ein Haufen Trauben. Aber wenn ich mich nun umsehe, wird mir erst bewusst, wie viele Schattierungen von Lila es gibt. Wir schillern in allen Farben des Regenbogens, von Avon Lady Pink bis hin zu der Art von Rötlichbraun, das die Sitzpolster eines 1982er Cortina haben.

Trotzdem sehen einige von uns gar nicht so schlecht aus.

Dass Jack heute als mein offizieller fester Freund dabei ist, hat mich dazu veranlasst, mir »Mühe zu geben«, wie Valentina es erstaunt formulierte. Soll heißen Maniküre,

Frisur von einem halbwegs anständigen Stylisten und ein Kleid, das meinen Dispo endgültig gesprengt hat.

Charlotte ist eine echte Offenbarung in ihrem Kleid – *ihrem Kleid in Größe 40* –, das wir zusammen ausgesucht haben. Grace sieht hübsch aus, wenn auch etwas zerzaust, da sie heute Morgen so in Eile war. Obwohl sie nicht besonders glücklich darüber ist, dass Valentina ihr unentwegt ihr Augengel andrehen will.

Valentina trägt ihren üblichen Look zur Schau – Fußballerehefrau *meets* Edel-Callgirl – und blendet bereits jeden mit dem fettesten Klunker diesseits eines P-Diddy-Videos.

Wobei ich feststellen muss, dass, da an dieser Veranstaltung auch die Freundinnen meiner Mutter teilnehmen, das Kleidungsniveau heute insgesamt nicht gerade besonders hoch ist. Von Gloria mit ihrem Siebzigerjahre-Umstandskittel bis hin zu Penelope in ihrem Hosenrock würden die Beteiligten, sollte die Modepolizei heute auftauchen, nicht nur zu Gefängnis, sondern zur Todesstrafe verurteilt.

Trotzdem wird das niemanden überraschen, wenn sie erst die Braut selbst sehen. Als die anderen Brautjungfern und ich uns auf dem Standesamt vorne hinsetzen, bekommen die Gäste freien Blick auf Mums Hochzeitskleid in all seiner Pracht.

Bob dreht ihr das Gesicht zu und lächelt, als wäre sie der schönste Mensch auf der ganzen Welt. Ich wusste schon immer, dass er ein bisschen verrückt ist, jetzt hat er es bestätigt. Denn alle anderen halten die Luft an.

Das Auffälligste am Brautkleid ist die Farbe. Es ist grün, und wenn ich sage grün, meine ich, dass sie als Ampel arbeiten könnte. Was den Schnitt betrifft, ist die untere Hälfte ganz okay – bodenlang, fließend. Das Oberteil allerdings verfügt nicht nur über einen Ausschnitt mit Nackenverschluss – einen beunruhigend tiefen Ausschnitt mit Nackenverschluss –, sondern *zusätzlich* über einen Kragen. Gekrönt wird das Outfit von einem Kopfschmuck, der aus einer einzigen gigantischen Pfauenfeder gefertigt wurde, die gut und gern aus dem Museum für indianische Kultur entwendet worden sein könnte.

Der Standesbeamte, ein älterer Herr, der seinem Tweedsakko nach zu urteilen selbst nicht unbedingt ein Fan experimenteller Mode ist, wirkt beinahe verstört bei dem Anblick vor sich und muss sich erst wieder fassen.

»Guten Morgen, meine Damen und Herren«, beginnt er ergeben. »Darf ich Sie zu Anfang an diesem ganz besonderen Tag alle herzlich willkommen heißen. Sarah und Bob möchten einander heute die Sicherheit anbieten, die sich aus dem gesetzlich verbindlichen Gelöbnis ableitet, das aufrichtig abgelegt und treu gehalten wird. Sie alle sind hier, um Zeuge davon zu werden und an ihrer Freude teilzuhaben.

Doch bevor wir zum Hauptteil der Trauung übergehen, wird, äh, Ms Gloria Flowerdew eine kurze Lesung geben.«

Gloria setzt beinahe alle mit dem überwältigenden Mief ihres Patschuliöls außer Gefecht, als sie nach vorne läuft.

»Hallo, allerseits«, sagt sie und hält die Finger zum Friedenszeichen hoch. Dann trägt sie ein Gedicht vor.

Es klingt merkwürdig vertraut, aber ich komme einfach nicht darauf, wo ich das schon einmal gehört habe. Erst als sie zum Hauptteil des Textes kommt, wird mir klar, was sie da liest.

»Danke, Gloria«, sagt der Standesbeamte am Ende. »Die Lesung stammte aus, ähm, ›Baby Light My Fire‹ von den Türen.«

Vereinzeltes Kichern ist zu vernehmen.

»The Doors«, flüstere ich ihm zu. »Sie heißen The Doors.«

»Oh, ach so – The Doors«, verbessert er sich verlegen.

Der arme Mann sieht aus, als würde er schon sein Leben lang Leute miteinander vermählen. Aber garantiert hat er so etwas noch nie erlebt.

89

DRAUSSEN VOR DEM STANDESAMT scheint die Sonne, und alle sind bester Laune.

»Du siehst wirklich glücklich aus«, sage ich zärtlich zu meiner Mutter.

»Ich bin wirklich glücklich.« Sie sieht mich überrascht an, als ich ihr einen Kuss auf die Wange drücke.

»Wofür war der denn?«, fragt sie.

Ich zucke die Achseln. »Ich freue mich einfach nur für dich.«

Meine Güte, in letzter Zeit bin ich ganz schön rührselig

geworden. Obwohl meine Mutter aussieht, als hätte sie einen Kostümverleih geplündert, hatte ich vorhin tatsächlich eine Träne im Auge, als sie und Bob sich das Jawort gaben. Was das soll, weiß ich auch nicht. Oder vielleicht doch.

Als die Gäste aus dem Trauungssaal strömen, finden wir uns in einem Blizzard aus Konfetti wieder, das – wie meine Mutter nicht müde wird zu beteuern – zu hundert Prozent biologisch abbaubar ist.

»Sie geben ein schönes Paar ab«, sagt Charlotte, die neben mir auftaucht.

»Das stimmt. Aber apropos schön, du wirst heute eine Menge Komplimente ernten. Du siehst einfach toll aus.«

»Danke, Evie«, grinst sie. »Ich hatte keine Ahnung, dass ich so aussehen kann. Ehrlich nicht.«

»Das hast du dir auch verdient, Charlotte«, stelle ich fest. »Du musst mehr Sit-ups gemacht haben als Schütze Benjamin.«

Nicht nur verbringt Charlotte inzwischen mehr Zeit im Fitnessstudio als zu Hause; innerhalb weniger Monate hat sie sich all das Wissen angeeignet, für das die meisten Frauen ihr ganzes Leben brauchen: wie man sich die Beine wachst, ohne eine Epiduralanästhesie zu brauchen. Wie man Lipliner aufträgt, ohne wie Boy George auszusehen. Wie man sich die Nägel an der rechten Hand lackiert, ohne den gesamten Arm zu bemalen. Heute findet all das seinen Höhepunkt. Sie sieht schlank und schön und – was mich am meisten verblüfft – selbstbewusst aus.

Ganze Menschenscharen drängen sich in der winzigen

Einfahrt, und es wird deutlich, dass alle Beteiligten sich am besten nicht allzu lange hier aufhalten sollten.

»Mum«, ich nehme ihren Arm, »du musst noch deinen Brautstrauß werfen, bevor wir gehen.«

»Ach ja, du hast recht.«

Es ist komisch, wie Frauen einen Instinkt für solche Dinge zu haben scheinen. Innerhalb von Sekunden, nachdem meine Mutter sich in Position gebracht hat, versammeln sich einige weibliche Gäste um sie herum mit einem Gesichtsausdruck wie eine Horde Pudel bei der Erwähnung von Schokodrops.

Zu meiner Überraschung fehlt jemand. Valentina unterhält sich immer noch mit Edmund und Jack am anderen Ende der Auffahrt und hat nicht einmal bemerkt, was los ist.

»Valentina!«, ruft Grace. »Pass auf, sonst verpasst du noch das Wichtigste!«

Als der Strauß durch die Luft segelt, wobei er nur knapp einer Kollision mit dem Kopfschmuck meiner Mutter entgeht, entsteht eine Vorwärtsbewegung in der Menge. Ein liebenswürdiges, aber beherztes Schubsen setzt ein. Doch niemand besitzt die Gelenkigkeit – oder Entschlossenheit – von Valentina.

Nachdem sie Graces Ruf vernommen hat, schürzt sie ihren Rock und sprintet auf uns zu, mit den Ellbogen Gäste aus dem Weg räumend. Der hellblaue Hut von Graces Mutter geht zu Boden, Cousine Denises Strauß fliegt ihr aus den Händen, Glorias Kaftan flattert ihr über den Kopf. Und schließlich, mit der Eleganz einer Volleyball-Olympiameisterin, setzt Valentina zum Hechtsprung an. Wie durch ein Wunder schaffen es alle, ihr in diesem entscheidenden Moment Platz zu machen. Also, alle bis auf einen. Mich.

Valentina schwebt durch die Luft, und wie in Zeitlupe sehe ich ihren Verlobungsring näher und näher kommen, ein kleiner Komet auf direktem Kurs zu einer Bruchlandung … in meinem Gesicht. Als er mit einem furchtbaren Knall in meiner Augenhöhle landet, verschlägt es mir den Atem. Mein einziger Gedanke beim Zubodengehen ist, dass ich noch nie im Leben so etwas gespürt habe.

Dann sitze ich auf dem Pflaster und brauche eine Sekunde, um zu begreifen, was passiert ist. Langsam nehme ich das Blut wahr, das mir die Nase herunterrinnt, und das heftige Pochen in meinem Auge.

Noch während ich überlege, ob tatsächlich Sternchen um meinen Kopf kreisen wie im Zeichentrickfilm, fällt mir etwas anderes auf. Niemand hat überhaupt bemerkt, was mir zugestoßen ist. Sie sind alle viel zu sehr damit beschäftigt, nach dem Brautstrauß Ausschau zu halten. Benommen und verwirrt kann ich von meinem Aussichtspunkt auf dem Asphalt des Parkplatzes mitten durch die Menge sehen.

Da steht Patrick, heute viel legerer gekleidet als bei seiner eigenen Hochzeit, und grinst Charlotte an.

»Du musst als Nächste vor den Altar, Schätzchen«, neckt er sie und legt ihr den Arm um die Schultern. Dann zeigt er auf die Blumen in ihrer Hand, die sie Valentina gerade um Haaresbreite weggeschnappt hat.

»Verheimlichst du uns vielleicht etwas?«, setzt er lachend nach.

Charlotte sieht ihn an und errötet so stark, dass ihre Wangen aussehen wie Kontrolllämpchen kurz vor dem Super-GAU. Ihre Freude darüber, den Strauß gefangen zu haben, könnte nicht offensichtlicher sein, denn ich glaube nicht, dass ich sie in all den Jahren unserer Bekanntschaft schon jemals so breit habe lächeln sehen. Ich entschließe mich aufzustehen, um ihr zu gratulieren.

Doch das ist genau der Augenblick, in dem ich ohnmächtig werde.

90

»Du sollteST WIRKLICH zum Arzt gehen«, meint Jack, während er mir mit einem feuchten Wattebausch das Auge abtupft.

»Ich brauche keinen Arzt«, gebe ich trübselig zurück. »Ich brauche mal wieder eine Papiertüte, um sie mir über den Kopf zu ziehen.«

Er unterdrückt ein Lächeln.

»Das ist in null Komma nichts wieder verheilt«, beteuert er. »Ehrlich, die Schwellung sieht zwar im Augenblick schlimm aus, aber so was vergeht meistens ganz schnell. Du wirst staunen.«

Ich habe für meinen Geschmack in letzter Zeit genug gestaunt. Zum Beispiel gerade, als ich mich im Spiegel betrachtet habe. Nachdem ich mich den gesamten Vormittag für Jack aufgedonnert habe, sieht mein Gesicht jetzt dank Valentinas Kristallkugel von einem Ring aus, als hätte ich zehn Runden mit Mike Tyson hinter mir.

Gut, entschuldigt hat sie sich schon. Sie war sogar so erschrocken über das, was sie angerichtet hat, dass es ihr aufrichtig leidzutun schien – mindestens eine Sekunde lang. Aber das ändert nichts daran, dass mein Auge so blau und dick ist, dass ich kaum etwas sehen kann. Und jetzt muss ich auch noch die Schmach ertragen, dass mein Freund mir unbedingt das verkrustete Blut von der Nase wischen will.

»Du siehst immer noch sehr hübsch aus«, sagt er. Als er mich dann auch noch auf die Lippen küsst, möchte ich am liebsten heulen. Und zwar nicht nur, weil mein Kopf sich trotz der Einnahme von ausreichend Schmerzmitteln, um einen Brauereigaul zu narkotisieren, anfühlt, als würde jemand darauf herumspringen.

Jack und ich sind jetzt seit exakt acht Wochen zusammen. Unter normalen Umständen hätte ich das als Erfolg verbucht, was es angesichts meines bisherigen Werdegangs ja auch ist. Aber so betrachte ich das einfach nicht. Die Acht-Wochen-Etappe zu erreichen ging so mühelos, dass ich mir gar nicht vorstellen kann, die zehn Wochen, zwanzig Wochen oder wie viel auch immer nicht zu schaffen.

Nicht nur geht er mir nicht auf die Nerven. Wenn ich das Waschzeug sehe, das er inzwischen in meinem Bad aufbewahrt, macht mein Herz einen Satz. Wenn wir sonntagmorgens aufwachen und er vorschlägt, den Tag – *schon wieder* – zusammen zu verbringen, kann ich mich kaum bändigen. Wenn er mich im Büro anruft, um mir zu sagen, dass er sich auf mich freut, dann ist das der Höhepunkt meines Tages.

Kurz gesagt: Ich bin geheilt. Meine Bindungsunfähigkeit gehört der Vergangenheit an. Die einzige Schattenseite ist, dass mir erst heute auffällt, wie sehr ich mich von anderen Menschen abgeschottet habe.

Abgesehen von der Arbeit habe ich in letzter Zeit praktisch nur meine Mutter getroffen, und das war mehr aus Notwendigkeit bzw. der Planlosigkeit ihrer Hochzeitsvorbereitungen geschuldet.

Obwohl alles ganz gut geklappt hat. Abgesehen davon, dass ihre Tochter aussieht wie nach einer Kneipenschlägerei.

Der Empfang findet auf einer Wiese in der Nähe ihres Hauses statt, was grauenhaft klingt, aber eigentlich gar nicht so übel ist. Gut, das Festzelt verfügt über keine Organzavorhänge oder Kronleuchter, weil es ein ehemaliges Bierzelt ist. Und auch klar, das Buffet ist nicht gerade ideal für Fleischfans. Aber wenn man Mungbohnen und getrocknete Papaya mag, schwebt man im siebten Himmel.

Um meine Mutter mache ich mir also keine Sorgen. Sondern um Grace. Seit ich denken kann, ist sie meine beste Freundin, und ich merke ganz deutlich, dass zwischen ihr und Patrick etwas nicht stimmt. Konkreter kann ich es momentan auch nicht formulieren, weil sie außer gelegentlichem Stöhnen nicht viel preisgibt.

Deshalb bin ich fest entschlossen, das Thema heute anzuschneiden. Und so schwer es mir auch fällt, mich von Jack loszureißen – genau das werde ich tun. Und zwar jetzt sofort.

91

Das musste ja vermutlich so kommen. Ich wusste, dass es so kommen würde. Ich hatte es nur in meinen Hinterkopf verbannt, um so zu tun, als würde es nicht passieren. Aber Gareth ist die Sorte Mensch, die einfach nicht anders kann. Sosehr ich mir das verdammt noch mal wünsche.

»Evie!«, brüllt er, als ich mich quer durch das Zelt zu Grace aufmache.

Mein Magen rutscht nach unten, als wäre ein Felsbrocken daran festgebunden.

»Ich habe schon während der Trauung nach dir Ausschau gehalten, aber … mein Gott, was ist denn mit dir passiert?«

»Ach, nichts.« Ich berühre mein Auge, würde ihm aber gern die gleiche Frage stellen. Gareths Haut sieht inzwischen aus, als hätte er sie mit einer Käsereibe bearbeitet.

»Ist bei dir alles in Ordnung?«, frage ich zaghaft.

»Aber sicher«, entgegnet er, zupft an einer der trockeneren Stellen an seinem Kinn herum und schnippt das Ergebnis auf den Boden. »Was soll sein?«

»Ich weiß nicht, du siehst einfach nicht so besonders gesund aus«, wage ich zu sagen.

»Mir geht's prima. Spitze. Und wie geht es dir? Du hast mich gar nicht angerufen, wie du angekündigt hattest, oder? Aber das nehme ich dir nicht übel. Hast du die Ohrringe getragen?«

Die Ohrringe, die er mir im *Jacaranda* überreicht hat, brennen derzeit ein Loch in meine Kommodenschublade, als wären sie aus Krypton. Ich will sie nicht haben, ich weiß nur einfach nicht, was ich damit machen soll. Ganz bestimmt nicht tragen, aber wegwerfen kommt mir so herzlos vor.

Und obwohl Gareth zu treffen ungefähr so erfreulich ist wie eine Behandlung mit Elektroschocks, habe ich immer noch ein schlechtes Gewissen wegen der Auswirkungen, die meine Trennung von ihm ganz eindeutig auf ihn hatte.

»Du hättest mir die Ohrringe nicht schenken sollen, Gareth.« Ich bemühe mich, möglichst bestimmt und freundlich zu klingen, statt herrisch und leicht genervt. »Ich weiß, du hast es gut gemeint, aber trotzdem.«

»Aber du wolltest sie doch, oder?«

»Darum geht es nicht«, sage ich.

»Worum geht es denn dann?« Jetzt kratzt er sich so heftig die linke Kinnseite, dass es gleich anfangen muss zu bluten.

»Es geht darum, dass wir nicht mehr zusammen sind«, erkläre ich sanft. »Und wir kommen auch nicht wieder zusammen.«

»*Noch* nicht«, erinnert er mich.

Bevor ich ihm diese Illusion rauben kann, taucht Bob auf.

Es war Bob, der mich damals mit Gareth bekanntmachte, und ich bin unendlich erleichtert, dass ich nun die Last seiner Anwesenheit nicht mehr alleine tragen muss.

»Herzlichen Glückwunsch, Bob!«, sagt Gareth und klopft ihm so fest auf die Schulter, dass er fast nach vorne kippt. »Wie läuft's?«

»Ähm, gut, danke«, hustet Bob. »Und bei dir? Hast du schon einen neuen Job gefunden?«

Ich runzle die Stirn. Ich hatte ja keine Ahnung, dass Gareth nicht mehr an der Uni arbeitet.

»Ach, ich habe so einige Eisen im Feuer, drücken wir es mal so aus«, antwortet er mit einem nervösen Seitenblick auf mich.

»Wann hast du denn dort aufgehört?«, erkundige ich mich.

»Vor ein paar Wochen. Ich, äh, bin zu dem Schluss gekommen, dass es nicht mehr das Richtige für mich ist.«

Jetzt runzelt Bob die Stirn.

»Wie dem auch sei«, fährt Gareth fort, »ich geh mir mal was von dem tollen Essen holen. Bis später, Evie, bis später, Bob.«

Als er abzieht, wende ich mich meinem neuen Stiefvater zu.

»Was war das denn jetzt?«, frage ich.

»Hmm, komische Sache eigentlich«, meint Bob. »Er wurde nicht im engeren Sinn gefeuert, aber es geht das Gerücht, dass er und der Rektor sich darauf geeinigt haben, dass er verschwindet und sich nie wieder an der Universität blicken lässt.«

»Aber warum denn?« Gareth mag ja momentan ungefähr so erquicklich sein wie eine Milbenplage, aber mir war er nie vorgekommen wie der Typ, der gefeuert wird.

»Das ist nicht so ganz klar«, erzählt Bob. »Ich weiß nur, dass sie schon ewig versuchen, ihn loszuwerden. Er ist nach allem, was man so hört, als Kollege etwas schwierig. Ein bisschen … intrigant, heißt es. Aber was genau sich da im Zuge seiner Kündigung abgespielt hat, kann ich nicht sagen. Nur dass er einen Riesenstreit mit einer Mediendozentin hatte, einer netten Frau namens Deirdre Bennett. Dicker Hintern und furchtbare Zähne, aber nett. Jedenfalls war er danach einfach verschwunden. Niemand vermisst ihn besonders, muss ich sagen.«

»Na dann war das aber das letzte Mal, dass ich mir von dir einen Mann vorstellen lasse«, bemerke ich.

Er wirft einen Blick auf Jack, der sich im Zelt mit meiner Mutter unterhält, und nickt.

»Sieht nicht so aus, als wärest du darauf in Zukunft angewiesen, oder?«

92

DEM GESICHTSAUSDRUCK von Graces Mutter nach zu urteilen, hat sie entweder chronische Blähungen oder das Buffet begeistert sie nicht.

»Es ist ein ungewöhnliches Menü, Evie«, drückt sie es höflich aus. »Kaum Blätterteigteilchen.«

»Es gibt ein paar gute Salate«, wirft Grace ein, obwohl Scarlett in ihrer Sportkarre auch nicht besonders überzeugt aussieht.

»Stimmt ...«, meint Mrs Edwards und beißt zögerlich in ein Kichererbsenpastetchen. »Wenn auch manches mich eher an das Zeug erinnert, mit dem du Pollys Kaninchenstall ausstreust.«

Da erscheint plötzlich meine eigene Mutter, im Gehen ihre Pfauenfeder zurechtrückend.

»Amüsiert ihr euch alle?«, fragt sie.

»Und wie«, antwortet Grace. »Ich fand die Trauung wunderbar. Kennst du meine Mutter schon?«

Graces Mutter lächelt und streicht sich ihr Kleid glatt, das aussieht, als stammte es aus der Garderobe der verstorbenen Queen Mum.

»Ich bin hocherfreut, Ühre Bekanntschaft zu machen«, sagt sie mit ihrer besten Telefonstimme. »Und herzlichen Glückwunsch.«

»Oh, vielen Dank«, sagt meine Mutter, greift nach ihrer Hand und schüttelt sie energisch. »Es freut mich wirklich sehr, dass Sie heute kommen konnten.«

»Ach, ja«, fährt Mrs Edwards immer noch in ihrem merkwürdigen Tonfall fort, »üch bin nur mitgekommen, um mich um die Kleinen zu kümmern. Aber üch bringe sie bald nach Hause, damit meine Grace ein bisschen Zeit für sich hat. Sie hat ja nicht viel Zeit, normalerweise, bei ührem anspruchsvollen Job.«

»Äh, ja – danke, Mum«, unterbricht Grace, bevor Mrs Edwards uns mit Geschichten ergötzen kann, wie »weit« sie doch schon immer für ihr Alter war.

»Wie schmeckt Ihnen das Essen?«, fragt meine Mutter. »Ah, ich sehe schon, es hat Ihnen geschmeckt, Mrs Edwards.«

»Also, ja«, sagt Graces Mutter, »wobei ich persönlich eher der klassische Typ beim Essen bin. Sie wissen schon – Mini-Quiches, Würstchen in Blätterteig, dergleichen. Aber das Buffet ist wirklich gut. Mal etwas anderes.«

»Tja, Bob und ich kaufen keine Lebensmittel von Mischkonzernen«, verkündet Mum.

»Von was, meine Liebe?«, fragt Mrs Edwards.

»Sie wissen schon, Supermärkte … Ketten«, erläutert Mum. »Wir versuchen, immer direkt beim Erzeuger zu kaufen. Die Sachen sind viel schmackhafter und letzten Endes auch kostengünstiger.«

Tapfer bemüht sich Mrs Edwards, ihre Sorge um das körperliche und womöglich auch geistige Wohlergehen meiner Mutter zu verbergen.

»Hmm«, macht sie. »In unserem Fall wäre das nicht sehr praktisch, fürchte ich. Ich wüsste auch gar nicht, wo ich sonst einen Battenburg-Kuchen bekommen sollte.«

»Genau, aber jetzt müssen Sie mich bitte entschuldigen, ich muss mich unter meine Gäste mischen«, sagt Mum. »Ach ja, hat jemand zufällig ein Feuerzeug?«

»Ich bestimmt nicht«, sage ich.

»Tut mir leid, Sarah«, meint Grace. »Ich rauche nicht.«

»Keine Sorge«, zwitschert Mum, »ich selbst brauche

keins. Es ist für Bobs Freund Gerry. Und unter uns gesagt, ich glaube, er braucht es für seine Bong.«

Als sie weg ist, wendet sich Mrs Edwards fragend an uns. »Was ist denn eine Bong?«

Grace gluckst.

»Eine Art Grill«, sage ich. »Sie wollen ein paar Maiskolben rösten.«

93

PATRICK PROBIERT, Scarlett und Polly einen Abschiedskuss zu geben, bevor Mrs Edwards sie nach Hause bringt. Das Problem ist nur, dass er ganz offenbar vier kleine Mädchen sieht.

»Wo ssssind denn meine Schschässschen?«, fragt er taumelnd und nimmt beide auf den Arm.

»Bist du betrunken, Daddy?«, will Polly wissen.

»Ssssei nicht albern.« Er will ihr den Kopf tätscheln, trifft aber nicht.

»Ich glaube nicht, dass sie darauf reingefallen ist«, bemerkt Grace, nachdem die Kinder weg sind. Doch er schenkt ihr keine Beachtung und nimmt noch einen großzügigen Schluck von seinem Bier.

Als die Dämmerung einsetzt, wird die Beleuchtung im Zelt angeschaltet, und wir vier – Grace, Patrick, Jack und ich – beobachten die Band bei den Vorbereitungen für ihren großen Auftritt. Es sind Freunde von Bob, und ich kann sie nach dem einen Mal, die ich sie schon erleben durfte, nur als getunte Version von Simon & Garfunkel beschreiben.

»Hallo, allerseits«, meldet sich der Sänger zu Wort, ein Mann mittleren Alters mit Hawaiihemd und Haaren wie ein verrückter Professor. »Bevor wir anfangen, möchte ich Bob und Sarah gratulieren. Ich kann mir kein … cooleres Paar vorstellen.«

Alle jubeln, als die Band den Song anstimmt, den sich Braut und Bräutigam als Eröffnungstanz ausgesucht haben: »Let's Spend the Night Together« von den Rolling Stones.

Bob schnappt sich die Hand meiner Mutter und zieht sie halb hüpfend hinter sich her auf die Tanzfläche, ihre Köpfe wackeln im Rhythmus der Musik manisch auf und ab. Vollkommen enthemmt wirbelt er sie herum, und wild mit den Armen um sich schlagend, als vollführten sie einen Regentanz, geben die beiden den Startschuss für die Disco.

»Andere Leute wünschen sich als ersten Tanz James Blunt«, sage ich kopfschüttelnd.

»Zumindest sind sie ausgesprochen unterhaltsam«, lacht Grace. »Das musst du zugeben.«

»Stimmt«, bestätige ich. »Übrigens hab ich mir überlegt, wir vier könnten doch mal zusammen etwas unternehmen.«

»Wie, einen Pärchenabend?«, fragt Grace. »So was hab ich nicht mehr gemacht, seit ich ungefähr achtzehn war.«

»Ich wollte ja nicht unbedingt zum Kegeln gehen. Dazu

fehlt mir allein schon die Koordination. Aber ich dachte, ein Abendessen wäre doch nett. Jack ist ein super Koch.«

»Auweia, Jack.« Patrick schwankt langsam vor und zurück. »Erst heißt es, man geht aus, und am Ende musst du für alle kochen. Darauf würde ich mich an deiner Stelle nicht einlassen.«

Ganz offensichtlich versucht Patrick, einen Scherz zu machen; durch seine Alkoholisierung wirkt er aber eher wie ein Schlägertyp aus dem Fernsehen – was ihm als Firmenanwalt nicht besonders gut steht. Glücklicherweise ist Jack höflich genug, um so zu tun, als hätte er nichts bemerkt.

»Du hast recht«, sagt er. »Vielleicht sollten wir lieber die Mädels das Kochen übernehmen lassen. Das Blöde ist nur, dass ich Evies Pasta Putanesca schon mal probieren musste und Angst habe, ob ich das ein zweites Mal überlebe.«

Neckisch boxe ich ihn auf den Arm, und er reagiert darauf, indem er mich an sich zieht und mich sanft auf die Haare küsst. Als wir uns wieder voneinander lösen, wende ich mich wieder Grace und Patrick zu und bin etwas entsetzt. Sie halten Abstand voneinander und fühlen sich offenbar angesichts unserer zur Schau gestellten Zuneigung unbehaglich. Keiner von beiden weiß, wohin er den Blick wenden soll. Dann geschieht etwas Seltsames. Patrick leert sein Glas, dreht sich auf dem Absatz um und geht weg. Einfach so.

»Gehst du zur Bar?«, ruft Grace ihm hinterher, als wäre sie nicht genauso betroffen von dieser Szene wie wir.

Doch er ignoriert sie einfach und schwankt weiter.

»Ich hoffe, du hast dir nicht allzu viel für heute Nacht erwartet«, sage ich. »So blau habe ich Patrick seit eurer Hochzeit nicht mehr erlebt.«

»Hmm.« Sie zwingt sich zu einem Lächeln.

»Grace, ist wirklich alles in Ordnung?«, frage ich, aber in derselben Sekunde wird mir bewusst, dass das nicht der passende Augenblick ist. Vor Jack würde sie niemals die Katze aus dem Sack lassen.

»Ja, klar«, antwortet sie. »Auf jeden Fall denke ich mir allmählich, ich sollte einfach auch mitmachen. Kann ich euch noch was zu trinken mitbringen?«

Wir schütteln beide den Kopf. Als sie hinter Patrick her läuft, halte ich sie am Arm fest. Wir sind außer Jacks Hörweite.

»Grace, im Ernst«, sage ich. »Willst du reden?«

»Nein, echt. Keine große Sache.«

Aber mir kommt das Ganze allmählich ziemlich groß vor. Riesengroß.

94

Falls ich Patricks Verhalten schon merkwürdig fand, dann ist das noch gar nichts im Vergleich zu Charlotte.

Heute ist der erste Abend, seit Beginn ihrer Weight-Watchers-Karriere, an dem sie etwas Stärkeres als zuckerfreie Brause zu sich genommen hat, und es zeigt eine unmittelbare Wirkung. Als ich vorhin mit ihr auf einem Dixie-Klo war, schwankte sie so heftig bei dem Versuch, über der Brille zu schweben, dass sie das Ding beinahe zum Kippen gebracht hätte.

»Uuuh«, sagt sie und wirft ihren Kopf heftig zurück, »ich bin schon ganz beduselt.«

Da ist sie nicht allein. Dank meines blauen Auges und der Schmerzmittel habe ich so weiche Knie, als hätte ich den ganzen Nachmittag auf einem Spielplatz-Karussell verbracht.

»Ist aber nicht unangenehm«, kichert sie. »Eigentlich sogar ganz nett.«

Ich wünschte, ich könnte dasselbe sagen.

Als Charlotte und ich zurück zum Zelt gehen, läuft die Musik auf vollen Touren. Genau wie Valentina. Unbeeindruckt davon, dass die Band ein Stück von Van Morrison spielt, hat sie ihre alte Spice-Girls-Nummer aus dem Schrank gezogen und gibt sie zum ersten Mal seit 1999 zum Besten. Edmund platzt vor Stolz.

»Es ist erstaunlich«, erklärt Charlotte aus heiterem Himmel, »die Leute sehen einen ganz anders an, wenn man dünn ist.«

»Ich nicht«, sage ich energisch. »Ich meine, du siehst großartig aus, aber für mich bist du immer noch die alte Charlotte. Ich fand dich immer toll, und das bleibt auch so.«

»Schon, aber nicht jeder ist so wie du, Evie. Meine Mutter zum Beispiel …«

Sie nimmt einen ordentlichen Schluck Wein.

»Weißt du, was sie letzten Sonntag zu mir gesagt hat? ›An dir ist ja nichts mehr dran‹, hat sie gesagt. Ich war zum Mittagessen gekommen und hatte den Yorkshire-Pudding und die Soße abgelehnt …«

»Was, und sie ist beinahe in Ohnmacht gefallen?«, scherze ich.

Charlotte gluckst.

»Aber nicht nur meine Mutter«, fährt sie fort und streicht sich zufrieden über das figurbetonte Kleid. »Es sind auch …«

»Wer denn?«

Sie sieht mich an und lächelt verschwörerisch.

»Männer«, flüstert sie und kichert wie ein unartiges Schulmädchen.

»Männer?«, wiederhole ich grinsend. »Erzähl schon, mit wem hast du geflirtet?«

»Das sag ich nicht.« Sie trinkt wieder ausgiebig von ihrem Wein.

»Charlotte«, beschwere ich mich leicht verblüfft. »Jetzt spann mich nicht auf die Folter. Erzähl schon.«

Sie schüttelt den Kopf.

»Noch nicht«, sagt sie.

»Charlotte!«, quieke ich. »Von wem sprichst du? Rück sofort raus mit der Sprache.«

Wieder kichert sie.

»Kann ich nicht.«

»Okay, okay.« Ich will es zwar unbedingt wissen, aber ich möchte auch nicht, dass sie ganz dichtmacht. »Ist denn schon etwas … gelaufen?«

Sie starrt in ihr Weinglas und lächelt versonnen.

»O ja«, erwidert sie träumerisch.

Meine Augen weiten sich.

»Was denn?«

Noch einmal schüttelt sie den Kopf. Offenbar genießt sie es genauso, mich damit zu necken, wie sie die Geschichte selbst genießt.

»Habt ihr euch geküsst?«, will ich wissen.

»O ja.«

»Jetzt hör mal«, entrüste ich mich. »Ich bin Journalistin, und früher oder später kriege ich es doch raus, verlass dich drauf. Also, wirst du ihn wiedersehen?«

Plötzlich verschwindet Charlottes Lächeln, und sie wirkt sehr ernst und sehr betrunken.

»Ich hoffe es. Ich hoffe es sehr. Aber offen gestanden, bin ich mir nicht so sicher.«

95

Früher war Patrick immer ein fröhlicher Betrunkener. Ein harmloser Betrunkener. Die Sorte von Mensch, die nach ein paar Gläschen am Freitagabend Albernheiten mit seinen Boxershorts macht und feuchte Küsse an seine männlichen Freunde verteilt. Niemals die Sorte, die unausstehlich wird. Seinem Benehmen vorhin nach zu urteilen, hat sich das eindeutig geändert.

Das ist der Grund, warum ich Jack und meine Mutter

allein über Schlammlawinen in Guatemala und die Nahrungsmittelkrise in Malawi plaudern lasse (schön, dass sie passend zum fröhlichen Anlass weiterhin bei positiven Themen bleiben) und mich auf die Suche nach Grace mache. Ich finde sie im Gespräch mit Jim in der Nähe der Bar.

»Hey, ihr zwei«, begrüße ich sie munter. Sie sollen keinen Verdacht schöpfen, dass ich sie in ein tiefgründiges und bedeutungsvolles Gespräch verwickeln will. »Wie findet ihr die Band?«

»Fantastisch«, meint Jim. »Obwohl ich glaube, dass Valentina sie vorhin etwas aus dem Konzept gebracht hat, als sie fragte, ob sie auch was von Christina Aguilera können.«

»Jim«, sage ich, »ich hoffe, es ist nicht unhöflich, wenn ich Grace für ein paar Minuten entführe?«

»Aber nicht doch«, sagt er. »Ich wollte sowieso Charlotte dazu überreden, mit mir zu tanzen.«

Grace und ich suchen uns einen ruhigen Tisch weit weg von der Tanzfläche. Im Vorbeigehen fällt mir auf, dass Valentinas Tanzstil, der immer mit ausladenden Armbewegungen verbunden ist, heute Abend ein so auffälliges Wedeln mit den Händen zeigt, dass sie den Straßenverkehr damit regeln könnte.

»Was ist los?«, fragt Grace, als wir ein passendes Plätzchen gefunden haben.

»Das wollte ich dich gerade fragen.«

Doch bevor sie mir noch antworten kann, klingelt es in meiner Handtasche. Mir wird bewusst, dass ich Jacks Handy noch dabeihabe, das er mir vorhin zur Aufbewahrung gegeben hat. Unter normalen Umständen würde ich es ihm bringen, aber jetzt ist kein guter Zeitpunkt. Also lehne ich den Anruf ab und stecke es wieder ein.

»Was meinst du denn?«, fragt sie.

»Ich will ja nicht neugierig sein oder so, aber mir ist aufgefallen, dass du und Patrick ein bisschen … wie soll ich sagen … neben euch steht.«

Sie beißt sich auf die Lippe und überlegt kurz.

»Es ist dir also aufgefallen.«

»Stimmt denn etwas nicht?«, frage ich weiter.

»Ja. Ja, ich glaube schon«, seufzt sie. »Aber es ist schwer zu sagen, was genau.«

Plötzlich klingelt wieder das Telefon. Ich wühle es aus der Tasche und drücke wieder auf ›Ablehnen‹. Dann nicke ich ihr aufmunternd zu.

»Es ist schwer zu sagen, weil es nichts Konkretes ist«, erzählt sie weiter. »Wir haben uns nicht über Geld gestritten oder über die Kinder oder was auch immer. Aber ständig gehen wir einander an die Gurgel. Alles, was ich sage, scheint Patrick zu kränken. Und er wirkt einfach niemals glücklich.«

»Hast du denn eine Ahnung, woher das kommen könnte?«, frage ich.

»Du meinst, ob er eine Affäre hat?« Ihre Augen füllen sich mit Tränen.

»Nein!«, wehre ich hastig ab. »So habe ich das überhaupt nicht gemeint.«

»Nicht? Ich bin mir da nicht so sicher. Wirklich nicht so sicher.«

Manche Leute sehen, wenn sie weinen, aus wie im Film,

eine einzelne Träne kullert ihnen malerisch über die Porzellanhaut.

Grace gehört, genau wie ich, nicht dazu.

Ihre Wangen haben die Farbe von Cornedbeef angenommen, ihre Augen sind fast so geschwollen wie meins, und ihre Nase ist so dunkelrot, als hätte sie sich allzu ausgiebig in ein billiges Papierhandtuch geschnäuzt.

»Patrick liebt dich, das weißt du«, sage ich. »Man musste doch nur sehen, wie er dich bei eurer Hochzeit angeschaut hat. Das kann sich doch nicht über Nacht so geändert haben.«

»Das möchte man meinen.« Sie schnieft in ihre Serviette. »Aber so fühlt es sich an.«

»Ich gehe mal davon aus, dass du versucht hast, mit ihm darüber zu sprechen?«

»Ja, schon. Also irgendwie.«

Ich ziehe die Brauen zusammen. »Das heißt also nein.«

»Ich wollte ihn wohl nicht direkt darauf ansprechen«, gibt sie zu.

»Das solltest du aber«, sage ich bestimmt. »Sprich ihn darauf an, sag ihm, dass du ihn liebst.«

Ich entdecke den Anflug eines Lächelns.

»Für jemanden, der noch nie eine längere Beziehung hatte, gibst du ganz schön gute Ratschläge.«

Ich lege den Arm um sie.

»*Hatte* ist das Stichwort. Jetzt bin ich das Musterbeispiel dafür. Jack und ich sind so verliebt, dass Romeo und Julia gegen uns emotional verkümmert wirken.«

»Das freut mich«, sagt sie. »Wirklich.«

Da klingelt schon wieder Jacks Handy. Dieses Mal gehe ich dran, damit es endlich still ist.

»Hallo, bei Jack«, sage ich.

»Äh, oh, hallo«, höre ich eine junge Frauenstimme am anderen Ende. »Kann ich bitte mit Jack sprechen?«

»Im Moment nicht«, antworte ich. »Ich meine, er ist in der Nähe, aber wo genau, weiß ich nicht. Kann ich ihm etwas ausrichten?«

»Ja«, sagt die Frau. »Sagen Sie ihm doch bitte, dass Beth angerufen hat. Ich wollte ihm nur sagen, dass er noch mein T-Shirt hat. Das habe ich heute Morgen vergessen, und ich wollte nur wissen, ob ich morgen vorbeikommen und es abholen kann.«

Ich erstarre.

»Soll ich ihm die Nummer aufschreiben?«, frage ich.

»Nein, die hat er«, entgegnet sie.

Plötzlich fällt mir nicht ein, was ich sagen oder tun soll.

»Hallo?«, sagt sie.

»Äh, ja, kein Problem.« Ich beende das Gespräch.

»Was ist denn los?« Grace beugt sich zu mir vor. »Evie, du bist weiß wie die Wand. Was um Himmels willen ist denn los?«

96

EVIE, DU BIST EINE IDIOTIN. Nein, schlimmer. Du bist eine blauäugige Idiotin.

Vom ersten Moment an, als ich Jack damals auf dem Landesteg der Scilly-Inseln mit Beth reden sah, wusste ich, dass da etwas in der Luft lag. Zwischen den beiden war mehr Chemie, als man normalerweise über einem Bunsenbrenner antrifft. Dann der Anruf auf seinem Handy neulich. Und jetzt das. Wie konnte ich nur so blöd sein?

Ich weiß ganz genau, wie. Ich war derart hin und weg von ihm, dass jedes Gramm gesunder Menschenverstand offenbar ebenfalls hin und weg war, und gleichzeitig schaffte ich es, mir einzureden, dass ich gar nichts bemerkt hätte.

Was vollkommen absurd ist, denn es wurde mit Zaunpfählen gewunken. Ich *wusste*, dass etwas vorging, und schenkte dem bewusst keine Beachtung.

»Ich fasse es einfach nicht«, sage ich zu Grace, als ich durchs Zelt rausche. »Wirklich nicht.«

»Bist du sicher, dass es keine andere Erklärung geben kann?« Sie bemüht sich, mit mir Schritt zu halten.

»Sag du es mir.« Ich drehe mich schwungvoll um, woraufhin mein Kopf sich anfühlt, als würde jemand darin einen Holzschuhtanz aufführen. »Was für eine Erklärung sollte es dafür geben können? Auf Georgias Hochzeit habe ich doch schon die Anzeichen gesehen. Er hat ihr seine Telefonnummer gegeben. Ich habe die beiden flirten gesehen. Dann taucht ihr Name auf dem Display seines

Handys auf. Und jetzt hat Beth offenbar ein Kleidungsstück in seiner Wohnung vergessen, als sie … heute Morgen ging!«

Grace sucht sichtbar nach den passenden Worten, aber ihr Mund öffnet und schließt sich einfach nur wie bei einem frustrierten Goldfisch.

»Dann warst du also letzte Nacht nicht mit ihm zusammen?«, fragt sie endlich, sich an den letzten Strohhalm klammernd.

»Ich habe meiner Mutter geholfen, sich auf die Trauung vorzubereiten.« Ich schimpfe jetzt so heftig, dass ich klinge wie Gordon Ramsay mit PMS. »Was offenbar die perfekte Gelegenheit war. Mir fällt einfach keine andere mögliche Erklärung ein, außer dass Beth die ganze Nacht wilden, leidenschaftlichen Sex mit ihm hatte.«

»Na gut, vielleicht hat sie die Nacht dort verbracht. Aber es könnte auch ganz unschuldig gewesen sein«, sagt Grace. Doch ich sehe ihr an, dass sie sich das selbst nicht gut vorstellen kann.

»Wenn es so unschuldig war, warum hat er es dann nicht erwähnt?«, frage ich traurig.

»Ich will ja nur nicht, dass du etwas tust, was du später bereust, Evie.« Sie umfasst meinen Arm. »Ich weiß doch, wie sehr du ihn magst.«

»Das war, bevor ich wusste – mit Sicherheit wusste –, dass er mich hintergeht.«

Ich lasse Grace am Eingang des Zeltes stehen und suche weiter nach Jack. Doch meine Mutter erwischt mich zuerst. Sie ruft meinen Namen und hüpft auf mich zu, die

Pfauenfeder hängt inzwischen in einem perfekten rechten Winkel.

»Ich habe dich den ganzen Abend kaum gesehen«, strahlt sie. »Amüsierst du dich?«

»Äh, klar.« Mühsam ringe ich mir ein Lächeln ab. Ich könnte nicht durchsichtiger sein, wenn ich aus Plexiglas wäre.

»Was ist denn los?«, will sie wissen.

»Ach, nichts. Hast du Jack irgendwo gesehen?«

»Das wollte ich dir ja vorhin schon sagen: Er ist wirklich nett«, schwärmt sie. »Ich meine, wenn ich mit einem deiner früheren Freunde versuchte, über die humanitäre Krise in der Republik Kongo zu sprechen, glaubten sie meistens, ich spräche eine fremde Sprache.«

»Mhm«, mache ich. »Hast du ihn gesehen?«

»Und er scheint dich sehr zu mögen«, fährt sie fort.

Allmählich bekomme ich den Verdacht, *ich* spreche eine fremde Sprache.

»Ja«, sage ich geduldig. »Aber hast du ihn gesehen?«

»Ja. Er unterhielt sich mit diesem Burschen, als ich ging.«

»Was für ein Bursche?« Also ehrlich, Mum!

»Du weißt schon«, sagt sie, »der mit der unschönen Haut. Ich hab ihm gesagt, er soll damit mal zum Arzt gehen. In Indien kannte ich mal jemanden mit so einem Ausschlag, der fiel eine Woche später ins Koma.«

»Du meinst doch nicht etwa Gareth, oder?«

»Doch, genau den!«, erklärt sie fröhlich.

97

Es erfüllt mich unwillkürlich mit Entsetzen, dass es mir nicht gelungen ist, Jack und Gareth voneinander fernzuhalten. Doch dann rufe ich mir ins Gedächtnis, dass das unter diesen Umständen vollkommen irrelevant ist.

Als ich die beiden zusammenstehen sehe, fällt mir als Erstes ihr Gesichtsausdruck auf. Gareth lächelt eines seiner zunehmend schauerlichen Lächeln, die mich inzwischen an den Kinderfänger aus *Tschitti Tschitti Bäng Bäng* erinnern.

Jack hingegen lächelt überhaupt nicht.

»Kann ich mal kurz mit dir sprechen?«, sage ich zu ihm.

»Was?« Er runzelt die Stirn. »Ja, sicher.«

»Gefällt es dir hier, Evie?«, erkundigt sich Gareth, als wir weggehen. Aber ich kann mich nicht dazu überwinden, ihn zu beachten.

Als wir in sicherer Entfernung sind, wende ich mich an Jack und halte ihm sein Handy unter die Nase.

»Da«, verkünde ich demonstrativ. »Hier ist dein Handy. Beth hat angerufen. Sie möchte zurückgerufen werden.«

»Ist gut.« Er nimmt das Handy, ohne auch nur den Anflug von Verlegenheit zu zeigen.

»Ganz genau«, betone ich. »*Beth.*«

»Ich hab dich schon gehört«, sagt er. Ich habe schon Hausmauern mehr schlechtes Gewissen ausstrahlen sehen.

»Ach ja?« Mir ist bewusst, dass meine Stimme langsam ins Hysterische abdriftet. »Du hast mich also gehört, ja? Na, dann ist es ja gut. Wun-der-bar.«

Er ignoriert mich einfach, was ich unglaublich finde. Geradezu schamlos.

»Ich muss dich etwas fragen, Evie«, sagt er stattdessen.

»So?« Ich verschränke beleidigt die Arme. »Was denn?«

»Es geht um …« Doch mitten im Satz bricht er ab. »Warum machst du das?«

»Was?«

»Diese komische Grimasse.«

Jetzt bin ich wirklich sauer.

»Weil ich wütend bin.« Ich versuche, meine Stimme zu beherrschen, da ich mehr und mehr wie Miss Piggy klinge, wenn sie mit Kermit streitet.

»Ich bin sogar verdammt wütend, du heuchlerischer …« Ich möchte am liebsten Schuft sagen, aber das könnte unter Umständen zu dramatisch wirken. »… du heuchlerischer … Typ.«

Aber selbst in meinen Ohren klingt das albern.

»Wovon redest du überhaupt?« Jack sieht mich ratlos an.

»Ich rede von der Sache mit Beth«, quetsche ich hervor.

Er furcht die Stirn.

»Sieh mich nicht so an.« Das Pochen in meinem Kopf fängt wieder an. »Ich weiß, dass du ihr auf den Scilly-Inseln deine Nummer gegeben hast. Ich weiß, dass sie versucht hat, dich zu erreichen, weil ich ihren Namen auf deinem Display gesehen habe. Und jetzt hat sie gerade wieder angerufen, um dir mitzuteilen, dass sie ihr Oberteil heute Morgen bei dir zu Hause vergessen hat. Du musst mir ja den Intellekt einer Amöbe zutrauen.«

»Evie«, sagt er ruhig, »du weißt ja nicht, was du redest.«

»Dann willst du es also abstreiten?« Im Augenblick würde ich gut und gerne als Staatsanwältin durchgehen.

»Ja, ich streite es ab. Aber wo wir schon beim Thema heuchlerische *Typen* sind: Könntest du mir mal etwas erklären?«

»Immer los.« Jetzt sind meine Arme so fest verschränkt, dass mein Handgelenk eingeschlafen ist.

»Weißt du noch, wie du mir am Strand auf den Scilly-Inseln diese herzzerreißende Story erzählt hast, dass du gerade verlassen wurdest? Von wem noch gleich, von Jimmy, mit dem du zweieinhalb Jahre zusammen warst?«

Ich spüre die Hitze in meine Wangen aufsteigen.

»Das war doch ein Haufen Blödsinn, stimmt's?«, sagt er.

Ich suche krampfhaft nach einer angemessenen Entgegnung, aber mir fällt nichts ein.

»Und noch was«, fährt er streng fort. »Ist es wahr, dass du niemals, nicht einmal, mit jemandem länger als ein paar Wochen zusammen warst, weil du immer vorher mit ihnen Schluss machst?«

Wieder fehlen mir irgendwie die Worte. Was für mich doch eher ungewöhnlich ist, muss ich zugeben.

»Ich nehme dein Schweigen als Ja. Warum hast du mich angelogen, Evie?«

Darüber denke ich sorgfältig nach und wühle in meinem Gedächtnis, warum ich das damals getan habe.

»Es war nicht ganz gelogen«, versuche ich es.

»Ach nein?«, fragt er.

»Also gut, war es doch. Ich hatte meine Gründe. Aber

lass uns nicht das Thema wechseln. Ich möchte wissen, wie lange die Sache zwischen dir und Beth schon läuft.«

Er schüttelt den Kopf. »Da läuft keine Sache zwischen mir und Beth.«

»Das glaube ich dir nicht.«

Er sagt nichts, sieht mich nur mit funkelnden Augen an.

»Sind diese lächerlichen Anschuldigungen deine Art, mit mir Schluss zu machen?«, fragt er. »Denn wir waren jetzt immerhin schon acht Wochen zusammen. Nach allem, was ich gehört habe, muss es wohl darum gehen.«

»Ach, die sind also lächerlich, ja?« Ich lasse mich auf keinen Fall jetzt hier in ein anderes Thema verwickeln.

»Ja«, antwortet er, »das sind sie. Aber ich werde dir die Arbeit abnehmen, Evie. Du musst nicht mit mir Schluss machen. Ich gehe gerne einfach freiwillig.«

Und dann dreht er sich um und geht weg.

»Ich soll dir also glauben, dass zwischen dir und Beth nichts läuft, aber du willst mir nicht mal erklären, warum sie ihre Klamotten in deiner Wohnung vergisst?«, rufe ich ihm nach.

»Ich habe dir nichts zu erklären, weil ich nichts falsch gemacht habe!«, ruft er zurück. »Ach und übrigens, erwarte bloß nicht, dass ich dich wie Gareth nach unserer Trennung mit Schmuck überhäufe.«

98

Auf eine seltsame Art fühle ich mich wie an dem Tag, als ich meine Jungfräulichkeit verlor. Ich kann mich noch ganz deutlich an diese Empfindung erinnern. Ich spazierte durch die Stadt und betrachtete versonnen die Schaufenster. Es war, als hätte sich ein grundlegender Teil von mir für immer verändert. Und ich konnte das unheimliche, wenn auch widersinnige Gefühl nicht abschütteln, dass die Leute es mir ansahen. Von der Verkäuferin, die mich um Wechselgeld für einen Zwanzigpfundschein bat, bis hin zu der Frau, die im Zug neben mir saß und einen Artikel über Hormonersatztherapie las. Ich war mir sicher, sie alle müssten wissen, dass mit mir gerade etwas Weltbewegendes passiert war, es stünde mir auf die Stirn geschrieben.

Als ich auf den Rücksitz eines Taxis springe, frage ich mich, ob der Fahrer mir wohl ansieht, dass ich gerade zum ersten Mal in meinem Leben von jemandem – jemandem, der mir tatsächlich etwas bedeutet – verlassen wurde. Ob ihm klar ist, dass dieses Geschehnis, das mir bis zum heutigen Tag vollkommen fremd war, alles verändert hat.

»Haben Sie sich gestritten?«, erkundigt er sich mit Blick auf mein blaues Auge im Rückspiegel.

»Ja«, antworte ich. »Ich meine, nein … nein, das Auge war ein Unfall.« Angestrengt starre ich aus dem Fenster, ich möchte nicht reden.

»Kommen Sie von der Hochzeit die Straße runter?«, fragt er.

»Ja«, murmle ich.

»Sie sind schon die Dritte, die ich dort aufgegabelt habe«, erzählt er, und erst in diesem Moment wird mir bewusst, wie spät es ist. »Mann, die sahen vielleicht aus. Die Letzte hat einen Poncho getragen. Sah aus, als wäre sie direkt einem Spaghetti-Western entsprungen.«

In meinem Kopf dreht sich alles, deshalb lehne ich mich zurück und blende seine Stimme aus. Bring mich einfach nur nach Hause, denke ich. Lass mich einfach nur in Ruhe.

Meine Benommenheit wird rüde unterbrochen, als das Taxi hupt und einen Schlenker um etwas – oder jemanden – macht. Ich stelle fest, dass wir gerade um ein Haar Grace und Patrick überfahren hätten, die mitten auf der Straße laufen.

»Könnten Sie mal kurz anhalten, bitte?«, sage ich zu dem Fahrer. Ich kurble das Fenster herunter.

»Wollt ihr mitfahren?«, frage ich.

Sie halten Händchen, aber Patrick meidet meinen Blick.

»Nein, nein«, wehrt Grace ab. »Wir müssen ja in die völlig andere Richtung. Wir halten uns ein eigenes an. Alles okay bei dir, Evie?«

Ich zögere.

»Lass uns morgen sprechen, ja?« Meine Stimme zittert.

»Klar«, sagt sie.

Sie kuschelt sich an Patrick, aber ich sehe an seiner Miene, dass immer noch etwas nicht stimmt. Ich weiß nicht, was. Aber in diesem Moment ist es mir egal, denn ich kann jetzt einfach nicht mehr über die Probleme der beiden nachdenken.

Während der Weiterfahrt muss ich erstaunt feststellen, wie rasch meine Wut, die doch noch vor Kurzem so heftig war, sich in etwas anderes verwandelt: einen dumpfen, wachsenden Schmerz, der jetzt schon stärker und viel, viel schlimmer ist als ganz normaler Zorn. Oder auch die Nachwehen von Valentinas linkem Haken.

Der heutige Abend markiert den Endpunkt dessen, was ich noch vor vier Stunden für das Beste hielt, was mir je passiert ist. Der Endpunkt, von dem ich törichterweise glaubte, er würde niemals kommen. Das Ende von Jack und mir. Mir und Jack. Meine einzige feste Beziehung. Beinahe.

Ich denke daran, wie Jack mir zärtlich das geschwollene Gesicht küsste und mir sagte, ich sei immer noch die schönste Frau, die er je kannte.

Ich denke daran, wie sicher ich mich dadurch fühlte. Wie besonders. Wie geliebt.

Mein Gesicht ist schon tränenüberströmt, aber es kommen immer noch mehr. Ich sitze da und weine, wie ich noch nie im Leben geweint habe. Meine Brust zieht sich enger und enger zusammen, und ich fühle mich, als hätte mir jemand das Herz aus der Brust gerissen und wränge es jetzt unbarmherzig, um noch die letzte Träne herauszupressen.

Ich blicke aus dem Wagenfenster, aber das Einzige, was ich klar und deutlich erkennen kann, ist Jacks Gesicht. Dieses wundervolle Gesicht mit den warmen Augen und dem ach so weichen Mund. Vielleicht werde ich dieses Gesicht nie wiedersehen.

Dann lege ich den Kopf in die Hände, und obwohl ich mein Weinen verbergen möchte, kommt mir ein Schluchzen über die Lippen.

»Ihnen wird doch wohl nicht schlecht da hinten, oder?« Der Fahrer wirft einen misstrauischen Blick in den Rückspiegel. »Das kostet nämlich sonst fünfundzwanzig extra.«

99

Meine Wohnung,
Samstag, 9. Juni

Ich wache auf mit einem verkaterten Mund, einem pochenden Auge und einem sehr merkwürdigen Gefühl, was den vergangenen Abend betrifft. »Merkwürdig« im Sinne von: Ich weiß sofort, dass etwas nicht stimmt, aber es dauert eine halbe Sekunde, bis mir wieder einfällt, was genau. Doch dann dreht sich mir der Magen so heftig um, als wäre er von den Hinterhufen eines Esels mit pathologischen Stimmungsschwankungen getroffen worden.

Ich atme tief ein. Eigentlich ist es keine große Überraschung, dass ich mich so fühle. Wenn man bedenkt, welche Massen an Kaffee ich gestern Nacht noch getrunken habe. Nach dem ganzen Alkohol den Tag über. Und den Schmerztabletten am Nachmittag. Und dem Schlag auf den Kopf mit Valentinas Klunker.

Trotzdem weiß ich, dass das alles nicht der Grund für meine Übelkeit ist. Sondern die Erinnerung an Jacks Worte.

Evie, du weißt ja nicht, was du redest. Sind diese lächer-

lichen Anschuldigungen deine Art, mit mir Schluss zu machen? Du musst nicht mit mir Schluss machen. Ich gehe gerne einfach freiwillig.

Allein bei dem Gedanken dreht sich mein Kopf fast so schlimm wie mein Magen, meine Gedanken wirbeln ungebremst im Kreis in dem verzweifelten Versuch, das Geschehene zu begreifen. Er wirkte so aufrichtig. Aber wie kann er das, nach dem, was Beth erzählt hat? Mein Gott, ich möchte ihm ja glauben – was eindeutig bedeutet, dass ich total bescheuert bin. Was, wenn er doch die Wahrheit gesagt hat? Ist es jetzt sowieso zu spät?

Ich sehe zur Decke und konzentriere mich auf ein eindrucksvolles Spinnennetz zwischen meinem Ikea-Lampenschirm und meiner Vorhangstange. Dann schließe ich die Augen und probiere, rational über alles nachzudenken.

Soweit ich das sehen kann, gibt es nur zwei mögliche Erklärungen:

A. Jack hat tatsächlich gelogen und mich mit Beth betrogen, wie ich vermutet habe. In welchem Fall er sich seit Monaten wie eine gemeine, verlogene Ratte benommen hat, ohne Rücksicht auf meine Gefühle. Und ich eine Vollidiotin bin.

Oder

B. Jack hat nicht gelogen und betrogen. In welchem Fall ich ihn in aller Öffentlichkeit fälschlich beschuldigt habe – unmittelbar nachdem er herausgefunden hat, dass ich ihm kolossale Märchen über meine eigene Vergangenheit aufgetischt habe. Und ich eine Vollidiotin bin.

Komisch, aber es fällt mir in beiden Szenarien schwer, etwas Positives darin zu finden.

100

Meine Wohnung,
Donnerstag, 14. Juni

»Jack, hier ist Evie. Wir müssen reden.«

Nein, nein, nein, ganz falsch. Das klingt wie aus einer schlechten Daily Soap. Inzwischen habe ich so viele tiefe, bedeutungsvolle und oft erbärmlich tränenreiche Gespräche mit Jack eingeübt – vom Duschkopf bis hin zum Lenkrad als Gegenüber –, dass ich allmählich befürchte, in Therapie zu müssen.

Das Problem ist, dass ich nicht weiß, wo ich anfangen soll. Denn ich habe keine Ahnung, ob er und Beth etwas miteinander hatten oder nicht, weshalb ich auch nicht weiß, welchen Ansatz ich wählen muss. Stelle ich ihn noch einmal zur Rede? Oder bettle ich um Verzeihung?

Außerdem nagt noch etwas anderes an mir: Seit unserem Streit sind fünf Tage vergangen, und er hat mir nicht gerade die Tür eingerannt, um sich wieder zu versöhnen. Streng genommen hat er nicht ein einziges Wort von sich hören lassen. Und ich bin mir jetzt absolut sicher, dass er keinen Versuch unternommen hat, mich zu kontaktieren. Denn ich habe mein Handy zweimal zur Wartung zurück ins Geschäft gebracht, weil ich nie Anrufe bekomme (zumindest nicht von ihm). Augenscheinlich ist es aber von solch robuster Konstitution, dass es gute Aussichten hat, mich zu überleben.

Die letzten Tage waren eigenartig. Ich fühlte mich wie betäubt, furchtbar, elend. Und obwohl der Besucherstrom nicht abriss – alle von Charlotte bis hin zu Valentina standen vor der Tür, beladen mit *Sex and the City*-DVDs und Schokolade –, bleibt eines an der ganzen Sache merkwürdig. Ich war noch nie von so vielen Menschen umgeben. Aber ich habe mich noch niemals so allein gefühlt.

101

Liverpooler Innenstadt,
Freitag, 22. Juni

»Möchtest du was trinken?«, fragt er, als wir einen Tisch im ruhigeren Teil der Bar finden.

»Ein Glas Weißwein wäre super«, sage ich.

»Schon unterwegs.«

Doch stattdessen hält er bei seiner Rückkehr zum Tisch einen Eiskübel und eine Flasche Champagner im Arm.

»Was soll das denn?«, frage ich. »Hast du im Lotto gewonnen? Wenn du das gleich gesagt hättest, hätte ich mich schon längst mit dir verabredet.«

»Ich dachte mir nur, wir sollten eigentlich feiern.« Er lächelt.

»Ach ja? Was denn feiern?«

»Dass zwei Freunde wieder vereint sind«, erklärt er.

»Waren wir denn Freunde? So hatte ich das gar nicht in Erinnerung.«

»Nein«, meint er. »Du hast recht. Zwei Liebende wieder vereint.«

Es ist nett mit Seb. Ich weiß, dass ich mir gesagt hatte, ich sei nicht interessiert. Aber seitdem ist alles anders. Und eines ist sicher, ich halte es keine Sekunde länger in meiner Wohnung aus, in der Hoffnung auf einen Anruf von Jack Williamson. Selbst wenn das meinem hausfraulichen Reinlichkeitsniveau durchaus zuträglich war.

Es sind jetzt fast zwei Wochen vergangen. Zwei Wochen Trübsal blasen, weinen, mich selbst hassen, *Die Putzteufel* hassen. Aber irgendwann muss Schluss sein. Er hat nicht angerufen, er ist nicht interessiert, und für mich gibt es nur einen Weg: wieder auf die Füße kommen und neu anfangen.

»Also, ich weiß ja nun, dass du bei einer Bausparkasse arbeitest«, beginne ich. »Aber was genau machst du da?«

»Tja«, sagt Seb und erzählt es mir noch mal.

Mir ist bewusst, dass ich danach schon auf Georgias Hochzeit gefragt habe. Aber jemandem wie mir, in deren Arbeitsleben man jeden Abend etwas Greifbares vorzeigen kann – und seien es nur drei Miniartikel über Bibliotheksöffnungszeiten –, ist ein Job etwas fremd, bei dem es um das »Abstecken regionaler Strategien« geht und um das »Aufspüren von Synergien zur Verbesserung der generellen Effektivität«.

»… du siehst also«, schließt er, »die ganze Sache ist ziemlich überschaubar.«

Vor meinem geistigen Auge taucht Jack auf, wie er mir bei unserer ersten Begegnung von seiner Arbeit erzählte. Doch ich schiebe den Gedanken sofort weit von mir. Dann hilft Jack eben verarmten Familien in vom Hunger bedrohten Regionen Afrikas. Na und? Regionale Strategien abstecken und Synergien zur Verbesserung der ... was auch immer Seb da verbessert, ist bestimmt genauso interessant. Nur auf andere Art.

»Weißt du«, sagt er, »ich war wirklich fertig, als du mich auf der Uni abserviert hast.«

»Sorry«, gebe ich scherzhaft zurück, »war blöd von mir.«

»Nee. Ich hatte es sicher verdient. Wahrscheinlich warst du ohnehin zu gut für mich.«

Ich lasse mir nicht anmerken, wie viel mir das bedeutet. Aber es ist wirklich schön, Seb so etwas sagen zu hören. Mein Selbstwertgefühl war noch nie so angeschlagen wie in letzter Zeit, und Sebs Nettigkeit heute Abend hat meine Stimmung deutlich aufgehellt.

»Jedenfalls will ich dir deswegen keinen Vorwurf machen«, fährt er mit einem Zwinkern im Auge fort. »Wir alle sind seit damals erwachsen geworden. Die Dinge ändern sich.«

Damit hat er verdammt recht. Noch vor wenigen Monaten beschränkte sich meine Kapazität zur Dauerhaftigkeit darauf, mich für eine neue Wandfarbe im Wohnzimmer zu entscheiden und dabei auch zu bleiben.

Im Vergleich zu der Liste meiner Affären wirkte Robbie Williams geradezu maßvoll. Aber – und das sage ich in vollem Ernst – das ist jetzt alles anders. Ich habe erkannt, dass ich mich mehr anstrengen, weniger kritisieren und viel toleranter sein muss, um eine ernsthafte Beziehung zu führen. Nicht, dass ich in Bezug auf Seb sonderlich tolerant sein müsste, versteht sich.

102

WIR LANDEN in einem Klub, den Seb kennt, einer innerstädtischen Oase der Schönen, gleichmäßig Gebräunten und teuer Gekleideten. Zugegeben, manche der modischen Outfits hier sind nicht unbedingt das, was man als unaufdringlich bezeichnen würde.

Aber in jedem Fall haben sie eine Stange Geld gekostet. Ich vermute mal, meine Wohnungshypothek würde vermutlich dem Preis eines durchschnittlichen Paars Schuhe hier entsprechen.

Als wir am Türsteher vorbeigehen, nickt Seb ihm zur Begrüßung zu, und ich bekomme schlagartig eine Ahnung, wie Charlotte sich bis vor sechs Monaten gefühlt haben muss. Jeder hier scheint dünn zu sein, und ich habe den Verdacht, dass hunderte von wieder erbrochenen Abendessen in den Abwasserrohren dieser Kneipe plätschern.

»Ich darf nicht vergessen, mir vor dem nächsten Besuch hier einen Termin zum Fettabsaugen geben zu lassen«, murmle ich.

»Du siehst hinreißend aus, Süße«, sagt Seb und legt zur Bestätigung den Arm um mich.

Als wir an der Tanzfläche vorbeigehen und Seb sich einen Weg zur Theke bahnt, entdecke ich jemanden, bei dem ich trotz der üblichen Uniform aus Hotpants und hochhackigen Sandalen zweimal hinsehen muss.

»Beth.« Plötzlich fühle ich mich wackelig auf den Beinen. »Äh, hallo.«

Ich hätte wissen müssen, dass sie in diese Art von Bar geht. Wobei sie genauso verlegen wirkt wie ich.

»Hallo, Evie«, sagt sie und wirft ihr langes dunkles Haar zurück.

Ich lächle so natürlich wie möglich, was in etwa so überzeugend wirkt wie jemand in einer ganz besonders schlechten Kaugummiwerbung.

»Das mit dir und Jack tut mir leid«, sagt sie.

»Genau, ja«, gebe ich beiläufig zurück. »Hat Georgia es dir erzählt?«

»Nein, eigentlich war es J…« Sie wirkt sofort, als bereute sie, das gesagt zu haben. »Ich meine, ja. Georgia hat es mir erzählt.«

Ich kneife die Augen zusammen und mustere prüfend ihren Gesichtsausdruck. Man muss nicht Sherlock Holmes sein, um dahinterzukommen, dass sie es mitnichten von Georgia gehört hat.

Weswegen nur ein anderer Mensch übrig bleibt. Jack. Ich verspüre einen Stich in der Brust. Ich hatte also die ganze Zeit recht.

»Tja, also, war nett, dich zu treffen.« Wieder zwinge ich

mich zu einem Lächeln, was jetzt noch schwieriger ist, seit ich weiß, dass sie sich definitiv gesehen haben beziehungsweise sehen.

»Ja, fand ich auch«, sagt sie. Und dann entfernen wir beide uns zu entgegengesetzten Seiten der Tanzfläche.

Als Seb und ich zu tanzen anfangen, gebe ich mein Bestes. Doch es ist schwer, unter den gegebenen Umständen in Stimmung zu kommen. Abgesehen davon macht das Tanzen hier einfach nicht so viel Spaß wie früher, wenn ich meine »Native New Yorker«-Nummer abzog. Oder sogar entsetzlich falsch Ruby Turner nachsang. Ich schiebe den Gedanken weg von mir. Mehr denn je muss ich Jack endgültig vergessen.

Nach einer Weile schafft Seb es irgendwie, uns in den VIP-Bereich zu bugsieren, und wir lassen uns in einer Nische nieder und bestellen Cocktails.

»Ich brauche etwas, um den kleinen Leckerbissen hier runterzuspülen«, sagt er, holt etwas aus der Jackentasche und legt es auf den Tisch.

In stillem Erstaunen beobachte ich, wie er mit der Kante seiner Kreditkarte ein Häufchen weißen Puder fein hackt, zu einer Linie schiebt und danach einen Zwanzigpfundschein zusammenrollt. Dann schnieft er sie mit einem Geräusch hoch, das an ein Warzenschwein mit Verdauungsproblemen erinnert.

Mit einem nervigen Lächeln auf dem Gesicht lehnt er sich auf der Bank zurück, an seiner Nase klebt ein Rest Puder, als hätte er sie in Puderzucker gehalten.

»Ähm, du hast da was vergessen«, flüstere ich.

Er wischt es mit einem Finger ab und zieht es ebenfalls in die Nase.

»Ich mach dir auch eine Line«, sagt er lässig.

»O nein«, wehre ich eilig ab. »Ehrlich, ich bleib bei meinem Cocktail. Außerdem – hast du keine Angst, dass uns jemand sieht?«

»Du machst Witze, oder?«, schnaubt er. »Das ist der VIP-Bereich. Alle hier machen das. Komm schon, ich will mich nicht allein amüsieren.«

»Im Ernst, ich möchte lieber nicht«, sage ich.

Er wirft mir einen Blick zu, als säße ihm urplötzlich Fräulein Rottenmeier gegenüber.

»Ach, Evie. Ist doch nur zum Spaß. Das wird dich ein bisschen locker machen.«

»Nein. Ehrlich, Seb, ich bin locker genug – wirklich«, sage ich, obwohl ich mich plötzlich absolut un-locker fühle.

Dankenswerterweise kommt der Kellner mit den Cocktails, und trotz seiner Prahlerei steckt Seb seine Ausrüstung weg. Doch im Laufe der nächsten Stunden holt er noch dreimal das kleine Päckchen mit dem Zauberpulver aus seiner Innentasche, um sein Ritual zu vollziehen.

»Hat es dir auf Georgias Hochzeit gefallen?«, frage ich und versuche, zu ignorieren, was er macht.

»Ja. Auf jeden Fall. Es tat gut, einige aus der alten Clique mal wieder zu treffen. Dich vor allem.«

Ich lächle.

»Am Ende des Abends waren aber einige auf der Tanzfläche ganz schön besoffen, was?«, ergänzt er.

»Ist das nicht immer so auf Hochzeiten?«, sage ich.

»Ja, schon, aber hast du den Typen in der gestreiften Jacke mit seiner Alten gesehen?« Er schüttelt den Kopf und grinst süffisant. »Die beiden sahen aus, als gehörten sie weggesperrt.«

Ich spüre das Blut in meine Wangen steigen, als mir bewusst wird, dass er von Bob und meiner Mutter spricht.

»Du meinst Bob«, sage ich. »Bob und, äh …«

»Ach, du kennst die?«, fällt er mir ins Wort. »Ich hoffe, ich habe niemanden beleidigt.«

»Na ja – nein, beleidigt nicht.« Ich rutsche auf dem Sitz herum. »Du redest nur über meine Mutter und ihren Mann.«

»Scheiße!«, lacht er, »Fettnäpfchen lässt grüßen.«

Ich lache ebenfalls. Seb konnte nicht wissen, von wem er sprach. Und sind wir doch mal ehrlich, es war nichts, was ich nicht schon selbst über meine Mutter gesagt hätte.

»Ich muss allerdings gestehen«, fährt er fort, »dass ich noch nie vorher so eine Strumpfhose gesehen habe.«

»Da hast du recht«, stimme ich glucksend zu. »Sie hat einen ungewöhnlichen Klamottenstil, so viel steht fest.«

»Und dieser Hut. Du lieber Himmel.« Er verdreht die Augen.

»Äh, ja.« Allmählich fühle ich mich etwas unwohl.

»Ich bin nur froh, dass du nicht den Geschmack deiner Mutter geerbt hast – oder besser gesagt: den Mangel daran«, redet er weiter. »Du siehst heute Abend toll aus.«

Irgendwie hat das Kompliment nicht mehr die gleiche Wirkung wie die vorherigen.

»Ist ja gut, Seb«, höre ich mich leicht erregt sagen. »Mag ja sein, dass meine Mutter ein bisschen unkonventionell aussieht. Aber genau so mag ich sie.«

»Hilfe.« Er hält die Hände hoch. »Ich hab ja nur einen kleinen Scherz gemacht. Tut mir leid. Ich wollte dir nicht zu nahetreten.«

Er sieht aus, als wäre es ihm ernst. Also lockere ich meine Schultern und komme mir plötzlich ein bisschen albern vor.

»Nein, mir tut es leid. Ich wollte dich nicht anfahren.«

»Kein Problem.« Er zwinkert mir zu. »Ich verzeihe dir.«

Ich rutsche unbehaglich hin und her, ermahne mich aber, dass ich den Abend mit Seb bisher sehr genossen habe.

Noch denke ich darüber nach, als er sich vorbeugt und mich ohne jede Vorwarnung auf die Lippen küsst. Ich sage küssen, aber Sebs Manöver erinnert mich eher an einen riesigen Kraken, der sich auf seine Beute stürzt. Von null auf hundert in zwei Sekunden, mit vollem Zungeneinsatz und wenig Rücksicht auf die kleine Nebensächlichkeit des Atmens.

Ich entwinde mich, ringe nach Luft und lehne mich zurück. So reagiere ich nur deshalb, weil ich mich seit Jacks und meiner Trennung so schlecht gefühlt habe, das weiß ich. Aber ich kann trotzdem nicht anders.

»Was ist denn los?«, fragt er.

»Ach, nichts.« Dann sehe ich auf und bemerke Beth am anderen Ende des Raums.

»Ich meine, keine Ahnung«, füge ich hinzu.

Doch als Beth den Blick abwendet, wird mir klar, dass das nicht stimmt. Natürlich weiß ich es.

103

Meine Wohnung,
Donnerstag, 28. Juni, 17:15

Ich muss zugeben, dass ich schon nicht mehr an Bennos Story über Pete Gibson geglaubt habe, den braven Popstar mit der heimlichen Schwäche für Koks und Orgien.

Nachdem ich Benno innerhalb der vergangenen zwei Monate dreimal angerufen habe, um nachzufragen, ob die Sache mit dem zwielichtigen Polizisten geklärt ist, damit ich endlich meinen Artikel schreiben kann, habe ich schon langsam befürchtet, dass sich die ganze Angelegenheit in Luft auflöst.

Nicht zuletzt, weil ich nicht glauben konnte, dass die überregionalen Zeitungen nicht längst Wind davon bekommen haben. Und wenn ich mal ganz ehrlich bin, hatte ich in der letzten Zeit anderes im Kopf, so scharf ich auch auf die Story war.

Heute aber komme ich von einer Frühschicht nach Hause und lasse mich mit einer Schüssel kaum für den menschlichen Verzehr geeignet wirkenden Fertignudeln vor den Fernseher plumpsen, als das Telefon klingelt.

Sofort erkenne ich Bennos Stimme.

»Was machen Sie gerade?«, will er wissen.

»Blödsinn essen und schlechte Talkshows anschauen«, gebe ich zurück.

»Dann werden Sie sich wohl von beidem losreißen und schleunigst hierher kommen müssen«, verkündet er. »Sie kriegen Ihre Story.«

»Was? Wirklich?« In meiner Aufregung werfe ich meine Nudelschüssel neben mich auf die Couch.

»Aber zuerst möchte ich Sie um einen Gefallen bitten.«

Ich sacke wieder zusammen.

»Sie wissen, dass wir kein großes Budget haben«, sage ich.

»Ts, ts, das weiß ich doch, Schätzchen«, erwidert er. »Ich habe doch Ihr Auto gesehen. Nein, kennen Sie meine Tochter?«

»Ja. Wie geht es Torremolinos?«

Benno und seine Frau haben David und Victoria Beckham gegenüber zehn Jahre Vorsprung darin, ihr Kind nach seinem Zeugungsort zu benennen.

»Ausgezeichnet«, sagt er. »Folgendes – sie möchte Journalistin werden. Deshalb habe ich überlegt, ob Sie ihr nicht ein Praktikum besorgen könnten oder so was.«

Bei solchen Gelegenheiten muss ich normalerweise erklären, dass es eine lange Warteliste gibt und sie sich schriftlich beim Herausgeber bewerben muss. Aber diese Story ist einfach zu gut und trotz des Risikos, von Simon einen Anschiss zu kassieren, treffe ich eine geschäftsführende Entscheidung.

»Benno«, erkläre ich, »ich sorge persönlich dafür, dass sie ein Praktikum bekommt. Mehr noch, ich werde nicht eher ruhen, bis sie nicht die *Sunday Times* herausgibt.«

104

Green's Fitnessstudio, Liverpool,
Donnerstag, 28. Juni, 20:20

Die story über Pete Gibson wird in der morgigen Ausgabe abgedruckt. Wie sich herausstellte, ging der Polizist auf die Bestechungsversuche nicht ein und erwies sich trotz allem als einer von den Guten. Was für mich völlig in Ordnung ist; denn allein die Tatsache, dass dieser brave Super-Sauber-Popstar nebenbei ein Kokaindealer ist, der auf regelmäßiger Basis Promi-Orgien veranstaltet, dürfte schon einer der größten Knüller des Jahres sein.

Das Blöde ist nur, dass mich die ganze Sache irrsinnig nervös macht. Mir ist ungefähr so schlecht wie einmal auf einer neunstündigen Fährfahrt bei hohem Seegang. Bei der Zeitung nennen sie das *Die Angst* – dieses schreckliche Gefühl, das Journalisten haben, unmittelbar bevor eine wirklich große Story veröffentlicht wird. Es ist eine seltsame Mischung aus Adrenalinüberdosis, weil man weiß, dass etwas Aufsehenerregendes gedruckt wird, und sich vor Panik fast in die Hose Machen, falls man etwas geschrieben haben sollte, wofür der Herausgeber vor Gericht muss. Was sich nie besonders positiv auf die persönliche Karriere auswirkt.

Ich habe inzwischen – wie auch die Anwälte der Zeitung – jedes Detail dreimal überprüft, aber letzten Endes sind das schwere Anschuldigungen, und morgen wird zweifellos eine ordentliche Portion braune Substanz am Dampfen sein.

Und jetzt bin ich also mit Charlotte im Fitnessstudio,

um mich ein bisschen abzulenken. Leider habe ich seit Wochen überhaupt keinen Sport mehr gemacht und wünsche mir langsam, ich hätte mir von meiner Mutter eine Entschuldigung schreiben lassen.

Wir fangen auf dem Laufband an und optimistisch – und sehr dumm – wähle ich ein Programm namens »Ausdauerchampion«. Mein Plan ist, ganz langsam anzufangen, aber irgendwo unterwegs verheddere ich mich mitten in einem K2-Anstieg mit einer Neigung, die man eigentlich nicht ohne Steigeisen in Angriff nehmen sollte.

Hektisch marschiere ich bergauf, wobei ich an Basil Fawltys Deutschen-Parodie denken muss. Gleichzeitig panisch und vollkommen erschöpft schlage ich auf den Knöpfen herum wie eine hyperaktive Siebenjährige an einem Spielautomaten.

»Mist, verdammter!«, quängele ich, dann saust meine Hand auf den Notbremsenknopf herab. Das Gerät kommt knirschend zum Stillstand, und ich beuge mich seitlich vornüber. Meine Lungen fühlen sich an, als wollten sie zerspringen.

Charlotte kichert, und als ich wieder Luft bekomme, kichere ich auch. Jetzt lachen wir beide so hysterisch, dass die Leute sich die Köpfe nach uns verdrehen, als hätten wir halluzinogene Drogen genommen.

»Wie geht es dir denn im Moment, Evie?«, fragt sie, als ich endlich ein geruhsameres Programm auf dem Laufband gefunden habe.

»Du meinst abgesehen davon, dass ich mich beinahe auf einem Fitnessgerät umgebracht hätte?«, grinse ich.

»Du weißt schon, was ich meine.«

»Ach, ganz gut. Alles in Ordnung. Bisschen nervös wegen der Story, aber sonst alles gut.«

Ich weiß ganz genau, dass sie nicht von dem Artikel spricht. Und offen gestanden ist mein Bammel davor – auch wenn sich mein Magen anfühlt wie eine Waschmaschinentrommel – nichts gegen meine Gefühle wegen Jack.

Trotzdem überrascht mich ihre Frage etwas, weil die Leute mich nicht mehr nach Jack fragen. Ich vermute mal, drei Wochen nach der Trennung ist das nicht mehr aktuell. Zudem habe ich mit niemandem je offen darüber gesprochen. Ich habe immer nur etwas in der Art gesagt wie zu Charlotte jetzt. Mir geht es gut. Könnte nicht besser sein. Alles bestens. Ehrlich, es geht mir sehr, sehr gut.

»Wenn das stimmt, dann freut mich das«, gibt Charlotte zurück. Aber sie wirkt nicht überzeugt.

»Warum siehst du mich an, als würdest du mir nicht glauben?«

Sie schaltet auf ein langsameres Tempo.

»Wir wissen doch alle, wie sehr du ihn mochtest«, sagt sie.

»Du willst sagen, ich bin eine schlechte Schauspielerin.«

»Natürlich nicht«, sagt sie. »Die Leute wissen einfach nicht, wie das ist, in jemanden verliebt zu sein, der das nicht erwidert.«

»Meine Güte«, keuche ich, »große Worte. Was ist denn los?«

»Nichts, das ist eben so, Evie«, beharrt sie, und plötzlich fällt mir auf, dass sie unglücklich aussieht.

»Was hast du denn?«, will ich wissen. »Ich dachte, ich hätte momentan ein Monopol auf heulendes Elend.«

»Ach, gar nichts.« Sie schüttelt den Kopf. »Ich kriege nur meine Tage. Zurzeit rege ich mich über die winzigsten Dinge auf.«

»Das muss aber schlimm sein, wenn das mich einschließt. Komm, sollen wir was trinken gehen?«

»Zu einer Cola light sage ich nie nein«, willigt sie ein.

Manchmal vergesse ich, wie verblüffend Charlottes Verwandlung war. Aber wenn sie ein bisschen Make-up auflegt und sich eine Jeans überzieht – die jetzt *schmale Passform* hat statt *gar keiner* Passform –, fällt mir wieder auf, wie viel sie geschafft hat.

Im Pub bestellen wir uns etwas zu trinken und unterhalten uns den gesamten restlichen Abend, vorwiegend über meinen Artikel. Es tut gut, etwas von meiner Anspannung loszuwerden. Dann, als die letzte Runde ausgerufen wird, kommt Charlotte auf das Thema, das ich gemieden habe.

»Warst du in Jack verliebt?«, fragt sie ohne Vorwarnung.

Ich hole tief Luft.

»Wenn ich das mir selbst gegenüber eingestehen würde, dann wäre ich wirklich ein hoffnungsloser Fall, oder?«

»Wie meinst du das?«

»Na ja«, erkläre ich, »wenn der einzige Mann, in den ich mich jemals verliebt hätte, mich nicht wollte … das wäre doch tragisch.«

»Hmmm.«

»Außerdem ist es gerade mit Seb ganz nett«, ergänze ich.

»Nett?«, wiederholt sie, und ich muss feststellen, dass ich ungefähr so überzeugend wirke wie der Strafverteidiger von Jack the Ripper.

»Mir ist wohl eines klar geworden«, sage ich. »Manchmal – egal wie sehr man jemanden mag, egal wie sehr man jemanden liebt, egal wie verzweifelt man jemanden will … manchmal kann man ihn einfach nicht haben. Es tut wahnsinnig weh. Aber manchmal kann man jemanden einfach nicht haben.«

Ich hebe den Kopf und sehe, dass Charlotte sich die Augen wischt.

Dann fällt mir etwas ein: Bei der Hochzeit meiner Mutter erwähnte sie etwas von einem Kuss. Der Sache bin ich immer noch nicht auf den Grund gekommen.

Gerade will ich es ansprechen, als der Wirt an unseren Tisch kommt.

»Habt ihr zwei kein Zuhause?«, grummelt er.

Ich blicke mich um. Außer einem deutschen Schäferhund, der am anderen Ende der Theke eine Tüte Zwiebel-Käse-Chips verputzt, sind wir die letzten Gäste im ganzen Pub.

105

Nachrichtenredaktion des Daily Echo,
Freitag, 29. Juni

Die sekretärin des Herausgebers hat mir mitgeteilt, mich am folgenden Tag unmittelbar, nachdem die erste Ausgabe der Zeitung um elf Uhr vormittags aus dem Pressesaal nach oben gebracht wurde, bei ihm zu melden. Als ich anklopfe, telefoniert Frank, aber er winkt mich herein.

»Es ist mir scheißegal, wie viel wohltätige Arbeit der Bursche getan hat, Diamond«, bellt er. »Das hätte ihm einfallen sollen, bevor er seiner Hose das Denken überlassen hat.«

Der Diamond, mit dem er da spricht, ist Dale Diamond, Promiagent und eiserner Befürworter der PR-Devise »Was die Öffentlichkeit nicht weiß, macht sie nicht heiß«. Der Klang der Beschwerden aus dem Telefonhörer verrät mir, dass Mr Diamond nicht besonders begeistert von der heutigen Schlagzeile ist.

»Du willst vor den Presserat gehen?«, donnert Frank wieder. »Ha! Und mit welcher Begründung genau? Unzumutbare Belästigung eines schmutzigen kleinen Drogenhändlers? Dass ich nicht lache, Diamond. Mir reicht es jetzt. Wir sprechen uns wieder, wenn du es geschafft hast, dir ein Gehirn wachsen zu lassen. Ciao.«

Er knallt den Hörer auf und geht zu seinem Besprechungstisch, wo die erst vor wenigen Minuten gedruckte heutige Zeitung liegt.

»Evie«, beginnt er und bohrt den Finger in das Foto von Pete Gibsons Verhaftung vor seiner Luxusvilla. »Das hier ist verflucht noch mal großartig. Verdammt noch mal fantastisch.«

Frank Carlisle hat viele gute Eigenschaften als Herausgeber, aber einen kompletten Satz ohne wenigstens einen Kraftausdruck zu beenden gehört nicht dazu.

»Danke, Chef«, sage ich, unschlüssig, ob ich hier weiter

herumstehen soll wie eine Schülerin im Büro des Direktors oder mich hinsetzen.

»Setz dich«, fordert er mich auf, als hätte er meine Gedanken gelesen. Ich ziehe einen Stuhl heraus.

»In letzter Zeit war ich wirklich beeindruckt von deiner Arbeit, Evie. Scheißbeeindruckt sogar. Du hast Mumm, und ich mag Reporter mit Mumm.«

»Ähm, nett, dass du das sagst.«

»Folgendes«, fährt er fort, »du weißt ja, dass wir Sam an eine Überregionale verlieren werden, oder?«

»Aber sicher.« Sam Webb, der Kriminalreporter, hat einen Job bei der *Times* bekommen und verlässt uns in weniger als zwei Wochen.

»Das hinterlässt natürlich eine Lücke«, redet Frank weiter.

»Klar.«

»Selbstverständlich möchte ich erst mal nur jemanden in kommissarischer Funktion«, schränkt er ein, »aber das können wir ja in ein paar Monaten noch mal neu überdenken.«

»Aha«, sage ich.

»Also, ich hätte zwei Fragen an dich.«

»Okay.«

»Willst du den Job?«, fragt er. »Oder willst du den Job?«

106

St.-Nicholas-Kirche,
Freitag, 13. Juli

VALENTINA HAT ANGEKÜNDIGT, dass nur der innerste Kreis der Hauptakteure bei ihrer Hochzeitsprobe anwesend sei. Was meiner heutigen Zählung nach etwa sechzig Personen sind. Neben sieben Brautjungfern gibt es eine ganze Armee von Leuten, die sich mit viel Aufhebens um Musik, Blumen, Choreographie, Lesung und alles und jedes kümmern – kurz gesagt, die sicherstellen, dass am morgigen großen Tag alles perfekt inszeniert ist.

»Hast du mitbekommen, dass einer von Valentinas Stylisten den Pfarrer beiseitegenommen und aufgefordert hat, sich die Haare morgen anders zu frisieren?«, flüstert Grace.

Ungläubig schüttle ich den Kopf.

»Jetzt muss also sogar der siebzigjährige Geistliche aussehen, als wäre er direkt der *Vogue* entsprungen?«

»Hab nicht zu viel Mitleid mit ihm«, kichert Grace und knufft mich in die Rippen. »Angeblich hat er gefragt, ob sie ihm bei der Gelegenheit ein paar Strähnchen machen könnten.«

Ich muss lachen, obwohl weder ich noch Grace – noch Charlotte – dazu in der Stimmung sind. Grace lässt sich nichts anmerken, aber zweifellos hat sie immer noch Ärger zu Hause. Und Charlotte, tja, Charlotte benimmt sich einfach sehr merkwürdig.

Was mich betrifft, gebe ich mir alle Mühe, nicht allzu viel zu jammern, ehrlich. Und in vielerlei Hinsicht habe ich auch absolut keinen Grund dazu. In der Arbeit läuft es großartig. Ich habe eine gute Position – nein, eine super Position –, und karrieretechnisch steht mir die ganze Welt offen. Aber die Tatsache, dass ich eigentlich heute mit Jack hier sein wollte, hindert mich daran, so richtig in Schwung zu kommen.

Gottlob hat die zukünftige Braut genug Schwung für alle.

»Also«, sagt Valentina, die sich irgendwie ein Klemmbrett beschafft hat, »ich würde gern noch mal das Betreten der Kirche proben. Ich mache mir etwas Sorgen um die Körperhaltung gewisser Brautjungfern, *ohne hier Namen zu nennen* …« Sie sieht mich durchdringend an.

»Subtil wie immer, was?«, raune ich Grace zu.

»Los, los, Mädels, zurück auf die Startposition«, befiehlt Valentina. Sie könnte beinahe als Schulleiterin durchgehen, trüge sie nicht ihre *Von Dutch*-Baseballkappe und zehn Zentimeter hohe Pantoletten.

»Versuch doch wenigstens mal, gerade zu stehen, Evie«, fordert sie mich brüsk auf. »Ich weiß, dass du nicht unbedingt einen angeborenen Sinn für Grazie hast, aber könntest du dir bitte *etwas* Mühe geben?«

Die Kirche ist erstaunlich bescheiden. Ich nehme an, Valentina hätte Westminster Cathedral vorgezogen, aber hier wurden schon Generationen von Barnetts getraut, und es war Edmunds einzige Bitte.

Er hat die St.-Nicholas-Kirche, sie hat vier Hochzeitsveranstalter, einen Vertrag mit der Zeitschrift *High Life!* und ein Kleid, das mehr gekostet hat als das Bruttoinlandsprodukt einiger Kleinstaaten. Alles in allem ist sie ganz gut dabei weggekommen.

Als wir ganz hinten in der Kirche stehen, hakt sich Valentina bei Federico unter, einem ehemaligen Stripper, jetzt Model und einunddreißigjähriger Freund ihrer Mutter. Er wird sie morgen zum Altar führen.

Valentina hat ihn erst einmal getroffen und mochte ihn nicht besonders. Aber in Anbetracht des Hangs der Familie Barnett zu Traditionen hatte sie das dringende Bedürfnis, dass jemand – egal wer – den Part des Brautvaters übernimmt. Also jemand, mit dem sie noch nicht geschlafen hat, was die Auswahl etwas einschränkt. Ein winziges bisschen. Deshalb kam Federico ins Spiel.

»Könntest du hier bitte übernehmen, Jasmine?«, sagt Valentina und drängt einer der Veranstalterinnen das Klemmbrett auf. »Ich werde für Wichtigeres gebraucht.«

Jasmine nickt dem Organisten zu, und die Kirche wird erfüllt von den Anfangstakten von Mendelssohns Hochzeitsmarsch. Valentina wirft ihr Haar zurück, schnappt sich Federicos Arm und schreitet mit einem Lächeln los, das besagt, sie könnte nicht zufriedener mit sich sein, wenn sie das Wimbledon-Finale erreicht hätte.

»Und nicht zu schnell«, warnt Jasmine, aber Valentina hat gar nicht die Absicht, das Tempo zu erhöhen.

Auch wenn die Bänke nur halb gefüllt sind mit Hochzeitsbeteiligten aller Art, genießt sie es offenbar viel zu sehr, um ihren langsamen, theatralischen Schritt zu beschleunigen. Jeder kann sie so lange betrachten, wie er nur will.

Valentinas Mutter, Mrs Allegra D'Souza, sitzt in einer

der Bankreihen, und als die beiden vorbeilaufen, hebt sie glamourös die Hand und wirft Federico eine Kusshand durch ein so verblüffend weißes Gebiss zu, wie ich es noch niemals gesehen habe. Federico zwinkert zurück, woraufhin Valentina ein unwilliges Geräusch macht und an seinem Arm zerrt wie an einem ungehorsamen Hundewelpen.

Sie braucht einige Minuten, um zum Altar zu kommen. Dann dreht sie sich um und überwacht ihre Brautjungfern, die eine nach der anderen auf ihre Plätze schlurfen.

»Sehr gut, Georgia, und du auch, Grace«, lobt sie. »Evie, wenn du dir doch nur eine Scheibe von Grace abschneiden könntest, dann wäre alles gut.«

Ich beiße mir auf die Lippen und werfe einen mitfühlenden Blick auf Edmund, der ganz vorne steht, mit seinem Trauzeugen Patrick neben sich.

Wir proben noch vier Mal das Jawort, bis endlich auch Valentina mit allem zufrieden ist.

»Na gut«, verkündet sie schließlich. »Wir sehen uns dann morgen. Und nicht zu spät kommen. Das gilt auch für dich, mein Schatz«, ergänzt sie und schenkt Edmund ein Lächeln. Er beugt sich vor und küsst sie auf die Nase. Er scheint völlig vernarrt in sie.

Als alle sich auf den Heimweg machen, stürmt Valentina auf Grace, Charlotte und mich zu.

»Wenn mir die Bemerkung gestattet ist«, schnaubt sie. »Ich weiß ja nicht, was los ist, aber ihr seht alle drei aus, als würdet ihr für eine Beerdigung proben, keine Hochzeit. Und ja, Charlotte, das schließt dich mit ein.«

»Ich bin nur ein bisschen müde«, sagt sie. »Ich hatte eine hektische Woche im Büro.«

»Wenn du meinst«, erwidert Valentina eingeschnappt. »Obwohl mir bisher nicht klar war, dass die Arbeit beim Finanz-Dingsbums so besonders stressig ist.«

Charlotte zuckt nur die Achseln.

»Und du, Evie«, fährt Valentina fort, »*Kopf* hoch, wenn ich bitten darf! Du wurdest gerade befördert, du meine Güte. Ich meine, ich mag mich ja irren, aber bedeutet das nicht, dass du vielleicht schon bald einen Job bei einer richtigen Zeitung kriegen kannst?«

Während ich noch überlege, ob ich das einer Antwort würdigen soll, wendet sich Valentina schon an Grace.

»Und jetzt zu dir, Grace. Warum um Himmels willen musst du so ein langes Gesicht machen? Du hast dir doch als Erste von uns allen einen tollen Ehemann geangelt.«

»Mir geht es gut, Valentina«, sagt Grace. »Ehrlich. Ich bin nur müde, genau wie Charlotte. Morgen bin ich fit. Wir alle.«

Valentina runzelt die Stirn. »Das will ich schwer hoffen.« Sie dreht sich auf den Absätzen um. »Was sollen die Leute von *High Life!* sonst denken.«

107

Können wir jemanden mitnehmen?«, fragt Grace, als wir vor der Kirche stehen.

»Ich bin selbst mit dem Auto da«, sage ich.

»Nein, danke«, lehnt Charlotte ab.

»Komm schon, Charlotte«, drängt Grace sie. »Wir kommen praktisch an deiner Wohnung vorbei. Wie willst du denn sonst nach Hause kommen?«

»Mir ist eher nach Laufen. Ehrlich.«

»Sei nicht albern, es fängt an zu regnen. Patrick, sag du ihr, dass es keine Umstände macht.«

Patrick steht abfahrbereit neben der Fahrertür seines Audi.

»Um ehrlich zu sein, hätte ich nichts dagegen, direkt nach Hause zu fahren, Grace«, sagt er.

»Was soll denn das?«, fragt Grace. »Es liegt doch auf dem Weg.«

»Wirklich«, unterbricht Charlotte. »Nicht nötig.«

»Siehst du? Es ist nicht nötig«, erklärt Patrick. »Und jetzt komm.« Er steigt ein und schlägt die Tür zu.

»Wenn du dir sicher bist.« Grace wirkt etwas ratlos. »Dann bis morgen. Tschüss, Evie.«

Sobald Grace im Auto sitzt, wendet Patrick und rast vom Parkplatz, als säße Michael Schumacher am Steuer.

»Mannomann, hat der es eilig«, stelle ich fest. »Warum wolltest du nicht mit ihnen fahren?«

Charlotte zieht die Schultern hoch. »Ein Spaziergang würde mir jetzt wirklich guttun.«

»In dem Regen? Das ganze kalorienarme Essen muss dir zu Kopf gestiegen sein.«

Sie lächelt.

»Ich nehme dich gern mit, wenn du willst«, biete ich an.

»Na ja, wenn es dir nichts ausmacht.« Das überrascht mich jetzt etwas.

»Schieb einfach nur die McDonald's-Packungen beiseite«, sage ich. »Und kein Wort zu meiner Mutter darüber. Sonst enterbt sie mich.«

Als ich mit Charlotte auf dem Beifahrersitz losfahre, drehe ich das Radio so leise, dass wir uns noch unterhalten können.

»Also, was meinst du?«, frage ich. »Werden du und ich ewig die Brautjungfern und nie die Bräute sein?«

Ich wollte fröhlich klingen, aber irgendwie hört es sich eher an, als wollte ich mir einen Strick nehmen.

»Sieht immer mehr danach aus.« Sie versucht zu lächeln.

»Aber Single sein ist im Prinzip gar nicht so übel, oder?«, sage ich mit dem künstlichen Enthusiasmus einer Grundschul-Turnlehrerin. »Eigentlich macht es richtig Spaß, finde ich. Man kann ausgehen, wann und mit wem man will, sooft man will, und man muss niemandem Rechenschaft ablegen. Ist doch super.«

»Hmm«, macht sie.

»Wer will denn schon heiraten?«, fahre ich fort. »Damit verdammt man sich doch nur selbst zu lebenslänglicher Unterhaltung mit ein und demselben Menschen. Wie öde das sein muss.«

»Wahrscheinlich hast du recht«, sagt Charlotte widerstrebend. »Single zu sein ist nicht so schlecht.«

»Und dieser ganze Hochzeitshokuspokus«, ereifere ich mich. »Mal im Ernst, letztendlich ist es doch nichts weiter als eine riesengroße, sauteure Party. So viel Geld für eine einzige Feier! Denk doch mal, was man sich damit alles kaufen könnte.«

Schweigen.

»Zum Beispiel?«, höre ich Charlotte endlich sagen.

»Na«, überlege ich, fest entschlossen, meine These zu untermauern. »Man könnte Urlaub machen. Einen Spitzenurlaub. Man könnte ganz vorne in der ersten Klasse sitzen und sich die Fußballen massieren lassen, während die Proleten hinten mit den Aludeckeln ihres Plastikessens kämpfen und sich pampige Bemerkungen von den Stewardessen anhören müssen. Traumhaft.«

Sie nickt. Dann meint sie: »Aber allein.«

Ich ziehe die Stirn in Falten.

»Ich dachte, wir hätten uns darauf geeinigt, dass *allein* sein in Ordnung ist.«

»Hmm.«

»Na gut, dann überlege ich mir ein besseres Beispiel.« Das dauert ein paar Sekunden.

»Okay – denk doch nur an all die Schuhe, die du damit kaufen könntest«, sage ich.

»Jetzt klingst du schon wie Valentina«, kichert Charlotte.

Ich stöhne. »Also bitte. Dann könntest du das Geld hungernden Kindern in Afrika schenken.«

Das sollte eine lockere Bemerkung werden, aber uns

ist beiden sofort bewusst, dass ich mir kein schlechteres Beispiel hätte ausdenken können als etwas, das mein Exfreund Tag für Tag tut. Während ich schweigend weiterfahre, werfe ich Charlotte einen Seitenblick zu. Sie starrt mit sehr eigenartigem Gesichtsausdruck geradeaus durch die Scheibe.

»Ist alles in Ordnung?«, erkundige ich mich.

Sie reagiert nicht gleich.

»Kann ich dir etwas erzählen, Evie?«, fragt sie dann.

»Aber natürlich«, antworte ich wie aus der Pistole geschossen. »Nur zu.«

»Ich bin verliebt.«

Sie klingt so sachlich, als hätte sie mir mitgeteilt, sie müsse noch Kartoffeln kaufen gehen. Mein Unterkiefer klappt vor Verblüffung nach unten.

»Aber das ist ja fantastisch!«, rufe ich. »In wen denn?«

Sie zögert, dann holt sie tief Luft und wendet mir das Gesicht zu.

»In Patrick«, sagt sie. »Ich bin in Patrick verliebt.«

108

Es GESCHIEHT zu hundert Prozent unterbewusst, aber Starsky und Hutch sind ein Dreck gegen mich, als ich meinen VW Golf auf den Seitenstreifen manövriere. Charlotte wird durch den Schlenker heftig gegen die Seitentür geschleudert. Nachdem ich mich davon überzeugt habe, niemanden aus Versehen überfahren zu haben, ziehe ich die Handbremse und drehe mich zu ihr um. Ich kann nicht fassen, was ich gerade gehört habe.

»Patrick wer?«, frage ich in der vagen Hoffnung, es läge eine schreckliche Verwechslung vor und sie spräche von einem vollkommen anderen Kerl, der im Imbiss bei ihr um die Ecke arbeitet. Nicht dem Mann unserer besten Freundin.

»*Patrick* Patrick«, sagt sie.

»*Patrick* Patrick wer?«

»Patrick *Cunningham.*«

Ich schüttle den Kopf, unfähig, diese Information zu verarbeiten.

»Jetzt noch mal ganz langsam. Du willst mir erzählen, dass du *in Patrick* verliebt bist? In *unseren* Patrick? In *Graces* Patrick?«

»Ich weiß, es ist schwer zu glauben.«

»Schwer zu glauben? Charlotte, er ist mit unserer besten Freundin verheiratet.«

»Mit *deiner* besten Freundin, Evie«, murmelt sie.

Ich reiße die Augen weit auf.

»Dann bist du also nicht nur in ihren Mann verliebt, sondern sie ist auch nicht mehr deine Freundin?«, frage ich entgeistert.

»Das habe ich nicht gesagt«, entgegnet sie.

Ich starre vor mich hin, die Hände um das Lenkrad geklammert.

»Wie lange empfindest du schon so?«, frage ich bemüht ruhig.

»Seit ich ihn kenne. Seit sieben Jahren, um genau zu sein. Seit ich ihn zum ersten Mal gesehen habe. Ich habe ihn immer geliebt.«

Der letzte Satz lässt mir das Blut in den Adern gefrieren. Wie konnte ich das übersehen? Wie konnten wir alle das übersehen?

In meinem Kopf überschlagen sich die Gedanken, nicht zuletzt wegen der Nüchternheit, die Charlotte in dieser Situation an den Tag legt.

»Aber Charlotte.« Meine Stimme schwankt zwischen Mitgefühl und Verzweiflung. »Patrick liebt Grace. Und Grace liebt Patrick. Sie haben eine Familie. Was auch immer du für ihn fühlst, du musst damit aufhören. Um deiner selbst willen. Denn Patrick und Grace sind wie ein Fels in der Brandung.«

Sie stößt ein spöttisches Schnauben aus.

»Was sollte das denn?«, frage ich geschockt.

»Du weißt gar nichts, Evie.«

»Was um Himmels willen meinst du denn damit?«

»Ich will ja nur sagen«, fährt sie fort, »du redest davon, als ob die bloße Vorstellung von mir und Patrick lächerlich wäre.«

»Das ist sie doch auch.« Meine Stimme wird lauter.

Jetzt sieht Charlotte wirklich verärgert aus.

»Das war es vielleicht vor sechs Monaten«, sagt sie. »Aber ich bin jetzt genauso dünn … und modisch … und attraktiv wie alle anderen.«

»Was hat das denn jetzt damit zu tun?«, will ich wissen.

Sie runzelt die Stirn.

»Ich will doch nur sagen, dass die Vorstellung inzwischen nicht mehr so absurd ist.« Ihre Wut ist jetzt greifbar.

Ich glaube einfach nicht, was ich da höre. Ich denke an Grace und die Kinder. Ich denke daran, wie niedergeschlagen sie wegen Patrick war. Ich denke daran, dass sie erst seit wenigen Monaten verheiratet sind. Zum allerersten Mal habe ich Charlotte gegenüber nicht nur positive Empfindungen.

»Charlotte, dein Abnehmen hat doch überhaupt nichts damit zu tun. Die Vorstellung ist lächerlich – nicht, weil du nicht hübsch genug für ihn bist, sondern weil du von unserer Freundin und ihrem Mann sprichst. Von Grace und Patrick. Wo ist deine Loyalität?«

Wieder schnaubt sie. Und das bringt bei mir das Fass zum Überlaufen.

»Jetzt hör mal«, wende ich mich ihr wieder zu. »Du musst die ganze Sache vergessen, Charlotte. Weil du niemals mit Patrick zusammenkommen wirst, verstehst du? Niemals.«

Jetzt steigt Charlotte das Blut in die Wangen.

»Und genau da«, sagt sie ruhig, »irrst du dich, Evie.«

»Was?«

»Ich sagte, genau da irrst du dich«, fährt sie fort, das Gesicht jetzt flammend rot. »Patrick und ich könnten sehr wohl zusammenkommen. Wir waren es nämlich schon.«

109

»Wie bitte?« Ich will die Antwort gar nicht hören.

»Auf der Hochzeit deiner Mutter«, sagt Charlotte. »Weißt du noch, dass ich dir erzählt habe, ich hätte jemanden geküsst? Das war Patrick.«

Ich schweige.

»Um genau zu sein«, fährt sie fort, »haben wir uns nicht nur geküsst.«

»Was willst du damit sagen?«

Charlotte ist sichtlich unentschlossen, ob sie weiterreden soll.

Doch es gibt jetzt kein Zurück mehr – und das weiß sie auch.

»Ich … ich war spazieren gegangen, um wieder einen klaren Kopf zu bekommen«, sagt sie mit unsicherer Stimme. »Ich fühlte mich ein bisschen betrunken und – tja, er tat dasselbe. Saß einfach nur da, um den Kopf freizubekommen. Also kamen wir ins Gespräch. Und redeten und redeten. Und er hat mir Dinge erzählt, von denen du keine Ahnung hast, Evie. Von denen nicht einmal *Grace* eine Ahnung hat.«

»Und?«

»Dann … na ja … es ist einfach passiert. Wir haben uns geküsst.«

Sie hält zögernd inne.

»Und?«

Seufzend erzählt sie: »Eins führte zum anderen, wie man so schön sagt. Und … wir … wir …«

»Ihr was?«

»Wir hatten Sex«, erklärt sie trotzig. »Da – bist du jetzt zufrieden? Patrick und ich, wir hatten Sex.«

Mir fallen fast die Augen aus dem Kopf.

»Auf der Wiese?«, frage ich entsetzt. »Auf der Wiese, wo nebenan die Hochzeitsfeier meiner Mutter stattfand?«

Charlottes Lippe zittert weiterhin, aber sie gibt nicht klein bei.

»Ja, auf der Wiese«, sagt sie und hält entschlossen den Kopf hoch. »Ja.«

»Das glaube ich dir nicht.« Aber ich glaube ihr doch.

»Es stimmt. Du kannst ihn ja selbst fragen, wenn du willst. Aber es stimmt.«

An sich werde ich ja fürs Formulieren bezahlt, aber aus irgendeinem Grund fehlen mir die Worte. Ich sitze einfach nur da und brabble vor mich hin wie die Patienten aus *Einer flog übers Kuckucksnest.*

»Wie konntest du?«, stoße ich schließlich hervor. »Wie konntest du Grace das antun?«

»Ich konnte nicht anders«, wimmert sie jetzt schon weniger trotzig. »Ganz ehrlich, Evie, ich kam nicht dagegen an.«

»Natürlich konntest du anders!«, rufe ich.

»Lass es mich anders sagen. Was du im Augenblick wegen Jack empfindest: die Traurigkeit, die Intensität, den Schmerz – das fühlst du jetzt seit ein paar Wochen. Mir geht es seit sieben Jahren so. *Sieben lange Jahre.* Du kannst dir nicht annähernd vorstellen, wie das war.«

Ich schließe die Augen.

»Ich glaube, ich kenne dich kaum noch, Charlotte«, flüstere ich. Etwas anderes fällt mir nicht ein.

Sie greift nach meiner Hand.

»Sag das nicht, Evie«, fleht sie. »Du bist meine beste Freundin. Versuch doch bitte zu verstehen.«

»Ist dir denn überhaupt klar, dass das falsch war?«, frage ich.

Charlotte seufzt. »Natürlich weiß ich, dass das nicht richtig war. Immerhin sind sie verheiratet. Aber ich weiß auch, dass es mich nicht weitergebracht hat, das Richtige zu tun. Kein bisschen.«

Ich sehe ihr in die Augen.

»Charlotte, du bist eine meiner ältesten Freundinnen. Du weißt, dass ich alles für dich tun würde. Aber wenn durch deine Schuld diese Ehe zerbricht, dann könnte ich dir das möglicherweise nie verzeihen.«

Sie legt den Kopf in die Hände und weint leise. Sie weint und weint, ich weiß nicht, wie lange. Endlich hebt sie den Kopf.

»Ich werde ihre Ehe nicht zerstören«, sagt sie.

»Warum bist du dir da so sicher?«

Sie schnieft. »Glaub mir, ich bin ganz sicher.« Nach einer kleinen Pause fährt sie fort. »Er … er … hat fast sofort wieder aufgehört.«

»Erzähl weiter.«

Sie schüttelt den Kopf.

»So schnell hat er es bereut. Gott im Himmel. Ich habe mir vorgemacht, dass das vielleicht der Anfang von etwas hätte sein können. Aber ich habe es geschafft, dass jemand bereut, mit mir geschlafen zu haben, noch bevor es vorbei ist.«

»Was ist passiert?«, erkundige ich mich zögerlich. Eigentlich möchte ich die schmutzigen Details nicht hören, aber ich muss.

»Er war so betrunken«, bekennt sie. »Nicht einfach nur betrunken, er konnte kaum gerade stehen. Ich sehe ihn noch vor mir, wie er hektisch an seinem Reißverschluss fummelt und praktisch von mir wegrennt. Und seitdem hat er nicht einmal mit mir gesprochen. Er hasst mich.«

Jetzt schluchzt Charlotte unkontrolliert, aber ich kann mich kaum überwinden, sie anzusehen. Plötzlich fällt mir etwas anderes ein.

»Ich muss es Grace erzählen«, sage ich.

Mit Panik im Blick dreht sie mir das Gesicht zu.

»Tu das nicht. Bitte tu das nicht.«

»Sie ist meine beste Freundin, ich muss es ihr sagen.«

»Nein, nein, das kannst du nicht«, murmelt sie verzweifelt. »Sie hat zwei Kinder. Eine Familie. Wenn du es ihr erzählst, dann ist das der schnellste Weg, um das alles zu zerstören.«

Ich zögere und beiße auf meinen Nägeln herum.

»Aber wie um alles in der Welt könnte ich ihr das verheimlichen?«

»Damit würdest du nur dich selbst erleichtern. Wenn du es ihr erzählst, überstehen sie und Patrick nicht einmal dieses erste Jahr.«

»Jetzt plötzlich machst du dir Sorgen um sie und Patrick?« Das rutscht mir so heraus.

»Du kannst mich hassen, wie du willst«, sagt sie matt. »Aber das ist die Wahrheit.«

Wieder schweigen wir eine Weile.

»Ich hasse dich nicht, Charlotte«, sage ich dann. »Ich kann nur nicht fassen, dass das geschieht. Und ich weiß nicht, wie ich das vor Grace verheimlichen soll. Ich würde mich wie eine Komplizin fühlen.«

»Also gut, dann sag aber wenigstens morgen nichts. Nicht an Valentinas Hochzeitstag. Das würde alles ruinieren. Schlaf ein paar Mal darüber, dann wirst du erkennen, dass ich recht habe.«

Ich habe keine Ahnung, was zum Henker ich tun soll. Bei diesem Spiel mitzumachen widerstrebt mir zutiefst. Aber Charlotte hat zweifellos recht, dass Valentinas Hochzeit weder die richtige Zeit noch der richtige Ort ist.

»Gut, ein paar Tage«, beschließe ich. »Ich denke ein paar Tage darüber nach. Mehr kann ich dir nicht versprechen.«

»Okay«, sagt sie. »Gut.« Sie wischt sich die Augen.

»Eines habe ich allerdings immer noch nicht kapiert.« Ich wundere mich etwas, dass ich ihr das überhaupt erzähle. »Patrick benimmt sich schon seit lange vor der Hochzeit meiner Mutter komisch. Schon seit Monaten.«

Charlotte beißt sich auf die Lippe.

»In die Angelegenheit kann ich vielleicht etwas Licht bringen«, murmelt sie.

»Ach ja?«

»Darum drehte sich unser Gespräch. Unser langes Gespräch vor …«

»Nämlich? Komm schon, spuck's aus.«

»Schon gut, schon gut.« Charlotte holt tief Luft. »Patrick hat seinen Job verloren.«

110

Grace und Patricks Wohnung, Samstag, 14. Juli

»ICH WILL meinen BH anziehen«, heult Polly.

»Darfst du aber nicht, das weißt du genau«, erklärt Grace und holt mit der einen Hand ein Babygläschen aus der Mikrowelle, während sie sich mit der anderen die Haare kämmt. »Fünfjährige tragen keine BHs.«

»Ich wette, Evie zieht einen BH an«, erwidert Polly. »Stimmt's, Evie?«

»Ja, schon«, sage ich. »Aber ich habe eine 75B – und du nicht.«

Polly schmollt.

Wie üblich sieht es in Graces Küche so chaotisch aus, dass es weniger dem Kernstück eines Privathaushalts ähnelt als einem Schauplatz von *Spiel ohne Grenzen.*

Die Musik von *Bob der Baumeister* plärrt seit einer halben Stunde durch den Raum, während Grace im Galopp durch die Wohnung tobt und dabei Pollys Kleid bügelt, Fläschchen sucht sowie ausführliche Verhandlungen mit ihrer Mutter am Telefon darüber führt, ob Scarlett schon mit Messer und Gabel essen sollte oder nicht.

Grace pflanzt Scarlett in ihren Hochstuhl und beginnt, ihr eine Substanz in den Mund zu löffeln, die angeblich Linsenauflauf darstellen soll – wenn sie auch eher Ähnlichkeit mit etwas hat, was man morgens um zwei auf dem Bürgersteig vor einer Disco findet.

Als Patrick auf der Suche nach Schuhputzzeug hereinspaziert kommt, ertappe ich mich dabei, dass ich ihn im Lichte Charlottes gestriger Geständnisse prüfend mustere. Er wirkt ungefähr so glücklich, wie man es von jemandem erwartet, der heimlich arbeitslos ist und kürzlich volltrunken mit einer der ältesten Freundinnen seiner Frau geschlafen hat.

»Ich muss schon sagen, ich hätte nie vermutet, dass Valentina und Edmund am Ende ein Paar würden. Du etwa?«, sagt Grace zu Patrick in der Hoffnung, er könnte vielleicht antworten.

»Hmm.« Er zuckt die Achseln und zieht ein Tuch aus dem Schrank unter der Spüle.

Als Trauzeuge ist Patrick bereits in zwanzig Minuten in der Wohnung des Bräutigams verabredet. Aus meiner Sicht ist das keine Minute zu früh: Schon allein mit ihm und Grace im selben Raum zu sein und zu wissen, was ich weiß und sie nicht, macht mich nervös.

»Gott weiß, was für eine Ehe das wird«, verfolgt Grace das Thema weiter. »Ich fürchte, er wird ziemlich unter dem Pantoffel stehen.«

»Kann schon sein«, sagt er.

Grace wirft mir einen fast entschuldigenden Blick zu, als wollte sie sagen: Ungefähr so anregend sind unsere Gespräche in diesen Tagen. Sofort wende ich den Kopf ab und studiere die Nährwertangaben auf der Rückseite einer Schachtel Cornflakes.

»Wie versteht sie sich denn mit seinen Eltern?«, fragt sie.

»Gut, glaube ich«, grunzt Patrick. »Weiß nicht genau.«

»Bernard ist wahrscheinlich begeistert von ihr«, fährt sie fort, »aber Jacqueline ... ich könnte mir vorstellen, dass sie es lieber gehabt hätte, wenn Edmund eine etwas weniger extrovertierte Frau nach Hause gebracht hätte.«

»Mhm«, meine ich. »Madonna zum Beispiel.«

Ohne ein Wort legt Patrick den Lappen zurück in den Schrank und geht in den Flur. Ich höre die Klotüre zufallen. Gleichzeitig kommt Polly in ihrem hübschen blassrosa Kleidchen herein, unter dem man deutlich ihren »BH« erkennen kann – der eigentlich ein Bikinioberteil ist. Sie sieht aus wie eine eigenartige Kreuzung zwischen Shirley Temple und einem Strichmädchen.

»Polly«, sagt Grace müde, während Scarlett ihre Plastikbauklötze durch die Küche schleudert. »Was hatte ich dir gesagt?«

»Weiß ich nicht mehr.«

»Ich habe dir gesagt, dass du das Ding nicht tragen darfst.«

»Aber ...«, versucht sie.

»Kein Aber«, sagt Grace streng.

»Genau«, ergänze ich und fange an, sie zu kitzeln, »sonst rufen wir die Supernanny.«

Widerstrebend windet Polly sich kichernd, obwohl sie eigentlich fest entschlossen ist, beleidigt zu sein.

»Ich sollte mal besser los«, verkündet Patrick, als er wieder im Türrahmen auftaucht.

»Daddy«, bettelt Polly, »kann ich meinen BH zur Hochzeit anziehen? Es ist kein echter, nur ein Spiel-BH. Und Oma hat ihn mir gekauft, weil sie ihn schön fand und weil ich damit spielen kann. Darf ich, Daddy?«

Sprachlos hören Grace und ich zu. Wenn Polly schon mit fünf so ist, wie um Himmels willen wird sie dann mit fünfzehn sein? Machiavelli?

»Wenn Oma ihn dir gekauft hat, dann spricht für mich nichts dagegen«, sagt Patrick und schnappt sich den Autoschlüssel.

»Patrick!«, protestiert Grace. »Nein, sie soll ihn nicht tragen! Ich hätte meine Mutter erwürgen können, als sie ihr das Ding gekauft hat.«

»Aber Daddy hat ja gesagt.« Pollys verzweifelter Miene nach könnte man meinen, sie habe gerade erfahren, dass sie den Rest ihres Lebens in einem Arbeitshaus bei Haferschleim und getrockneten Erbsen verbringen muss.

»Daddy hat das sicher nicht so gemeint«, sagt Grace. »Stimmt's, Daddy?«

Patrick wirft ihr einen schnellen Blick zu.

»Ich dachte«, erwidert er entrüstet, »dass Mami und Daddy abgemacht hatten, einander nicht vor den Kindern zu widersprechen.«

»Richtig.« In Graces Stimme schwingt ebenso viel Entrüstung. »Aber Daddy ist offenbar nicht bewusst, dass er soeben genau das getan hat.«

»Das kann schon sein.« Sein Ton wird schärfer. »Aber Mami muss wohl einsehen, dass Daddy kein Hellseher ist und daher nicht wissen konnte, was genau sie vorhin gesagt hat.«

»Das tut Mami. Aber da Daddy jetzt Mamis Ansichten kennt, wäre sie ihm sehr dankbar, wenn er ihr in dieser Frage den Rücken decken würde.«

Seinem Gesichtsausdruck nach liegt ihm ein weiterer ätzender Kommentar auf den Lippen, als plötzlich sein Handy klingelt. Er nimmt ab.

»Also«, zwitschert Polly. »Jetzt, wo Mami und Daddy das besprochen haben, darf ich doch meinen BH anziehen, oder?«

»Nein!«, brüllt Grace.

Sie und Polly tragen weiter ihre Schlacht aus, während *Bob der Baumeister* trällert und Scarlett nach ihrem nächsten Löffel Linsen heult und gleichzeitig mit ihren Bauklötzen auf das Tischchen ihres Hochstuhls hämmert. Doch obwohl in dieser Küche so viel los ist, dass man kaum weiß, wo man hinsehen soll, kann ich den Blick nicht von einer Person abwenden. Patrick. Patrick ist der Einzige hier, der still ist. Er lauscht dem Sprecher am anderen Ende der Leitung, ohne ein Wort zu sagen, sein Gesicht wird immer weißer, bis er allmählich aussieht wie Christopher Lee.

Schließlich nimmt er das Handy vom Ohr.

»Wer war denn das?«, fragt Grace.

»Evie«, sagt er, »ich glaube, du solltest besser gehen. Ich muss etwas mit Grace besprechen. Allein.«

111

Knowsley Hall,
Samstag, 14. Juli

VALENTINA IST von Kopf bis Fuß in die teuerste Hochzeitskreation gekleidet, die man für Geld bekommen kann. Dazu trägt sie ein Diadem, das jeden Kronleuchter im Buckingham Palace in den Schatten stellt. Aber irgendetwas stimmt nicht: Die Braut lächelt nicht.

»Ich weiß selbst nicht, was ich mir genau von *High Life!* erwartet hatte«, schmollt sie, als wir für das erste Foto Aufstellung nehmen. »Aber ganz bestimmt keinen ekligen alten Tattergreis für die Fotos und keine siebzehnjährige Praktikantin für die Interviews.«

Wir befinden uns auf dem weitläufigen Gelände von Knowsley Hall, einem der eindrucksvollsten altehrwürdigen Familiensitze Nordenglands, wo sich abgesehen vom Traugottesdienst der Großteil der heutigen Veranstaltung abspielen wird.

»Sie ist achtzehn«, sage ich.

»Wer?«, fragt Valentina.

»Die Praktikantin. Wir haben uns vorhin unterhalten. Sie heißt Drusilla – Drusilla von Soundso. Ihr Vater ist irgendein europäischer Graf, der den Eigentümer der Zeitschrift kennt.«

Doch Valentina interessiert sich nicht für Drusilla von Soundso.

»Passen Sie mal auf«, spricht sie den Fotografen an. »Wie wäre es mit einem Bild, wo ich in die Kutsche steige und die Brautjungfern dicht neben mir stehen?«

»Schätzchen«, erwidert er mürrisch, »konzentrier du dich darauf, hübsch auszusehen, und ich kümmere mich um die Bilder. Dann kommen wir beiden prima klar. Jetzt wäre erst mal eins von der Braut und ihrem Vater schön, bevor sie sich auf den Weg zur Kirche machen. Wo genau ist denn der Vater?«

»'ier bin ich.« Federico gesellt sich zu Valentina und legt ihr die Hand um die Taille.

»Du bist *nicht* mein Vater«, erklärt sie ihm. »Er ist *nicht* mein Vater«, erklärt sie allen anderen.

»Ich weiß, normalerweise nicht«, entgegnet Federico. »Aber ich dachte nur fur 'ier und 'eute soll ich das sein.«

»Du führst mich nur zum Altar, sonst nichts«, zischt sie. »Das ändert nichts an der biologischen Tatsache, dass du und ich absolut nichts miteinander zu tun haben. Du bist nur hier, um meinen Arm zu schmücken, kapiert?«

»Ist ja gut.« Er hält die Hände hoch. »Ich 'abe kapiert. Manche-mal bist du so streng, Valentina. Aber das gefällt mir bei einer Frau.«

Da der Fotograf hartnäckig behauptet, das Magazin habe ihm eine Liste mit Anweisungen gegeben – einschließlich der, ein Foto von der Braut mit ihrem Vater zu schießen –, posiert Valentina widerwillig für ein Bild mit Federico. Letzterer schlingt wieder seinen Arm eng um ihre Taille, was nicht besonders väterlich wirkt, wenn man die Nähe seiner Handfläche zu ihrem Poansatz bedenkt.

Es gibt keinen Zweifel, Valentina hat ihrer Hochzeit einen eindrucksvollen letzten Schliff gegeben. Die Torte wurde von Hand mit weißer belgischer Schokolade glasiert und lässt mit ihren über 1,50 Metern Höhe Michael Douglas und Catherine Zeta-Jones' Bemühungen aussehen wie einen Fertigkuchen von Marks & Spencer.

Das Kleid war teurer als eine Doppelhaushälfte und verleiht ihr einen Look, der – laut Valentina – elegant, aber gleichzeitig sexy genug ist, um Edmunds Puls bei ihrem Anblick in gesundheitsgefährdende Höhen zu treiben.

Von all ihren Sonderwünschen aber ist der, vor dem wir augenblicklich stehen, der irrsinnigste: ihre Aschenputtelkutsche. Angesichts der Kristallverzierungen und der vorgespannten vier weißen Pferde befürchte ich, dass Valentinas guter Geschmack in diesem speziellen Fall von ihrem gleich stark ausgeprägten Hang zum Exhibitionismus überrollt wurde. Der Gedanke dahinter war, dass die Kutsche einer Hochzeit in besseren Kreisen angemessen sein sollte. In der Realität sieht sie aus wie ein Gefährt, in dem Elton John spazieren fahren würde, wenn er in Disneyland wohnen würde.

»Das ist mal eine Kutsche«, bemerkt der Fotograf, und für den Bruchteil einer Sekunde sieht es beinahe so aus, als wollte Valentina ihre Meinung von ihm ändern. »Ich hab die Hochzeit von Katie Price fotografiert, die hatten genau die gleiche.«

»Idiot«, schnaubt sie.

Während die Brautjungfern – außer Grace – im Hintergrund warten, ziehe ich Charlotte bei der erstbesten Gelegenheit beiseite.

»Warst du das vorhin, die Patrick angerufen hat?«, will ich wissen.

Sie errötet, sieht mich aber herausfordernd an.

»Ja«, sagt sie, ihren Strauß fest umklammernd.

»Was hast du gesagt?«

»Ich habe ihm erzählt, dass du Bescheid weißt. Dass ich dir alles gesagt habe.«

Ich sehe sie skeptisch an.

»Ich musste das doch tun«, verteidigt sie sich. »Ich konnte nicht riskieren, dass du es Grace zuerst erzählst.«

»Aber ich hatte dir doch versprochen, es nicht zu tun«, flüstere ich. »Zumindest erst nach der Hochzeit.«

Sie schnieft.

»Was auch immer jetzt passiert, passiert eben«, erklärt sie. »Er weiß, wie ich empfinde. Jetzt ist er am Zug.«

Ich versuche erst gar nicht, mir vorzustellen, was in diesem Moment gerade bei Grace zu Hause los ist.

»Äh, hallo, Entschuldigung«, meldet sich Drusilla, die *High Life!*-Reporterin, zu Wort.

»Ähm, könnte ich wohl jetzt mein, ähm, Interview machen?«

»Aber selbstverständlich«, sagt Valentina resolut. »Fragen Sie nur.«

»Also, okay, dann«, stammelt sie. »Haben Sie und Mr Barnett sich auf einer Party kennengelernt?«

»Er war der Trauzeuge auf einer anderen Hochzeit«, erzählt Valentina. »Die meiner beiden lieben Freunde Grace und Patrick. Das sind jetzt vielleicht zu viele Details, aber Sie können die Namen ja weglassen, wenn Sie wollen. Aber auf jeden Fall wäre es vielleicht nett, wenn Sie erwähnten, dass ich viele Freunde habe. Viele liebe, liebe Freunde.«

»Klar, okay.« Drusilla macht sich ihre Notizen mit einer Geschwindigkeit von circa sechs Worten pro Minute. »Und, äh, also … gehen Sie gern auf Partys?«

»Aber ja. Natürlich – wer denn nicht?«

»Genau«, sagt das Mädchen. »Und auf was für Partys gehen Sie so?«

»Na, auf alle möglichen. Aber was hat das alles mit meiner Hochzeit zu tun?«

»Tja, das weiß ich auch nicht so genau«, gibt Drusilla zu. »Aber meine Chefin hat gesagt, ich soll immer nach Partys fragen. Sie sagte, nach Partys zu fragen kann nie verkehrt sein.«

»Dann haben Sie es mit Ihrem Artikel wohl nicht auf den Pulitzerpreis abgesehen«, sagt Valentina.

112

GEORGIA WIRKT langsam leicht besorgt. Aber vermutlich nicht so besorgt wie ich. »Wann müssen wir uns auf den Weg zur Kirche machen?«, fragt sie.

»Erst in einer Stunde«, antworte ich. »Hat Grace sich schon blicken lassen?«

»Äh …« Georgia sieht sich um, ob Valentina uns hören kann.

»Das heißt nein, oder?«, kreischt Valentina. »Man möchte doch wohl meinen, dass sie sich am heutigen Tag mal etwas Mühe geben würde, pünktlich zu erscheinen.«

»Sie kommt sicher bald«, beteuert Georgia. »Du kennst sie doch. Sie kommt immer zu spät – aber am Ende schafft sie es doch.«

»Das mag ja sein«, sagt Valentina. »Aber Andrew Herbert kann ihr in so kurzer Zeit *unmöglich* die Haare machen. Der Mann ist zwar ein Genie mit Farben, aber Zeitreisen gehören nicht zu seinem Repertoire, soweit ich informiert bin.«

»Was hältst du davon«, schlägt Georgia vor, »wenn du drinnen mit uns ein Gläschen Champagner trinkst?«

»Na gut.« Valentina marschiert Richtung Haupthaus davon. »Ich hab sowieso die Nase voll von Anton Corbijn und seiner unerschrockenen Reporterin.«

Im Salon angekommen, nimmt sich jede von uns ein Glas Champagner, und es dauert nicht lange, bis wir uns alle etwas entspannen. Selbst Valentina. Und selbst ich. Nach und nach breitet sich die Art von fröhlicher Erregung im Raum aus, die zu jeder Hochzeit gehören sollte. Als ich an meinem Glas nippe und Valentina betrachte, strahlend vor Glück und kurz davor, sich für den Rest ihres Lebens an einen einzigen Mann zu binden, spüre ich den Drang, etwas zu sagen.

»Na dann«, höre ich mich verkünden, »ich möchte einen kleinen Toast ausbringen.«

Alle halten in dem, was sie gerade tun, inne und wenden mir ihre Gesichter zu.

»Liebe Valentina. Wir alle kennen dich jetzt seit über sechs Jahren, und wie in jeder Freundschaft gab es Hochs und Tiefs. Aber es kann kein Zweifel daran bestehen, dass es eine wie dich kein zweites Mal gibt. Und glücklicherweise hast du einen Mann gefunden, den es ebenfalls kein zweites Mal gibt. Jemanden, der dich anbetet und der dich niemals gehen lassen wird. Und das ist eines der … der wunderbarsten Dinge auf der ganzen Welt.«

Meine Kehle wird trocken, und plötzlich fühle ich mich lächerlich emotional, in meinem Kopf wirbeln Gedanken an Grace und Patrick und Charlotte und vor allem an Jack herum.

Ich schaue nach oben und tue so, als würde ich meine Wimperntusche überprüfen, als mir Tränen in die Augen steigen. Ein Bild von Jacks breitem, großzügigem Lächeln schiebt sich lebhaft vor mein geistiges Auge, und ich bin wütend auf mich selbst wegen meiner Rührseligkeit.

»Alles in Ordnung bei dir, Evie?«, erkundigt sich Georgia, doch als sie mir die Hand auf den Arm legt, fühlen sich die Tränen in meinen Augen offenbar erst recht ermuntert, den Ausbruch zu wagen.

»Ja, ja.« Ich reiße mich zusammen. »Und jetzt erhebt bitte die Gläser. Auf Valentina!«

»Auf Valentina!«, rufen alle und klatschen, während die Braut sich im Rampenlicht sonnt.

»Ach, sieh mal«, Georgia wirft einen Blick aus dem Fenster, »da kommt Grace.«

»Na, Gott sei Dank«, sagt Valentina. »Obwohl ihr hoffentlich klar ist, dass sie ihren Wagen nicht da mitten in der Einfahrt stehen lassen kann. Ich will keinen Audi auf den Hochzeitsfotos. Besonders keinen drei Jahre alten.«

Doch als sich Graces Schritte weniger als eine Minute

später dem Salon nähern, können alle ziemlich deutlich erkennen, dass Hochzeitsfotos das Letzte sind, was sie momentan interessiert.

113

GRACE WIRKT UNGEFÄHR so bereit, in ihre Rolle als Brautjungfer zu schlüpfen, wie jemand, der gerade einen Stall ausgemistet hat. Das liegt nicht nur an der Jeans, dem Mangel an Make-up und ihrem generell etwas derangierten Zustand. Vielmehr an ihrem Gesichtsausdruck. Als stünde sie kurz davor zu explodieren.

»Du«, sagt sie und zeigt auf Charlotte. »Du und ich müssen uns unterhalten.«

»Grace!«, quiekt Valentina. »Wir haben keine Zeit, uns zu unterhalten. Du musst dir deine Haare auf Lockenwickler drehen lassen!«

»Tut mir leid, Valentina«, widerspricht Grace, »aber ich habe im Augenblick Wichtigeres zu tun, als mir die Haare machen zu lassen.«

»Was könnte denn, bitte schön, wichtiger sein als deine Frisur?«, fragt die Braut. »Die Trauung findet in weniger als vierzig Minuten statt.«

Grace wendet sich wieder an Charlotte.

»Sollen wir das hier drin erledigen oder draußen?«, schreit sie.

Valentina zieht ein entsetztes Gesicht.

»Hör mal, Grace«, sagt sie. »Ich weiß ja, wie schwierig Evie manchmal sein kann. Aber ehrlich, könntet ihr eure Differenzen nicht vorläufig zurückstellen? Zumindest bis die Leute von *High Life!* weg sind.«

Offenbar glaubt die arme Valentina, ich wäre es, die es sich mit Grace verscherzt hat.

»Also, Charlotte, was ist dir lieber?«, fragt Grace.

Charlottes Gesicht und Ausschnitt haben sich so rot gefärbt, als bräuchte man einen Feuerlöscher.

»Grace«, beginnt sie mit bebendem Mund. Aber mehr kommt nicht.

»Na gut«, übernimmt Valentina wieder das Kommando. »Es reicht. Was ist hier los?«

Graces Gesicht verzieht sich.

»Wie konntest du nur, Charlotte?«, sagt sie. »Wie konntest du, nachdem wir so viele Jahre befreundet waren? Nachdem du meine Kinder hast aufwachsen sehen? Nachdem du meine Brautjungfer warst?«

Jetzt blickt Charlotte still zu Boden, die Lippen immer noch zitternd.

»Seit ich dich kenne, machst du auf Miss Sonnenscheinchen. Aber jetzt sag allen, was du getan hast. Mach schon.«

Immer noch rührt Charlotte sich nicht und gibt keinen Ton von sich.

»Nein? Dann werde ich es tun«, erklärt Grace. »Charlotte hat versucht, mir den Mann auszuspannen.«

»Wie bitte?«, sagt Valentina. »Grace, hast du getrunken?«

»Frag sie nur. Frag sie, ob sie versucht hat, Patrick zu verführen – auf der Hochzeit deiner Mutter, Evie.«

Ich beiße mir auf die Lippe und starre zu Boden. Mir wird klar, dass Patrick ihr nicht erzählt hat, dass ich Bescheid weiß. Ich habe ungefähr 0,2 Sekunden Zeit, erleichtert zu sein, da blickt Grace mich durchdringend an.

»Du wusstest es!«, schreit sie mich an.

»Die Sache ist die, Grace ...«, mache ich den schwachen Versuch, mich zu verteidigen.

»Du wusstest es, verflucht noch mal! Herrgott, ich fasse es nicht.«

»*Ich* nicht«, schaltet sich Valentina ein. »Warum erfahre ich solche Dinge immer als Letzte?«

Plötzlich hebt Charlotte, zitternd und rot, trotzig den Kopf.

»Also gut, Grace. Wie ich das konnte? Das will ich dir sagen.«

Der ganze Raum verstummt unvermittelt.

»Weil ich ihn liebe«, sagt Charlotte. Valentina sieht aus, als würde sie gleich ohnmächtig.

»Ich liebe ihn mehr, als du ihn vermutlich je geliebt hast«, fährt Charlotte fort. »Ich würde alles für ihn tun. Ich würde für ihn sterben. Kannst du das ehrlich von dir sagen?«

Grace gibt keine Antwort.

»Nein«, sagt Charlotte, »das dachte ich mir.«

Grace lässt sich auf einen Stuhl sinken, sie sieht auf einmal sehr müde aus.

»Falls das etwas bedeutet«, ergänzt Charlotte ernst. »Ich

fühlte mich schuldig – deinet- und der Kinder wegen. Es war nicht so, als hätte ich überhaupt nicht an dich und die beiden gedacht.«

Mit bewegter Miene steht Grace wieder auf und geht auf Charlotte zu. Eine Sekunde lang sieht es so aus, als wollte sie sie umarmen. Aber als sie nur noch auf Armeslänge vor Charlotte steht, boxt sie sie mitten ins Gesicht.

114

»Ich 'atte ja keine Ahnung, dass englische 'ochseiten so aufregend sind«, bemerkt Federico, als wir in der Aschenputtelkutsche dahinzockeln.

»Ach, halt den Mund«, sagt Valentina, während Georgia ihr tröstend die Hand auf den Arm legt.

Die Federung der Kutsche würde eher zu einem Traktoranhänger passen; und wer auch immer diese Pferde ausgesucht hat, kann sich auf die Fahne schreiben, die womöglich blähsüchtigsten Tiere in ganz England aufgetan zu haben. Die gute Nachricht ist, dass Valentina sich ein Quäntchen beruhigt hat, obwohl wir in Windrichtung des grauenhaftesten Gestanks jenseits des Elefantengeheges im Zoo von Chester sitzen.

Es ist ihr sogar gelungen, das Hyperventilieren einzustellen, obwohl sie jetzt eine Brautjungfer weniger hat, da sie Charlotte in die Notaufnahme entlassen musste. Und obwohl drei der verbliebenen Brautjungfern schwache, aber unverkennbare Blut- und Rotzspuren – Überbleibsel von Graces Boxhieb – auf dem Kleid haben.

Bei mir ist es am schlimmsten. Direkt vorne auf meinem Rock prangt ein großer Blutfleck, der durch hektisches Schrubben nur noch schlimmer gemacht wurde. Aber wenn ich meinen Strauß in einem ganz bestimmten Winkel halte, dann kann ich ihn beinahe verdecken. Und Drusilla von *High Life!* hat Valentina versichert, dass sie den Rest vor dem Abdruck der Bilder wegretuschieren können.

»Grace«, frage ich, während wir über einen Straßenabschnitt holpern, der mehr Schlaglöcher aufweist als ein Feldweg in einem Drittweltland. »Können wir darüber sprechen?«

»Ja, bitte«, bekräftigt Valentina. »Vertragt euch wieder, du meine Güte. Oder lächelt wenigstens, wie sich das gehört.«

»Ich bin zu wütend und zu verletzt, um darüber zu sprechen«, sagt Grace den Tränen nah. »Jetzt ist kein guter Zeitpunkt.«

»Nein«, meint Valentina, »da hast du wahrscheinlich recht. Für heute genug Dramen, vielen Dank. Aber lächelt, ja? Bitte.«

Vor einer Ampel werden wir langsamer, doch noch bevor wir ganz zum Stehen kommen, gibt die Kutsche ein merkwürdiges Geräusch von sich. Ein sehr merkwürdiges Geräusch. Ein knackendes Geräusch.

Valentinas Augen weiten sich, und wir alle blicken uns beunruhigt an. Dann wird das Knacken plötzlich lauter, und eine Ecke der Kutsche sackt nach unten. Brautjungfern und Blumensträuße und Satinschuhe und Schleier und Diademe werden in alle Himmelsrichtungen katapultiert.

»Verdammte Scheiße …«, schreit Valentina, kurzzeitig ihre Rolle als sittsame Braut vergessend, als sie sich den Kopf am Fensterrahmen stößt.

»Was sum Teufel ist denn lossss?«, brüllt Federico.

Wir klettern aus der Kutsche, und der Anblick ist nicht gerade verheißungsvoll.

»Das verfluchte bescheuerte verfluchte Rad ist gebrochen«, tobt Valentina, offenbar an den Fahrer gerichtet.

Er kratzt sich am Kopf und trägt eine außerordentlich ruhige Miene zur Schau, was unter den gegebenen Umständen völlig unangemessen ist.

»Ach du je«, sagt er.

»Was wollen Sie denn jetzt unternehmen?«, fragt Valentina ihn hysterisch.

Er zuckt mit den Achseln. »Weiß auch nicht so genau. Mit so einem Gefährt kann man ja nicht einfach die Pannenhilfe rufen.«

Valentina fächelt sich Luft zu.

»Und wie, schlagen Sie vor, soll ich jetzt zur Kirche kommen?«, knurrt sie.

Wieder zuckt er die Achseln. »Sie könnten ja per Anhalter fahren.«

115

ZUERST DACHTEN WIR, das soll ein Scherz sein. Aber da jeder, den wir kennen, bereits in der Kirche sitzt und das Handy ausgeschaltet hat und kein Taxi weit und breit zu sehen ist, wird Trampen auf einmal zu unserer einzigen Option.

Also teilen wir uns in zwei Gruppen auf. Meine Gruppe quetscht sich in den Laderaum eines Fischhändlers, der gerade mit seinem Transporter auf dem Rückweg vom Großhandel ist. Statt nach Vera Wang duften wir nun nach *Eau de Kabeljau.*

Doch für die andere Gruppe – Braut und ›Brautvater‹ – treiben wir ein Vehikel auf, das, wie wir uns alle einig sind, beinahe als Hochzeitslimousine durchgehen könnte. Das heißt, wenn der *High Life!*-Fotograf und der Kameramann sie im richtigen Winkel erwischen.

»Möglicherweise müssen Sie daran noch etwas schneiden«, erkläre ich dem Kameramann für das Hochzeitsvideo, während wir vor der Kirche auf die beiden warten.

»Warum denn?«, fragt er. »Mit was genau kommen sie denn nun?«

»Äh, das werden Sie schon sehen. Geben Sie sich bitte einfach Mühe, ja?«

Als das Gefährt mit Valentina und Federico endlich in Sichtweite kommt, wirkt von vorne und aus der Distanz zunächst einmal alles ganz unauffällig.

Erst als es zum Parken rechts abbiegen muss, wird alles klar. Kameramann und Fotograf schnappen so übertrieben nach Luft, als hätte man ihnen einen Tritt in die Leistengegend verpasst.

»Sagt mir, dass das kein Leichenwagen ist«, haucht der Fotograf. »Sie kann doch wohl nicht mit einem Leichenwagen kommen, oder?«

»Wie ich schon sagte«, erkläre ich ihm um Ruhe bemüht. »Wenn Sie sie von vorn beim Aussteigen fotografieren, könnte das leicht als Hochzeitslimousine durchgehen.«

»Aber was ist mit dem Blumenschmuck im Fenster? Da steht *R. I. P. Billy*«, wendet er ein.

»Ich weiß, ich weiß.« Das hier muss eine der größten Herausforderungen seines bisherigen Berufslebens darstellen. »Aber die können wir ja zusammen mit dem Sarg für ein paar Schnappschüsse nach hinten schieben. Kommen Sie schon, wir müssen uns beeilen.«

Als Valentina aus dem Leichenwagen aussteigt, über das ganze Gesicht strahlend und offenbar unbeeindruckt davon, dass sie soeben mit einer Leiche *und* Federico zusammen in einem Auto sitzen musste, erscheint sie mir in einem völlig neuen Licht.

»Ich bin wirklich beeindruckt«, sage ich zu ihr, als wir uns hinten in der Kirche aufstellen. »Du nimmst das alles erstaunlich gelassen.«

Sie lächelt.

»Ach, weißt du«, meint sie, »auf dem Weg hierher wurde mir plötzlich etwas bewusst: Ich werde gleich heiraten. Warum sollte ich mich da von irgendetwas ärgern lassen?«

116

ICH HEGE den starken Verdacht, dass ich niemals wieder auf eine Hochzeit gehen kann, ohne an Jack zu denken.

Nicht nur, weil unsere kurze, aber ach so süße Liebschaft bei einem solchen Anlass sowohl begann als auch endete. Sondern weil ich alles, wofür eine Hochzeit steht – Liebe, Bindung, Glück – ganz ehrlich niemals bei jemand anderem finden zu können glaube.

Ich weiß, das klingt ungefähr so optimistisch wie der Abschiedsbrief eines Selbstmörders, aber ich bin nur realistisch. Ich meine, warum sollte ich bei einem anderen die Liebe finden, wo ich doch vor ihm nie auch nur annähernd so etwas gefühlt habe? Ich hatte meine Chance, und ich habe es vermasselt. So einfach ist das.

»Was ist los mit dir?«, fragt Seb, als die Trauung vorbei ist. »Du siehst die ganze Zeit schon todunglücklich aus.«

»Nichts. Alles okay. Wunderbar.«

»Ich wünschte, du wärst nicht so trübselig. Du verdirbst *mir* beinahe die Laune.«

»Sorry«, murmle ich.

»Keine Sorge.« Er beugt sich zu mir und lässt seine Zunge mit der Feinfühligkeit eines Bernhardiners, der ein Lammkotelett verschlingt, um mein Ohr kreisen. »Du kannst es später wiedergutmachen.«

Dann legt er mir die Hand aufs Gesäß und drückt zu, als wollte er den Reifegrad einer Honigmelone prüfen.

»Lass das, Seb. Nicht auf einer Hochzeit.«

Dass ich nicht begrapscht werden will, kann ich nur

zum Teil dem Anlass zuschreiben. Offen gestanden liegt es auch daran, dass ich mir zwar alle Mühe mit dieser Beziehung gebe, aber Seb inzwischen trotzdem kaum noch ansehen kann, ohne ihn ganz weit weg zu wünschen. In die Äußere Mongolei zum Beispiel.

Als die Gäste in den großen Speisesaal von Knowsley Hall strömen, wird rasch offensichtlich, dass sich die Geladenen von Braut und Bräutigam nicht vermischen. Warum genau das so ist, kann ich nicht sagen, und es geschieht sicherlich nicht mit Absicht. Nur, dass der Bekanntenkreis des Bräutigams sich offenbar unbehaglich im Gespräch mit jemandem fühlt, der keinen Tweed trägt; dasselbe gilt für den Anhang der Braut in Bezug auf Leute ohne Facelifting.

Ich habe den ganzen Tag noch nichts gegessen, aber als ich zum vierten Mal ein Räucherlachs-Kanapee ablehne, fällt mir auf, dass ich so wenig Appetit habe, als hätte ich drei Big Macs verdrückt.

»Ich gehe mal austreten und genehmige mir eine kleine Stärkung«, flüstert er mir zwinkernd zu. »Um die Reden zu überstehen.«

Ich nippe an meinem Champagner und spüre ein Tippen auf meiner Schulter.

»Was ist denn mit Charlotte passiert?«, fragt meine Mutter.

Heute trägt sie ein lila Hosenrock-Kostüm aus Samt und einen dazu passenden Robin-Hood-Hut, dessen Feder mehrere Gäste während der Trauungszeremonie zum Niesen gebracht hat.

»Das ist eine lange Geschichte.«

»Hauptsache, es geht ihr gut.«

»Das wird schon wieder«, entgegne ich nicht sehr zuversichtlich.

Als Seb zurückkommt, wirkt er etwas befremdet, meiner Mutter gegenüberzustehen.

Diese Wirkung hat Sarah häufig auf Menschen, aber normalerweise begrüßen sie sie nicht mit einem derart widerwilligen Gesichtsausdruck.

»Hallo«, sagt sie fröhlich. »Ich glaube, wir kennen uns noch nicht. Ich bin Sarah, Evies Mutter.«

»Hi«, grummelt er abweisend und schnappt sich das letzte Glas Champagner von einem vorbeigetragenen Tablett für sich selbst.

»Waren Sie nicht auf Georgias Hochzeit?« Mum lächelt immer noch. »Vielleicht erinnern Sie sich nicht an mich, aber ich war auch dort.«

»Und wie ich mich erinnern kann«, gluckst er und wendet sich ab.

Zuerst wirkt meine Mutter etwas perplex über diesen Kommentar. Und ich selbst bin zur Abwechslung mal so erschrocken, dass mir nichts einfällt.

»Ja dann.« Sie ringt sich ein Lächeln ab. »Wir sehen uns sicher später. Schönen Tag noch.«

Als sie außer Hörweite ist, drehe ich mich zu Seb um.

»Mach dich gefälligst nicht über meine Mutter lustig.« Mein Tonfall verrät unmissverständlich, dass er wenig Chancen darauf hat, seine Zunge jemals wieder in die Nähe meines Gehörgangs zu bringen.

»Ach, jetzt komm schon – ich hab doch nur gesagt, dass ich mich an sie erinnern kann«, sagt er achtlos.

»Du hast gesagt: ›Und wie ich mich erinnern kann‹.«

»Meine Güte, wie sollte ich sie vergessen bei den Klamotten, die sie anhatte?«

»Warum bist du so besessen vom Aussehen anderer Leute?«, frage ich ihn. »Meine Mutter ist ein wundervoller Mensch – was du leicht herausgefunden hättest, wenn du dich zu einer Unterhaltung herabgelassen hättest.«

»Ist ja gut.« Jetzt klingt er wie ein patziger Halbwüchsiger. »Mann, seit wann bist du so eine Spaßbremse? Es war doch nur ein Witz.«

Er trinkt noch einen Schluck, offenbar findet er die Angelegenheit kurzweiliger als einen Tag am Strand.

»Das weiß ich«, sage ich sachlich. »Aber das Problem ist, Seb, dass ich deine Witze einfach nicht kapiere.«

In null Komma nichts ist das Lächeln von seinem Gesicht verschwunden.

»Und ich glaube«, fahre ich fort, »ich möchte nicht mehr mit dir zusammen sein. Tut mir leid.«

»Du machst auf einer Hochzeit Schluss mit mir?«, fragt er verdutzt. »Ich hab noch nicht mal was gegessen.«

»Tut mir leid, Seb. Aber ich liebe einen anderen.«

»Du und lieben? Da muss ich ja lachen.«

»Es stimmt aber«, sage ich trostlos.

»Evie, das wird nicht länger als fünf Minuten halten. Wie immer.« Damit dreht er sich theatralisch auf dem Absatz um.

Ich sehe ihm noch nach, wie er durch den Saal davonstürmt und durch die Tür verschwindet, als ich jemanden hinter mir spüre. Da steht der Kameramann und filmt munter vor sich hin, als sammelte er Material für eine Grzimek-Sendung.

»Ich muss doch sehr bitten«, fauche ich. »Kann man denn heutzutage nicht mal mehr ungestört seinen Freund abschießen?«

»Oh, Entschuldigung«, meint er. »Man hat mir gesagt, ich soll so viele Gäste wie möglich auf das Video kriegen.«

117

Allmählich glaube ich, dass ich eher dem Yeti als Grace auf dieser Hochzeit begegnen werde.

Seit einer halben Stunde suche ich jetzt schon nach ihr, weil ich mich unbedingt mit ihr aussprechen will. Ohne Erfolg. Dann, als ich schon befürchte, sie wäre gegangen, entdecke ich sie am anderen Ende des Saals im Gespräch mit Bob. Sofort will ich zu ihr stürzen, werde aber von einer vertrauten Stimme aufgehalten – einer Stimme, die sich ungefähr so ins Ohr schmeichelt wie Kreide, die über eine Tafel kratzt.

»Evie! Hinreißend wie immer.«

Ich drehe mich um und sehe Gareth auf der Galerie stehen. Er saugt mit der Zugkraft, die einem Spitzenstaubsauger alle Ehre machen würde, an einer Zigarette.

»Ich möchte nicht mit dir sprechen, Gareth«, sage ich.

Das ist unsere erste Begegnung, seit er Jack von mir, meiner Vergangenheit und diesen vermaledeiten Ohrringen erzählt hat.

»Ach, warum denn nicht?«, fragt er. »Doch nicht wegen der Sache mit den Ohrringen? Und, na ja, deiner *Beziehungsunfähigkeit.* Ich hoffe, ich bin da in kein Fettnäpfchen getreten.«

»Du hast Jack das absichtlich erzählt, oder?«

Bemüht lässig zuckt er mit den Schultern, doch die Heftigkeit, mit der er sich im Gesicht kratzt, verrät genau das Gegenteil.

»Ich fand eben, dass er nicht der Richtige für dich ist«, murmelt er.

»Ach ja, und warum nicht? Weil ich ihn lieber mag als dich?«

»Wütend sein passt nicht zu dir, Evie.« Er wedelt mit dem Finger vor meinem Gesicht.

»Gareth.« Ich komme zu dem Schluss, dass ich doch mit ihm sprechen will. »Darf ich ganz offen zu dir sein?«

»Aber sicher.«

»Ich habe versucht, nett zu dir zu sein«, fange ich an. »Ich habe versucht, sanft mit dir Schluss zu machen. Ich habe versucht, nicht deutlich zu machen, dass selbst wenn du das letzte Tier, Mineral oder Gewächs auf dem Erdball wärest, ich immer noch lieber allein zu Hause sitzen und mir alte Folgen vom *Glücksrad* anschauen würde. Unzählige Male habe ich dir gesagt, dass es mir leidtut, mit dir Schluss gemacht zu haben, und ehrlich gesagt will ich es nicht noch einmal sagen. Denn jetzt tut es mir nicht mehr leid. Jetzt bin ich froh, dass ich mit dir Schluss gemacht habe. Ich wünschte nur, mir wäre eher klar geworden, was für eine hinterhältige kleine Kröte du bist.«

»Jetzt noch mal zum Mitschreiben«, sagt er mit gefurchter Stirn. »Du willst mir sagen, dass du wirklich, wirklich nicht mehr mit mir zusammen sein willst? Ganz in echt?«

Ich nehme ihm die Zigarette aus der Hand und drücke sie gemächlich auf seiner pinkfarbenen Polyesterkrawatte aus. Seine Augen weiten sich ungläubig.

»Gareth«, sage ich, »ich glaube, wir fangen endlich an, einander zu verstehen.«

118

Als ich mich Grace und Bob nähere, drückt sie den Rücken durch, und ich spüre, dass meine Anwesenheit ungefähr so willkommen ist wie ein Ausbruch von Vogelgrippe im Flamingopark.

»Evie!«, begrüßt Bob mich. »Grace und ich vergleichen gerade unsere Flitterwochen. Die Malediven klingen doch ganz anders als unsere drei Wochen in Kolumbien. Wir fanden es natürlich toll. Aber ich muss doch sagen, dass ich insgeheim neidisch auf ihre Toilettenspülung bin.«

»Das kann ich mir vorstellen«, nicke ich.

»Übrigens, da ich dich gerade mit Gareth sprechen sah«, fügt er noch hinzu. »Ich habe endlich herausgefunden, warum er seinen Arbeitsplatz unter so merkwürdigen Umständen verlassen musste.«

»Ach, warum denn?«

»Ich hatte dir doch erzählt, dass zwischen ihm und meiner Kollegin Deirdre Bennett etwas Merkwürdiges vorgegangen sei. Tja, es stellte sich heraus, dass sie eine sehr kurze Affäre hatten.«

»War das nicht die Frau mit dem großen Hintern und den schrecklichen Zähnen?«, frage ich.

»Genau die. Nicht, dass das Gareth abgeschreckt hätte. Er hat sie geradezu verfolgt, wie ein Stalker. Hat ihr sogar seltsame Gummiunterwäsche aus einem dieser komischen Läden gekauft – du weißt schon, was ich meine. An dem Punkt schritt der Rektor der Uni ein und stellte ihn vor die Wahl: Entweder er müsse damit aufhören oder gehen. Glücklicherweise hat er sich für Letzteres entschieden, und Deirdre hat nichts mehr von ihm gehört, seit ... ach genau, seit du und er euch kennenlerntet. Wenn du mich fragst, solltest du ihm besser aus dem Weg gehen.«

»Da hast du sicher recht, Bob. Aber etwas anderes, würde es dir etwas ausmachen, mich kurz mit Grace allein zu lassen? Ich müsste mit ihr reden.«

»Aber natürlich nicht. Ich wollte sowieso gerade deine Mutter suchen. Als ich ging, erzählte sie einer von Edmunds Tanten gerade von dem Wurmkomposter, den sie aufstellen will. Ich bin mir nicht sicher, ob das wirklich so Lady Barnetts Thema war.«

Sobald Bob außer Hörweite ist, komme ich ohne Umschweife auf den Punkt.

»Es tut mir wahnsinnig leid, dass ich es dir nicht erzählt habe, Grace«, fange ich an. »Ehrlich. Aber ich habe es erst gestern Abend erfahren und, na ja, ich wollte bis nach der Hochzeit warten, um nicht alles zu ruinieren.«

Sie seufzt. »Das hat ja nicht so gut geklappt.«

»Stimmt.«

»Aber du wolltest es mir erzählen?«, fragt sie dann.

»Ja, also, ich glaube schon.« Sofort wird mir klar, dass ich mir das Leben um einiges hätte erleichtern können durch ein schlichtes Ja.

»Was soll das heißen, *du glaubst schon*? Du bist angeblich meine beste Freundin. Beste Freundinnen dürfen keine solchen Geheimnisse voreinander haben.«

»Das weiß ich ja. Ich hätte es dir auch sicher erzählt. Aber so einfach war das nicht. Ich habe mir Sorgen um dich und Patrick gemacht. Es lief doch in letzter Zeit etwas … schwierig bei euch, und da hatte ich Angst, wenn du es wüsstest, würde es – na ja, noch schwieriger.«

»Mach dir keine Gedanken«, schnieft sie. »Du bist nicht die Einzige, der es schwerfällt, mir etwas zu erzählen.«

Ich zögere. »Sprichst du von Patrick und seinem Job?«

»Ach«, meint sie bedrückt, »das wusstest du also auch?«

»Entschuldige.« Ich senke den Kopf. »Aber das ist alles, was ich weiß. Nicht wie oder warum.«

»Er hat mir vorhin alles gestanden. Schon vor Monaten hat er seinen Job verloren, direkt nach der Hochzeit. Deshalb war er so komisch.«

»Aber warum wurde er gekündigt?«

»Sie mussten Stellen abbauen«, seufzt sie. »Schwer zu

glauben, oder? Ich dachte immer, betriebsbedingte Kündigungen gäbe es nur im Bergbau und in der Autoindustrie und nicht … in Anwaltskanzleien. Aber eines Tages riefen sie ihn zu sich und erzählten ihm, das Geschäft sei zurückgegangen, und die Firma müsse Kosten einsparen. Und dann saß er auf der Straße. Einfach so.«

»Meine Güte«, sage ich lahm. »Kein Wunder, dass er schlechte Laune hatte.«

»Er hat hier und da ein bisschen freiberuflich gearbeitet«, fährt Grace fort, »aber nicht annähernd genug, um langfristig die Rechnungen zu bezahlen. Was ich aber wirklich einfach nicht begreife, ist, dass er sich nicht überwinden konnte, es mir zu erzählen. Was für eine Ehefrau bin ich denn?«

»Sei nicht albern. Du bist eine wunderbare Ehefrau, und Patrick liebt dich. Das weißt du doch, oder?«

Wieder schnieft sie, gibt aber keine Antwort.

»Du weißt, was genau zwischen ihm und Charlotte passiert ist, oder?«, fragt sie dann.

»Ja. Sie hat es mir erzählt. Sie hat mir auch erzählt, dass es innerhalb von Sekunden vorbei war und er gar nicht schnell genug von ihr wegkommen konnte.«

Graces Unterlippe beginnt zu beben.

»Das ändert aber nichts daran, dass er Sex mir einer meiner Freundinnen hatte.«

Ich lege den Arm um sie.

»Das weiß ich, meine Süße, das weiß ich. Aber lass das nicht deine Ehe zerstören. Bitte nicht. Um deinetwillen und um der Kinder willen.«

Als ich das sage, bin ich nicht hundertprozentig sicher, ob es ein guter Ratschlag ist oder nicht.

Irgendwie hat sie ja recht. Ihr Ehemann hat mit ihrer Freundin geschlafen. Wie kann man so etwas verzeihen? Und doch sagt mir etwas ganz tief drinnen, dass das letztlich das Richtige sein muss.

»Ich schätze mal, ich habe viel nachzudenken«, sagt sie. »Alles ist noch so frisch. Ich muss in aller Ruhe überlegen, was ich tun werde.«

Sie schlingt die Arme so fest um mich, dass ich kaum noch Luft bekomme.

»Danke, Evie. Ich hab dich lieb.«

»Ich hab dich auch lieb, Grace«, sage ich.

Plötzlich steht Patrick neben uns. Er scheint schreckliche Angst zu haben – vor Grace und mir.

»Darf ich mir mal meine Frau ausleihen, Evie?«, bittet er. »Ich habe einiges wiedergutzumachen.«

Grace blickt zu ihm auf.

»Ich weiß, dass ich kein Anrecht darauf habe, Grace«, erklärt er. »Aber ich werde alles – *alles* – tun, damit du bei mir bleibst. Damit du mir verzeihst. Ich weiß, dass ich dich nicht verdiene, aber ohne dich bin ich nichts. Und das ist mein voller Ernst.«

119

»DAS IST AUF JEDEN FALL eine Wahnsinnshochzeit«, stellt Georgia fest, als wir auf dem Damenklo unser Make-up aus ihrem Kosmetiktäschchen auffrischen. Ihre Kosmetiksammlung ist eine Mischung aus Rimmel-Lippenstift für 3,99 und Gesichtspuder, der vermutlich mehr kostet als Goldstaub.

»Dagegen war deine ausgesprochen zahm.« Ich versuche, mit einem Rougepinsel etwas Farbe auf meine Wangen zu zaubern. »Keine Prügeleien, keine Särge, keine Trennungen. Eigentlich ein bisschen langweilig.«

»Gott sei Dank«, lacht sie. »Obwohl Valentina es mit Fassung trägt, das muss man ihr wirklich lassen. Apropos, wie geht es dir denn überhaupt, Evie?«

»In welcher Hinsicht?«

»Na ja, ich hörte, dass du immer noch etwas geknickt wegen Jack bist. Und wir hatten noch gar keine Gelegenheit, uns darüber zu unterhalten. Seit der Hochzeit deiner Mutter habe ich dich nicht mehr gesehen.«

»Mir geht es gut, ehrlich. So was kommt eben immer mal vor.«

»Tja, falls dich das tröstet«, meint sie, »Beth hat erzählt, dass er seitdem im Büro ziemlich Trübsal bläst.«

Ich stocke.

»Beth?«, wiederhole ich.

»Ja, Beth. Du weißt schon, meine Cousine.«

»Die kenne ich ja. Ich dachte nur gerade, du hättest gesagt *im Büro.*«

»Das habe ich auch«, sagt Georgia. »Sie arbeiten zusammen.«

»Ach ja?« Ich bin etwas verwirrt. »Meine Güte, davon hatte ich keine Ahnung. Ich meine, mir war zwar klar, dass sie sich treffen, aber …«

»Sich treffen? Evie, sie treffen sich nicht.«

Jetzt bin ich ratlos.

»Sie arbeiten zusammen«, erklärt sie. »Allerdings erst seit Kurzem. Beth wollte schon immer im Bereich Entwicklungshilfe arbeiten, und auf unserer Hochzeit kam sie mit Jack ins Gespräch. Er erzählte ihr, dass ein Posten in der Verwaltung frei würde, also hat sie ihn gleich am darauffolgenden Montag angerufen und eine Woche später angefangen.«

»Also arbeitet sie jetzt immer noch da?«, frage ich.

»Ja. Aber zwischen den beiden läuft nichts, das verspreche ich dir. Ich weiß das deshalb so genau, weil Beth von Anfang an hinter ihm her war, aber er nimmt es noch nicht mal zur Kenntnis. Er hat eindeutig kein Interesse an ihr. Worüber sie unaufhörlich lamentiert.«

Ich schüttle den Kopf. »Aber warum hat er mir nicht erzählt, dass sie dort arbeitet?«

»Wahrscheinlich, weil er ein Mann ist.« Georgia macht eine wegwerfende Handbewegung. »Unter Petes Kollegen gab es Todesfälle, Schwangerschaften und eine Geschlechtsumwandlung, ohne dass er das mir gegenüber erwähnt hätte.«

Das erklärt vielleicht den Austausch der Telefonnummern. Und die Anrufe auf dem Handy.

»Aber was es nicht erklärt, ist die andere Sache«, sage ich zu Georgia, als sie den Reißverschluss ihres Necessaires wieder zuzieht. Ich berichte ihr von Beths Anruf bei der Hochzeit meiner Mutter. Dass sie sagte, sie habe ihr Oberteil in seiner Wohnung vergessen. Was sollte das bedeuten?

»Ehrlich, ich weiß es nicht«, meint sie hilflos. »Oder Moment mal, es ging um die Nacht vor der Hochzeit, oder?«

»Ja.«

»Dann kann sie nicht bei ihm gewesen sein, weil wir alle auf dem fünfzigsten Geburtstag meines Onkels Tom waren. Die ganze Nacht. Wir haben sogar im Hotel geschlafen.«

O nein. Zwar kann ich mir immer noch nicht erklären, was sie da am Telefon gesagt hat. Aber in jedem Fall habe ich Jack in aller Öffentlichkeit beschuldigt, mich zu hintergehen, obwohl er gar nichts getan hatte; und das auch noch, nachdem er gerade herausgefunden hatte, dass ich ihn angelogen hatte. Und danach habe ich nicht einmal zum Telefon gegriffen, um mich zu entschuldigen.

Noch nie habe ich einen so überwältigenden Drang verspürt, in Tränen auszubrechen.

»Hey, Süße«, sagt Georgia, »reg dich nicht auf.«

»Tut mir leid«, schluchze ich, »aber, o Gott, Georgia, das ist eine Katastrophe.«

120

Edmund hat Valentina die größte und schönste Hochzeit geschenkt, die für Geld zu haben ist; aber das, was ihr vermutlich am meisten bedeuten wird, hat er sich bis zum Schluss aufgehoben. Er hat richtige Tanzstunden genommen. Weswegen Valentina den möglicherweise professionellsten, den eindrucksvollsten und mit Sicherheit glamourösesten Eröffnungstanz der Geschichte vorführen darf.

Natürlich hat sie sich einen Tango ausgesucht. Und als sie am Ende des Liedes Nase an Nase mit Edmund den stürmischen Applaus entgegennimmt, zieht sie eine Rose zwischen ihren Zähnen hervor und küsst ihn wie eine Comic-Heldin, die gerade vor einer Bande marodierender Taugenichtse gerettet wurde.

Die Gäste strömen jetzt auf die Tanzfläche, einschließlich Bob und meiner Mutter, deren ganz spezieller Tanzstil sofort einige Ältere und Gebrechlichere zu Tode erschreckt.

Ich nehme meine Handtasche und gehe nach draußen, um einen Spaziergang zu machen. Eine warme, weiche Brise weht, und als ich einen vernünftigen Baumstamm finde, lasse ich mich darauf nieder und betrachte zutiefst traurig den Himmel.

»Ihr habt es leicht«, sage ich zu ein paar Gras mampfenden Schafen vor mir und ziehe die Nase hoch. »Euch begrapscht niemand vor den anderen Hochzeitsgästen den Hintern, und euch lauern auch keine psychotischen Exfreunde auf. Und ganz sicher vermasselt ihr auch nicht die Beziehung mit dem einzigen Mann, der euch je etwas bedeutet hat. Zumindest kann ich mir nicht vorstellen, dass euch so was passiert.«

Jetzt drehe ich völlig durch. Ich sitze hier, heule mir die Augen aus und spreche mit einem Haufen Schafe über mein Gefühlschaos. Darum, dass sie eigentlich wie recht aufmerksame Zuhörer wirken, geht es hier nicht.

Wie lange ich hier sitze, kann ich nicht sagen. Eine ganze Weile auf jeden Fall – es könnten gut und gerne mehrere Stunden sein – und nach und nach gesellen sich noch mehr Schafe zu dem Grüppchen.

Plötzlich höre ich Stimmen hinter mir. Als ich mich umdrehe, stapfen Valentina, Grace und Georgia auf mich zu.

»Ich will doch hoffen, dass hier keine Kuhfladen rumliegen«, trompetet Valentina und hält mit gerümpfter Nase ihren Saum hoch. »Die Schuhe sind von Christian Louboutin.«

»Valentina«, sage ich, »solltest du dich nicht um deine Gäste kümmern?«

»Ja, Evie, das tue ich auch. Aber wir sind hier, weil wir uns Sorgen um dich machen.«

»Um mich?« Ich wedle mit der Hand. »Ich bin doch heute wirklich die geringste Sorge. Ehrlich, mir geht's gut.«

»Das genau glauben wir eben nicht«, schaltet sich Georgia ein. »Und zwar ganz und gar nicht.«

»Wir glauben, du hast Sehnsucht«, verkündet Valentina. »Nach Jack.«

»Das klingt, als wäre ich ein Labrador. Außerdem – selbst wenn es so wäre, da kann man nichts machen. Ich habe es total in den Sand gesetzt.«

Die drei tauschen Blicke wie eine Verschwörerbande.

»Vielleicht, vielleicht aber auch nicht«, sagt Georgia.

Ich ziehe eine Augenbraue hoch.

»Ich habe gerade mit Beth gesprochen. Das Oberteil, von dem sie sprach, war in Wirklichkeit ein T-Shirt. Ein T-Shirt mit dem Aufdruck der Hilfsorganisation, das sie bei einem Marathonlauf für einen guten Zweck am nächsten Tag tragen sollte. Und sie hat es *nicht* in Jacks Wohnung vergessen, sondern in seinem Büro.«

Ich stöhne laut.

»Müsst ihr mir das alles erzählen?«, frage ich. »Ich komme mir sowieso schon wie eine Vollidiotin vor, ohne dass ihr mir noch die ganzen grausigen Details unter die Nase reibt.«

»Ich dachte nur, du wüsstest das vielleicht gern«, meint Georgia.

»O mein Gott«, sage ich.

»Laut Beth ist Jack zwei Wochen lang nach eurem Streit aufgewühlt und durcheinander in seinem Büro herumgetigert.«

»Warum hat er dann nicht angerufen?«, heule ich.

»Man könnte behaupten, dass das deine Aufgabe gewesen wäre, Evie«, gibt Grace zu bedenken. »Das Missverständnis lag ganz bei dir, nicht bei ihm.«

»Da ist was dran.« Ich lasse mich wieder auf meinen Baumstamm fallen.

»Die Sache ist nur die«, lässt Georgia nicht locker. »Vielleicht hätte er sogar angerufen. Aber dann ist etwas passiert.«

»Was denn?«

»Dieses kleine Biest von Cousine hat ihm von dir und Seb erzählt. Als sie euch in diesem Club getroffen hat.«

Ich erinnere mich, wie Beth Sebs schlabberigen Kuss beobachtete. Allein die Vorstellung, sie könnte Jack das brühwarm berichtet haben, lässt mich schaudern.

»O nein! Muss ich mir diese Folter wirklich weiter anhören? Muss das sein?«

»Wir haben auch eine gute Nachricht für dich«, meldet sich Grace zu Wort.

»Raus damit.«

»Jack liebt dich!«, verkündet sie.

»Hey, das wollte ich doch sagen«, beschwert sich Valentina.

Ich ziehe die Nase kraus.

»Wie kann er mich lieben? Und woher wollt ihr das überhaupt wissen?«

Wieder sehen sich die drei an und grinsen von einem Ohr zum anderen.

»Nachdem ich mit Beth gesprochen hatte«, gesteht Georgia, »wollten wir es nicht einfach dabei belassen. Ich meine, was für Freundinnen wären wir, wenn wir nichts unternähmen?«

Ich reiße die Augen auf.

»Und was habt ihr also gemacht?«, frage ich leicht hysterisch.

»Wir haben jemanden angerufen.« Valentina klatscht in die Hände wie eine Dreijährige. »Und zwar …«

»Vielleicht möchtest du mal eben mitkommen«, unterbricht Grace sie und nimmt meine Hand.

121

DAS ERSTE, was mir auffällt, als ich in den Saal komme, ist, dass die Musik aufgehört hat; ich kann buchstäblich nichts außer meinem eigenen Herzschlag hören, der jetzt so laut hämmert, als wäre ich gerade fünf Treppen hoch gerannt.

Und dann bemerke ich Jack. Am anderen Ende des Raums, als Einziger in Jeans und T-Shirt und, was mich am meisten verblüfft, mit einem Mikrofon in der Hand. Aus dem Augenwinkel sehe ich einige Gäste einander ratlose Blicke zuwerfen und schaue sie flüchtig an, als wollte ich sagen: Ich habe auch keinen blassen Schimmer, was hier los ist.

»Was … was geht denn hier vor?«, platze ich heraus.

»Das wirst du schon sehen.« Grace grinst breit.

Dann setzt die Musik ein, die unverwechselbaren ersten Takte eines Liedes, das ich sofort erkenne. Jack hebt das Mikro hoch, und eine Rückkopplung kreischt durch die Lautsprecher, woraufhin alle Anwesenden hörbar nach Luft schnappen.

»Verzeihung«, sagt er, und plötzlich registriere ich, dass

er furchtbar nervös aussieht. »Obwohl Sie vielleicht gleich denken werden, dass das noch gut klang im Vergleich zum Folgenden.«

Georgia kichert.

»Evie«, setzt Jack an, »wir haben uns eine Weile nicht gesprochen. Das lag zum Teil an mir und meinem Stolz – und dir ging es vermutlich genauso.«

Er steht am anderen Ende des Saals, aber wir sehen uns so intensiv in die Augen, als wären wir nur Zentimeter voneinander entfernt.

»Ich dachte außerdem … also, dass du einen anderen gefunden hättest«, sagt er. »Dank deinen Freundinnen weiß ich jetzt, dass das nicht der Fall ist. Und dass auch *du* inzwischen weißt, dass ich dir absolut treu war.«

Ich versuche zu schlucken.

Aber ich kann nicht. Ich stehe da wie angewurzelt, gleichzeitig verängstigt, verwirrt und euphorisch und verzweifelt bemüht, das mich innerlich zerreißende Gefühl unter Kontrolle zu behalten.

»Da ich dich aber leider nicht angerufen habe«, fährt Jack fort, »muss ich wohl irgendwie beweisen, wie viel ich für dich empfinde. Es ist wirklich ein Jammer, dass das Einzige, was mir dazu einfällt, mich wie einen absoluten Volltrottel aussehen lässt. Aber es muss sein.«

Ausnahmslos jeder im Raum stupst und flüstert und überlegt, was er wohl meinen könnte. Ich schiele zu Grace, und sie grinst mich an. Langsam kommt Jack auf mich zu, und wie elektrisiert höre ich die Backgroundsängerinnen von Ruby Turner den Song anstimmen.

Und dann – zu meinem grenzenlosen Erstaunen – tut das auch Jack.

Jack Williamson, ein Mann, der noch niemals in der Öffentlichkeit gesungen hat – ein Mann, der geschworen hat, das nie im Leben zu tun –, singt. Er singt für mich.

Seine Stimme ist tief, und er trifft haarscharf die Töne nicht, aber mir wäre es momentan vermutlich sogar gleichgültig, wenn er klänge wie eine kastrierte Seemöwe.

Während Jack singt, kommen die anfangs verblüfften Gäste allmählich in Schwung, und der ein oder andere fängt sogar an, sich im Rhythmus zu wiegen, als wäre er auf einem Queen-Konzert. Jemand hält tatsächlich ein Feuerzeug hoch.

Als Jack es bis zu mir geschafft hat, weiß ich endgültig nicht mehr, ob ich lachen, weinen oder einfach in Ohnmacht fallen soll. So oder so sind meine Wangen tränennass, als ich sie berühre.

Jack sieht mir in die Augen und singt die letzte Zeile, und jetzt steht er so dicht vor mir, dass ich seine Gesichtszüge aus einer Nähe betrachten kann, wie ich es nicht mehr zu hoffen gewagt hatte. Es verschlägt mir den Atem.

»Nobody … but … you.«

Er legt das Mikro auf dem Tisch neben mir ab und zieht mich an sich, während ich mir die Tränen wegwische. Zu donnerndem Applaus um uns herum beugt Jack sich vor, und unsere Lippen treffen sich.

Das ist der schönste, intensivste, glücklichste Augenblick meiner siebenundzwanzig Jahre auf dieser Erde. Und genau jetzt, in dieser Sekunde, weiß ich, dass ich gleich etwas sagen werde, was ich niemals für möglich gehalten hätte. Nie im Leben.

Ich ziehe den Kopf zurück und blicke Jack an, meinen Jack. Ich verschränke meine zitternden Hände mit seinen, während ich zu sprechen versuche.

Es klappt. Und ich flüstere ihm etwas zu.

»Jack. Ich liebe dich.«

Epilog

Drei Jahre später

»Wisst ihr«, stellt Valentina mit einem bewundernden Blick in den Spiegel fest, »ich hatte ja so meine Zweifel, ob man im achten Monat ein Brautjungfernkleid tragen sollte. Aber ich hätte wissen sollen, wenn jemand sich das erlauben kann – dann ich.«

Ich kann mir ein Lächeln nicht verkneifen. Valentina mag ja seit drei Jahren verheiratet sein und ihr erstes Kind von Edmund erwarten, doch manche Dinge ändern sich einfach nie.

Überrascht? Dass die beiden immer noch zusammen sind? Das sind wohl einige.

Sind wir doch mal ehrlich, als die beiden sich begegneten, musste man kein Zyniker sein, um zu bemerken, dass Valentina in etwa so vernarrt in Edmunds goldene Kreditkarte war wie in Edmund selbst. Aber irgendwann im Laufe der Zeit passierte etwas Komisches: Sie verliebte sich in ihn. Ob es geschah, als sie ihn auf ihrer Hochzeitsreise einem Mann das Leben retten sah oder als sich die kleine Paris (Orlando, falls es ein Junge wird) ankündigte, weiß ich nicht mit Sicherheit. Aber so ist es – und die Barnetts könnten nicht glücklicher sein. Was aus Valentinas Sicht fantastisch ist, denn Scheidungen sind ja so *out*.

Die Tür zu unserer Hotelsuite öffnet sich, und Polly spaziert herein.

»Wo ist deine Mutter?«, erkundige ich mich leicht beunruhigt. Obwohl ich selbstverständlich damit gerechnet habe, dass Grace zu spät kommt, macht es mich trotzdem nervös.

»Gleich da«, antwortet Polly, die mit ihren acht Jahren jetzt schon so erwachsen ist. »Du hast doch nicht ernsthaft damit gerechnet, dass sie pünktlich kommt, oder?«

»Entschuldige bitte!« Grace platzt herein, Scarlett mit der einen Hand durch die Tür schiebend und ihre Taschen mit der anderen. »Ich versuche seit einer Stunde, das Haus zu verlassen. Aber meine Mutter rief an, um zu fragen, ob sie mir etwas von Debenhams mitbringen soll. Dann rief sie an, ob ich etwas von Marks & Spencer brauche. Dann von John Lewis. Dann rief sie noch mal an und wollte wissen, ob ich ganz sicher nichts bräuchte, denn bei Marks & Spencer gebe es eine wunderbare Pastete – dass sie wunderbar sei, wisse sie von Maureen Thomas aus der Kirche, die neulich welche gekauft habe und da sei echter Cointreau drin und … langer Rede, kurzer Sinn: es tut mir leid. Also, wo kann ich mich umziehen?«

Gut, der Start war etwas wackelig, aber Grace und Patrick haben die Ereignisse zu Beginn ihrer Ehe hinter sich gelassen. Es dauerte ein Weilchen, bis Patrick sich Graces Vertrauen zurückverdient hatte. Aber seit er einen neuen Job und sie zu einer anderen Kanzlei gewechselt hat (mit einer neuen Chefin, die ihrer alten nicht unähnlicher sein könnte), hat sich alles nach und nach wieder eingerenkt.

»Okay«, sagt meine Mutter und rückt ihren Turban gerade – in dem sie zusammen mit ihrer Dreiviertelhose aussieht, als wäre sie gerade aus einer Wunderlampe geschlüpft. »Ich habe nicht den ganzen Tag Zeit. Ich muss Gäste begrüßen. Siehst du? Wie verantwortungsvoll ich sein kann?«

Ich gehe zu ihr und küsse sie.

»Du hast völlig recht«, sage ich liebevoll. »Zumindest damit, dass du los musst. Zu der Sache mit der Verantwortung sage ich jetzt mal nichts. Und sorg bitte dafür, dass Bob pünktlich ist, ja?«

Georgia kommt mit der Sektflasche, um mein Glas aufzufüllen.

»Nicht so viel, um Himmels willen!«, protestiere ich. »Sonst mache ich später auf der Tanzfläche noch Spagat – und das überlasse ich eigentlich lieber Valentina.«

»Meinst du nicht, dass ihr Achtmonatsbauch sie heute mal bremsen wird?«, fragt Georgia.

»Ach, dadurch macht es ja nur noch mehr Eindruck.«

Georgia lacht, und mir fällt auf, dass ich das schon länger nicht gehört habe.

Sie und Pete haben sich vergangenen Monat getrennt, was jede künftige Braut – selbst eine mit der unerschütterlichen Überzeugung, das Richtige zu tun – ins Grübeln bringen könnte. Keiner von beiden war gehässig oder verbittert oder sonst etwas, alles lief ganz besonnen ab. Doch das heißt nicht, dass es nicht beide sehr hart getroffen hätte. Was mal wieder zeigt, dass zwei gute Menschen nicht unbedingt ein gutes Ehepaar abgeben.

Nur noch zwanzig Minuten Zeit. Ich gehe ins Badezimmer, um meinen Lippenstift nachzuziehen, und Valentina folgt mir mit ihrer eigenen exklusiven Schminkkollektion.

»Ein Hotelangestellter hat das gerade für dich hereingereicht«, sagt sie und gibt mir einen Umschlag.

Ich lege den Lippenstift hin und öffne den Brief, während Valentina zum fünften Mal heute mit dem Lockenstab hantiert.

»Mein Gott«, entfährt es mir beim Lesen.

»Was denn?«

Sie beugt sich über mich und liest mit.

Liebe Evie,

es ist ganz schön lange her, so viel ist sicher. Das tut mir leid. Ich weiß, dass Du versucht hast, nach Valentinas Hochzeit Kontakt mit mir aufzunehmen. Und Du sollst wissen, wie dankbar ich Dir dafür war. Aber ich hoffe, Du verstehst auch, warum ich keinen Deiner Anrufe und E-Mails erwidert habe. Alles war sehr schwierig. Emotional war ich völlig am Ende; aber was noch wichtiger ist, mir wurde allmählich klar, wie unverzeihlich ich mich verhalten hatte.

Deshalb habe ich den Job in Schottland angenommen und bin ohne Abschied gefahren. Ich brauchte einfach Abstand zu, tja, zu allen eigentlich. Wie dem auch sei, als Valentina mich anrief und mir von heute erzählte, hätte ich vor Freude am liebsten einen Luftsprung gemacht (nur, dass ich inzwischen wieder achtzig Kilo wiege und es deshalb nicht ganz so einfach ist!). Ich habe mich so gefreut, nein, ich war richtiggehend begeistert. Und das hat sich zwar noch verdoppelt, als Deine

Einladung ankam, aber ich hoffe, Du verstehst, warum ich ablehnen musste. Zu kommen wäre nicht fair den anderen – besonders Grace – gegenüber gewesen. Aber davon abgesehen habe ich mich gefragt, ob Du Dich vielleicht mal auf einen Kaffee treffen möchtest, wenn ich mal wieder in der Gegend bin, nur Du und ich? Ich vermisse Dich schrecklich und würde wahnsinnig gerne hören, wie es Dir ergangen ist. Wobei ich absolut nachvollziehen könnte, wenn Du nach all der Zeit keine Lust hast. Meine Handynummer ist noch dieselbe.

Jedenfalls verdient niemand es mehr als Du, glücklich zu sein, Evie.

Alles Gute und von Herzen liebe Grüße, Charlotte.

»Oh, Charlotte! Meinst du, ich habe Zeit, sie jetzt schnell anzurufen?«, frage ich Valentina.

»Auf gar keinen Fall, wir haben nur noch zwanzig Minuten.« Sie fummelt an meinen Haaren herum. »Mach das später, morgen. Nach der langen Zeit wird ein Tag wohl auch nichts mehr ausmachen.«

Die Badezimmertür geht auf, und Scarlett und Polly stecken die Köpfe herein.

»Ihr zwei habt mit Abstand die hübschesten Kleider an, die ich jemals gesehen habe«, teile ich ihnen mit.

»Beeil dich, Tante Evie«, sagt Polly. »Wir müssen los. Bob ist hier, um dich vor den Altar zu führen.«

Im Vorbeigehen werfe ich einen Blick auf die Uhr. Sie hat recht. Nur noch zwei Minuten.

»Du siehst wunderschön aus, Evie«, stellt Bob fest, als er an meiner Seite erscheint. »Ich bin ja so stolz.«

Wir haken uns unter und machen uns, gefolgt von meinen Brautjungfern, auf den Weg nach unten in den Raum, in dem die Trauung stattfindet. Jack steht schon vorn und wartet auf mich, und mein Herz macht einen Satz.

»Einen Menschen hast du jedenfalls Lügen gestraft«, erklärt Grace, während sie meinen Schleier zurechtzupft.

»Ach ja?«

»Meine Mutter«, grinst sie. »Sie sagte mir heute Morgen, sie habe niemals damit gerechnet, Evie Hart eines Tages vor den Altar treten zu sehen.«

»Weißt du was, Grace«, flüstere ich, während die Gäste verstummen und die Musik einsetzt. »Das geht mir ganz genauso.«

Ich danke …

Darley Anderson dafür, das Potenzial in den ersten Kapiteln entdeckt und mich zum Weiterschreiben ermutigt zu haben. Ohne seine Weisheit gäbe es dieses Buch nicht. Danke auch seinem wundervollen Team, besonders Emma White, Madeleine Buston und Zoe King.

Suzanne Baboneau und Julie Wright von Simon & Schuster dafür, *Bleib für immer!* überhaupt veröffentlichen zu wollen, und außerdem dafür, das Buch so ausgezeichnet lektoriert zu haben.

meinen Freunden und ehemaligen Kollegen bei der *Liverpool Daily Post* und dem *Liverpool Echo* dafür, mir zumindest ein klitzekleines bisschen Inspiration für die (frei erfundene) Zeitung und die Journalisten in diesem Buch geliefert zu haben.

meinen Eltern Jean und Phil Wolstenholme für ihre Liebe und Unterstützung – und dafür, die besten ehrenamtlichen Publizisten zu sein, die sich eine Autorin nur wünschen kann.

Nina und Peter, Will und Gemma, Gregg und Hannah sowie allen anderen Freunden, deren Hochzeiten mich im Laufe der Jahre mit reichlich Material für *Bleib für immer!* und noch wenigstens zehn Fortsetzungen versorgt haben.

Und schließlich möchte ich mich bei Jon Brown für die beste Hochzeit bedanken, die ich je besucht habe (meine eigene), und für die Liebe, Ermutigung und extra Kinderbetreuung, die ihm zufiel, während ich dieses Buch schrieb.